ダブリン市街図（1904年）

百年目の『ユリシーズ』

編著
下楠昌哉
須川いずみ
田村章

著
伊東栄志郎
岩下いずみ
岩田美喜
小田井勝彦
小野瀬宗一郎
桐山恵子
小島基洋
新名桂子
田多良俊樹
中尾真理
深谷公宣
南谷奉良
宮原駿
横内一雄

松籟社

百年目の『ユリシーズ』【目次】

百年目の『ユリシーズ』

Ⅰ. 横たわり尖がって『ユリシーズ』を読む

Ⅱ.『ユリシーズ』を開く——舞踏・演劇・映画・笑い

Ⅲ．『ユリシーズ』と日本

Ⅳ．さらに『ユリシーズ』を読む

百年目の『ユリシーズ』

百年目の『ユリシーズ』

浅井学先生に捧ぐ。

前口上

下楠　昌哉

ふんぞりかえってぽっちゃりした洒落者マリガンが、階段をあがりきったところから歩み出た。彼が携えているのは、鏡と剃刀が十字になるように置かれている髭剃りボウルである。……（Joyce 一挿話一〜二行、翻訳は筆者）

「ここで会ったが百年目」。いつ果てるとも知れぬ、それはそれは長い時間を意味しうる「百年目」という言葉によって真実あらわされる時の節目を、本当に祝えるとは。百周年と言ってもそれは単に時間の経過の話ではないか、というのは正しい指摘である。とはいえ、何かの百年目を祝える立場にいる者は、それが誕生した時と場所に居合わせていることはまずないし、二百年目を祝う

図１　ジョイス博物館となっているダブリンのマーテロ塔（From Wikimedia Commons）

ことは到底できない。百周年とは、極めて稀な機会なのである。二〇二二年は、二十世紀の英文学を代表する作家ジェイムズ・ジョイスの大作、『ユリシーズ』が書籍の形で刊行されてから、百年目にあたる。そう、百年目なのである。センテナリーである。さあ、『ユリシーズ』刊行百周年を、祝おうではないか。

冒頭の引用は『ユリシーズ』からの拙訳で、舞台はマーテロ塔という、ブリテン諸島へのナポレオンの侵攻に備えて十八世紀に建築された、砲台の跡である。石造りの特異な形をしたその建物に、ダブリンの文学青年たちがボヘミアンよろしく住みこんでいるわけだが、事細かに作品の建物の描写などしないで語りが進行していってしまうモダニズム小説であるがゆえに、『ユリシーズ』のリアルタイムの読者は、かなり情景描写を理解するのに苦労したはずだ。しかしながら、刊行から百年。『ユリシーズ』冒頭に登場するマーテロ塔は、図にあるように今ではジョイス博物館となり、観光客の訪問が引きも切らず（コロナ禍でもちろん一時期閉館はしていたが）、建物そのものの形や構造は、どこにいようとネットで簡単に確認することができる。現代に書かれる小説を読むにあたって、マーテロ塔に若い男たちが潜んでいたりするくだりが出てきたりすれば、そこに『ユリシーズ』に対するオマージュを読み取らない方が難しい。百年目には、百年目にふさわしい読み方がある。この論集で提示されているのは、そのような読みである。

とはいえ本書においては、『ユリシーズ』に関する基本情報をある程度整備しているので、必要に応じて適宜参照されたい。舞台となるアイルランドの首都ダブリンの地図を、表表紙の裏に市街地のもの、裏表紙の裏には郊外も含めたもの、本文が始まる直前には日本語で見やすくしたものを配した。さらに、作者ジョイスの評伝、『ユリシーズ』の各挿話の概要、『ユリシーズ』が下敷きにしている『オデュッセイア』との対照表、主要登場人物一覧も準備した。

この論集に収められた十七編の論考は、それらの執筆者の構成も含めて、かなりヴァラエティに富む。須川いずみによるあとがきに詳しいように、この論集は京都で長らく続いてきた関西『ユリシーズ』研究会の参加メンバーによって企画された。その研究会には東京や岩手からも参加者がいることもあり、執筆者の所属の地域性は、日本全国に広く散っている。そしてその研究会では、ジョイスの専門家以外の研究者の参加も拒んでいない。（実際、この前口上を執筆している筆者自身、世間的にはジョイス学者と認識されている自信がない。）また、『ユリシーズ』刊行百周年にあたって、関東の方でもハイレベルな『ユリシーズ』論集の計画が進んでいた事情は業界ではよく知られていたので、差別化を図る意味も含めて、論集のメンバー集めの際にはジョイス以外を研究フィールドとする研究者にも積極的に声かけを行った。収録された論考は、この論集のために書き下ろされたものもあれば、とっておきの論考の再録や研究発表の成果をグレードアップしてくれたもの、博士論文の一部を改稿してくれたものもある。このようになかなかにダイヴァースな傾向を持つこの論集ではあるが、寄せられた全ての論に共通しているのは、『ユリシーズ』刊行百周年を言祝《ことほ》ぐべし、という熱い思いと強い決意である。

本編は四部構成となっている。以下、冗長かもしれないが各編の概要を示す。目次を見て気になる論考があるならば、そちらに直接行っていただいてもよいだろう。

第I部「横たわり尖がって『ユリシーズ』を読む」には、批評的興奮を大いに味わえる論考を配した。小島基洋「横たわる妻を想う――ジェイムズ・ジョイスと〈横臥〉の詩学」と深谷公宣「眼を閉じるスティーヴン、横たわるベラックワ――「子宮」イメージの変容とアリストテレスの思考の継承」を続けて読めば、「横臥」という共通モチーフから、ジョイスとサミュエル・ベケットの作品世界の連続性が浮かび上がる。さらに小島論文の注8（見逃すなかれ！）により、その批評的射程ははるかに大きく拡がってゆく。

南谷奉良「違法無鑑札放浪犬の咆哮――『ユリシーズ』における犬恐怖と狂犬病言説」と小野瀬宗一郎「「キュクロプス」挿話のインターポレーション再考」の両筆者は、どちらもジョイス研究で最も権威がある『ジェイムズ・ジョイス・クォータリー』にここ数年で論考が掲載された俊英。ここに収められた両論考も、ジョイス研究最先端と言ってよい。読みやすいのは、恐竜文学研究者としても名高い南谷氏の犬ネタ論文か。小野瀬論文は、アイルランド現地でのリサーチに基づいた綿密な一次資料の検証が秀逸。

宮原駿「ジェイムズ・ジョイス作品における排泄物——古典的スカトロジーから身体の思考へ」は、タイトルからしてひいてしまう向きがあるかもしれないが、アイルランド文学における糞尿まみれの伝統は、スウィフトの『ガリヴァー旅行記』やロディ・ドイルの『パディ・クラーク　ハハハ』などにも顕著。ジョイスの初期作品の手際よい紹介としても読める。

第II部「『ユリシーズ』を開く——舞踏・演劇・映画・笑い」に収められた論文は、どれも『ユリシーズ』を作品の外へと大きく開いてゆく。桐山恵子「ニンフの布——ニジンスキー『牧神の午後』と「キルケ」挿話の比較考察」と岩田美喜「ハムレットを演じる若者たちのダブリン——「スキュレとカリュブディス」挿話におけるスティーヴンの即興演技」は、ノンジョイシアンのお二人による華麗な論考。バレエの心得のある桐山による論文は、ジョイスの娘ルチアが舞踏家であったことから説き起こし、『ユリシーズ』を舞踏のモダニズムの文脈に接続してみせる。この論文には、おそらく大きく発展性のある題材が複数潜んでいる。一方、日本における英国演劇研究の至宝、岩田美喜による論考は、作者ジョイスの分身でもあるスティーヴンが論じる『ハムレット』論を、シェイクスピア研究の文脈のみにとどめおかないで、同時代のアイルランド文人のあり方への理解を促す論へと拡張してみせる。

ジョイスがダブリン最初の映画館であるヴォルタ座の経営に参画し、黎明期の映画文化の発展に寄与していたのは有名だが、ジョイスが関わっていた時代のヴォルタ座にかかった映画で現存しているものは全て見た須川いずみの「『ユリシーズ』とヴォルタ座の映画」には、それらの映画のリスト一覧が挙がっており、資料的価値が極めて高い。岩下いずみ「『ユリシーズ』のユグノー表象に見る移民像と共同体」は、須川論文で挙げられた映画の一つでも取りあげられたユグノーの表象に着目。『ユリシーズ』における移民に関する論は、主人公ブルームの属性がためにユダヤ移民に集中してしまう傾向があるが、岩下論文はフランスからのプロテスタント移民であるユグノーの表象に関して、最新研究動向に着目しつつ論じる。

『ユリシーズ』がパリで出版されたことを考えれば、ジョイスのフレンチ・コネクションは、決して看過されるべきものではない。すでに同テーマで高い評価を受けている新名桂子「『ボヴァリー夫人』のパロディとしての『ユリシーズ』——笑い・パロディ・輪廻転生」は、繰り返し参照されるべき論考。

第Ⅲ部「『ユリシーズ』と日本」の論考は二編のみであるが、この論集の読者、執筆者、使用言語を考えれば、特別の注意を払われてしかるべきである。伊東栄志郎「『ユリシーズ』和読の試み『太陽を追いかけて』日出処へ——ブッダ・マリガンと京都の芸妓はん」を読めば、日本が『ユリシーズ』移入の先進国だったこと、ジョイスが日本に関して決して無関心ではなかったこと、さらにはこの拙文の冒頭に示した引用のぽっちゃりマリガンの姿に日本の大仏さまのイメージが書き込まれている可能性のあることが理解できる。横内一雄「海の記憶——山本太郎の『ユリシィズ』からジョイスの『ユリシーズ』へ」は、ジョイスの『ユリシーズ』に着想を得た日本の現代詩人山本太郎の『ユリシィズ』を論の起点としつつ、海洋の民の文学としての『ユリシーズ』を逆照射する。『ユリシーズ』の舞台ダブリンは、そもそも海を漂泊するヴァイキングによって築かれた都市なのだ。

第Ⅳ部「さらに『ユリシーズ』を読む」では、あらためて『ユリシーズ』のテクストと向き合う。このセクションの並びは基本的に、論の主要な部分に関わる挿話の順である。『ユリシーズ』は長大な作品であるので、学術論文の形で検証される場合には特定の挿話に集中して論じられることが多い。この論集では、執筆者に『ユリシーズ』のどこを論じて欲しいか指定して原稿を依頼しなかった。よって本書においてどの挿話に論が集中しているかは、現代の日本における『ユリシーズ』研究についての何らかの傾向を示唆していることだろう。

田多良俊樹「恋歌に牙突き立てる吸血鬼――スティーヴンの四行詩とゲーリック・リヴァイバルへの抵抗」は、第三挿話「プロテウス」から作品を徘徊する「青白い吸血鬼」のイメージに着目して、帝国主義をなぞるようなアイルランドのナショナリズムの勃興に対するジョイスの批判精神を読み取ろうとする。小田井勝彦「『ユリシーズ』で再現される夜の街――夢幻劇として読まない「キルケ」挿話」は、当時の売春にまつわる社会状況を綿密に調査することで、現実と幻想が入り混じった演劇仕立ての挿話と一般に解されている第十五挿話における描写をリアリスティックなものとして捉え直す。田村章「「エウマイオス」挿話をめぐる「ファクト」と「フィクション」」は、第十六挿話に登場する珈琲ハウスの親父、通称「山羊皮」の法螺話に着目し、テクスト化された「事実《ファクト》」が、「虚構《フィクション》」とは常に不可分の関係にあることを白日の下に曝す。下楠昌哉「限りなく極小の数を求めて――「イタケ」挿話における数字に関わる疑似崇高性について」では、第十七挿話において大袈裟な数字の羅列によって引き起こされる崇高感を検証し、この挿話が作者によって無限の時間へ続くとされた最終挿話をどのように準備しているかを示す。中尾真理「デダラス夫人からモリーへ――スティーヴンの鎮魂」は、『ユリシーズ』の物語において中心的役割を担う登場人物の移行に着目し、当時の一般的な女性と異なり多産に身をすり減らさず自由を謳歌するモリー・ブルームの、最終挿話「ペネロペイア」における独白を言祝ぐ。

以上、いかに言語溢るる大著『ユリシーズ』のための前口上とはいえ、いささか多弁を弄し過ぎた。ご海容を。どうぞ早速、『ユリシーズ』刊行百周年を祝う言説空間に、読者自ら飛び込んでくださいますように。祭りである！

註と謝辞

冒頭の引用は James Joyce, *Ulysses*, Random House, 1986 より。編集チームを須川いずみ先生、田村章先生と組めて、本当に心強かった。『幻想と怪奇の英文学』シリーズ（春風社）を東雅夫氏と共同編集した経験は、本書の支えになっている。最後に京都の関西『ユリシーズ』研究会でごいっしょした全ての人に、心よりの感謝を。

『ユリシーズ』梗概＋『オデュッセイア』との対応表

『ユリシーズ』ではホメロスの『オデュッセイア』が作品の枠組として用いられており、各挿話には「テレマコス」など対応した表題が与えられている。各挿話の梗概とともに登場人物の対応を以下に示す。

✧　第一挿話　テレマコス

午前八時頃、マーテロ塔の屋上と居間。バック・マリガンが髭を剃りに上がってくる。むっつりとしたスティーヴン・デダラスが続く。彼は母の死の床で祈らなかったことを気に病み、母の亡霊を夢に見る。しかし、彼はマリガンに対して苛立っている。母の死を悪し様に言ったのを聞いていたからである。階下に降りてヘインズと合流し朝食となる。途中、牛乳売りの老女が入ってくる。朝食が済むと、三人は連れ立って入り江に水浴びに降りていく。昼に会う約束をして、スティーヴンはその場を後にする。

テレマコス（＝マーテロ塔に下宿する青年スティーヴン・デダラス）：行方知れずの父オデュッセウスを探す旅に出る。

アンティノオス（＝スティーヴンの悪友バック・マリガン）：領主オデュッセウスが不在の隙にその妻ペネロペイアに言い寄る求婚者の一人。

メントル（＝牛乳を売りに来る老女）：オデュッセウスの僚友。女神アテネが化ける。

✧

第二挿話　ネストル

午前十時頃、スティーヴンが勤めているドーキーの学校。スティーヴンは歴史の授業を行う。鐘が鳴ると、子供たちはホッケーをするために出て行くが、サージャントだけが残る。算術の指導を受けた後、彼は校庭で他の生徒たちと合流する。スティーヴンは校庭から戻って来たデイジー校長から執務室で給料を受け取り、口蹄疫に関する文書を新聞社に口利きしてくれるよう頼まれる。しばらくデイジー校長の議論に付き合った後、学校を後にする。しかし、校門でデイジー校長が追いつき、議論の落ちをつけて去っていく。


ネストル（＝議論好きの校長デイジー）：オデュッセウスの消息を尋ねにメネラオスに会いに行くようにテレマコスに助言する。

ペイシストラトス（＝生徒の一人サージャント）：ネストルの息子。テレマコスの旅に随行する。

ヘレネ（＝パーネル失脚の引き金キャサリン・オシー夫人）：メネラオスの妻。トロイアの王子パリスに攫われ、トロイア戦争の引き金になった。

✧

第三挿話　プロテウス

　午前十一時頃、サンディマウントの浜辺。学校帰りのスティーヴンは浜を歩きながら物思いに耽る。いつの間にか二人の女性が浜を歩いている。ふと、伯父リチー・グールディングの家での会話を想像する。しばらくして、パリで母の危篤の報せを受けた時を想い、続いてパリでのケヴィン・イーガンとの会話を回想する。浜辺の岩に腰かけ、貝拾いをする二人の男女と犬を眺める。紙片に詩を書きつけ、横になる。波音に耳を傾けつつ、溺れた男に思いを馳せる。立ち上がり、船を眺める。

プロテウス（＝海や意識のように揺れ動き変化するもの）：トロイア戦争後、メネラオスに帰国のための助言を与える海の神。変幻自在に姿を変える。オデュッセウスの生存を伝える。

メネラオス（＝スティーヴンのパリでの知り合いケヴィン・イーガン）：テレマコスにオデュッセウスがカリュプソの洞窟に足止めされていることを教える。

メガペンテス（＝浜辺で貝を拾っている人）：メネラオスが奴隷女に産ませた息子。テレマコスが訪ねた時、婚姻の宴をしている。

✧

第四挿話　カリュプソ

　再び午前八時頃、ブルームの家と肉屋。レオポルド・ブルームは朝食の準備にかかりつつ、愛猫にミルクを与える。妻モリーに声をかけて、好物の腎臓を買いに肉屋に出かける。帰宅すると、腎臓を火にかけて、妻に朝食を持っていく。ボイランからの手紙を妻に渡した後、娘ミリーからの手紙を読みながら階下で朝食を摂る。その後、厠で週刊誌の小説を読みながら用を足す。

カリュプソ（＝ニンフ（ベッドの傍らにかかっているニンフの絵））：帰国を願うオデュッセウスをオギュギエ島の岩屋に引き止める仙女。

故郷へと帰す呼びかけ（＝肉屋のドルゴッシュ）：ゼウスの命を受けてヘルメイアスがカリュプソの岩屋を訪れ、オデュッセウスを故郷に帰すように伝える。

イタケ（＝ユダヤ人の帰るべき故郷）：オデュッセウスの故郷。

✧

第五挿話　食蓮人たち

午前十時頃、ダブリン市中、郵便局、教会、薬局、公衆浴場。ブルームはマーサ・クリフォードからの局留めの手紙を受け取りに郵便局に赴く。郵便局を出ると、マッコイと世間話をする。別れ際、パディ・ディグナムの葬儀での記帳を頼まれる。人目につかない小道で手紙を読む。手紙を仕舞うと、再び歩き出す。教会でミサに参加した後、薬局で妻の化粧水と香水を注文、公衆浴場に行こうと思い立ち石鹸を買う。通りでバンタム・ライアンズに出くわし、期せずしてアスコット競馬金杯の勝ち馬を仄めかす。バンタムと別れて、公衆浴場に行く。

ロートパゴイ族（＝ダブリンで暮らす人々と家畜たち）：ロートス（蓮の実）を食べて暮らす人々。異国の人がロートスを口にすると帰郷の意志を失う。

✧

第六挿話　ハデス

午前十一時頃、プロスペクト墓地とその道中の馬車。ブルームは、ジャック・パワー、サイモン・デダラス、マーティン・カニンガムたちと墓地に赴くために馬車に乗り込む。道中スティーヴンを目にして、夭逝した息子ルーディを偲ぶ。ジャック・パワーが自殺に言及すると、服毒自殺した父を想い出す。プロスペクト墓地でパディ・ディグナムの葬儀に参列する。墓地を出るとき、メントンに帽子の凹みを教えるが、素っ気なくされ落胆する。


シシュポス（＝マーティン・カニンガム）：大岩を小山の頂上に押し上げる責め苦を受ける。

冥府の猛犬ケルベロス（＝フランシス・コフィ神父）：かつてヘラクレスが地上に連れ帰った。

ハデス（＝墓地の管理人ジョン・オコンネル）：冥府の王。

エルペノル（＝急逝したパディ・ディグナム）：泥酔してキルケの屋敷の屋根から落ちて死ぬ。

アガメムノン（＝オシー夫人との不倫をきっかけに失脚したパーネル）：妻の奸計にかかり、アイギストスに殺される。

アイアス（＝ブルームを嫌う事務弁護士ジョン・ヘンリー・メントン）：アキレウスの武具を巡る勝負でオデュッセウスに負けたことを根に持っている。

✧

第七挿話　アイオロス

正午頃、フリーマンズ・ジャーナル社社員の大部屋と編集長室。ブルームはキーズ食料雑貨店の広告案について印刷監督ナネッティの承諾を得る。キーズに電話を入れようと事務室へ。ランバートがある演説を読み上げている。サイモンの飲みの誘いに編集長が飛びつき、新聞売りの少年たちとともに風が吹き込む。ブルームがキーズの了解を得るために出て行くと、スティーヴンはデイジー校長の原稿を編集長に渡す。政治談議に花を咲かせた後、皆でパブへ出かけようとしているとブルームが戻ってくる。

風の神アイオロス（＝マイルズ・クローフォード編集長）：オデュッセウスの帰国のために風を封じた袋をくれる。彼の部下たちが風袋を開けてしまったために嵐が起こり、一行はアイオリエ島に押し戻される。

兄弟姉妹での結婚（＝仲間内の新聞業界）：アイオロスの十二人の子供たちは、兄弟姉妹同士で結婚する。

アイオリエ島（＝フリーマンズ・ジャーナル社）：アイオロスが治める島。

✧

第八挿話　ライストリュゴネス族

午後一時頃、昼食、バートン、デイヴィ・バーン。ブルームは昼食を取りに行く。途中、オコンネル橋でカモメに餌をやる。過去を懐かしんでいると、ブリーン夫人に出会う。夫への謎の葉書やピュアフォイ夫人の難産が話題になる。バートンで昼食を取ろうとするものの、噎せ返る臭いのために引き返し、デイヴィ・バーンで軽食を取る。ブルームはドーソン通りで盲目の若者の手助けをした後、図書館に向かうが、モリーの浮気相手ブレイゼズ・ボイランを見かけて博物館に逃げ込む。

アンティパテス（＝ブルームをはじめとした人々の空きっ腹）：ライストリュゴネス族の王。やって来たオデュッセウスの部下を食べてしまう。

王女（＝人々を誘う昼ご飯）：オデュッセウスの部下たちを父王の邸に導く。

ライストリュゴネス人たち（＝昼食を食べる人々の歯）：アンティパネスの号令でオデュッセウスの部下たちを食らう。

✧

第九挿話　スキュレとカリュブディス

午後二時頃、国立図書館。芸術談議。スティーヴンが独自の『ハムレット』論を披露する。次いで、話題はアイルランド文芸復興運動へ転じるが、ベストが『ハムレット』論を蒸し返すと議論が再燃する。マリガンがやって来て、昼の約束にスティーヴンが来なかったことを責める。ブルームがキーズの広告の資料を探しに来る。再び、スティーヴンのシェイクスピア論へ。マリガンの飲みの誘いに応じて、スティーヴンは図書館を後にする。出口でブルームが追い越していく。


大渦（＝哲学者プラトン、神秘的な思考、大都会ロンドン）：海水を吸い込み、噴き出す怪物カリュブディスの棲み処。

大岩（＝プラトンの弟子アリストテレス、教義的な思考、シェイクスピアの故郷ストラットフォード＝アポン＝エイヴォン）：六本の首を伸ばして、オデュッセウスの部下たちを喰らう怪物スキュレの棲み処。

オデュッセウス（＝伝説的な知の巨人たちソクラテス、イエス・キリスト、シェイクスピア）：知略と武勇を称えられるアカイアの武人。

✧

第十挿話　さまよう岩々

午後三時頃、ダブリン彼方此方（ブルームは古本屋へ）。ジョン・コンミー神父は教会を出て郊外へ。片足の水夫が歌い歩いて施しをもらい、デダラス姉妹は豆のスープを食べる。ボイランは果物屋の売り子を口説く。ランバートはヒュー・ラヴ牧師に聖メアリ修道院を案内する。ブルームは古本屋で妻への本を選ぶ。スティーヴンは古本屋で妹ディリーに出会い、慌てて恋愛指南書を閉じる。故ディグナムの息子パトリックは歩きながら父を想う。総督の騎馬行列に市民たちが敬意を表する。

ボスポラス海峡（＝ダブリンを流れるリフィ川）：黒海とマルマラ海を結ぶ海峡。
ヨーロッパ海岸（＝ダブリンの西側を移動するアイルランド総督）：黒海の欧州側の海岸。
アジア海岸（＝ダブリンの東側を歩くジョン・コンミー神父）：黒海のアジア側の海岸。
シュムプレーガデス岩（＝ダブリンの人々）：黒海の入口に聳え立つ二つの岩。オデュッセウスの一行はこの間の海路を避けて、スキュレとカリュブディスの棲む海域を抜ける。

✧

第十一挿話　セイレン

午後四時頃、オーモンド・ホテルのバー。女給のマイナ・ケネディとリディア・ドゥースがはしゃいでいる。ブルームが紙と封筒を買っていると、ボイランがオーモンド・ホテルに向かうのを見かける。グールディングとともにブルームもオーモンド・ホテルに入る。ボイランはモリーとの逢引きへ。サイモンが歌を披露する中、ブルームはマーサへの手紙を書く。続いてその場にいたベン・ドラードが「クロッピー・ボーイ」を歌うが、ブルームはホテルを去る。盲目の調律師がホテルに戻って来た頃、ブルームは通りで我慢していた放屁を響かせる。

セイレン（＝女給マイナ・ケネディとリディア・ドゥース）：船人を惑わす海の精。その透き通るような歌声を聞くと故郷には帰れない。

セイレンたちの棲む島（＝オーモンド・ホテルのバー）：オデュッセウスは、部下たちに耳栓をさせ、自分を帆柱に縛りつけた状態でこの島を通り過ぎる。

✧

第十二挿話　キュクロプス

午後五時頃、バーニー・キアナンとそこへの道中。語り手「おれ」はハインズとバーニー・キアナンに一杯やりに行く。ブルームと「市民」たちはアイルランドの政治的独立と文化の復興について議論する。やって来たレネハンは金杯の結果に嘆くが、すぐに議論が再開。ブルームは「市民」の議論に異議を唱えた後、カニンガムを探しに出て行く。レネハンはブルームが金杯の万馬券を換金しに行ったのだと断言し、皆で彼の陰口を叩く。戻って来てすぐに立ち去ろうとするブルームに「市民」がビスケット缶を投げつけるが辛うじて外れる。

「誰もいない」（＝名無しの語り手「おれ」）：オデュッセウスが一つ目の巨人ポリュペモスに教えた偽名。

キュクロプス（＝ブルームと敵対する通称「市民」なる男）：一つ目の巨人の一族。特に、オデュッセウスたちを洞窟に閉じ込めるポリュペモス。

焼杭（＝パブの客たちが吸いつける煙草）：焼き固めた切っ先が泥酔したポリュペモスの目に突き刺さる。

✧

第十三挿話　ナウシカア

午後八時頃、サンディマウントの浜辺（ガーティ・マクダウエルとブルームの視点から）。ガーティは、シシーとイーディたちと浜辺で夕べを過ごしながら、レジーとの結婚を夢想する。喪服を着た悲しげな顔の紳士（ブルーム）が自分を見つめていることに気付いてガーティは胸をときめかす。女友達が帰り支度をする中、ガーティは紳士の心を想像する。花火を見ながら、彼女が夢見心地で露わにした足を見て紳士は自慰をする。ガーティが女友達のところへ行くと、ブルームは徒然と思惟を巡らす。ガーティが残したらしき紙きれを拾うが読めない。


スケリエ島（＝祈りと香の漂う教会）：パイエケス人の国。オデュッセウスはカリュプソの住む島から筏で辿り着く。

ナウシカア（＝夢見勝ちな乙女ガーティ）：パイエケス人の王女。オデュッセウスをアルキノオス王の屋敷へ導く。

✧

第十四挿話　太陽神の牛

午後十時頃、ピュアフォイ夫人が出産をする国立産科病院。ブルームは看護師にピュアフォイ夫人の容態を尋ねる。医学生たちが酒を飲んでいる部屋では、スティーヴンを交えて議論が沸騰。ブルームは夭逝した息子を想いながらスティーヴンを見つめる。雷鳴が轟き、ブルームは怯えるスティーヴンを宥める。マリガンとバノンがやってくる。ピュアフォイ夫人の出産の報せ。スティーヴンの提案でバーク酒場へ。その後、酔いどれたちは娼婦街を目指す。


トリナキエ（＝ピュアフォイ夫人が出産中の産院）：日輪の神が治める島。

パエトゥサとランペティエ（＝看護師）：家畜の世話をする、日輪の神の娘たち。

ヒュペリオン（＝ピュアフォイ夫人の主治医アンドルー・ホーン）：日輪の神。

トリナキエの牡牛たち（＝出産の豊穣）：日輪の神が食すことを禁じた家畜。

牛殺し（＝出産に対する背信行為）：部下たちが家畜を食べたために嵐が起こり、オデュッセウスのみがカリュプソの島に漂着する。

✧

第十五挿話　キルケ

深夜〇時頃、マボット通り、ベラ・コーエン夫人の娼館。一行は夜の町に繰り出す。ブルームは肉屋に寄った後、路面電車に轢かれそうになる。酩酊した意識に、亡き両親や妻が現れる。ギャリオーエンに出くわし、肉を囮に難を逃れる。夜警が問い質す中、ブルーム弾劾裁判が開始。娼婦ゾーイーに導かれ、コーエン夫人の娼館へ。突如、ブルームはレオポルド一世として即位。糾弾する声と祭り上げる声が入り混じる。コーエン夫人とブルームの性が反転し、夫人はブルームを虐げる。スティーヴンは娼婦たちと代わる代わる踊る。母の亡霊が現れたために錯乱したスティーヴンが照明を壊し、一行は逃げ出す。通りでスティーヴンは英国兵たちと喧嘩になり、殴られて気絶する。路上に眠るスティーヴンを見守るブルームの前に亡き息子ルーディが現れる。

キルケ（＝女主人ベラ・コーエン）：オデュッセウスの部下たちを豚に変えてしまう魔女。後にオデュッセウスに助言を与える。

◇

第十六挿話　エウマイオス

午前一時頃、御者溜りと呼ばれる喫茶店。ブルームはスティーヴンを連れて歩き出す。橋の下でスティーヴンはジョン・コーリーに金を貸し、二人は御者溜りに入っていく。一人の船乗りが経験談を披露する。海上事故の話題をきっかけに、「山羊皮」と船乗りマーフィが大英帝国とアイルランドについて言い争う。ブルームは夕刊にディグナムの葬儀の記事を見つける。パーネルとオシー夫人の不倫の話題が持ち上がり、スティーヴンに妻の写真を見せる。深更に及んで、二人は御者溜りを後にする。

エウマイオス（＝御者溜りの主人、通称「山羊皮」）：オデュッセウスの忠実な豚飼い。帰国したテレマコスと乞食に扮したオデュッセウスをもてなす。

乞食に化けたオデュッセウス（＝船乗りマーフィ）：オデュッセウス帰還の報せをペネロペイアに伝える。

メランテウス（＝スティーヴンに金をせびる男ジョン・コーリー）：エウマイオスと乞食に扮したオデュッセウスを罵る山羊飼い。

✧

第十七挿話　イタケ

深夜二時頃、ブルームの家（スティーヴンとともに帰宅）。ブルームの家に着く。鍵を忘れたブルームは半地下へ飛び下りて扉を開ける。二人はココアを飲みながら談笑する。ブルームはスティーヴンに泊まっていくよう勧め断られるものの、今後の交流を提案する。裏庭に出て夜空を眺めつつ連れ立って排尿した後、スティーヴンが辞去する。屋内に入り、寝間着に着替えてベッドに潜り込む。ボイランが寝ていた痕跡を見つけて悩んだ後、横たわる妻のお尻にキスをする。寝ぼけ眼の妻に一日の出来事を語る。


イタケ（＝ブルームの家）：二十年ぶりにオデュッセウスが帰り着く故郷。

アンティノオス（＝マリガン）：ペネロペイアに言い寄る求婚者の代表格。オデュッセウスに真っ先に射殺される。

エウリュマコス（＝ボイラン）：求婚者の一人。オデュッセウスが正体を明かした後、最初に襲い掛かるが返り討ちに会う。

強弓（＝我が家の現状を捉えるブルームの論理的思考）：オデュッセウスが求婚者たちを誅殺する武器。

✧

第十八挿話　ペネロペイア

深夜、夫婦のベッド。モリーの物思い。ブルームとの交際を想い出す。その日のボイランとの密会を振り返る。徒然と思い巡らすうちに、ジブラルタルでの少女時代の思い出に浸って、最初の恋人マルヴィを懐かしむ。新婚生活を振り返った後、生理が始まり、再びボイランとの情事を想いつつ排尿する。ブルームとの馴れ初めを想い出す。夫との結婚生活、彼の習癖や職歴、交友関係を想う。今後のスティーヴンとの交流を思い描いたり、夫への性的な挑発を企んだりする。ホウスの丘でプロポーズされた時のことを懐かしむ。

ペネロペイア（＝不倫中の妻モリー・ブルーム）：オデュッセウスの貞淑な妻。求婚者に言い寄られるものの、夫への忠義を貫く。

義父ラエルテスの死出の衣裳（＝モリーの連綿たる意識）：ペネロペイアが求婚者を退けるために織る。昼に織り、夜に解いて時間を稼ぐ。

『ユリシーズ』主要登場人物一覧（登場順）

●マラカイ（バック）・マリガン
スティーヴンと共にマーテロ塔に寄宿する医学生。肉付きの良い馬面の青年。冒瀆的なまでのお道化た言動が小気味いい。

●スティーヴン・デダラス
マーテロ塔に寄宿する青年。母の危篤の報せを受けて、パリから戻る。母を亡くした悲哀を抱え、喪に服している。小学校で教師をする。

●ヘインズ
マーテロ塔に滞在するイギリス人。成金の息子。夢うつつに黒豹を撃ってやると叫び、スティーヴンを怯えさせる。

●サージャント
スティーヴンの生徒の一人。居残りで算術を教わる。

●ギャレット・デイジー
ドーキーの私立学校の校長。スティーヴンに訓戒を垂れる。反ユダヤ主義者。目下、口蹄疫問題にご執心。議論好き。妻とは別居中。

●リチャード（リチー）・グールディング
スティーヴンの母方の伯父。亡き母の兄弟。飲兵衛の禿げた会計士。妻セアラと息子ウォルター、娘クリシーと共に暮らす。

●レオポルド・ブルーム
動物の肝が好物。ヘンリー・フラワーという偽名を用いてマーサ・クリフォードと文通。亡くなった息子ルーディを惜しみ続ける。父ルドルフは服毒自殺。ウィズダム・ヒーリー文具店に勤めていたが、現在はフリーマンズ・ジャーナルの広告取り。衒学的。

●サイモン・デダラス
スティーヴンの父親。息子を案じて、バック・マリガンを嫌っている。

●パトリック（パディ）・ディグナム
心不全により急死。ブルームは彼の葬式に出席する。

●マリオン（モリー）・ブルーム
レオポルド・ブルームの妻。ジブラルタル出身。ソプラノ歌手。近々ベルファストでツアー公演の予定。父トウィーディは軍人。

●ミリセント（ミリー）・ブルーム
マリンガーにあるコグランの写真店で働く。十五歳。父レオポルドはアレック・バノンとの仲を懸念している。

●ヒュー（ブレイゼズ）・ボイラン
モリーのツアー公演のオーガナイザー。彼女の不倫相手の伊達男。

●コーネリアス（コーニー）・ケラハー
オニール葬儀屋に勤める。パディ・ディグナムの葬儀を取り仕切る。

●トム・カーナン
紅茶商人。結婚の際にカトリックに改宗。『ダブリンの市民』（以下「市民」）「恩寵」に登場。

●C・P・マッコイ
検屍官の秘書。ブルームにはたかり屋だと思われている。妻は元ソプラノ歌手で、現在は子供たちにピアノを教えている。『市民』「恩寵」に登場。

●ホロハン
足が不自由なためにホッピーの愛称で知られる。マッコイにディグナムの死を知らせる。『市民』「母親」に登場。

●フレデリック（バンタム）・ライアンズ
アスコット競馬金杯の内報をブルームが教えてくれたと思い込むが、レネハンに止められる。『市民』「蔦の日の委員会室」に登場。

●ジョン・コンミー
聖フランシスコ・ザビエル教会の神父。文筆家。クロンゴーズ・ウッド・コレッジの校長を務め、九〇年代にはヴェルヴェディア・コレッジの学部長になる。どちらもスティーヴンが通っていた学校。

●マーティン・カニンガム
　飲んだくれの妻に財産を浪費させられている。ブルームの父の自殺を知っている。
●ジャック・パワー
　ブルームの前で自殺を最大の不名誉だと述べて、マーティン・カニンガムに諌められる。愛人がいるという噂がある。
●イグネイシャス・ギャラハー
　ロンドン・デイリー・メイルとロンドン・イヴニング・ニューズの新聞社に勤める。フィーニックス公園殺人事件の報道で頭角を現した。弟はジェラルド。『市民』「小さな雲」に登場。
●ジョウゼフ（ジョー）・ハインズ
　ディグナムの葬儀報告記事をフリーマンズ・ジャーナルに書く。『市民』「蔦の日の委員会室」に登場。
●ベンジャミン（ベン）・ドラード
　元船具商。借金の取り立てに困るボブ・カウリーを助けるために一肌脱ぐ。
●ジョン・ヘンリー・メントン
　事務弁護士。パディ・ディグナムの元雇用主。ブルームを毛嫌いする。
●ジョン・オコンネル
　プロスペクト墓地の管理人。葬儀の参列者を和ませる小噺を披露。子どもが八人いる。
●J・J・オモロイ
　落ちぶれた事務弁護士。
●レネハン

謎かけや洒落を飛ばす陽気な男。『市民』「二人の伊達男」に登場。

●マイルズ・クロフォード
イヴニング・テレグラフ編集長。赤ら顔で、お酒に目がない。

●ジョウゼフィン（ジョウジー）・ブリーン
デニス・ブリーンの妻（旧姓ポーエル）。ブルームを巡ってモリーと恋のライバルだったらしい。

●ノウジー・フリン
鼻啜りで詮索好き（nosey）。ブルームがフリーメイソン会員だと噂する。『市民』「対応」に登場。

●トマス・リスター
国立図書館の館長。禿げ頭で、ふらつき館長（the quaker librarian）と呼ばれており、その信仰があてこすられている。

●リチャード・ベスト
長身の青年。副図書館長。大切そうにノートを携える。スティーヴンの『ハムレット』論を擁護する。

●マイナ・ケネディとリディア・ドゥース
オーモンド・ホテルの女給。ケネディ嬢はレネハンに言い寄られ、ドゥース嬢はリドウェルに口説かれる。

●「おれ」
十二挿話の正体不明の語り手。周りの人たちの会話とどことなくかみあわない。十五挿話に「名前のない男」として再登場する。

●「市民」
バーニー・キアナンが行きつけ。ナショナリスト。

●ギャリオーエン
バーニー・キアナンで「市民」の傍に寝そべる犬。「おれ」と仲が悪い。故ギルトラップの飼い犬。

●ガートルード（ガーティ）・マクダウエル
碧眼に美しい栗色の髪の女性。足が悪い。恋人レジー・ワイリーのことを想う。二十一歳。

●ベラ・コーエン
マボット通りにある曖昧宿のふくよかな女主人。扇をはためかしながら喋る。

●「山羊皮」
御者溜りの喫茶店の主人。フィーニックス公園殺人事件で暗躍したジェイムズ・フィッツハリス（愛称「山羊皮」）だと噂されるが、その真相は定かではない。

参考文献

Gifford, Don, with Robert J. Seidman. Ulysses *Annotated: Notes for James Joyce's* Ulysses. 2nd ed., U of California P, 2008.

Joyce, James. *Ulysses*. Edited by Hans Walter Gabler and et al., Random House, 1993.

ホメロス『オデュッセイア』全二巻、松平千秋訳、岩波書店、一九九四年。

ジョイス、ジェイムズ『ユリシーズ』全四巻、丸谷才一・永川玲二・高松雄一訳、集英社文庫ヘリテージシリーズ、二〇〇三年。

――『ユリシーズ一―十二』柳瀬尚紀訳、河出書房新社、二〇一六年。

柳瀬尚紀『ユリシーズ航海記――「ユリシーズ」を読むための本』河出書房新社、二〇一七年。

結城英雄『「ユリシーズ」の謎を歩く』集英社、一九九九年。

（宮原駿　作成）

ジェイムズ・ジョイス評伝

田村　章

ジェイムズ・ジョイス（James Augustine Aloysius Joyce）は、一八八二年二月二日に、ダブリン市南部のラスガー、ブライトン・スクウェア西四十一番地に生まれた。

ジョイスの家系は、アイルランド西部のゴールウェイからコークにかけて定着したジョイス一族に連なるという。スカンジナヴィアに発しノルマンディー、ウェールズを経て、十三世紀にアイルランドに移住した部族である（大澤 五〇八頁）。また、ジョイスという名前は「喜び」を意味するラテン語に由来し、ジョイスはそれを吉兆と考えていたという（Ellmann 一二頁）。父ジョン・スタニスロース・ジョイスは市の収税吏。コーク出身で、酒好き、歌好きの陽気な人物である。『若い芸術家の肖像』（以下『肖像』）や『ユリシーズ』の主人公である青年スティーヴン・デダラスの父、サイモンのモデルとなった。美しい母メアリはジョンよりも十歳若く、敬虔なカトリック教徒であった。

ジョイスは一八八八年九月に六歳半でキルデア州のクロンゴウズ・ウッド・コレッジというイエズス会の寄宿学校に入学する。アイルランドは当時激動の最中にあった。九一年にアイルランド国民党党首チャールズ・スチュアート・パーネルが失意の中で永眠。同時期に父ジョンは収税吏の職を失う。もはや学費を払えずクロンゴウズでの学業は中断になる。父は職を転々とし、一家は市内での転居を繰り返す。

九三年四月、イエズス会の名門ベルヴェディア・コレッジに入学。成績優秀で奨学金を複数獲得し、マリア信心会の長にも選ばれている。イプセンの戯曲に傾倒するほか、ラテン語とフランス語に加えイタリア語も学ぶ。十四歳のときに娼婦との経験をもち、このことに激しく悩みつつ、カトリック信仰に懐疑を抱き始めている。九八年にはユニヴァーシティ・コレッジ・ダブリンに入学。「イプセンの新しい劇」、「喧噪の時代」などのエッセイを発表し、存在が学外にも知られることになる。

一九〇二年六月ユニヴァーシティ・コレッジを卒業。医学校に入学する。ダグラス・ハイドらにより、アイルランド文芸復興運動が盛んになる中、夏にはAE、イェイツ、グレゴリー夫人など当時の文壇の主要人物に会う機会を得る。同年十二月には医学の勉強を口実に初めてパリに行くがすぐに戻ってきている。年末にはダブリンの国立図書館で、オリバー・ゴガティと初めて出会う。『ユリシーズ』冒頭に登場するマリガンのモデルである。有名な詩人外科医を目指すと言うこの青年との間には友情と同時にライバル意識が芽生えることになる。この時期には『ユリシーズ』第九挿話に登場する国立図書館館長のリスターらとも知り合っている。

一九〇三年一月に再びパリに出発、劇作家シングやフィニア会の元指導者ジョウゼフ・ケイシーと知り合う。ケイシーは第三挿話でケヴィン・イーガンとして登場している。この頃にエドウアール・デュジャルダンの『月桂樹は伐られた』を購入。「内的独白」の手法について影響を受けることになる。四月には母危篤の電報でダブリンに戻る。八月に母は四十四歳で死去。信仰への懐疑から母のための祈りができず、良心の呵責を抱き続けることになる。

一九〇四年は激動の年であった。一月には自伝的エッセイ「芸術家の肖像」を書き、『スティーヴン・ヒアロー』に改題する。『肖像』の原型である。夏から秋にかけて、「姉妹」、「イーヴリン」、「レースの後で」を発表する。『ダブリンの市民』に収録される短編である。同年三月から四月にかけて、ダブリン郊外の海辺の村ドーキーの小さな私立学校で臨時教師を務める。このときの経験は第二挿話に反映されている。同年六月十日、ジョイスは、市内の通りで背が高く美しい娘を目にし、話しかけてみると、名前はノラ・バーナクルと言い、ゴールウェイ出身で市内の下宿屋で働いているとわかった。ジョイスは二十二歳、ノラは二十歳であった。二人は六月十六日に初めてデートをする。この日をジョイスが『ユリシーズ』の舞台となる一日、すなわち、ブルームズデイに設定したことは、ジョイスのノラに対する愛情を物語っていると言える。九月九日からジョイスはゴガティが借りていたマーテロ塔に身を寄せ、その体験が第一挿話に反映されている。しかしそこで発砲事件が起こり、十五日には塔を去る。ジョイスはこれを機にダブリンを離れる決意を固め、十月八日ジョイスはノラとともにパリへ出発。チューリッヒ、トリエステを経て、ポーラに着き、ベルリッツ・スクールの英語教師となる。

翌一九〇五年にはトリエステに転任。ゴードン・バウカーの伝記には、授業の傍ら、日本のベルリッツ・スクールのために六頁のパンフレットの作成を引き受けもしていた(Bowker 一四五頁)と記されている。七月には息子のジョルジオが誕生。十月末にジョイスは真面目な弟のスタニスロースをトリエステに呼び、「居心地の悪い」同居生活が始まる。〇六年七月から銀行の翻訳担当者としてローマに滞在。同年九月三十日には、アルフレッド・H・ハンターというユダヤ人だと噂されているダブリンの一市民を主人公とした短編「ユリシーズ」の構想をトリエステに留まったスタニスロースに知らせている。書き始めはしなかったものの、寝取られ男のユダヤ人のイメージが生まれ、『ユリシーズ』の主人公、中年男レオポルド・ブルームへ発展することになる。『ユリシーズ』はジョイスの生涯にわたる猛烈な知識欲と広範な読書の中で形成されていくが、この作品のもう一つの特徴は性の描写にまつわるタブーを破ったことであった。エドナ・オブライエンによると、彼は性を人間の衝動の中心にある普遍的な特性であると考えていた(O'Brien 六一頁)。この時期にはダブリンへの郷愁をつのらせ、文通相手の叔母に、新聞、雑誌、図書などアイルランドに関する資料を送ってほしいと頼み続けていた。〇七年には銀行を辞めトリエステのベルリッツ・スクールに復職。詩集『室内楽』を出版する。七月には娘ルチアが生まれている。

一九〇九年にはダブリンに二度帰省している。一度目は『ダブリンの市民』の出版契約交渉のためであり、二度目はダブリン最初の映画館、ヴォルタ座を開館するためであった。この映画館は同年十二月二十日に開館、当初は人気があったもののほどなく採算が取れなくなり、翌年映画館は閉館し売却されてしまう。ただし、ジョイスの映画そのものに対する関心は生涯続くことになる。一九一二年には再びダブリンで『ダブリンの市民』の出版交渉をするものの決裂、トリエステに戻る。以後祖国の土を踏むことはなかった。

一九一四年は実りの年であった。パウンドの斡旋によりイギリスの『エゴイスト』誌で『肖像』の連載が開始され、懸案の『ダブリンの市民』の出版も実現する。そして『ユリシーズ』の執筆を開始し、翌一五年には第三挿話の最初まで筆を進めている。イタリアが第一次大戦に参戦したため、一五年に一家はチューリッヒへの移住を余儀なくされる。ここでジョイスはフランク・バジェンという友人を得る。この友人は『ユリシーズ』の執筆過程を詳しく知ることになる。「ある日ダブリンがこの世から突然消えたとしても、私の本から再現できるくらいに、この街を完璧に描きたい」(Budgen 六九頁)というジョイスの有名なセリフはバジェンが記録したものである。チューリッヒではまたマルテ・フライシュマンという女性と交際している。彼女は『ユリシーズ』でブルームの文通相手となるマーサ、そして彼が海岸で見つめる少女ガーティのモデルとなった。

ダブリンで復活祭蜂起が起こる一九一六年には、『肖像』が出版。二年後の一八年にはアメリカの『リトル・レビュー』誌が『ユリシーズ』の連載を始めている。一九年にジョイス一家は一旦トリエステに戻った後、パウンドの勧めで二〇年にパリに移住。シェイクスピア書店店主シルヴィア・ビーチと知り合う。二一年にはニューヨークで『ユリシーズ』が猥褻であるとの判決が下り、その結果、出版が困難になるものの、シェイクスピア書店の尽力により、二二年二月二日ジョイス四十歳の誕生日に出版が実現される。奇しくもアイルランド自由国の成立が承認された年であった。文壇の評価は二つに分かれた。ヴァージニア・ウルフ、ガートルード・スタイン、ジョージ・ムアは酷評し、T・S・エリオット、ヘミングウェイ、イェイツ、ベケットは賞賛した。

一九二三年には次の作品『フィネガンズ・ウェイク』に着手。完成まで十六年を費やすことになる。作品の一部は二四年に『トランスアトランティック・レビュー』誌に『進行中の作品』として掲載、さらに二七年四月から『トランジション』誌に連載が始まり、三八年五月まで連載される。この時期に、ジョイスは二つの苦しみを抱えていた。一つは眼病の悪化で、手術を繰り返していた。このため、ベケットは、一九二八年から三〇年までの間ジョイスとの親交の中で、原稿の口述筆記や使い走りなどをして彼を支援していた。もう一つは娘ルチアの精神病である。二九年頃から異常の兆しが現われ、心を寄せていたベケットに拒絶されたことで錯乱状態に陥ってしまう。こうした困難のためにジョイス一家は次第に社会との接触を嫌うようになっていく。三一年の暮れには父ジョンを亡くしている。三三年にはアメリカで『ユリシーズ』が猥褻ではないという判決が出され、翌年にはランダムハウス社が出版する。激動の中、ジョイスは『フィネガンズ・ウェイク』の執筆を続け、三九年五月にはロンドンとニューヨークで出版された。しかし、まもなく第二次大戦が勃発した影響もあり、作品の反響は彼が期待したほどのものではなかった。

　戦争の難を避けるために、ルチアをフランスの病院に残したまま、四〇年十二月に一家は再びチューリッヒに移住する。まもなくジョイスは病に

図１　雑誌『シャドウランド』1922 年 9 月号掲載のマン・レイ撮影の写真

倒れ、十二指腸潰瘍と診断される。五十九歳の誕生日を目前に、一九四一年一月十三日に死去。遺骸はチューリッヒのフルンテルン墓地に埋葬された。

参考文献

Bowker, Gordon. *James Joyce: A Biography*. Weidenfeld & Nicolson, 2011.
Budgen, Frank. *James Joyce and the Making of 'Ulysses' and Other Writings*. Oxford UP, 1972.
Ellmann, Richard. *James Joyce*. Revised ed., Oxford UP, 1982.
O'Brien, Edna. *James Joyce*. Weidenfeld & Nicolson, 1999.
大澤正佳「ジョイス」『集英社世界文学大事典』第二巻、『世界文学大事典』編集委員会編、集英社、一九九七年。
ファーグノリ、A・N&M・P・ギレスピー『ジェイムズ・ジョイス事典』ジェイムズ・ジョイス研究会訳、松柏社、一九九七年。
結城英雄「解説　ジェイムズ・ジョイスの生涯」『ユリシーズ　I』、ジェイムズ・ジョイス著、丸谷才一・永川玲二・高松雄一訳、集英社文庫ヘリテージシリーズ、二〇〇三年、六一三～二九頁。

謝辞

下楠昌哉先生、須川いずみ先生とともに本書を編む中で、思い出されたのは日本のジョイス研究における温かい雰囲気であった。切磋琢磨しながらも、お互いの研究テーマの進展を親身に支え合う仲間意識が自然に醸成されてきたことが、これまでのジョイス研究の発展を支えてきたように思われる。研究でお世話になった方々を思い、感謝するとき、この素晴らしい雰囲気が次の百年も続くようにと願わずにはいられない。

ダブリン中心街

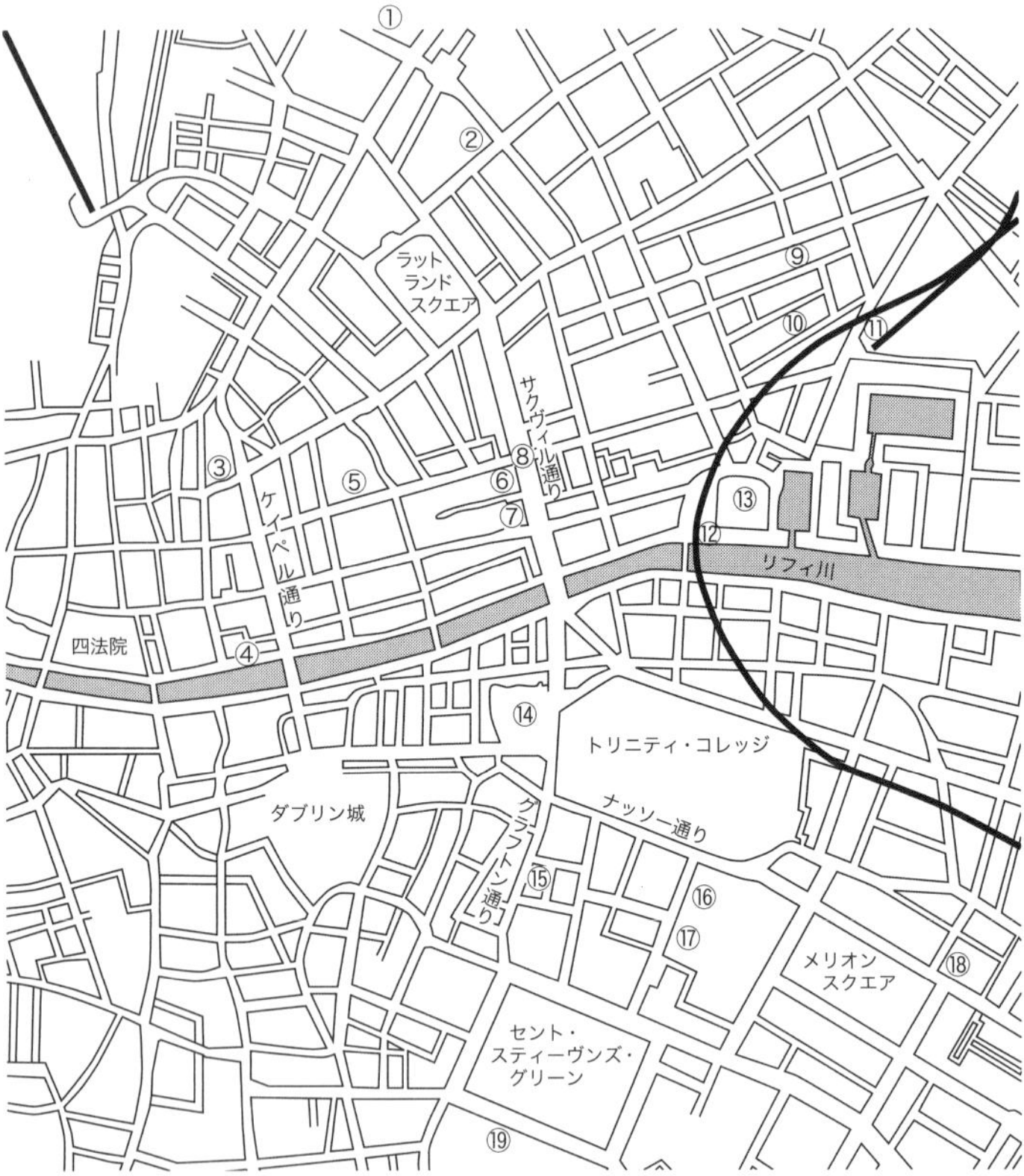

① ブルームとモリーの家（四挿話、十七挿話、十八挿話）

② ベルヴェディア・コレッジ	③ バーニー・キアナンのパブ（十二挿話）
④ オーモンド・ホテル（十一挿話）	⑤ ヴォルタ座
⑥ 中央郵便局	⑦ フリーマンズ・ジャーナル社（七挿話）
⑧ ネルソン記念塔（七挿話）	⑨ ベラ・コーエンの娼館（十五挿話）
⑩ 売春街モント（十五挿話）	⑪ アミアンズ通り駅（現コノリー駅）
⑫ 御者溜り（十六挿話）	⑬ 税関
⑭ アイルランド銀行	⑮ デイヴィ・バーンのパブ（八挿話）
⑯ 国立図書館（九挿話）	⑰ 国立博物館
⑱ 国立産科病院（十四挿話）	⑲ ユニバーシティ・コレッジ・ダブリン

※その場所が主たる舞台となる挿話を括弧内に示した。

1900年頃のサクヴィル通り（別名オコンネル通り）、奥に聳えているのがネルソン記念塔、その左にある柱が並ぶ建物が中央郵便局（From Wikimedia Commons）

I. 横たわり尖がって『ユリシーズ』を読む

横たわる妻を想う
――ジェイムズ・ジョイスと〈横臥〉の詩学

小島　基洋

一、〈横臥〉する登場人物と、物語の始まり／終わり

物語は目を覚まし、眠りに落ちる――一九〇四年六月十六日の朝から翌十七日未明までの出来事で『ユリシーズ』を構成したジェイムズ・ジョイスが、その発想と無縁であったはずはない。ジョイス作品に頻出する〈横臥〉のモチーフに注目し、そこに秘められた作家の心情に思いを巡らせてみよう。

ジョイスの最後の作品『フィネガンズ・ウェイク』を読み始めた読者は、早くも三段落目に〈横臥〉する主人公の姿を目にすることになる。雷鳴が轟く中、大地に落下した（The fall）（三頁一五行）煉瓦職人フィネガン（Finnegan）が「眠りこみ（slaaps）」（七頁二八行）、「いびきをかき（snoores）」（七頁二八行）、ダブリンと一体化するのだ。この奇天烈かつ気宇壮大な設定に、〈横臥〉する登場人物たちを偏愛

してきた作家ジョイスの集大成があるのかもしれない。

物語の冒頭部で人が〈横臥〉するジョイス作品といって思い起こされるのは、短編「恩寵」（"Grace"）である。『フィネガンズ・ウェイク』出版から遡ること四半世紀、短編集『ダブリンの市民』の一篇である。

> その時、便所に居合わせた二人の紳士が男を抱き上げようとしていた。しかし、完全に脱力状態であった男は階段の下に丸くなって横たわっていた。彼はそこに転がり落ちたのだ。二人はなんとかして男をひっくり返した。帽子は数ヤード先に転がっていて、その衣服は床の――彼がうつぶせで横たわっていた床の――汚物や汚水にまみれている。男は目を閉じ、唸るように息をし、一筋の薄い血を口の端から滴らせていた。（二四九頁、強調は引用者）[1]

気絶した男が便所に「横たわっていた（lay）」――そんな彼を二人の紳士が助け起こそうとする場面から「恩寵」は始まる。どうやら彼はパブの階段から転げ落ちたらしい[2]。男の帽子は遠くに転がり、衣服には「床」の汚れが付着している。ところで、その汚れた「床」とは一体、どこの床なのだろう――こんな疑念を抱く読者がいるとは思えないのだが、ジョイスは周到にも、その答えを用意している。「彼がうつぶせで横たわっていた床（the floor on which he had lain, face downwards）」であると。わずか六センテンスからなる段落の中で、〈横臥〉を表す動詞 lie（過去形の lay、過去分詞の lain）が繰り返されていることに、若きジョイスの本モチーフへの偏愛ぶりを見て取ることができるかもしれない。

一方、『ダブリンの市民』には、〈横臥〉することで、物語が終局に向かう作品もある。最後に収録された「死者たち」("The Dead")である。

> 部屋の空気が彼の肩を冷やした。彼はシーツの下で慎重に体を伸ばし、妻の傍らに横たわった。ひとり、またひとりと陰になっていく。情熱が最高潮にあるうちに、勇気をもって来世に向かった方がよいかもしれない。年を取って色あせ、陰気に枯れ果てていくよりは。彼は彼女が――彼の傍らに横たわっている彼女が――どんな思いを抱えてきたかに考えを巡らせた。妻はこんなにも長い間、死んだ恋人の目のイメージを胸に秘めてきたのだ。そいつが彼女に向って僕はもう生きていたくないんだと言った時の目を。(二二四頁、強調は引用者)

華やかなパーティーの後で、一組の夫婦が市内の高級ホテルに宿泊する。そこで妻グレタは、夫ゲイブリエルに、昔の恋人の存在を涙ながらに告白し、床につく。一方、寝つけない夫は「妻の傍ら(beside his wife)」にその身を「横た」え(lay down)、彼女が秘めてきた恋心に思いを馳せることになる。その時、妻は一体、どこにいたのだろう――こんな愚問にすら、ジョイスは親切に答えを準備している。妻は、言うまでもなく、「彼の傍らに横たわっている(who lay beside him)」のだと。作者の〈横臥〉するモチーフへの偏愛は、あるいは動詞 lay (lie の過去形)への愛着に由来するのかもしれない。

やがて、ベッドで考え事を続ける夫ゲイブリエルの思考は、動詞 lay を伴って、物語を終局へと導いていく。本短編の最終段落を引用しよう。窓に当たる雪に視線を送ったゲイブリエルがアイルランド全土に降る雪を思い浮かべる場面である。

> 二、三度、窓ガラスを軽く打つ音が聞こえ、彼は窓の方を向いた。また雪が降り始めたのだ。……雪は丘の上の寂しい墓地のいたる所にも——そこにはマイケル・フューリーが埋葬されて横たわっている——降っていた。雪は吹き寄せられ厚く降り積もっていた。曲がった十字架や墓石、小さな門の槍先、不毛な茨の上にも。彼の魂は、宇宙から降りかかる静かな雪の音を耳にしながら、ゆっくりと意識を失っていった。終末を迎えたかの如く、静かに雪は降り積もっていく。すべての生者たちと死者たちの上に。（二二五頁、強調は引用者）

妻の初恋相手である「死者」マイケル・フューリーは墓所に「横たわって（lay）」おり、さらにアイルランドに降る雪もまた各所に厚く「降り積もって（lay . . . drifted）」いく。この時、繋辞として用いられた動詞 lay は、「横たわる」という意味を後退させつつも、強引に反復されることによって、「死者たち」、および短編集『ダブリンの市民』の終局における〈横臥〉のイメージを形成することとなる。〈横臥〉することと物語の始まり／終わり——そこには如何なる関連を見出しうるのか。その問いには、もちろん、次のような仮説をもって答えることができるだろう。すなわち、物語の始まりと終わりは、我々の覚醒と入眠とアナロジーの関係にあるのだ、と。「恩寵」の主人公カーナンはブランデーを流し込まれて間もなく目を開け、「死者たち」のゲイブリエルは雪を見ながらひとり静かに意識を失う。『ユリシーズ』の主人公ブルームは、ベッドで眠る妻の朝食を作りながら登場し、作品終了時には自らもそのベッドで眠っている。目が覚めて一日が始まり、目を閉じて一日が終わるように、物語の始まりで、登場人物たちは横たえた体を起こし、物語の終わりで、再び体を横たえるのである。一方、『フィネガンズ・ウェイク』冒頭の〈横臥〉する男は、その後も目を覚ますことなく物語が進行していくが、本作全体が夢であったとすれば、(3) この仕掛けも覚醒／入眠と、物語の始まり／終わりの関係性を裏付けるものとなるはずだ。

物語は目を覚まし、眠りに落ちる——しかし、これほど穏当かつ陳腐なテーゼもないだろう。ジョイスが〈横臥〉するモチーフとの間に結んだ秘密の関係は、おそらく、一般論で語られる範疇にはない。それを明らかにすべく、まずはジョイス作品における〈横臥〉するモチーフを丹念に追っていくこととしよう。

二、〈横臥〉する人を〈想像〉する登場人物

ジョイス作品を特徴づけるのは、〈横臥〉する人物ではなく、むしろ、〈横臥〉する人物を〈想像〉する人物たちなのかもしれない。先述した「死者たち」の最終段落を再確認しておいてもよいだろう。墓地で〈横臥〉するフューリーの姿も、主人公ゲイブリエルによって〈想像〉されたものであったのだ。〈横臥〉する人を〈想像〉する主人公——我々は、早くも『ダブリンの市民』の最初の短編「姉妹」("Sisters") の最初の段落に、それを見出すことができる。この作品は、ある神父の死を〈想像〉する少年の視点から語り出される。

今回ばかりは、あの人に望みはないだろう。三度目の卒中だから。毎晩、僕はその家の前を通り(休み期間だったのだ)、明りの灯った四角い窓を眺めた。そして毎晩、窓が薄暗く、均一な光で同じように照らされていることを確認することとなった。もし彼が死んだら暗いブラインドに蠟燭の光が映るはずだ。というのも、遺体の枕もとには二本の蠟燭が置かれなくてはならないことを僕は知っていたのだ。(一頁)

神父が死んだら——少年は〈想像〉する——蠟燭の火影が窓に映るはずだ。その時、少年の頭に、枕もとの蠟燭に照らされた神父のまだ見ぬ「遺体(corpse)」が思い描かれていることは間違いないだろう。やがて、少年は神父の遺体と対面を果たすのだが、その時ですら、彼はあらかじめ、その姿を〈想像〉しておくことを怠らない。

……ふと思った。あの老神父は、自身の棺桶に横たわりながら、笑っているのではないかと。

しかし、そうではなかった。僕たちは立ち上がってベッドの枕もとに行った。その時、僕は見たのだ。彼は笑ってなどいなかった。彼は厳めしく、どっしりとそこに横たわっていた。祭壇に立つときの服を着て、大きな手には聖杯が緩やかに握らされていた。(六頁、強調は引用者)

少年が実際に「横たわ」る(lay)神父の厳めしい遺体を目にするのは、棺桶に「横たわ」る(lay)神父の微笑みを〈想像〉した後のことであった。〈横臥〉する神父の遺体を〈想像〉すること――少年の性癖は、しかし、実際の遺体を目にしてなお変わることがない。

> 彼女は突然、何かに耳を傾けるかのように、話をやめた。僕もまた耳を澄ませた。しかし、家の中には何の音もしなかった。僕には分かっていた。老神父は、棺桶の中で静かに横たわっているのだ。先ほど、僕たちが見たように、厳めしく猛々しい死に顔で、空の聖杯を胸の上に置いて。（一〇頁、強調は引用者）

神父の妹イライザの独白が途切れた後で、階上で眠る神父の姿を少年は再び〈想像〉する。その時、神父はいかなる姿勢をとっていたのか――「横たわって（lying）」いる以外にはありえないはずだが――に関する説明を怠らないのも、ジョイスらしい[4]。彼は少年に漠然と遺体を〈想像〉させるのではなく、〈横臥〉する遺体を〈想像〉させるのだ。

〈横臥〉する死者を〈想像〉する主人公の系譜は、自伝的小説『若い芸術家の肖像』のスティーヴン・デダラスに引き継がれていく。ひとり、学校の医務室で寝ていた彼は、英国で病死したアイルランドの国民的英雄パーネルの遺体がアイルランドの港に到着する場面を〈想像〉する。

> ……背の高い男が甲板に立ち、平らかな暗い陸地を眺めている。埠頭の光が彼を照らすと、そこには悲しげな顔をしたマイケル修士さんがいた。

スティーヴンは、彼が人々に向かって手を挙げ、波の向こうから悲しみに満ちた声で叫ぶのを見た。「彼は死んだ。我々は見たんだ。彼が棺台に横たわっているのを」人々の間から悲嘆の声がわき起こった。

「パーネル！　パーネル！　彼が死んだ！」（二五頁、強調は引用者）

少年が〈想像〉するのは、「彼は死んだ」と船上で叫ぶ男に対し、「パーネル！　パーネル！　彼が死んだ！」と港で呼応するアイルランド市民の様子である。この時、船上の男が付け加える「我々は見たんだ。彼が棺台に横たわっているのを」という架空の台詞は重要である。(5) ジョイスが描いたのは、単にパーネルの死を知らされる人々ではなく、彼の「横たわ」る（lying）遺体を〈想像〉させられる人々——そして、その光景を〈想像〉する少年なのだ。

〈横臥〉する人を〈想像〉する癖は、次作『ユリシーズ』の主人公にも継承されていくことになる。三十八歳の広告取りである主人公ブルームは、ふと立ち寄った教会で、中国での伝道の難しさについて思いを巡らすことになる。

中国の何百万人もの民を救済せよ、か。異教徒の中国人にどうやって説明をするのだろう。一オンスの阿片の方が好まれるぜ。至福の中国人。彼らにとっては汚らわしい邪教だ。中国の神様ブッダは博物館で脇を下にして横たわっていたな。リラックスして、頬を手で支えて。線香が燃えていて。「この人を見よ」とは大違いだ。（五挿話三二六〜二九行、強調は引用者）

ここでブルームは「横たわ」る（lying）仏像の姿を思い描きながら、磔刑に処せられたキリスト像との違いについて考えている。彼の〈横臥〉する者への〈想像〉は、その後も止むことはない。教会を出たブルームは薬局で石鹸を購入し、公衆浴場に向かうのだが、その道すがら、浴槽に浮かぶ自らの裸体を早くも〈想像〉するのだ。

> 彼が想像したのは、温かな子宮の中でゆったりと横になり、溶けていく香しい石鹸のぬめりに優しく洗われている青白い裸体。さざ波に揺られながら、軽く浮き上がって静止するレモン色の胴体と手足。肉でできた蕾のような臍。もつれ合って浮かぶ縮れた黒い茂み、そして浮標する毛の真ん中にいる幾千の子らの疲れた父親——物憂げに漂う一輪の花。（五挿話五六七〜七二行、強調は引用者）

湯船に浮かび上がる下半身——ブルームが「想像した（foresaw）」のは、「横にな」った（reclined）自らの肉体であった。ここで〈想像〉した肉体を、彼が実際に目にする場面は作品内に存在しない。というのも、第五挿話は本段落をもって終了し、第六挿話が始まった時には、すでにブルームは浴場をあとにしているのだ。ジョイスは、主人公に〈横臥〉する肉体を目撃させることを許さず、只々、それを〈想像〉させてみせたことになる。[6]

三、〈横臥〉する妻／夫を〈想像〉する夫／妻

〈横臥〉する人を〈想像〉すること——そのモチーフに着目しつつ、『ユリシーズ』のブルーム夫妻を読み直すことは無益ではないだろう。というのも、『ユリシーズ』とは、〈横臥〉する妻を不自然に〈想像〉する夫に始まり、(7) 〈横臥〉する夫を不自然に〈想像〉する妻に終わる物語だからである。ジョイスが物語をこのような構成にしたという事実は、あるいは、彼の特異な夫婦観を知るための重要な手掛りとなるかもしれない。

『ユリシーズ』の主人公ブルームが初めて登場する第四挿話でのこと。挿話開始時に、彼はひとり、妻と自分のための朝食を台所で作っている。食材に豚の腎臓が必要だと思い立った彼は二階で寝ている妻のもとに向かう。

軋るブーツが音を立てないよう階段をのぼり、廊下に出た彼は、寝室のドアのそばで立ち止まった。何か美味いものを欲しがるかもしれないな。彼女の朝食の好みはバターを塗った薄いパン。でも、もしかすると、別のものが。

がらんとした廊下に立ち、彼は小声で言った。

「そのあたりまでちょっと出かけてくるよ。すぐ戻る」

自分の声がそう言ったのを聞いて、さらに付け加えた。

「朝食に食べたいものはないかい？」

眠たげな柔らかい唸り声が答えた。

「う……ん」

無いんだ。特に何も欲しくないのか。それから温かく重い吐息が聞こえてきた。その時、彼女は寝返りを打ち、ベッドの支柱にかけてある真鍮の輪飾りがジャランと鳴った。(四挿話四九〜五九行)

ブルームは、先ほどまで自分も寝ていたはずの夫婦の寝室のドアを、不思議なことに、開けようとしない。彼はドアの前に立ったまま、中にいる妻に(もしも起こしたくないのなら、声をかけなければよいのだが)買い物に出かける旨を告げる。夢うつつの彼女は「う……ん(Mn)」と返事をし、吐息をつき、寝返りを打つ。ここで注意すべき点は、妻の三つの行動のうち、寝返りを打ったかどうかだけは、夫の憶測の域を出ないことである。この時、彼は妻の吐息と同時に、ベッドの輪飾りの音を耳にしたせいで、〈横臥〉する妻が寝返りを打ったのだと〈想像〉したに過ぎない。ジョイスが『ユリシーズ』第四挿話の始めに入念に描き込んだのは――〈横臥〉する妻の横で目を覚ます夫ではなく、〈横臥〉する妻を目にする夫でもなく――〈横臥〉する妻の姿を〈想像〉する夫だったのだ。

もちろん、作品を読み進めていけば、ブルームが〈横臥〉する妻を目にする場面も、その横で自らが〈横臥〉する場面もある。肉屋から戻ったブルームは、寝室にいる妻に手紙や朝食を届けているし、日付も変わった深夜にはそのベッドに――妻が夕方に不倫相手と逢瀬を愉しんだベッドに――自らの身を横たえもする。

いかなる姿勢で?

聴者:横になっており、やや左側方向を向き、左手を枕にし、右足はまっすぐに伸ばされ、曲げられた左足の上に重ねられ、地母神のような姿勢、満たされ、横臥し、子種が溢れかえっていた。話者:横になっており、左側を向き、左右の足は折り曲げられ、右手の人差し指と親指は鼻に当てられ、パーシー・アップジョンのスナップ写真にあるような姿勢、疲れ果てたこども大人、子宮の中のおとな子供。(十七挿話二三一一〜一八行、強調は引用者)

『ユリシーズ』十七挿話の最後に読者が目にするのは、同じベッドで「横にな」る(reclined)一組の夫婦の姿だ。『ユリシーズ』をブルームの視点から概括すれば、朝、〈想像〉した妻の〈横臥〉するベッドに、翌未明になって潜り込むことに成功した夫(その間に別の男が潜り込んでいたとしても)の物語だということもできるだろう。

しかし、『ユリシーズ』全体をみれば、〈横臥〉する妻を〈想像〉する夫に始まり、〈横臥〉する夫を〈想像〉する妻に終わる物語だと言った方が公平だろう。配偶者を〈想像〉するのは夫の特権ではない。最終十八挿話において妻モリーも〈横臥〉する夫を想像するのだ。しかし、夫が目の前で熟睡している以上、妻がその姿を〈想像〉するのは不自然である。そこで、ジョイスがとった作戦は、妻に空想的タイム・リープをさせることであった。『ユリシーズ』の末尾を飾るモリーの独白は、突如として十六年前の夏の日に向かう。

太陽は君のために輝くんだ彼は言ったあの日あたしたちホウス岬のシャクナゲの中で横たわっていた
グレーのスーツを着て麦わら帽子をかぶってあの日あたしは彼にプロポーズをさせたの yes はじめに
あたしシードケーキを口移しで食べさせてねあれは今年と同じうるう年だったわ yes 十六年前のこと
あぁ長いキスのあとであたしは息が苦しくって yes 彼は言ったわ君は山に咲く一輪の花のようだよ yes
……（十八挿話一五七一～六七行、強調は引用者）

妻モリーは、ホウス岬で「横たわっていた（lying）」自分たちの幸福な姿を〈想像〉する。若き日のブルームはモリーに甘い言葉をかけながら、接吻をし、プロポーズをする。“yes”――その時、彼女が発した単語と共に『ユリシーズ』は幕を下ろす。作品終了時の妻モリーは、夫と一つのベッドに〈横臥〉しながら、〈横臥〉する十六年前の二人を〈想像〉しているのだ。

〈横臥〉するパートナーの姿を〈想像〉することは、我々にとってどんな意味があるのか――その答えを見つけることは難しい。しかし、なぜジョイスは〈横臥〉することを〈想像〉することに、かくも過剰な執着を見せたのか、という問いであれば、その答えは意外に単純なものなのかもしれない。すなわち、それが作家ジョイス自身の癖だったからだ、というものである。要するに、ジョイス自身が、理不尽なまでに、〈横臥〉する人を〈想像〉することに魅入られた人であり、神父の家を訪れた少年も、病室のスティーヴンも、仏像を想うブルームも、プロポーズの瞬間を思い出すモリーも、みんなジョイスの欲望を実践しているのではないか、ということである。

四、〈横臥〉するノラ／ジョイスを〈想像〉するジョイス／ノラ

ジョイスが——ベッドに〈横臥〉するジョイスが——この世界の最期に望んだことは何だったのか。その困難な問いには答えらしきものがある。彼が逝去したのは、『フィネガンズ・ウェイク』出版からわずか二年後、一九四一年一月のことだ。九日にレストランで会食したジョイスは帰宅後、激しい胃痛に襲われ、翌十日に全身麻酔で手術を受けることになる。術後の経過は良好で、一時は快方に向かうかに思われたが、二日後の十二日に再び容体は悪化する。その日のことを、ブレンダ・マドックスは、ジョイスの妻ノラの伝記の中でこう記している。

> 一月十二日、日曜の夜、ジョイスはノラに夜通し付き添ってくれるよう頼んだ。彼女がかつて入院した時に彼がそうしたように。しかしながら、医者たちは彼女に家に帰って休息するよう説得した。だが、夜中になって腹膜炎が悪化した。ノラとジョルジオが電話で呼び出されたが、彼らが到着した時には手遅れだった。ノラは夫ジムが目を覚まして二人に会いたがったことを知って悲しく思った。彼はひとりきりで死んだのだ。（Maddox 三四三〜四四頁、強調は引用者）

ジョイスは妻ノラに「夜通し付き添ってくれる（stay with him through the night）」よう頼むものの、医師たちはその願いを聞き入れず、彼女は帰宅することになる。これは『フィネガンズ・ウェイク』の最終場面を彷彿とさせるエピソードでもある。妻ＡＬＰは、ダブリンの大地として〈横臥〉する夫ＨＣＥ

のもとを離れ、ひとりリフィ川となって海へと流れ去るのだ。その後に再び意識を取り戻したジョイスは、家族を呼ぶように求めたのだが、その願いも叶うことなく、彼は病院で息を引き取ることになる。マドックスによれば、妻ノラはジョイスの最期の様子を知って――ひとり病床に〈横臥〉する夫を〈想像〉したにちがいない――「悲しく思った」とのことである。

しかし、マドックスは、この伝記の執筆過程で重要な情報を見逃しているように思えてならない。彼女が依拠したリチャード・エルマンの伝記には、同日の出来事が以下のように記されている。

日曜の午後、彼は意識不明に陥ったが、一時的に回復すると、自分のベッドの近くにノラのベッドを置くように頼んだ。しかしながら、医者たちは彼女とジョルジオに家に帰るよう促した。もしも、少しでも容体に変化があれば電話をすると約束した。午前一時にジョイスは意識を回復し、看護師に妻と息子を呼ぶように頼み、再び、意識を失った。ノラとジョルジオが病院に呼び出されたのは午前二時のことである。しかし、午前二時十五分、彼らが到着する前に、ジョイスは死んだ。(Ellmann 七四五頁、強調は引用者)

エルマンは、死の前夜、ジョイスが「自分のベッドの近くにノラのベッドを置くように(Nora's bed be placed close to his)」と頼んだのだと記述している。それは、マドックスが――あるいはノラが――解釈したように、「夜通し付き添ってくれる」ように頼んだのとは必ずしも同義ではない。死期を悟ったジョイスは妻と共に〈横臥〉することを願ったのだ。もしも、この願いが叶えられていたとしたら、横たわるジョイスは、横たわる妻ノラの傍らでその最期を迎えられたかもしれない。それが実現されなかったことは、彼にとって確かに不幸な最期だったとも言えるだろう。しかし、エルマンの伝記を読む限り、数時間後に死を控えた彼が、隣のベッドに〈横臥〉する妻の姿を〈想像〉したことも、また確かなのである。

横たわる妻を想うこと——ジョイスにとっては、これ以上、甘美な空想もなかったのかもしれない。彼はブルームに演じさせた振る舞いを、自ら完璧に再演しつつ、この世を去ったのだ。病床でひとり、〈横臥〉する妻を〈想像〉したジョイスは、今際の際に作家としての本懐を遂げたのだろう。(8)

図1　ジョイスのデスマスク
（ジョイス博物館であるマーテロ塔に展示）

註

本稿は『英文学評論』九三集（京都大学大学院人間・環境学研究科英語部会、二〇二一年）に同タイトルで掲載された論文に加筆修正したものである。

（1）断りがない限り、引用の翻訳は筆者による。

（2）カーナンの転落が『フィネガンズ・ウェイク』冒頭のフィネガンの転落と共通すること（あるいは、失楽園やダンテの地獄めぐりと共通すること）はすでに指摘されている（Jackson 一三五頁）。ただし、本論での力点は転落そのものではなく、その後の〈横臥〉にある。横たわるためには、ひとまず転ばねばならない。

（3）『フィネガンズ・ウェイク』全体を一人の登場人物が見た「夢」とする見方は、（ジョイス本人がフィン（Finn）の「夢」として構想していた節があるにもかかわらず）難しいだろうとクライヴ・ハートは述べている（Hart 七八〜一〇八頁）。だが「夜」を描いた本作全体の形式、言語などを「夢」として捉えることが有効であることは、ジョン・ビショップが見事に証明している。Bishop を見よ。

（4）アイリーン・ケネディは、この"lying"という語が「横たわる」という意味のほかに、「嘘をつく」という意味をも隠し持っている可能性を示唆している。Kennedy を見よ。"lie"への偏愛ぶりは、〈フィクション〉の作り手である作家の業なのかもしれない。

（5）パーネルは死後、すぐに棺に入れられ、その遺体を見た者はいない——という誤った噂が当時、出回っていた（Lyons 三〇七頁）。ドン・ギフォードは、これがパーネル生存説の一因になったと述べる（Gifford 一一三頁）。『ユリシーズ』でも、登場人物の一人が「パーネルの墓は空っぽであり、棺桶にはたくさんの石が入っていた」（六挿話九一三〜一四行）という噂に言及する。パーネルの横たわる身体は、その死を受け入れられない多くのアイルランド人にとって想像の対象となっていたことが窺える。

（6）ブルームの入浴場面に秘められたジョイスの妙技については浅井学が詳細に論じている（一～二六頁）。

（7）田村章はゴヤ、モディリアーニらが描いた「寝台に横たわる婦人像」の系譜の影響の可能性を指摘している（二三六頁）。

（8）「『作家』とは『作品』に酷似しえた人間のみに捧げられる名称である」（二五九頁）――夏目漱石作品に頻出する「横たわること」を始めとしたモチーフが、後年、修善寺で倒れた作家自身によって忠実に反復される奇妙な現象を取り上げ、蓮實はこのように論じた。この余りに華麗なテーゼの是非は一旦保留したとしても、若き日の蓮實以上にテクストを緻密に、かつ地道に読めた批評家はいない。本論は「横たわること」に着目して、夏目漱石作品を網羅的に論じ切った彼の名著『夏目漱石論』へのオマージュとしてある。

参考文献

Bishop, John. *Joyce's Book of the Dark: "Finnegans Wake."* U of Wisconsin P, 1986.

Ellmann, Richard. *James Joyce*. Oxford UP, 1959.

Gifford, Don, with Robert J. Seidman. Ulysses *Annotated: Notes for James Joyce's* Ulysses. U of California P, 2008.

Hart, Clive. *Structure and Motif in "Finnegans Wake."* Faber, 1962.

Jackson, John Wyse, and Bernard McGinley. *James Joyce's "Dubliners": An Illustrated Edition with Annotations*. St. Martin's Press, 1993.

Kennedy, Eileen. "'Lying still': Another Look at 'The Sisters'." *James Joyce Quarterly*, vol. 12, Summer 1975, pp. 362-70.

Joyce, James. *Dubliners*. Penguin, 1992.

——. *Finnegans Wake*. Penguin, 1992.

——. *A Portrait of the Artist as a Young Man*. Penguin, 1992.

——. *Ulysses.* Random House, 1986.
Lyons, F. S. L. *The Fall of Parnell, 1890-91.* Routledge and K. Paul, 1960.
Maddox, Brenda. *Nora: A Biography of Nora Joyce.* Fawcette Columbine, 1989.
浅井学『ジョイスのからくり細工——「ユリシーズ」と「フィネガンズ・ウェイク」の研究』あぽろん社、二〇〇四年。
田村章『ジョイスの拡がり——インターテクスト・絵画・歴史』春風社、二〇一九年。
蓮實重彦『夏目漱石論』青土社、一九七八年。

眼を閉じるスティーヴン、横たわるベラックワ
――「子宮」イメージの変容とアリストテレスの思考の継承

深谷　公宣

サミュエル・ベケットは一九三二年六月の書簡にこう記している。「死ぬ前に、J・Jを乗り越えることを誓う」。宛先はサミュエル・パットナム。彼はジョージ・リーヴィの詩集に寄せた序文でベケットについて、J・Jなる人物と「近すぎる」一方、その人物にはないランボーばりの「情熱的ニヒリズム」や「超越的ヴィジョン」の表現を試みていると評価している（Beckett, *The Letters* 一〇八～〇九頁）[1]。書簡の一文はパットナムの評価に対するベケットなりの応答であった。J・Jとはいうまでもなく、ジェイムズ・ジョイスである。

遡ること十ヶ月前、チャールズ・プレンティス宛書簡でベケットは、自身の小説「座ることと落ち着くこと」（"Sedendo et Quiescendo"）のことをこう述べていた。「自分の香りを与えようと最大限真摯に

努力したにもかかわらず、当然、ジョイス臭がしている」(Beckett, *The Letters* 八一頁)。[2] ハロルド・ブルームなら「影響の不安」と呼ぶだろう。けれども、この語が強い詩人への抵抗という印象を強めるだけなら、無意味である。それは時に学究の方向性をも惑わせる。ジョン・ピリングは、ジョイスからの「影響の不安」を語るベケット批評の諸事例について、影響などないかもしれないところに影響を跡づけようとする批評家自身に不安があるのだ、と喝破している (Pilling, *Samuel Beckett's* 'More Pricks Than Kicks' 二三四頁)。ジョイスを強い詩人と捉えるだけでなく、ピリングがいうように、ベケットがジョイスの何を乗り越えようとしたのかを具体的に追究しなければならない (同書二三五頁)。そのためには、ベケットが継承したジョイスの遺産についても探る必要がある。

本論では、ジョイスに「近すぎる」といわれたベケットの継承と離脱の一例を考察する。着目するのは、両者の作品に共通して登場することば、「子宮 (womb)」である。[3]『ユリシーズ』での使用は散発的だが、第三挿話「プロテウス」では「あらゆるものをはらむ墓 (allwombing tomb)」を含め、重要な意味を担っている。ベケットも処女小説『並には勝る女たちの夢』(*Dream of Fair to Middling Women* 以下、『夢』) で「子宮墓 (wombtomb)」という語を用いるなど、子宮をしばしばモチーフに採用している。ベケット研究においてこのモチーフは精神分析と関連づけて説明されることがあるが、[4] ジョイスとの関わりはあまり追究されていない。そこで本論ではこの二作品を比較し、「子宮」という語にみる両者の「近さ」がどの程度であったかを検証する。そのうえで、ベケットが創作上、ジョイスのもとからどのように離れていったのかを再考する。

一、罪の子宮

「プロテウス」において、子宮は原罪と結びつく。挿話の序盤、スティーヴン・デダラスは次のように考える。「アダム・カドモンの花嫁、妻であるヘヴァ、裸のイヴ。彼女には臍がなかった。見よ。大きく膨らんだ、欠陥のないお腹、ぴんと張った子牛皮の円楯、いや、光沢のある、不死の、永遠から永遠に存在し続ける白く積み重なった麦。罪の子宮」(Joyce, *Ulysses* 三挿話四一〜四四行)。

スティーヴンはこの箇所で、自分が永遠の生命を持たないこと、イエス・キリストではないことを自覚している。「ぼくもまた、罪の闇にはらまれたのだ。産み出されたのではない」(四五行)。少し後にもスティーヴンが構想する詩句の一節として、子宮への言及が見られる。その詩は接吻をモチーフとしており、臍のないイヴから堕落したイヴ、その子孫である人類の性愛のかたちを表現する(Gifford 六二頁)。この詩句における子宮は「あらゆるものをはらむ墓」と呼ばれ、存在者の死の不可避性を示唆する(三九九〜四〇三行)。原罪を背負う者にとって子宮は誕生と死を同時に意味するというわけである。スティーヴンも他の多くの人間同様、処女懐胎や復活の奇跡とは無縁の、俗なる存在である。同じ挿話で「スティーヴンくん、君は聖人には決してならないだろう」(一二八行)といわれているのは偶然ではない。

人間の性愛に結びつく点で、この俗なるスティーヴン像はベケットの『夢』における「美」にまつわる一節を思い出させる。主人公の青年ベラックワはふたりの女性、スメラルディーナ＝リーマとシラ＝クーザに好意をよせ、それぞれの美について思考する。[5] これに対し語り手は「不幸なベラックワ」と呼びかけ、美はカテゴリー分けできないと忠告する。

不幸なベラックワ、君はわれわれのポイント、まさにこのポイントを捉え損ねている。そうした美は結局のところ諸カテゴリーには従わず、それらを超えるのだ。唯一のカテゴリーがある。君の静止によってもたらされる君のカテゴリーだ。信条や色彩、性から独立したあらゆる神秘主義者が無信条、無色、性を持たないキリストへと変質するように、あらゆる美のカテゴリーは君のカテゴリーへと変質するのでなければならない。(Beckett, *Dream* 三五頁)

だがベラックワは、複数のカテゴリーを超えた「君のカテゴリー」を作ることができない。語り手がいうように「ベラックワの若い思考では……ふたりの少女が比較されなければならなかった」(三五頁)。彼にできるのはせいぜい、最小限の共通項としてスカートに着目する程度のことであり、それぞれの美を「唯一のカテゴリー」にまで昇華できないのである。したがってベラックワが考える美は、キリストの水準には届かない。彼の美の価値はそのつど変化し、永続することがない。永遠なるものにたどり着けないという意味で、「プロテウス」のスティーヴンと『夢』のベラックワは、類似している。

とはいえ同じ俗なる存在でも、スティーヴンが美にこだわる芸術家肌の青年であることを踏まえれば、美の「唯一のカテゴリー」を理解できないベラックワが別の道を進むことは明らかである。[6] 罪のことを真剣に考えているスティーヴンと異なり、ベラックワには罪に向き合う姿勢は見られない。たとえば彼は自らを本能的に囚われの状態に置くために(四三頁)、部屋に籠り、人々や事物から遠ざかるようにして横たわる。この状態は一見、語り手のいう「静止」の試みであるかにみえる。だがそれはベラックワにとって、「アダムの息子たちの暗い激痛に対して無感覚な、怠惰の至福」である(四四頁)。子宮という語は、こうした状況を示すのに用いられる。

知性は突然、刑の執行を猶予され、落ち着かない身体の付属物であることをやめる。悟性の輝きは消え、激しく痛む知性の蓋は閉じる。突如、知性に存在する薄闇、それは汗と恐れを伴った眠りではまだないし、夢でもない、目醒めつつある、超脳の(ultra-cerebral)あいまいな薄暗がり、そこに灰色の天使が群がっている。彼の死と彼の未生の魂《スピリット》が乗り込むのにぴったりの、墓と子宮の影のみが、彼には残されている。(Beckett, *Dream* 四四頁)

サミュエル・ベケット
(『夢』、Arcade Publishing版の表紙より)

ジョイスは子宮を「あらゆるものをはらむ墓」と表現した。ベケットも子宮を墓と組み合わせ、死の影を纏わせる。子宮(womb)と墓(tomb)の押韻やことば遊びが文学史的に珍しくないとはいえ、子宮墓という形象はジョイスからベケットへの影響を窺わせる。けれども、付与される意味は異なる。スティーヴンは子宮を、原罪を背負った死すべき人間の場と捉えた。ベラックワは子宮を、原罪を背負った「アダムの息子たち」とは無縁の場として扱う。怠惰（sloth）は大罪のひとつであるから、ベラックワのいる場所も「罪の子宮」かもしれない。だがベラックワは、その怠惰に至福を感じるのである。

スティーヴンが考える子宮は、彼が抱く罪への後悔も暗示する。それは楽園に戻れないと知りながら、神の呼びかけに応えたいという良心の現れである。臍の緒を電話線に見立て、「エデンの園市に繋いでください。アレフ、アルファ、〇、〇、一」（三九〜四〇行）と世界の始まりへ呼びかける描写も、そのことを示唆する。一方、ベラックワの状態を表す「子宮」は神の呼びかけに応じない、後悔の念を失った人間の「墓」である。そこにあるのは良心ではなく、知性や悟性が置いていった身体と薄闇だけである。

横たわるベラックワは、『若い芸術家の肖像』（以下『肖像』）の次の描写と響き合う部分があるかもしれない。「魂《ソウル》が冷たい水のなかにあるかのように静かに横たわる……ああ！　処女なる想像力の子宮で、ことばが肉となった。熾天使ガブリエルが、処女の寝床に降りてきたのだ」（Joyce, *A Portrait* 一八〇頁）。(7) この一節は子宮という語の使用、天使のモチーフ、そして何よりも横たわる姿勢において、部屋に籠るベラックワの描写と重なっている。しかしながら、霊感と怠惰、熾天使と灰色の天使という対照性も際立っている。

このように、ベケットはジョイスから子宮、罪、死のイメージを受け取りつつ、それらを独自の世界観へと読み換えた。ここにベケットがジョイスから何を継承し、どう離脱を試みたかの一端が垣間見える。けれども、ベケットは単にジョイスと逆方向に進もうとしたわけではない。そこにはもう少し複雑な継承と離脱の過程がある。

二、子宮墓のなかのアリストテレス

「子宮墓」に横たわるベラックワはほとんど動かない。この姿勢は「ジョイス臭がする」と自嘲した小説の題名「座ることと落ち着くこと」とも親和性がある。実際、『夢』の「そして《ウント》」の章で語り手がそれまでの物語と人物描写を振り返るとき、ベラックワを「三重の男！（A trine man!）」と呼び、その特徴を「求心的、遠心的・・・そのどちらでもない」「ダフネを追いかけるアポロン、エコーから逃げるナルキッソス、そして・・・そのどちらでもない」（ドットによる省略は原文のまま、一二〇頁）と述べるのだが、「どちらでもない」状況を喩える「調査されていない怠惰の沼」の描写に、この表現が用いられている。「彼は、このように溺れて闇に落ちる自分のことを『彼の心に戻る』というときもあるし、『座ることと落ち着くこと』（"sedendo *et* quiescendo"）と、真ん中の「と」に強勢を置いていうときもある」（一二二頁）。

『夢』の主人公ベラックワは、『神曲 煉獄編』に登場するフィレンツェ出身のリュート職人、ベラックワをモデルにしている。ダニエラ・カゼリによれば、『神曲』のふたつの注釈本に、(8) ダンテとベラックワの関係を示す逸話が掲載されている。すなわち、実在のベラックワは彼の怠惰を非難するダンテに対して、「座ることと落ち着くこと」というアリストテレス由来の表現を用いて応じていたというのである。この逸話は後にトインビーの『ダンテの作品における固有名と著名な出来事辞典』でも言及され、その記述が一部『夢』に採用された（Caselli 三八〜三九頁）。この逸話と、小説「座ることと落ち着くこと」が『トランジション』誌（一九三二年三月）掲載後に修正を加え『夢』の一部に再録された事実を考えあわせれば、当時ベケットの念頭にアリストテレスの哲学があったことは間違いない。(9) ここで思い出されるのは、ジョイスがアリストテレスに強い関心を抱き、作中でたびたびその思想に言及していることである。初期のベケットはジョイスから、アリストテレスの世界観を受け継いだのではないだろうか。

子宮という語が使われる「プロテウス」でも、アリストテレスが引用されている。「視覚可能なものの不可避な様相」(一行) や「透明なものの限界」(四行) などである。ギフォードによればこれらは「感覚と感覚されるものについて」("De Sensu et Sensibili") や『霊魂論』(*De Anima*) でアリストテレスが採用した次の考えを反映している。「眼によって知覚されるものの実体 (substance) は、知覚的なイメージの形相や色彩に存在するのではない」(Gifford 四四頁)。(10) この考えに導かれたスティーヴンは眼を閉じ、物質世界を放棄しようと試みる。やがて彼は再び眼を開け、自分がいようがいまいが、そこに果てなき世界があること (二五〜二八行)、眼を閉じても物質世界は放棄不可能であることを知る。認識と存在が別々の領域でありながらも相互に連関していることを確かめるわけである。

「子宮墓」に横たわるベラックワは、眼を閉じるスティーヴンと似ている。それは知性や悟性の墓ではあるが、物理的な死や未生ではない。光が完全に遮断されたわけではなく、薄闇が残っている。スティーヴンが物質世界から逃れられないのと同様、ベラックワも物質世界を離脱できない。眼を閉じても物質世界がなくならないように、知性や悟性を放棄しても、薄闇という物質世界が存続する。

このように、スティーヴンもベラックワも、人間と世界のあいだにある領域を確かめる作業を行なっている。その領域を、ひとまず「閾《いき》」と呼んでおくことにする。ここでいう閾とは、人間と世界を分け隔てるものではなく、両者の区別が判然としない、あいまいな領域、まさに「透明なものの限界」である。スティーヴンはこれを「不透明なもの（adiaphane）」（三挿話八行）と言い換えているが、この言い換えは、閾のあいまいさをよく表している。眼を閉じれば世界は見えないが、それは存在し続ける。眼を開けば光によって世界は見えるが、光だけでは世界を明確に把捉できない。視る主体と世界のあいだにあるぼんやりとした「透明なものの限界」あるいは「不透明なもの」。ベラックワにとってそれは、「薄闇」として表現される。

興味深いのは、閾の在処を確かめる作業のなかでジョイスもベケットも「体」（bodies, body）に着目していることである。クリスチャン・ファイファーによれば、アリストテレスは「体（σῶμα）」という語を「量（quantity）」「実体（substance）」「質料（matter）」の三種が相関する仕方で用いている（Pfeiffer 七頁）。ここでその内実を詳述する余裕はないが、スティーヴンは、アリストテレスが色彩のない物体をどうやって認識したのかと問うことによって（三挿話四〜五行）、感覚外の「存在」全体を「体」と捉えているようにみえる。(11) 一方、横たわるベラックワにとっての「体」とは、かつてそこに従属していた知性や悟性が離脱した後の人間の「身体」である。これらの描写に共通するのは、認識能力だけでは純粋な「体」にたどり着けないという発想である。スティーヴンは、「透明なものの限界」によって存在という「体」への接近を阻まれる。ベラックワの「体」は、「薄闇」や、死や未生の魂が入る「影」に覆い隠されている。逆にいえば、両者とも「閾」の向こうに認識不可能なものを想定しているようにみえるのである。ベケットによる認識不可能なものへの志向は、彼が関心を抱いたカントやショーペンハウアーの哲学と関連づけて解釈することもできる。だが「薄闇」や「影」といった閾の具象化において、ベケットはスティーヴンの脳裏に浮かんだアリストテレス由来の「透明なものの限界」を参照し、継承したのではないだろうか。

そのように考えたくなる理由は、ほかにもある。ベラックワが闇のなかで展開する思考が、第二挿話「ネストル」で言及されるアリストテレスの「思考」と類似していることである。

『夢』の語り手によれば、子宮墓と化し、薄闇に包囲されたベラックワの思考は「真《リアル》の思考」である。「思考による拷問、生による裁定は、トンネルの外側にとどまっていた。それが偽の思考であり、偽の生だからである。しかし影のなか、トンネルのなかで知性が子宮墓と化したとき、それは真の思考、真《リアル》の生、生きた思考であった」（Beckett, *Dream* 四五頁）。

この思考は、スティーヴンが「ネストル」で思いを致すアリストテレスの「思考」を彷彿とさせる。

ということは、それはひとつの運動であるに違いない。すなわち、可能性としての、可能態の現実化である。早口で喋り立てられる詩のなかで、アリストテレスのことばがひとりでに形をなし、聖ジュヌヴィエーヴ図書館の勤勉な静けさのなかに浮かんだ。スティーヴンは毎晩そこで、パリの罪から身を守られながら読書をしていた。すぐそばでは繊細なシャム人が戦略教本に取り組んでいた。ぼくのまわりにある、養分で満たされた脳や養分を与える脳。灯の下に固定され、微かに触角をばたつかせながら。ぼくの知性の闇のなかの底の世界にある怠惰が、気が進まないとでもいうように、輝きに用心しながら、竜の鱗のとぐろの位置を変える。思考とは思考についての思考である。静かな輝き。魂《ソウル》とは、いわば存在するもののすべてである。魂とは形相の形相である。突然の、広大な、白熱する静

寂。形相の形相。（Joyce, *Ulysses* 二挿話六七～七六行）(12)

「思考とは思考についての思考である」という表現は、『形而上学』の次の論述に由来する。「思考《ノエーシス》とは自体的な思考であり、それ自体で最高のものを扱う」「思考《ヌース》はそれ自身について思考する」（第十二巻第七章）(13)。アリストテレスは続ける。「なぜなら思考は思考対象物の性質を共有するからである」（第十二巻第七章）。思考において人は、対象物の存在を常に同時に認識する。思考と思考対象物は不可分なのである。『夢』のベラックワによる「真の思考」も、知性や悟性の影響を受けない純粋な思考であるという意味では、アリストテレスのいう「自体的な思考」ではないだろうか。そしてその思考は、ベケットがジョイス経由でアリストテレスから継承したものではないだろうか。

けれども『夢』執筆時のベケットには、「ジョイス臭」を振り払う必要もあった。アリストテレスの思考に思いを致すスティーヴンと横たわるベラックワを比較すると、異なる面が多々あることがわかる。スティーヴンが「知性の闇」にあっても、周囲の脳たちは動いている。だがベラックワのいる「超脳」の領域には本人以外誰も存在せず、彼自身の通常の脳の機能も停止しているかにみえる。読書するスティーヴンには「静かな輝き」が放たれるが、ベラックワのまわりに光はほとんどない。スティーヴンの怠惰は光にさらされるのを嫌う。光の心配がないベラックワにとって、怠惰は至福となる。このように、よく似たことばを用いながらも人物の置かれた状況は大きく異なっている。「思考についての思考」というモチーフを継承しながら、ベケットはジョイスと異なる方法で主人公を配置し、描こうとする。

こうした人物造形の差異を生み出す要因は何だろうか。それは「自体的な思考」に向ける両者の姿勢の相違に関係している。

三、灰色の天使

スティーヴンの内省における「思考とは思考についての思考である」が『形而上学』第十二巻に由来するとすれば、彼はその先に神の存在を見ていたはずである。アリストテレスが同じ箇所で、思考対象を所有することができる思考自体に神的側面があると説明しているからである。アリストテレスによれば思考の現実態は生であり、神こそがその現実態である。「神の、それ自体に依拠する現実態は、最良の生であり、永遠なる生である」(『形而上学』第十二巻第七章)。

「ネストル」挿話でアリストテレスの神的思考を思い返したスティーヴンは先に見た通り、「プロテウス」挿話で自らをはらんだ子宮を「罪の子宮」と捉え、堕落以前の世界や永遠の生へと思いを馳せる。ふたつのエピソードを関連づければ、アリストテレスとキリスト教を繋ぐ道ができる。両者を接続することによって、このようにもいうことができるだろう。スティーヴンにとって純粋な思考、「思考についての思考」は、「罪の子宮」の外で行われるべきものである、と。彼が「パリの罪」を逃れ図書館に籠るのは、一時の気紛れによるものではない。スティーヴンにとって思考は聖なる行為なのである。先の引用の「静かな輝き」は、その聖性を示唆している。[14] しかしながら、その聖性は「プロテウス」においては、思考ではない感覚器官への関心や、「罪」への意識というかたちで俗なるものへと引き戻される。

ベラックワは「真の思考」に神の存在を観ただろうか。語り手は美の超越性を理解しないベラックワを批判したが、その少し前、こうもいっていた。「しかし不幸なベラックワ、君は美の本質が述語を欠き、カテゴリーを超越することを認識していないのかい?」(Beckett, *Dream* 三四頁)「述語を欠き」「カテゴリーを超越する」という表現は、アリストテレスの哲学(『カテゴリー論』)を思い出させる。ベラックワの思考が語り手のいう「美」と同様、諸カテゴリーを超越するとすれば、「君の静止によってもたらされる君のカテゴリー」として、神的側面を帯びる可能性がある。

実際語り手は、「子宮墓」に自閉するベラックワをイエス・キリストに擬えている。自身を囚われの状態に置いた二ヶ月後、スメラルディーナ゠リーマから届いた手紙をきっかけに未知の世界へ出ていくベラックワについて、語り手は述べる。「彼は知性の蓋を広く開け、輝く光を取り入れた……しかし次のことを思い出すのに時間はかからなかった……彼はベラックワ・イエスを愛する、非常に内向的な人間でしかないことを」(六三頁)。「非常に内向的な人間」は、トマス・ア・ケンピスの『キリストにならいて』からの借用である(Pilling, "A Companion" 一二三頁)。スティーヴンが「静かな輝き」という表現で思考の聖性を示したのと同様、ベラックワも「真の思考」に聖性を持たせようとしたのかもしれない。この点においても、ジョイスからベケットへの継承が見出せる。

だが、「アダムの息子たちの暗い激痛に対して無感覚」な場所で怠惰の至福を感じるベラックワに、イエスほどの聖性が宿るとは思えない。そうであるなら、ベラックワ・イエスという呼び方は、ひとつのアイロニーと捉えるよりほかかない。ここに、ベケットがジョイスから離脱する分岐点がある。「プロテウス」で言及される「視覚的なるものの不可避性」がスティーヴンの思考の聖性を相対化しているとしても、そこにアイロニーはない。ベラックワの場合、思考の聖性そのものにアイロニーが含まれる。怠惰の至福も、そうしたアイロニーの表現であった。もちろんジョイスの作品にアイロニーがない訳ではない。だがこの聖性へのアイロニーは、フランク・カーモードもいうように、その後の作品でもベケットの際立つ特徴となっているのである（Kermode 一一六頁）。「ゴドー」の名を思い起こすだけでも、それは明らかであろう。

こうしたアイロニーの事例は「灰色の天使」の造形にも見出せる。「アダムの息子たち」のもとには天使が福音のメッセージを伝えに来るかもしれない。だが、「子宮墓」にやって来る灰色の天使は、かつて輝いていた堕天使ですらない。天国にも地獄にもたどり着けずにさまよい込んだ行き場のない天使である。『夢』の第三章でパーティーに誘われたベラックワは、彼の好む女性のアルバも来ると聞いて「奇跡」を感じ、「子宮に埋葬される（enwombing）」。それは「感情のない天使がぼんやりと群れをなす、灰色」へと向かう「さかさまの被昇天」である（一八一頁）。こうしたアイロニーはスティーヴンの聖なる思考からは出てこないだろう。ただし、このアイロニーを自己卑下とみなしてはならない。それはあくまで「真の思考」を特徴づける、ベケットの表現方法のひとつと捉えるべきである。

灰色の天使は、サミュエル・パットナムのベケット評「情熱的ニヒリズム」と「超越的なるもの」の中間形態であるようにみえる。この中間形態も、ジョイスの遺産をベケットなりに継承した結果かもしれない。『夢』執筆前、一九二九年のエッセイでジョイスの作品世界を煉獄に喩えたベケット自身（Beckett, "Dante…" 三三頁）、『神曲』で煉獄前域にたたずむベラックワを主人公に仕立てたことが、それを物語っている。この中間形態が初期ベケットの目指す方向であったとすれば、「情熱的ニヒリズム」と「超越的なるもの」の観点からJ・Jとベケットを区別しようとしたパットナムのねらいは的を外したといわざるを得ない。パットナムの評価にベケットがわざわざ「J・Jを乗り越える」と応じたのも頷ける。ジョイスの影響下にあることは、彼自身、よくわかっていたのである。

楽園追放の結果、内在世界にとどまらざるを得ない人間による「閾」の在処の探求、思考の聖性の相対化という点で、ジョイスとベケットはよく似ている。その意味でベケットは、ジョイスの正統的な継承者だというべきだろう。継承の遺産には、子宮のイメージや、アリストテレスの世界観が含まれている。けれどもパットナムのように両者を「近すぎる」という必要はない。ジョイスから子宮という語のバトンを受け取ったベケットは、罪への対峙の仕方や聖なる思考へのアイロニカルな接近方法において、灰色の天使とともに、やがて先人の影から離脱していく。

註

(1) サミュエル・パットナム（一八九二〜一九五〇）はアメリカ出身の文学者・批評家。ジョージ・リーヴィ（一九〇七〜七六）はロシア出身のシュルレアリスト詩人であり、ベケットの最初の代理人でもあった。なお、引用の翻訳は断りがない限り筆者による。訳出にあたり参考にした既訳は参考文献に記した。

(2)「座ることと落ち着くこと」についてジョン・P・ハリングトンは、『進行中の作品』からの影響があるにもかかわらず、これが改変されて『夢』に収録されると『ユリシーズ』との類似と受け取られたことを指摘している（Harrington 三四頁）。バーバラ・ライヒ・グリュックは、「座ることと落ち着くこと」は言語的な濃密さはないものの、『こだまの骨』と同質だとベケットが考えたような、ジョイス的な性質を備えていると指摘する（Gluck 五五頁）。

（3）ルビー・コーンは、『夢』がジョイスの作品から語彙・語句を採用している（と同時にこの作品がジョイスの影から離脱しようとしている）と述べているが、「子宮」はまさにその一例と言える（Cohn 四二頁）。

（4）アラン・フリードマンはベケットの子宮へのこだわりについて、『ユリシーズ』からの影響のほか、サルバドール・ダリとの関連性を指摘する。ダリは『ダリの秘密の生活』（*The Secret Life of Salvador Dali*）のなかで、オットー・ランクが『出生外傷』（*The Trauma of Birth*）で主張した、胎内期（intra-uterine period）を楽園、誕生を失楽園とする説を紹介し、自身にも胎内記憶があるとした。フリードマンはこのダリの回想を、精神分析医ウィルフレッド・ビオンとの対話でベケットが胎内記憶があると述べたことと関連づける。ただしフリードマンは、ベケット自身の誕生の苦痛という側面が子宮へのこだわりを独特なものにしているとも述べている（Friedman 一五二頁）。

（5）シラ＝クーザはルチア・ジョイスをモデルとし、その名はシラクーザの聖ルチアにもちなんでいるという（Pilling, "A Companion" 七七頁）。

（6）フィリス・ケアリーは、日常経験の永続する生への変質を望んだスティーヴンに対し、ベラックワは存在の苦悩を合理的な概念と決まり文句に翻訳することで「反エピファニー」を試みたと述べ、ベラックワを「反芸術家」と解釈する（Carey 一一一頁）。

（7）スティーヴンがヴィラネルへの霊感を受ける場面。近藤正毅はジョイスの諸作品に、芸術創造と女性の身体、あるいは子宮との融合が見られるとし、この場面を例に挙げている（Kondo 四頁）。また、第三挿話「プロテウス」の「ぼくもまた、罪の闇にはらまれたのだ。産み出されたのではない」に始まる一節を引用し、「詩人の創造性」という観点からスティーヴンをイエス・キリストと重ね合わせている（Kondo 三〜六頁）。もっとも、『肖像』と『ユリシーズ』では子宮をめぐる言説や意味作用が変化している点にも注意が必要である。（近藤もパードリック・コラムに依拠しつつ『肖像』と『ユリシーズ』のあいだに発表された『追放者たち』を「ジョイスの私的・創造的生の移行期における芸術家の覚醒を扱う」(Kondo 七頁) と評し、ジョイスの創作活動上の変化を意識している。) たとえば『ユリシーズ』第十四挿話「太陽神の牛」でスティーヴンはヴィラネルへの霊感の場面と似た表現を用いている。「女性の子宮で、ことばは肉となったが、創造主の魂のなかで通り過ぎる肉はすべて失われることのないことばとなる。これは、後なる造化 (postcreation) だ」(二九二~二九四行)。だが『肖像』にあった「処女」と「想像力」の語は、ここにはない。「後なる造化」は天地創造と芸術創造を重ね合わせた表現だが、処女や想像力等、「無垢」を示す語が用いられていないことから、『ユリシーズ』における「子宮」は『肖像』よりも世俗的な意味合いを強めているといえる。なお、このような考察の前提として、スティーヴンをジョイスと安易に同一視すべきでないことも付言しておく。この点についてはヒュー・ケナーの見解を分析した下楠の論文も参照のこと。

(8) ベンヴェヌート・ダ・イモラとフィレンツェの無名者による注釈。前者が一三七五年頃、後者が一四〇〇年頃のものとされる。

(9) Beckett, "Sedendo et Quiesciendo" を見よ。

(10)「感覚と感覚されるものについて」と『霊魂論』はフレッド・D・ミラーによる英訳を参照した。ミラーが付した用語集によれば、感覚 (aisthesis) の訳語には sense と perception の二種類がある。Aristotle, *On the Soul* を見よ。

(11)「感覚と感覚されるものについて」においてアリストテレスは「透明なもの」のうち、光のように境界が不明瞭なもののほか、境界が明確な物体 (bodies) についても触れている。後者の場合は色彩が物体の境界上にあるか、また境界そのものとなる。だが、それは物体それ自体の境界ではないという (Miller 七五頁)。アリストテレスの物体と境界 (boundary) との関係については、Pfeiffer, *Aristotle's Theory of Bodies* の第六章も参照。

(12)「魂《ソウル》とは、いわば、存在するもののすべてである。魂とは形相の形相である」は、『霊魂論』第三巻八章から。「形相の形相」は第九挿話「スキュレとカリュブディス」でも引用される。

(13)『形而上学』についてはリチャード・マキオンによる英訳を参照した。Aristotle, *The Basic Works* を見よ。引用の訳は著者だが、既訳（出隆訳）も参考にした。なお、丸谷・永川・高松訳『ユリシーズ』I巻の注解はこの表現の出所を『霊魂論』第三巻に求めているが（四六八頁）、可能態から現実態への運動に関する言及を踏まえれば、その主題を色濃く含む『形而上学』第十二巻を参照先と考えることもできる。Schork 一六二頁も参照。

（14）ショークは「静かな輝き」を、アリストテレスの思考の定式と神秘主義の言語の組み合わせと解釈している（Schork 一六二頁)。なお、ベラックワが引きこもる部屋はパリのモンターニュ・サン・ジュヌヴィエーヴ付近にあり（Beckett, *Dream* 三一頁)、スティーヴンが閉じこもる聖ジュヌヴィエーヴ図書館と極めて近いことも興味深い。

参考文献

Aristotle. *On the Soul and Other Psychological Works*. Translated with an Introduction and Notes by Fred D. Miller, Jr. Oxford UP, 2018. Kindle.

——. *The Basic Works of Aristotle*. Edited by Richard McKeon. Modern Library Classics, 2001. Kindle.

Beckett, Samuel. "Dante...Bruno.Vico...Joyce." *Disjecta: Miscellaneous Writings and a Dramatic Fragment*. Edited by Ruby Cohn, Grove Press, 1984, pp. 19-33.

——. *Dream of Fair to Middling Women*. Edited by Eoin O'Brien and Edith Fournier, Arcade Publishing, 1992.

——. *The Letters of Samuel Beckett Volume I: 1929-1940*. Edited by Martha Dow Fehsenfeld and Lois More Overbeck, Cambridge UP, 2009.

——. "Sedendo et Quiesciendo [*for* Quiescendo]." *transition*, issue 21, March 1932, pp. 13-20.

Carey, Phyllis, and Ed Jewinski, editors. *Re: Joyce'n Beckett*. Fordham UP, 1992.

Carey, Phyllis. "Stephen Dedalus, Belacqua Shuah, and Dante's *Pietà*." Caery and Jewinski, pp. 104-116.
Caselli, Daniela. *Beckett's Dantes: Intertextuality in the Fiction and Criticism*. Manchester UP, 2005. Kindle.
Cohn, Ruby. *A Beckett Canon*. U of Michigan P, 2005.
Friedman, Alan Warren. *Surreal Beckett: Samuel Beckett, James Joyce, and Surrealism*. Routledge, 2018. Kindle.
Gifford, Don, with Robert J. Seidman. Ulysses *Annotated: Notes for James Joyce's* Ulysses. Revised and expanded ed., UP of California, 1988.
Gluck, Barbara Reich. *Beckett and Joyce: Friendship and Fiction*. Associated UP, 1979.
Harrington, John P. "Beckett, Joyce, and Irish Writing: The Example of Beckett's 'Dubliners' Story" Carey and Jewinski, pp. 31-42.
Joyce, James. *A Portrait of the Artist as a Young Man*. Edited by Hans Walter Gabler, Random House, 1993. Kindle.
——. *Ulysses*. Edited by Hans Walter Gabler, Random House, 1986.
Kermode, Frank. *The Sense of an Ending*. Oxford UP, 2000.
Kondo, Masaki. "James Joyce: The Exile as 'Woman-Killer.'" *The Journal of Humanities Meiji University*, vol. 1, 1995, pp. 3-15.
Pfeiffer, Christian. *Aristotle's Theory of Bodies*. Oxford UP, 2018. Kindle.
Pilling, John. "A Companion to *Dream of Fair to Middling Women*." *Journal of Beckett Studies*, vol. 12, no. 1-2, Spring 2003, pp. 1-393. Edinburgh UP.
——. *Samuel Beckett's* 'More Pricks Than Kicks': *In a Strait of Two Wills*. Bloomsbury, 2011.
Schork, R. J. *Greek and Hellenic Culture in Joyce*. UP of Florida, 1998.
Toynbee, Paget. *A Dictionary of Proper Names and Notable Matters in the Works of Dante*. Clarendon Press, 1898. Kindle.
アリストテレス『形而上学』上・下、電子書籍版、出隆訳、岩波文庫、二〇一九年。
下楠昌哉「スティーヴンでは書けたはずがなかろう――ヒュー・ケナー『肖像』論における作者ジョイスとスティーヴンの関係性」『ジョイスの迷宮――「若き日の芸術家の肖像」に嵌る方法』金井嘉彦・道木一弘編著、言叢社、二〇一六年、二〇二～一九頁。

ジョイス、ジェイムズ『ユリシーズ』全四巻、丸谷才一・永川玲二・高松雄一訳、集英社文庫ヘリテージシリーズ、二〇〇三年。

ベケット、サミュエル『並には勝る女たちの夢』田尻芳樹訳、白水社、一九九五年。

違法無鑑札放浪犬の咆哮
——『ユリシーズ』における犬恐怖と狂犬病言説

南谷　奉良

はじめに——「ジョイスの生涯続く犬恐怖症」について

「犬嫌いのジョイス」はいまやかなり定着した類型的イメージだが、それが伝記的な事実とフィクションの出来事を縫い合わされて出来たひとつの像であることを忘れてはならない。事の発端は、画家フランク・バジェンの評伝『ユリシーズを書くジェイムズ・ジョイス』(一九三四)にある。第三挿話、スティーヴン・デダラスの意識を通じて次々に変身する「プロテウス犬」の絵画的な描写性を取り上げたバジェンは、その描写には(「犬界のシェイクスピア」ともあだ名されるほどに、その動物を描いた絵画で有名だった画家)エドウィン・ランドシーア(一八〇二～一八七三)が描くような英国人特有の犬好きの感傷主義が介在していないと指摘する。そして続けて、「確かにこれは犬好きには書けなかったね。

ぼくは犬が嫌いだし、犬が怖いんだ」というジョイスの言葉を回顧している（Budgen 五四頁）[1]。この一節は以後大きな影響力をもち、ジョイスとスティーヴンを同一視する見方に加えて、後者の再帰的登場人物に関する連続性を補強する資料として利用されつづけてきた。つまり『若い芸術家の肖像』のスティーヴンが述べる「ぼくはいろんなものが怖い。犬、馬、銃器、海、雷雨、機械、夜の田舎道」（Joyce, James, *Portrait* 二一五頁）という恐怖心が、『ユリシーズ』において浜辺を駆ける犬を見ただけで「あいつはぼくを襲ってくるかな」（Joyce, James, *Ulysses* 三挿話二九五行）と考えてステッキで身構えるスティーヴンの恐怖心に接続されるとき、それを裏書きするサブエピソードとして、作者ジョイスの犬恐怖症が言及されるのである。

伝記研究が盛んになる一九五〇年代以降、ジョイスの犬恐怖症はさまざまなエピソードによって裏付けされていく。弟スタニスロースの『兄の番人』（一九五七）によれば、一八八七年、当時五歳だった兄がブレイの浜辺で石遊びをして遊んでいるときに、興奮したアイリッシュ・テリアが突然襲いかかってきて、「ジム」の顎を噛んだ。すぐに傷の処置がなされ、（『若い芸術家の肖像』にも出てくる）ヴァンス医師によって手当がされたという（Joyce, Stanislaus 四頁）。この幼少期の出来事は翌々年に刊行されたリチャード・エルマンの『ジェイムズ・ジョイス伝』（一九五九）とシルヴィア・ビーチの『シェイクスピア&カンパニー』（一九五九）でも取り上げられた。特に後者の回顧では、大人になったジョイスにも根強く残る犬恐怖症が印象深く記録されている。あるディナー・パーティーの席上、外にいた犬の吠え声を聞いたジョイスの顔がみるみる青ざめ、「あれはこっちに入ってくるんじゃないですか。獰猛な犬なんじゃないですか」と不安そうに尋ねた後で、顎を指差しながら、いま生やしている山羊髭は昔の傷を隠すためなのです、と語ったという（Beach 三七頁）。

そのトラウマ的な出来事から四十年後の一九二七年、ジョイスは新しい犬の恐怖に見舞われる。オランダ、ハーグのスヘフェニンゲンで家族と休暇中、浜辺にいた犬の執拗な攻撃に遭う。この出来事を回顧するジョイスが手紙のなかで「ぼくはこの忌まわしい動物に対してほんとうに無力だ」（Joyce, James, *Letters* 一五九〜六〇頁）と述べていることは、ハースがエルマンを引用しながら定式化したジョイスの「生涯続く犬恐怖症」を確かに形成しているように見える（Haas 三三頁）。

ブレイとスヘフェニンゲン、そしてサンディマウントという三つの浜辺をめぐるエピソードは、ジョイスとスティーヴンと犬恐怖症を繋ぐための批評的地盤となりつづけてきた。例えばロバート・アダムズの古典的著書『表層と象徴』（一九六二）では、ジョイスの犬恐怖症が言及されてから、『ユリシーズ』に描かれた数多くの犬の分析がはじめられているが（Adams 一〇七頁）、それから半世紀後の二〇一七年になっても、学際的人文学誌『ヒューマニティーズ』で組まれた特別号「ジョイスと動物、ノンヒューマン」上で「ぼろ犬（Tatters）」と呼ばれる犬を分析するマーゴ・ノリスは、ジョイスの犬恐怖症とスティーヴンのそれを結びつけることに何の躊躇も見せていない（Norris 二頁）。

作者と登場人物を同一視する批評的誤謬を指摘し、その神話的なエピソードに疑義を呈す反論は、アダムズの著書のすぐあとに、一九六四年時点で行われていた。ピーター・シュピールバーグは、一九三八年に写真家ジゼル・フロイントが、息子ジョルジオの家の庭でジョイス家三世代を撮影した二枚の写真を提示することで反証を試みた。ひとつの写真には、孫のスティーヴンと彼の犬「スキャップ」[2]、ジョルジオと妻ヘレン・フライシュマンが映っている。シュピールバーグが指摘するように、「た

図1　孫のスティーヴンがテリア犬「スキャップ」と遊ぶ様子をみるジョイス。1938年、息子ジョルジオ宅で撮影された。

しかにジョイスは神経質そうな面持ちでタバコをもっている――しかし、その毛むくじゃらな犬は彼を噛むことができるすぐそばにいるのである」（Spielberg 四四頁）。図1の写真でも、足を組んで椅子に腰掛けるジョイスのすぐ横にその犬スキャップがいる。カールした体毛と体高から判断する限り、テリア犬のなかでも最大の犬種エアデール・テリアであろう。それにもかかわらず、ジョイスは彼の孫がうまく犬を躾ているさまを落ち着いた様子で眺めている風である。ジョイスが書店に来る前にあらかじめ飼っていた犬を外に出しておかなければならなかったというビーチの証言は（Beach 四三頁）、この写真のなかで提示されているものと大きく食い違うのである。(3)

この写真はジョイスが五十六歳にして犬恐怖症を克服したことを示すものではないが、吠え声一つで怯える類型的な像を切り崩すには充分なエビデンスであり、少なくとも、適正な管理下にある犬は許容していたことを示している。しかしシュピールバーグの反論はジョイスと犬を扱う論考でことごとく無視され、犬という動物に抱かれる恐怖が作家個人の体験に還元されることで、本来関連しているはずの歴史的な恐怖心《フォビア》が見過ごされつづけてきた。例えば、スティーヴンとは異なり、特段犬嫌いでもないレオポルド・ブルームがなぜ十二挿話の酒場で出会う猛犬ギャリオーエンを恐れるのか。また、なぜ彼は、父ルドルフが飼犬のアトスとベッドで一緒に寝ることを心配するのか。これらの疑問に答えるには、作家個人の犬恐怖症以外の文脈から、つまり、十八世紀末から二十世紀初頭において英国本土およびアイルランドで猛威を奮った狂犬病という歴史的背景から説明がなされなければならない。本稿は『ユリシーズ』刊行から百年後にも根強く残る「ジョイスの生涯続く犬恐怖症」という神話の地盤をあらためて掘り崩し、そこに別の歴史的土台を挿入する試みである。

一、十八世紀末から二十世紀初頭における狂犬病対策の歴史

第十七挿話、帰宅したブルームは机の引き出しを開けて父が相続で残した文書を見つめ、もし遺産がなければ、どれほど貧困の奈落に突き落とされるかを考える。そして物乞いに頼る極貧の生活を送っていたとすれば、「以前は親切であった女性たちの非同情的無関心、筋骨逞しい男性たちからの軽蔑、パン屑の拝受、知人たちからの白々しい無視、違法無鑑札放浪犬の咆哮、少年らによる無価値ないしは無価値以下の腐敗野菜の放擲」(十七挿話一九四九~五一行)といった屈辱がつきまとうことを想像している。注目すべきは、疑似的な教義問答体による名詞句が整列するなかに紛れ込んでいる「違法無鑑札放浪犬の咆哮(the latration of illegitimate unlicensed vagabond dogs)」という鹿爪らしい用語である。この特殊な言葉の背後から聞こえてくるのは、みずからの存在を訴える、名前も飼い主もない犬たちの咆哮である。つまり、サンディマウントの浜辺の「海水を吸って膨れ上がった犬の死体」(三挿話二八六行)や、ロイヤル運河に死体となって浮いている犬、グランド運河付近の保護収容施設「ドッグズ・ホーム」の野良犬たち、街の小路をうろつき、食事をしたり交尾をしたりしている路上の犬たちのことであり、これまでの批評において特別な注目を引いてこなかった無名の犬たちである。

これらのうち幾つかの犬については、『伴侶種宣言』(二〇〇三)の著者ダナ・ハラウェイであれば、「特定のカテゴリーに固定できない犬(categorically unfixed dogs)」と呼ぶことだろう(Haraway 一七九頁)。犬に対する生権力と生社会性の問題を取り上げ、(ミシェル・フーコーの著書にちなんだ)「犬舎の誕生」(九七頁)を分析するなかで、ハラウェイはアメリカ英語におけるさまざまな雑種犬の呼称に

言及したあとで、捨て犬や放浪犬の社会問題を例にとり、凄絶な環境で生きる「ホームレスの動物」の生に深い関心を寄せている。犬にまつわるテクノカルチャーを前景化させるハラウェイの術語は本稿の分析を進める上でも有用であり、それは税制や飼い主登録制度、収容施設、口輪やリード、鎖の着用等によってその身体の自由を管理・拘束され、居住と移動の空間を管理・制限されていく「近代的な犬」の姿を呈示する。実にハラウェイの術語を少しもじれば、この犬舎のなかでこそ、「未」や「無」という指標によってマーキングされる犬たち（un-fixed dogs）——飼い主のいない（unowned）、無鑑札の（unlicensed）、未登録の（undocumented）、口輪をしていない（unmuzzled）犬——が生み出されたのである。人間の生活空間にもともと同居していた犬たちは特に、都市部および農村部で増え続ける個体数が狂犬病および恐水病への不安とともに問題になった十八世紀末から二十世紀初頭にかけて、この犬舎のなかで制御される必要があったのである。

英国で犬を法制度に成功裡に組み込んだ歴史は、国会議員ジョン・デント（一七六一〜一八二六）によって導入された一七九六年の犬税法に遡る。この法律は、種類や用途、数に応じて犬を課税対象とすることで政府の歳入を増やし、当時二百万匹いたという犬の絶対数を削減し、実際的な被害が目立つようになっていた狂犬病の被害を抑え込む狙いがあった。一時的に廃止されることはあったものの、この法律は一八六七年の犬の鑑札制度ができるまで英国本土で存続した（Braisdell 八四頁、Pemberton 七九頁）。一方アイルランドでは、この犬税法が一八二三年に他の課税金とともに廃止されたため、結果として犬の数は増えつづけ、一八六〇年頃までに様々な問題の元凶となっていた。特にアイルランドの犬は羊や牛、馬などを襲う「ある種の野生動物」としても悪名高く（Dowell 二六九〜七〇頁）、都市部では、新

図２　狂犬病を発症したと見られる犬をキャンバスの中心に据え、そこから逃げ惑う人々と狂犬からの距離を描いている。建物の外壁には “HYDROPHOBIA” の文字が見える。Thomas Busby, “People’s Fear of a Mad Dog and of Rabies” (1826).

聞の見出しには大書された「狂犬」(MAD DOG!) や「恐水病」(HYDROPHOBIA) の文字が踊り、その致死的な脅威への恐怖がパニック言説の形をとって市民のなかに広がっていた（図2）。この問題を重く見た当時のアイルランド担当大臣のロバート・ピール（一七八八～一八五〇）は一八六五年に「アイルランド犬規制法」を通過させる。翌年に施行された同法によって鑑札制度が導入され、犬の飼い主は一頭につき年間二シリングの負担を義務付けられた。

ヴィクトリア朝中期から後半にかけて、原因も治療法も当時不明だった狂犬病および恐水病は、ますます深刻な問題となった。一八六〇年代初めには恐水病による死者はごくわずかだったが、その後、数が急増したため（Baer 九～一〇頁、

Pemberton 六九〜七〇頁、八一頁)、新しい対策が導入された。一八六七年には英国本土でも旧来からの犬税法が廃止され、鑑札制度が設けられた。また、同年に制定された首都街路法では危険と推測される犬の捕獲・売却・殺処分の権限がロンドン警察に認められた(Pemberton 八〇、八二頁、Baer 九頁)。しかしイングランド全体での恐水病による死者は一八七一年には五十六人、一八七四年には六十一人、そして一八七七年には七十九人と増加し続け、鑑札制度や一八七一年に制定された犬法の効果も限定的なものにとどまった。実に一八七四年に『アイリッシュ・タイムズ』に投稿した市民は、こうした狂犬病対策の法律に対して疑義と不信を呈している——

犬税について　アイリッシュ・タイムズ編集者殿

拝啓——貴紙はいつも市内の生活妨害の除去に敏感であるため、この影響力のあるコラムを通じて、なぜ犬税が休眠状態にあるのか、あるいは同法の施行の責任者はどなたかであるかに関してお尋ねしたく思います。ある信頼できる情報筋に拠りますと、今年同法に違反して起訴されたのは、ほんの数件だということです。いまや恐水病について非常に多くのことが語られているので、市民たちは通りをうろつく無用な駄犬の数が増えたことで主要な通りを歩くのも恐ろしい思いをしています。私が住んでいる通りには、二十四匹もの駄犬がおり、それを私は数えたのですが、その内の九匹は無鑑札(unlicensed)でした。

公共の利益のために(*Pro Bono Publico*)

(“Dog Tax.” 六頁。引用の強調は筆者。)

この投書を送った市民が街の犬を鑑札の有無で区別していることにも見て取れるように、先述した「未」や「無」という接頭辞が付される犬は公共空間における「危険な犬」として認識されていた。さらに注目すべきは、投書文の末尾にあるラテン語である。新聞投書文においてしばしば用いられていたこの署名は、『ユリシーズ』の第十二挿話でも狂犬病と関連づけて言及されている。バーニー・キアナンの酒場において、獰猛な犬ギャリオーエンはほんの少し吠えたり唸ったりするだけで市民からの「棍棒」や蹴りを見舞われるのだが、そのうるさい声に腹を立てた十二挿話の語り手「おれ」のほうでも、「公共の利益のために」というレトリックを用いて、その言論を制限しようとする。ジョイスは、こうした狂犬病に関わる言説をも熟知していたのである。

> やることがない暇な奴がいれば、公共の利益のために（*Pro Bono Publico*）つってあの犬ころみたいな野郎には口輪令を適用しろとか新聞に投書するべきだってんだ。吠えるわ唸るわ喉の乾きで目は血走るわで、口から恐水病の涎《よだれ》をだらだら垂らしていやがる。（十二挿話七〇七～一一行）(4)。

語り手「おれ」は少し前にも、「ライセンス」に関する書類をもってやってきた（ダブリン郊外地区サントリ駐在のズボンの一部をこの犬が嚙み千切ったという逸話を思い出して（十二挿話一一二五～一二九行）、獰猛な犬には殺処分をと、悪ノリで提案している。「ライセンス」は字義通りには酒類販売免許を意味しているが、おそらくは未登録犬のギャリオーエンがその書類を犬の鑑札のことだと考えて食って掛かった、というほどのユーモアが掛け合わされているのだろう。いずれにせよ、鑑札に加えて、口輪というテクノカルチャーの登場がここでは重要である。一八八五年に発明されたルイ・パスツールによるワクチンも初期には信頼されず、即時的な効果を発揮することはできなかった。自然発生説や瘴気論的な説明が依然として揺曳するなか、医療的解決よりは、社会的な予防措置によって解決が優先された。そうした限界のなかで提案されたのが、「動物規制を行なう十九世紀後半の時代における主要な規律テクノロジー」としての口輪であった（Howell, "Between Muzzle and Leash" 二二八頁）。一八八〇年代後半に実施された公共空間における犬の口輪の義務付けは、狂犬病に対する「最終兵器」と考えられた（Walton 二二六～三二頁）。それは「制御の象徴」として、あるいは「きちんと世話されている犬と責任のある飼い主を示すバッジ」として機能し、「警察に無責任な飼い主による口輪をしていない放浪犬を見つけることを容易にした」（Pemberton 一三五頁、Howell, *At Home and Astray* 一六七～六八頁）。近代社会を生きる犬はこのとき、飼い主の有無や鑑札の有無に加えて、口輪の有無（muzzled or unmuzzled）という社会的インデックスに組み込まれたのである。

一八八六年の伝染病法の下、狂犬病は届け出の義務のある法定伝染病に指定された。折しも五歳のジョイスが犬に噛まれた頃の一八八七年には狂犬病令が発令され、地方政府当局にも「放浪している犬に口輪の装着、制御、捕獲、拘留、殺処分する」権限が認められた（Baer 一〇頁）。口輪令の効果はいくらか疑問視されているものの（Walton 二二七～三六頁、Ritvo 一九〇～九六頁、Pemberton 一三三～六二頁）、英国本土およびアイルランドにおける狂犬病との戦いの最終段階である一八九〇年代には、一定の役割を果たした。伝染病法の下ですべての犬に口輪を義務付けた発令がなされ、放浪犬の捕獲や殺処分に関してより厳格な対策が打ち出され、口輪をしていない犬は、ただそれだけの理由で公共空間において撲殺されることがあった。そのため動物愛護の観点からも激しい批判が起こったが、口輪に加えてワクチンと検疫制度、飼い主の責任に関する規律付けを通した持続的な取り組みによって、およそ一世紀にわたる狂犬病との戦いに終止符が打たれつつあった。そしてついに英国本土では一九〇二年に、アイルランドでは翌一九〇三年に狂犬病の根絶が宣言されるに至った。(5) つまり、『ユリシーズ』の舞台は、奇しくも狂犬病の根絶が公式に宣言された翌年に設定されているのである。

二、愛犬のなかに潜む狂犬

現実に狂犬病が根絶されたとはいえ、その病気に対する恐怖は、『ユリシーズ』の世界に深く根を下ろしたままである。そのことを指摘するために、個々の描写に明示的にないしは暗示的に書き込まれている、動物とのあいだの物理的な距離に着目してみたい。例えば、動物と近い距離を保っている人物を考えてみると、猫の頭を(おそらくは)日常的に掻いてあげているブルーム(四挿話一九〜二〇行)に加えて、その猫を「おいで、おいで猫ちゃん!」(四挿話四七一行)、と自分のベッドに呼び寄せる妻モリーが思い当たる。彼女が動物を愛撫するイメージは別のシーンでも印象深く描かれている。かつてブルーム夫妻がシティ・アームズ・ホテルに住んでいた際、モリーは当時付き合いのあったリオーダン夫人の犬を膝の上に乗せて撫でていた(八挿話八四七〜四九行)。愛撫をするための近さは動物に対する愛情と親密さを一般に表わすが、現在では古めかしくなったエドワード・ホールの『隠れた次元』(一九六六)

が定式化した近接学《プロセミックス》の「密接距離」（intimate distance）の概念を思い起こしても良いだろう。ブルームが屈んで猫にミルクをあげたり、モリーがベッドから呼びかけるとき、彼らは身体的接触が可能となる自分の親密なスペースに動物が入ることを許容しているのである。

しかし一方では、モリーはこの猫がベッドに乗ることを許容しながらも（四挿話四六九行）、その「密接距離」によって、どこか不安をも感じている。彼女は猫の爪や泥棒行為に対して、そして蚤に対する衛生的な警戒心を示している（十八挿話九三三〜三九行）。動物を近づけると同時に遠ざけるような心性は、ブルームが、父親ルドルフが溺愛した飼い犬のアトスを思い起こす際にも観察できる。

父さんは動物熱を信じていた。猫の皮を冬用のチョッキに貼ったりして。最後のほうは、ダビデ王とシュミナ人のことを思いだして、アトスをベッドに入れていた。父さんが死んだ後も忠実だったな。犬の唾液はおそらく人が……（十五挿話二七八三〜八七行）

この一節には動物に対する親愛と近しい距離が書き込まれている。冒頭でも触れたランドシーアの犬を描いた絵画がそうであったように、十九世紀には主人に忠実な犬の表象がもてはやされたが、(6) アトスもまた、主人の死後にも忠実な犬という表象の伝統のなかに置かれている。

ただし、そのことを回顧するブルームが同時に犬に対する不安を漏らしていることは無視できない。上記の引用部で言葉を途切れさせながら「犬の唾液はおそらく人が……」と考えているのは、忠犬や愛犬のなかに潜む狂犬への不安、唾液が狂犬病を伝染させるリスクへの言及であろう。この部分に関するドン・ギフォードの注釈によると、ブルームは父親の服毒自殺という死因を疑い、アトスの唾液によって感染した恐水病による死の可能性を想像しているという（Gifford 五〇〇頁）。いくらか唐突に見える解釈ではあるものの、動物への近さという問題を考えるときにはいくらかの説得性をもつだろう。リトヴォが述べるように「もし愛玩動物が狂犬病になれば、その動物は親密な人間を高いリスクに晒す」ことになり、「罹患したペットは最も愛情を抱かれるときに最も危険な存在となりうる」（Ritvo 一八四頁）ためである。十五挿話に出てくるかの悪夢じみた犬を思い起こしても、そこにはやはり犬への近さに潜むリスクが書き込まれている。ディグナムの友人であるボブ・ドーランがお手をさせようとブルドッグ犬に近づくと、唸り声をあげるその犬の「豚の膝肉の塊を挟んだ臼歯」からは、どこかおぞましい語感をともなって、「狂犬病の涎がどろりと垂れ落ち」てくる（十五挿話六九一〜九五行）。狂犬の口から滲み出る体液のヴィジョンは言うまでもなくキアナン酒場にいた猛犬ギャリオーエンの「恐水病の涎」が再浮上したものであるが、それは同時に、忠犬と狂犬のあいだをさまよう犬という動物に対する不安がテクストに滲出した描写とも見えてこよう。

終わりに

十五挿話に登場する「キルケ犬」が尾を振りながら、その冷たい鼻水まみれの鼻先をブルームの手のなかに突っ込んでくるとき、彼は自分が妙に犬になつかれることを不思議に考え、キアナン酒場にいたギャリオーエンのことを思い出している――「あの犬は狂犬かもしれない。狼星の真夏《ドッグ・デイズ》。歩き方も不安定だった」（十五挿話六五七～六五行）。彼が想起している、おおいぬ座のシリウスが輝く真夏の季節に狂犬病が猛威を奮うという俗説に加え、その病気を発症した犬が示す不安定な歩行は、殊に有名な徴候であった（図3）。

ここでは特に、ブルームの「あの犬は狂犬かもしれない」（十五挿話六六二行）という推測にある、「かもしれない」という不安に着目することが重要である。というのも、モリーもまた同様の疑念をある放浪犬に抱いているからである。十八挿話、ベッドのなかで彼女はかつて夫が足をひきずった犬を連れて帰宅した日のことを思い出す――「あの夜みたいにあの人は犬を連れて帰ってきたもしきみがよければなんて言ってあの犬はもしかして狂犬だったかもしれない……」（十八挿話一〇八六～八七行）。

モリーの不安も無理はない。『ユリシーズ』の世界は、「人間の最良の友」たる犬が、自分の愛犬や忠犬が、いつでも致死的な存在になりえた時代のことである。それはジョイス個人の体験からだけでは見えてこない、二十世紀転換期の人々の心のなかに染み込んでいたフォビアなのである。それから百

図3　狂犬病に関する初の本格的な書籍 George Fleming, *Rabies and Hydrophobia: Their History, Nature, Causes, Symptoms, and Prevention* (1872) に収められた、狂犬病を発症した犬の最終段階を描いた図。注意過多で興奮しやすくなり、涎を垂らし、口の端から泡を吹く。飢えと喉の乾きによって足はふらつき、尻尾を股に挟んで不安定な歩き方をするようになる（Fleming 二二九～三〇頁）。

年後の狂犬病が根絶された時空間から、その心性を想像することは本来難しかったかもしれない。しかし、二十一世紀前半のコロナ禍において、市民的義務としてのマスク着用とワクチン摂取を経験し、日々変動する数字に戦々恐々とし、感染にまつわる「かもしれない」という不安と対峙した生活からすれば、口輪の有無に加え、身体の密接距離という指標が当時どれだけ大きな意味をもったかは、まさしく皮膚感覚で理解できることだろう。

註

本論は日本ジェイムズ・ジョイス協会第三〇回大会（二〇一八年六月九日、於法政大学　市ヶ谷キャンパス開催）における口頭発表に大幅に加筆修正を施したものである。

（1）引用の訳は、断りがない限り全て筆者による。
（2）その名前は、犬をスティーヴンにプレゼントしたファッション・デザイナーのエルザ・スキャパレッリ（一八九〇〜一九七三）に由来する（Cohen 三一九頁）。
（3）他にもジョイスがトリエステ時代に「ファイドー」という名前の奇形の子犬」をペットして飼っていた伝記的事実が指摘されている（Spielberg 四四頁、Ellmann 三二二頁）。
（4）「狂犬病」（rabies）と区別され、「恐水病」（hydrophobia）の用語は主に人間側の病に用いられていたため（Ritvo 三一八頁）、犬の涎を「恐水病の……」と記述することは獣医学的に誤りだが、ここでは drouth, hydrophobia, dropping の押韻を成立させるために選択された語彙になっている。
（5）二十世紀転換期におけるアイルランドの狂犬病に関する状況については、Clancy を参照のこと。

（6）例えば芸術家チャールズ・ゴフ（一七八四〜一八〇五）の死とその忠犬フォクシーを描いた「愛情」（一八二九）や棺に寄り添うシェパード犬を描いた「老羊飼いの喪主」（一八三七年）では、飼い主に対する親密な距離そのものが愛情として描かれている。

参考文献

Adams, Robert Martin. *Surface and Symbols: The Consistency of James Joyce's* Ulysses. Oxford UP, 1962.
Baer, George M, editor. *The Natural History of Rabies*. 2nd ed., CRC Press, 1991.
Beach, Sylvia. *Shakespeare and Company*. Bison Books, 1991.
Braisdell, John D. "The Rise of Man's Best Friend: The Population of Dogs as Companion Animals in Late Eighteenth Century London as Reflected by the Dog Tax of 1796." *Anthrozoös*, vol. 12, no. 2, 1999, pp. 76-87.
Budgen, Frank. *James Joyce and the Making of* Ulysses *and Other Writings*. Oxford UP, 1972.
Clancy, Sharon. "The Eradication of Rabies." *History Ireland*, vol. 14, no. 1, January-February, 2006, p. 13.
Cohen, Alan M. "Joyce in the Movies." *James Joyce Quarterly*, vol. 2, no. 4, 1965, pp. 317-20.
"Dog Tax." *The Irish Times*, August 17, 1874, p. 6.
Dowell, Stephen. *A History of Taxation and Taxes in England: from the Earliest Times to the Year 1885*. Longman's Green, 1888.
Ellmann, Richard. *James Joyce*. Rev. ed. Oxford UP, 1982.
Fleming, George. *Rabies and Hydrophobia: Their History, Nature, Causes, Symptoms, and Prevention*. Chapman and Hall, 1872.
Freund, Gisèle. *Three Days with Joyce*. Persea Books, 1985.
——. "Three Generations of Joyces." ©Photo Gisèle Freund/IMEC/Fonds MCC.
Gifford, Don, with Robert J. Seidman. Ulysses *Annotated: Notes for James Joyce's* Ulysses. U of California P, 1988.

Haas, Robert. "A James Joyce Bestiary: Animal Symbolism in *Ulysses*." *A Quarterly Journal of Short Articles, Notes, and Reviews*, vol. 27, no. 1, 2014, pp. 31-39.

Haraway, Donna. *Manifestly Haraway: The Cyborg Manifesto; The Companion Species Manifesto; Companions in Conversation (with Cary Woolf)*. U of Minnesota P, 2016.

Howell, Philip. "Between the Muzzle and the Leash: Dog Walking, Discipline, and the Modern City." *Animal Cities: Beastly Urban Histories*, edited by Peter Atkins, Routledge, 2012, pp. 221-41.

——. *At Home and Astray: The Domestic Dog in Victorian Britain*. U of Virginia P, 2015.

Joyce, James. *Letters of James Joyce*. Vol. III, edited by Richard Ellmann, Viking Press, 1966.

——. *A Portrait of the Artist as a Young Man: Authoritative Text Backgrounds and Contexts, Criticism*. Edited by John Paul Riquelme and Hans Walter Gabler, W. W. Norton & Company, 2007.

——. *Ulysses*. Edited by Hans Walter Gabler, Random House, 1986.

Joyce, Stanislaus. *My Brother's Keeper: James Joyce's Early Years*. 1958. Edited by Richard Ellmann, Da Capo P, 2003.

Norris, Margot. "Tatters, Bloom's Cat, and Other Animals in *Ulysses*." *Humanities* (Special Issue Joyce, Animals and the Nonhuman), vol. 6, no. 3, 2017, pp. 1-9.

Pemberton, Neil, and Michael Worboys. *Rabies in Britain Mad Dogs and Englishmen: 1830-2000*. Macmillan, 2007.

Ritvo, Harriet. *Animal Estate: The English and Other Creatures in the Victorian Age*. Harvard UP, 1987.

Spielberg, Peter. "Take a Shaggy Dog by the Tale." *James Joyce Quarterly*, vol. 1, no. 3, 1964, pp. 42-44.

Tague, Ingrid H. "The Eighteenth Century English Debates on A Dog Tax." *Historical Journal*, vol. 51, no. 4, 2008, pp. 901-20.

Walton, John. "Mad Dog and Englishmen: The Conflict over Rabies in Late Victorian England." *Journal of Social History*, vol. 13, no, 2, 1979, pp. 219-39.

「キュクロプス」挿話のインターポレーション再考

小野瀬宗一郎

はじめに

本稿では、『ユリシーズ』の第十二挿話「キュクロプス」の通称「インターポレーション」(interpolations) と呼ばれる挿入文の再考を試みる。挿話の語りの文に挟み込まれる形で登場するインターポレーションは、全部で三十三個（Hayman 二六六頁）あり、新聞記事や詩や手紙等、多様なジャンルの文体を模倣した「パロディ」の様相を呈し、この挿話の最も特徴的な技巧とされる。

「キュクロプス」を扱った初期のジョイス研究はもっぱら挿話の物語やテーマの解説に専念し、インターポレーションを二次的に扱う傾向が見られた。[(1)] しかし、一九九〇年代頃からこの優先順位は逆転し、むしろインターポレーションに主眼を置いた研究が主流となった。代表的なものを挙げると、エンダ・ダフィー、レン・プラット、マリリン・ライツバウム、クリスティ・L・バーンズ、アンドリュー・ギブソンの研究がそうである。[2] その後のジョイス研究は、インターポレーションの考察に偏重した年代からの揺れ戻しか、挿話の物語とインターポレーションを包括的に説明しようとする傾向が強く、[3] インターポレーション自体の分析は精彩を欠く。従って、インターポレーションの再考を手がけるにあたっては、必然的にその研究の最盛期たる一九九〇年代頃の研究に立ち戻ることになる。

この時期の研究で特に有用なのはプラットとギブソンの研究である。両者の研究はポストコロニアル批評の流れを汲みながらも、新歴史主義的なアプローチをもって「キュクロプス」を分析し、インターポレーションを文芸復興をはじめとするアングロ＝アイリッシュ主導の（イギリス由来の）文化ナショナリズムに関連した言説とイデオロギーの痛快な転覆として捉える。ギブソンの言葉を借りれば、インターポレーションこそアイルランドを支配したイギリスとプロテスタント・アセンダンシー[4]（以下「アセンダンシー」）に対するジョイスの「ケルト的逆襲」（Gibson 一頁）の精神を最もよく体現している。ライツバウムも、「キュクロプス」の「聖人の群れ（saint-run）」のインターポレーションが、カトリックの殉教思想および言説のパロディであると論じ（Reizbaum 一六八頁）、大英帝国と共にアイルランドを支配する「主人」（一挿話六三八行）としてジョイスに認識されていたカトリック教会も、同じ技法をもってこき下ろされていることを示唆する。

しかしながら、プラットもギブソンもライツバウムも、ジョイスがどのようにインターポレーションを生み出したかについては、あまり考察を深めていない。三者とも、インターポレーションはジョイスのオリジナルな意匠の賜物と暗黙に想定しているのだろう。

この点、マリアナ・グーラの論考は示唆に富む。グーラによれば、ジョイスのインターポレーションには「確固たる型(fixed matrix)」(Gula 二九頁)を持つものがあると言う。その例としてグーラは、使徒信条を捩《もじ》ってイギリス海軍の蛮行を揶揄したインターポレーションを挙げ、アイルランドにおける共和主義運動の先駆者、ユナイテッド・アイリッシュメン[5]がプロパガンダの一環として巷に流布したパロディとの類似を指摘する。

以下が、使徒信条を捩ったジョイスのインターポレーションと、それに対応するユナイテッド・アイリッシュメンのパロディである。

> 彼らは地上の地獄の造り主、全能の懲罰者なる鞭《ロッド》を信ず。彼らはろくでなしの子なる船乗り《ジャッキー・ター》、つまり野卑な自慢によりてやどり、好戦的な海軍より生まれ、鞭打《ランプ・アンド・ダズン》ちの刑のもとに苦しみを受け、いじめ抜かれ、皮を剥がれ、皮をなめされ、ひどく泣き喚き、三日目にベッドの上に起き上がり、港に戻され、次なる命令が下るまで船の梁端に座したまえり、かしこにて、生計を得るためあくせくと働いて給料をもらう船乗りを信ず。(十二挿話一三五四〜五九行)[6]

> 我は歳入の全能の父であり、ノース・ウォール、オティウェルの雇用そして石炭税の造り主であるジョン・ベレスフォード[7]を信ず。我はその実の子ジョン・クラウディウス[8]、すなわち財務大臣の御心によりてやどり、穢れなきカスタム・ハウスより生まれ、フィッツウィリアム伯[9]にいじめぬかれ、汚名を着せられ、拒絶され、職から追放されたジョン・クラウディウスを信ず。三週目に政界に復帰し閣

僚に昇進し、父君の右側に坐し、かしこにて軍法会議を以って生ける者と死ねる者とを絞首刑と財産刑に処したジョン・クラウディウスを信ず。(10)

引用した二つの文の語彙やシンタックスは酷似しており、グーラが指摘するようにユナイテッド・アイリッシュメンの使徒信条のパロディが、ジョイスのインターポレーションの雛形である可能性はかなり高いと言えよう。

そうだとして、何故ジョイスはユナイテッド・アイリッシュメンのパロディを範としたのだろうか？　メアリー・ヘレン・スエンテによれば、ユナイテッド・アイリッシュメンは政敵となるイギリス人や聖職者が書いた文章を「反対の意味に捻じ曲げる（turning them inside out）」（Thuente 一三五頁）ことに長けており、そのスタイルは青年アイルランド党や「フィニアン」と呼ばれるアイルランド共和主義者同盟の成員が手本とした。

このことを踏まえると、ユナイテッド・アイリッシュメンのスタイルを模倣することで、ジョイスはナショナリストの伝統に則り、大英帝国とカトリック教会に一矢報いていることになる。ただ、これは別に特別なことではない。二十世紀の世紀転換期には、一七九八年のユナイテッド・アイリッシュメンの反乱と一八〇三年のロバート・エメット（一七七八〜一八〇三）の蜂起の百周年を受けて、ユナイテッド・アイリッシュメンがプロパガンダ目的で書いた文芸作品に対する興味が再燃し、(11)ユナイテッド・アイリッシュメンのスタイルを模倣した作品がナショナリスト系の新聞や雑誌に多く投稿された。「キュクロプス」でも「市民」が『ユナイテッド・アイリッシュマン』（*United Irishman*）に投稿されたパロディを読み上げる場面があるが、これは当時の様子をよく表している。『ユナイテッド・アイリッシュマン』に掲載されたパロディはアーサー・グリフィス（一八七一～一九二二）の作品だと勘違いされるが、実際グリフィスは編集者の立場を利用し、ユナイテッド・アイリッシュメン流の風刺や狂詩を頻繁に新聞に掲載した（Béaslaí 三頁）。

『ユリシーズ』はジョイスの言う「《過去を振り返って整理し直す》（the *retrospective arrangement*）」（六挿話一四九～五〇行）原理に則って、一九〇四年頃のダブリンの状況を精緻に再現しているが、ユナイテッド・アイリッシュメンのスタイルに倣ったパロディは、当時において大英帝国そしてカトリック教会の言説・イデオロギーに対抗する最も効果的な手段とジョイスが認識したので、それをインターポレーションの型に使ったのだろう。実際、ジョイスは「キュクロプス」の序盤に挿入されるエメットの処刑を題材としたインターポレーション（十二挿話五二五～六七八行）に最も語数を割き、ユナイテッド・アイリッシュメンとインターポレーションの関連性を強調している。(12)

以上のことを鑑みると、「キュクロプス」挿話のインターポレーションには、他にもユナイテッド・アイリッシュメンのスタイルを手本としたものがありそうである。事実、ユナイテッド・アイリッシュメンの機関紙、パンフレット、チラシ、詩歌集等を渉猟すると、その基本的な型あるいは意匠において、他にもインターポレーションの雛形とおぼしきものが見つかった。以下では、インターポレーションとそのオリジナルと推定されるものを比べ、ジョイスがどのように大英帝国と教会を槍玉に挙げているかを考察する。

一、「木の群れ」インターポレーションと『ビリー・ブラフとスクワイア・ファイアーブランド』

最初に考察したいのは、通称「木の群れ（tree-run）」と呼ばれるインターポレーションと、その典拠だと思われる作品からの抜粋である。

本日の午後、アイルランド国民森林組合最高監守の騎士《シェヴァリエ》ジャン・ウィズ・ド・ノーランと松の谷のミス・ファー・コニファーの結婚式が催され、国際的な社交界の婦人が大勢参列した。レイディ・シルヴェスター・エルムシェイド、ミセス・バーバラ・ラヴバーチ、ミセス・ポル・アッシュ、ミセス・ホリー・ヘイゼルアイズ、ミス・ダフニ・ベイズ、ミス・ドロシー・ケインブレイク、ミセス・クライド・トウェルヴトリーズ、ミセス・ローアン・グリーン……そして王領オークホームのミセス・ノーマ・ホーリーオークの臨席は式典に光彩を添えた。（十二挿話一二六六〜七九行）

そしてR——は続けた。たまげたもんだよ。一日のうちに、だれそれ「氏」が「卿」となり、だれそれ「夫人」が「卿夫人」となり、同じようにただのしゃれ者が「ご主人様」に変わるんだからな。お嬢さんたちも令嬢A、令嬢B、令嬢C、令嬢D、令嬢E、令嬢Fとなるのさ。(13)

二つ目の引用は、長老派の牧師でありユナイテッド・アイリッシュマンでもあったジェイムズ・ポーター（一七五三〜九八）が書いた『ビリー・ブラフとスクワイア・ファイアーブランド』（*Billy Bluff and*

Squire Firebrand 以下『ビリー・ブラフ』）からの抜粋である。『ビリー・ブラフ』は書簡体小説の形をとり、ユナイテッド・アイリッシュメンの機関紙である『ノース・スター』（*North Star*）に連載された。『ビリー・ブラフ』は、一七九八年の反乱時にアイルランド担当大臣を務め、ユナイテッド・アイリッシュメンに敵対したロンドンデリー侯爵ロバート・ステュアート（一七六九～一八二二）を風刺した作品だが、引用した箇所ではアングロ・アイリッシュの貴族が有能で裕福な従者又はその親族を婿や嫁として迎え入れ、アセンダンシーの覇権の存続を図っている様が揶揄されている。

ジョイスのインターポレーションは、この政略結婚のモチーフを借用し、同じくアセンダンシーを代表するカースルタウン卿[14]（一八四八～一九三七）の企てを嘲笑している。カースルタウン卿は、インターポレーションで「グランド家のマコニファー」[15]（十二挿話一二七九～八〇行）として登場し、娘の「ミス・ファー・コニファー」とジョン・ワイズ・ノーランの結婚を祝福する。カースルタウン卿は一九〇七年に農業技術教育局（Department of Agriculture and Technical Instruction）を代表し、アイルランドの森林についての調査を行い、全国規模での植林を提唱する内容の報告書をその翌年に発表した（Gifford 三五二頁）。『ユリシーズ』は一九〇四年に設定されているので、アナクロニズムになるが、「ミス・ファー・コニファー」はこの報告書を念頭に置いていると考えられる。「ミス・ファー・コニファー」の結婚相手として、ジョン・ワイズ・ノーランがアイルランド国民森林組合（Irish National Foresters）の最高監守としてインターポレーションに登場するのは、直前の「市民」たちとの会話からも窺える通り、ノーランがカースルタウン卿の活動に賛同したからであろう。イーペン・ライが指摘するように、アイルランドの森林の保護と再生はナショナリストたちにとっても大きな関心事であり、多くのナショナリスト団体が農業技術教育局の取り組みを支持した（Lai 九五頁）。[16]

農業技術教育局の森林保護への取り組みの背後にはしかし、政治的な思惑があった。アンドリュー・ゲイリーが言うように、その上層部の多数がカースルタウン卿のようなアセンダンシーによって構成される農業技術教育局は時の保守党政権の「建設的ユニオニズム」（Constructive Unionism）政策の一端をなし、ナショナリストが関心のある社会・経済的な問題に取り組むことで政府への不満を減らし、究極的には自治運動を頓挫させることを目論んだ（Gailey 六〇～六一頁）。森林保護への取り組みは、この懐柔政策の一環として捉えられる。ジョイスはおそらくカースルタウン卿の活動が、アセンダンシーが現在の身分と地位を維持するための策略であることを知っていたのだろう。そのため、ポーターが用いた政略結婚のモチーフを援用し、カースルタウン卿の懐柔策にまんまと嵌ったノーランを、「騎士」となって王侯貴族の一族の繁栄に寄与する裏切り者として揶揄しているのだ。

政略結婚のモチーフだけに留まらず、ジョイスのインターポレーションは先に引用した『ビリー・ブラフ』の一節における比喩も借用している。ポーターは、名家に嫁入りした娘たちが次々と令嬢へと変わっていくさまをアルファベットのリストを使って表し、その名ばかりの転身を風刺しているが、「木の群れ」のインターポレーションに現れる「社交界の婦人」も同様にアイルランド語のアルファベットに由来する木の名前が付けられている（Sandquist 二〇〇頁）。ここでアイルランド語が引き合いに出されるのは、カースルタウン卿がアイルランド語を始めアイルランドのケルト文化の復興と研究を目的とするケルト連盟（Celtic Association）の会長を務めていたことが関係していると思われるが、[17] 先述の議論を踏まえると、結婚式に参列した木の婦人たちは、カースルタウン卿が謳ったナショナリストたちとの融和は、名ばかりのもの、つまり本意が込められていない流麗なレトリックにすぎないことを示しているのかもしれない。

二、「愛は愛を愛することを愛する」インターポレーションと「暗殺リスト」

次に考察したいのは、「愛は愛を愛することを愛する」から始まるインターポレーションである。まるで子供が悪戯に作ったナンセンス・ライムのようだが、これにも雛形があるように思える。以下の引用と図1（次頁）を参照されたい。

> 愛は愛を愛することを愛する。看護婦は新任の薬剤師を愛する。A管区十四号の巡査はメアリー・ケリーを愛する。ガーティ・マクダウエルは自転車乗りの少年を愛する。M・Bはとある美男の紳士を愛する。リー・チー・ハンはチャー・プー・チョウを愛チューる。象のジャンボは象のアリスを愛する。ラッパ型補聴器をつけたヴァースコイル爺さんはガチャ目のヴァースコイル婆さんを愛する。茶色い雨外套《マッキントッシュ》を着た男は死んだ婦人を愛する。国王陛下は女王陛下を愛する。ノーマン・W・タパー夫人はテイラー警察官を愛する。（十二挿話一四九三〜九九行）

図はユナイテッド・アイリッシュメンが刊行した『ユニオン・スター』(*Union Star*) と呼ばれるブロードシート［片面刷りの大判紙の新聞］である。ケヴィン・ウィーランによれば、『ユニオン・スター』に

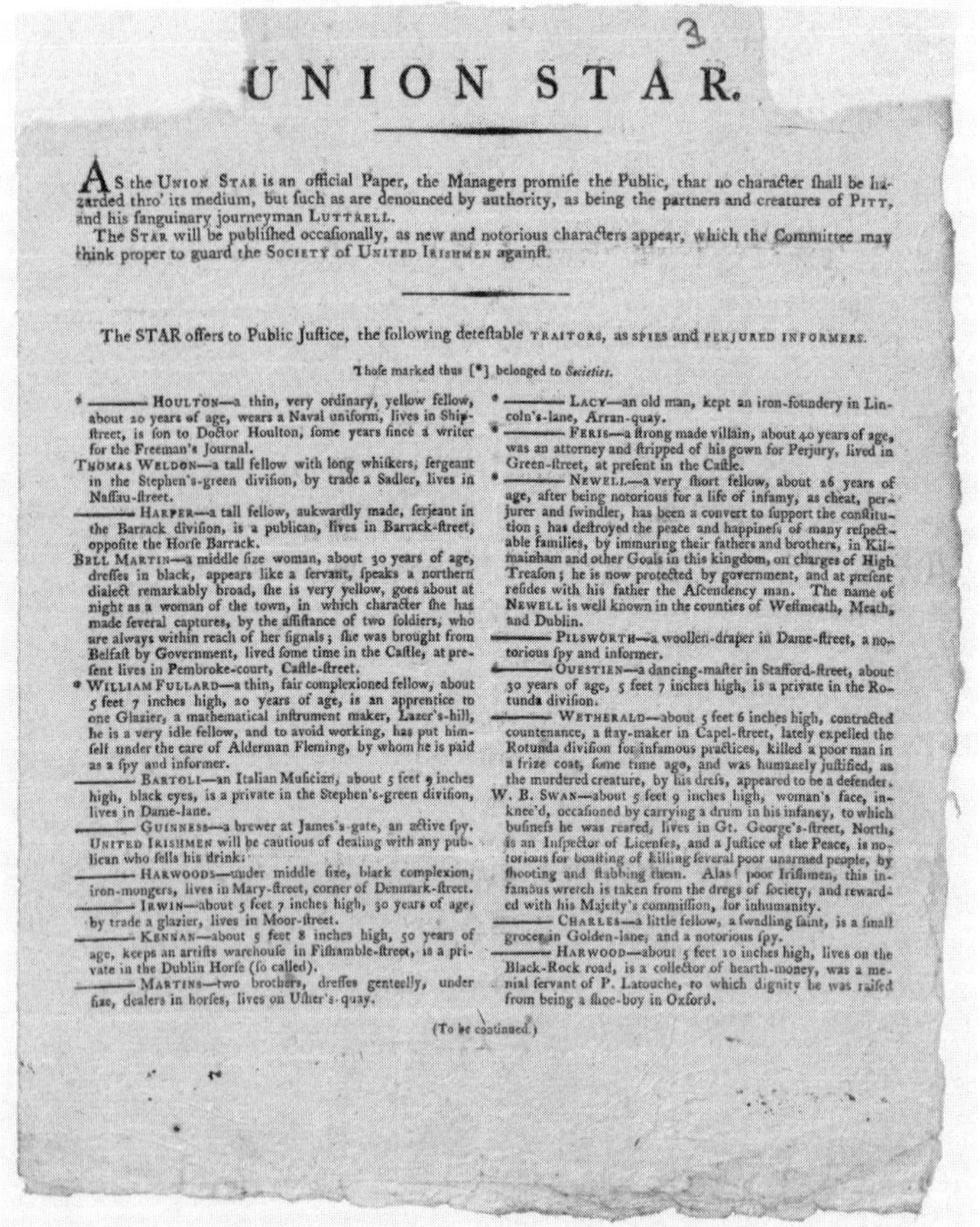

UNION STAR.

AS the UNION STAR is an official Paper, the Managers promiſe the Public, that no character ſhall be hazarded thro' its medium, but ſuch as are denounced by authority, as being the partners and creatures of PITT, and his ſanguinary journeyman LUTTRELL.

The STAR will be publiſhed occaſionally, as new and notorious characters appear, which the Committee may think proper to guard the SOCIETY of UNITED IRISHMEN againſt.

The STAR offers to Public Juſtice, the following deteſtable TRAITORS, as SPIES and PERJURED INFORMERS.

Thoſe marked thus [*] belonged to *Societies.*

* ——— HOULTON—a thin, very ordinary, yellow fellow, about 20 years of age, wears a Naval uniform, lives in Ship-ſtreet, is ſon to Doctor Houlton, ſome years ſince a writer for the Freeman's Journal.

THOMAS WELDON—a tall fellow with long whiſkers, ſergeant in the Stephen's-green diviſion, by trade a Sadler, lives in Naſſau-ſtreet.

——— HARPER—a tall fellow, aukwardly made, ſerjeant in the Barrack diviſion, is a publican, lives in Barrack-ſtreet, oppoſite the Horſe Barrack.

BELL MARTIN—a middle ſize woman, about 30 years of age, dreſſes in black, appears like a ſervant, ſpeaks a northern dialect remarkably broad, ſhe is very yellow, goes about at night as a woman of the town, in which character ſhe has made ſeveral captures, by the aſſiſtance of two ſoldiers, who are always within reach of her ſignals; ſhe was brought from Belfaſt by Government, lived ſome time in the Caſtle, at preſent lives in Pembroke-court, Caſtle-ſtreet.

* WILLIAM FULLARD—a thin, fair complexioned fellow, about 5 feet 7 inches high, 20 years of age, is an apprentice to one Glazier, a mathematical inſtrument maker, Lazer's-hill, he is a very idle fellow, and to avoid working, has put himſelf under the care of Alderman Fleming, by whom he is paid as a ſpy and informer.

——— BARTOLI—an Italian Muſician, about 5 feet 9 inches high, black eyes, is a private in the Stephen's-green diviſion, lives in Dame-lane.

——— GUINNESS—a brewer at James's-gate, an active ſpy. UNITED IRISHMEN will be cautious of dealing with any publican who ſells his drink.

——— HARWOODS—under middle ſize, black complexion, iron-mongers, lives in Mary-ſtreet, corner of Denmark-ſtreet.

——— IRWIN—about 5 feet 7 inches high, 30 years of age, by trade a glazier, lives in Moor-ſtreet.

——— KENNAN—about 5 feet 8 inches high, 50 years of age, keeps an artiſts warehouſe in Fiſhamble-ſtreet, is a private in the Dublin Horſe (ſo called).

——— MARTINS—two brothers, dreſſes genteelly, under ſize, dealers in horſes, lives on Uſher's-quay.

* ——— LACY—an old man, kept an iron-foundery in Lincoln's-lane, Arran-quay.

* ——— FERIS—a ſtrong made villain, about 40 years of age, was an attorney and ſtripped of his gown for Perjury, lived in Green-ſtreet, at preſent in the Caſtle.

* ——— NEWELL—a very ſhort fellow, about 26 years of age, after being notorious for a life of infamy, as cheat, perjurer and ſwindler, has been a convert to ſupport the conſtitution; has deſtroyed the peace and happineſs of many reſpectable families, by immuring their fathers and brothers, in Kilmainham and other Goals in this kingdom, on charges of High Treaſon; he is now protected by government, and at preſent reſides with his father the Aſcendency man. The name of NEWELL is well known in the counties of Weſtmeath, Meath, and Dublin.

——— PILSWORTH—a woollen-draper in Dame-ſtreet, a notorious ſpy and informer.

——— OUESTIEN—a dancing-maſter in Stafford-ſtreet, about 30 years of age, 5 feet 7 inches high, is a private in the Rotunda diviſion.

——— WETHERALD—about 5 feet 6 inches high, contracted countenance, a ſtay-maker in Capel-ſtreet, lately expelled the Rotunda diviſion for infamous practices, killed a poor man in a frize coat, ſome time ago, and was humanely juſtified, as the murdered creature, by his dreſs, appeared to be a defender.

W. B. SWAN—about 5 feet 9 inches high, woman's face, in-knee'd, occaſioned by carrying a drum in his infancy, to which buſineſs he was reared, lives in Gt. George's-ſtreet, North, is an Inſpector of Licenſes, and a Juſtice of the Peace, is notorious for boaſting of killing ſeveral poor unarmed people, by ſhooting and ſtabbing them. Alas! poor Iriſhmen, this infamous wretch is taken from the dregs of ſociety, and rewarded with his Majeſty's commiſſion, for inhumanity.

——— CHARLES—a little fellow, a ſwadling ſaint, is a ſmall grocer in Golden-lane, and a notorious ſpy.

——— HARWOOD—about 5 feet 10 inches high, lives on the Black-Rock road, is a collector of hearth-money, was a menial ſervant of P. Latouche, to which dignity he was raiſed from being a ſhoe-boy in Oxford.

(To be continued.)

図1　『ユニオン・スター』（*Union Star*）

Union Star, n. d. Copy in the National Archives of Ireland, Rebellion Papers, 620/10/121/146.

はダブリン城（アイルランドのイギリス総督府）と内通していると思われる人物の名前が記載された「暗殺リスト」が定期的に掲載され、街のあらゆる場所に貼られたという（Whelan 三三五頁）。

紙面には「スパイそして偽証罪を犯した密告者としての裏切り者」（TRAITORS, as SPIES and PERJURED INFORMERS）とされる人物の名前が列挙され、それぞれの職業、身長、体格、顔つき、服装、話し方等についての情報のみならず、どういう人物と通じているかについても詳しく書かれている。例えば、ウィリアム・フラードは市議会員フレミングにスパイ兼密告者として重宝されていると記され、ハーウッドはかつてP・ラトゥーシュの使用人であり何かと恩を受けた事実が述べられている。スパイとして悪名高い娼婦のベラ（ベロ）・マーティン[18]に至っては、常に懇ろの警察官二人と行動していることが暴かれている。ジョイスのインターポレーションも、部分的に『ユニオン・スター』の「暗殺リスト」のような役目を果たしていると考えられる。つまり、警官と懇ろな人物の名前を挙げて――「A管区十四号の巡査とメアリー・ケリー」そして「ノーマン・W・タパー夫人とテイラー警察官」――スパイまたは密告者かもしれない人物を炙り出しているのだ（「M・B」［=Marion Bloom?］等、別の類の「裏切り者」もいるようだが）。

ジョイスの手がけた「暗殺リスト」には、先に挙げた二人以外にもスパイや密告者がいるかもしれない。最も怪しいのは「茶色い雨外套《マッキントッシュ》を着た男」である。この人物は、第六挿話「ハデス」に登場するが、誰もが顔見知りであるダブリンでは珍しく素性が知れず、ブルームは不思議がる。「おや、あの雨外套《マッキントッシュ》を着たひょろ長い間抜け面は誰だ？　さて誰だろう、気になるな。誰だか教えてくれたら薄謝をあげてもいいんだがな。」（六挿話八〇五～〇六行）。雨外套の男も、ディグナムの葬儀に参列していたようだが、他の誰とも交流した気配はなく、気づくと忽然と姿を消し、ブルームは更に訝しげに思う。「どこに消えたのだろう？　影も形もない。奇怪な。誰か見た者はいないのか？」（六挿話八九九～九〇〇行）。

雨外套の男は第十五挿話「キルケ」にも登場し、「ノワ・ヒベルニア」の市長に就任し、様々な公約を掲げるブルームに向かって以下のような罵声を投げかける。「やつの言うことなぞ、一言も信じるな。やつはレオポルド・マッキントッシュ、悪名高き放火魔だ。本名はヒギンズだ。」（十五挿話一五六一～六二行）。ギフォードが指摘するように、「レオポルド・マッキントッシュ」はおそらく一八〇三年の蜂起の首謀者であるエメットに武器や火薬を提供したジョン・マッキントッシュへの言及であり（Gifford 四七六頁）、この場面から雨外套の男がブルームを反政府側の人間と見なし、密告のために個人的な情報を収集していることが窺える。

雨外套の男がスパイあるいは密告者であるならば、「キュクロプス」の「暗殺リスト」にその名が挙がっていても不思議ではない。ただ、彼と対になっている女性が「死んだ婦人」であるのはやや不可解である。「暗殺リスト」がスパイや密告者と一緒に情報提供者となる人物を記載するものであれば、せめて生きた女性の名前を挙げそうなものである。しかし、このことこそが雨外套の男を警察の回し者として特定する鍵となる。デイビッド・J・ハートは、アーサー・コナン・ドイル（一八五九～一九三〇）の『恐怖の谷』の犯人ジョン・ダグラスが雨外套の男のモデルとなったのではないかという説を提唱し、様々な類似点を挙げている。そのうちの一つが、昔の恋人の死を未だに引きずっているという点であるが（Hart 六三八頁）、ダグラスが本当に雨外套の男のモデルであるのであれば興味深い。というのも、ダグラスにもモデルとなった人物がいるのである。ジェイムズ・マックパーランというアイルランド人で、アメリカのピンカートン探偵社に雇われて様々な事件に関与したようだ（Hart 六四一頁）。もしジョイスがダグラスを雨外套の男のモデルとしたのであれば、マックパーランの経歴も知っていただろう。その人物像を踏まえて雨外套の男を「暗殺リスト」に載せたことは想像に難くない。

三、「聖人の群れ」インターポレーションと「新たな英単語の例」

さて、次に考察の対象としたいのは、「聖人の群れ」（saint-run）のインターポレーションである。乾杯の代わりにカニンガムが捧げた祈りに呼び寄せられるかのように、実に様々な聖人と聖職者たちがバーニー・キアナンのパブに押し寄せるが、このインターポレーションにも雛形が存在するように思える。

祭鈴の音とともに、十字架奉持者を先頭に、侍祭たち、香炉捧持者たち、船形香炉奉持者たち、読師たち、守門たち、助祭たち、そして副助祭たちから成る神聖な一団は、司教冠を戴いた大修道院長たち、小修道院長たち、修道院長たち、修道士たち、托鉢修道会修道士たちに近づいた。スポレートのベネディクト会の修道士たち、カルトジオ会修道士たちとカマルドリ修道士たち……トゥールの聖マルティヌスと聖アルフレッドと聖ヨセフと聖ディオニュシウスと聖コルネリウスと聖レオポルドと聖ベルナルドゥスと聖テレンスと聖エドワードと聖オーエン・カニクルス……そして最後に聖マラ

キと聖パトリックに付き添われて黄金の布の天蓋に覆われたオフリン神父がやって来た。(十二挿話一六七六〜一七二八行)

「新たな英単語の例」

大司教…………………大酒飲み
司教…………………酒宴好き

(中略)

司祭…………………ただ飲み野郎 (“New English Vocabulary”)

この聖職者一般を俗物的な酒好きとして揶揄した風刺を掲載したのは、『ユニオン・スター』の後継紙としてユナイテッド・アイリッシュメンが一七九七年に創刊した『ザ・プレス』(*The Press*) である。反教権的な記事や風刺は、これより前にも書かれたが、ユナイテッド・アイリッシュメンの共和主義を糾弾し政府側につく聖職者が増えたことを受け、「新たな英単語の例」のように、より辛辣に聖職者を批判するものが増えた (Keogh, “The French Disease” 一〇五頁)。「聖人の群れ」のインターポレーションがユナイテッド・アイリッシュメンの作品を意識したことを裏付けるものがある。ジョイスは、「聖マルティヌス」や「聖アルフレッド」や「聖レオポルド」や「聖オーエン・カニクルス」など、挿話の登場人物を聖人と聖職者の中にこっそり忍び込ませ、聖者の行進の和を乱しているが、ユナイテッド・アイリッシュメンも同様の手口を使ったのである。デーラ・キーオーによれば、ユナイテッド・アイリッシユメンはよく宗教的な祭典や葬式をハイジャックし、集まった人々に向かって反政府・反教会的な内容の演説をしたという（Keogh, "Christian Citizens" 一四頁）。祭典や葬式の規模が大きければ大きいほどユナイテッド・アイリッシュメンの集会も盛大なものとなるわけだが、ジョイスが最後まで聖人の数を増やし続けたのは（Reizbaum 一七〇頁）、教会になるべく大きなしっぺ返しをしたかったからかもしれない。

四、大災厄のインターポレーションとユナイテッド・アイリッシュメンの「予言」

最後に取り上げるのは、挿話の終盤に挿入される大災厄のインターポレーションである。ブルームに「キリストも、俺と同じユダヤ人《ジュー》だったんだからな。」（十二挿話一八〇八～〇九行）と挑発されて激昂した「市民」がブルームめがけてビスケットの缶を投げると、インターポレーションではダブリンの一部が崩壊するほどの大惨事が起こるが、これも以下に挙げるものに着想を得た可能性がある。

その大災厄《カタストロフィ》は瞬時におこり、甚大な被害をもたらした。ダンシンク天文台は総計十一の震動を記録したが、それらは全てメルカリ震度計で五度を示し、絹の騎士トーマスの反乱が起こった一五三四年の地震以来、この島で同規模の激震が起こった記録はない。震源は首都のインズ河岸区と聖ミカン教区にわたる部分と推定され、面積にして四十一エーカー、二ルードと一平方ポールまたはパーチとなる。司法の殿堂付近の貴族の邸宅は倒壊し、その大災厄《カタストロフィ》が起こった際に重要な法律の議論が行われていたその高貴な建物自体も文字通り瓦礫の山と化し、中にいた者は全て生き埋めになったと思われる。

（十二挿話一八五八〜六九行）

ダビデの子孫がやって来て、天の力を借りて大いなる恩寵を行うだろう、ゴグとマゴグを倒し生き延びた全ての民が一つの宗教を信じるようはからい、地上から争いをなくし人は神が喜ぶ限り友愛と愛のうちに生きるだろう。[19]

二つ目の引用は、「コルム・キルの予言」（The Prophecy of Collon Kill [*sic*]）と呼ばれるものである。デイビッド・W・ミラーによると、一七九〇年代に社会の動乱を受けて終末論的思想が蔓延したのを機に、ユナイテッド・アイリッシュメンはアイルランドやスコットランドの民間伝承に語られる聖人の予言をプロパガンダとして利用し、現行の体制の転覆を予期させた（Miller 三四頁）。ここに挙げた「予言」をユナイテッド・アイリッシュメン流に解釈するなら、神に楯ついたゴグとマゴグをイギリス政府、ダビデの子孫をユナイテッド・アイリッシュメンそれぞれに見立て、共和主義の勝利によりアイルランドの異なる民族と宗派が一つにまとまるという予言となるか。

「キュクロプス」のインターポレーションを見ると、イギリス支配を象徴する建物の一つであるフォー・コーツ（「司法の殿堂」）を倒壊させた地震の震源は「インズ河岸区と聖ミカン教区」にあると書かれており、ジョイスが「予言」になぞらえて地震を天罰として劇化していることが窺える。ジョイスの「予言」はしかし、安直にイギリス政府の転覆だけを予見させるものではない。震源となる地区は、『ダブリンの市民』の「小さな雲」でも描かれている通り、カトリックの貧民層が多く住む地域である。[20] 天罰として起こった地震のせいで、より被害に遭ったのはイギリス人よりアイルランド人、なかんずくカトリックの人々である。その証拠に、地震の報告を受けて「ローマ法王は寛大にも、全ての司教管区の大聖堂の大主教によって特別の《死者のためのミサ》が同時刻に捧げられるよう布告した」(十二挿話一八八三〜八六行)とある。ジョイスのインターポレーションは天罰がカトリックに跳ね返って来る様を劇化し、聖人の予言を恩寵ではなく災厄に変えているようだ。

このジョイスの「読み替え」もまた、ユナイテッド・アイリッシュメンに倣っているかもしれない。実際、世俗主義を標榜したシオボルド・ウルフ・トーン(一七六三〜九八)は、カトリックの作った「予言」をそのまま使うことに抵抗を感じたようである。トーンの自伝を読むと、ゴグとマゴグをカトリックの友人の愛称として用い(Tone 七二頁)、「予言」の言説を反カトリック的なものに変えてしまっている。ジョイスはトーンの自伝を愛読しており[21]、「予言」の読み替えもトーンから着想を得た可能性がある。

おわりに

以上、ジョイスのインターポレーションと、その雛形だと思われるユナイテッド・アイリッシュメンの作品を比べ、その類似性を示した。最後に、双方に共通する要素をもう一つ挙げたい。それは、両者に通底する独特のユーモアである。大英帝国と教会を軽妙に笑い飛ばすユナイテッド・アイリッシュメンの作品は、多くのナショナリスト読者の好評を得ただろうが、スエンテによればそのユーモアのセンスはとある人物から学んだものらしい。その人物とは、他でもないジョナサン・スウィフト（一六六七〜一七四五）である（Thuente 二一頁）。ジョイスは当然、ユナイテッド・アイリッシュメンの作品のユーモアが、スウィフトの影響を色濃く受けていることを知っていただろう。フィリップ・シッカーは、「キュクロプス」を執筆する際にジョイスがスウィフトの作品を熱心に読んでいたことを指摘し、挿話の技術を「巨大化」としたのは、そこにスフィフトへのオマージュを込めたかったからとしている（Sicker 六三頁）。事実、ジョイスのインターポレーションは、ユナイテッド・アイリッシュメンのものよりも長大なものが多いが、それはスウィフト的なユーモアを存分に込め、読者をより笑わせるためかもしれない。

「（額を指でこつこつと叩いて）でも僕は、ここの中でこそ聖職者と国王を殺さなければならないんだ。」（十五挿話四四三六〜三七行）とスティーブンが言うように、大英帝国と教会に立ち向かうためには、まず両者を笑い飛ばせるだけの心の余裕を持つことが肝要であることを、ジョイスは知っていただろうから。

註

（1）「キュクロプス」全体について解説する際、インターポレーションについての考察を最後に手短に手がけるヘイマンの論考がそのいい例である。Hayman を参照。

（2）Duffy、Platt、Reizbaum、Burns、Gibson を参照。

（3）例えば、**Colson** を参照。

（4）狭義には地主層のプロテスタント（アイルランド聖公会信徒）を指す。元々は十八世紀末にカトリックに対するプロテスタントの政治的・経済的・社会的優位体制《アセンダンシー》の維持を唱えた市議会員等によって用いられた言葉であり、このニュアンスを引き摺り、広義にはアイルランド社会で特権的な身分にいる（と認識している）プロテスタントをしばしば含む。用語についての詳細は **Hill** を参照。

（5）ユナイテッド・アイリッシュメンについては **Curtin** を参照。

（6）引用の翻訳は全て筆者が行ったが、『ユリシーズ』については丸谷ほか訳を適宜参照した。

（7）**John Beresford**（一七三八〜一八〇五）アイルランド枢密院の構成員であり、歳入長官を務めた。財務長官のジョン・フォスター（一七四〇〜一八二八）と法務長官のジョン・フィッツギボン（一七四八〜一八〇二）と並び、アイルランド総督府の三大官僚の一人として絶大な権力を振るった。

（8）**John Claudius Beresford**（一七六六〜一八四六）ジョン・ベレスフォードの息子。父の威光のお陰で輸出入総監等、閑職に就けた。ユナイテッド・アイリッシュメンを目の敵とし、一七九八年の反乱に関与した者を厳しく取り締まった。

（9）**William Fitzwilliam**（一七四八〜一八三三）ホイッグ派のイギリスの政治家。アイルランド総督に任命されるも、ジョン・ベレスフォード解任等の強行策を断行し、当時の首相ウィリアム・ピット（小ピット）（一七五九〜一八〇六）や閣僚の反感を買い、着任後わずか数ヶ月で罷免される。

（10）**Whelan** 三四頁の引用を訳出した。

（11）ユナイテッド・アイリッシュメンの反乱百周年およびロバート・エメットの蜂起百周年関連の行事については **O'Keefe** と **O'Donnell** をそれぞれ参照。

（12）「エメットの処刑」のインターポレーションも、ユナイテッド・アイリッシュメンの作品が元となっているようだ。マリガンとレネハンが歌う「ラリーが吊るされる前夜」（"*The Night before Larry was Stretched*"［十二挿話五四二〜四三行］）は、ユナイテッド・アイリッシュメンが手がけた狂詩で、当時ナショナリストの間で人気を博した歌集『パディのお気に入り曲選』（*Paddy's Resources*）にも収められている。

（13）Porter 二五頁の引用を訳出。

（14）カースルタウン卿については Ellis 七三頁を参照。

（15）「グランド家のマコニファー」はカースルタウン卿の苗字であるフィッツパトリックのアイルランド語表記（Mac Giolla Phádraig）を捩ったものだろう

（16）アイルランド国民森林組合は一八七七年に設立された共済組合で、成員の多くはナショナリストであったが、森林保護とは直接関係がない。「木の群れ」のインターポレーションにノーランをアイルランド国民森林組合員として登場させたのは、ジョイス流の皮肉めいたジョークだろう。アイルランド国民森林組合については Fodey を参照。

（17）カースルタウン卿とケルト連盟については Nagai を参照。

（18）ベラ（ベロ）・マーティンについては Bartlett を参照。

（19）Miller 八四頁の引用を訳出。

（20）「小さな雲」（"A Little Cloud"）では、チャンドラーがヘンリエッタ通りを行くと、「小汚い子供の群れ」を目撃する場面がある（Joyce, *Dubliners* 六六頁）。

（21）ジョイスとトーンの自伝については拙稿（Onose 七二〜七三頁）を参照。

参考文献

Bartlett, Thomas. "Informers, Informants, and Information." *History Ireland*, Issue 2, Summer 1998, pp. 23-26.

Béaslaí, Piaras. *Songs, Ballads and Recitations by Famous Irishmen (Arthur Griffith)*. Waltons, n.d.

Burns, Christy L. *Gestural Politics: Stereotype and Parody in Joyce*. State U of New York P, 2000.

Colson, Robert. "Narrative Arrangements in Superposition and the Critique of Nationalism in 'Cyclops'." *James Joyce Quarterly*, vol. 53, nos. 1-2, Fall 2015-Winter 2016, pp. 75-93.

Curtin, Nancy. *The United Irishmen: Popular Politics in Ulster and Dublin, 1791-1798*. Oxford UP, 1994.

Duffy, Enda. *The Subaltern* Ulysses. U of Minnesota P, 1994.

Ellis, Robert Berresford. *The Celtic Dawn: A History of Pan Celticism*. Constable, 1993.

Fodey, Joe. "The Creation of the Irish National Foresters Benefit Society." *History Ireland*, vol. 27, no. 2, March/April 2019, pp. 24-26.

Gailey, Andrew. *Ireland and the Death of Kindness: The Experience of Constructive Unionism 1890-1905*. Cork UP. 1987.

Gibson, Andrew. *Joyce's Revenge: History, Politics, and Aesthetics in* Ulysses. Oxford UP, 2002.

Gifford, Don, with Robert J. Seidman. Ulysses *Annotated: Notes for James Joyce's* Ulysses. Revised and Expanded Ed. U of California P, 2008.

Gula, Marianna. *A Tale of a Pub: The "Cyclops" Episode of James Joyce's* Ulysses *in the Context of Irish Cultural Nationalism*, Ph.D. Dissertation, University of Debrecen, 2003.

Hart, David J. "Detecting the Man in the Macintosh: James Joyce and Sir Arthur Conan Doyle." *James Joyce Quarterly*, vol. 49 nos. 3-4, Spring-Summer 2012, pp. 633-41.

Hayman, David. "Cyclops." *James Joyce's* Ulysses: *Critical Essays*, edited by Clive Hart and David Hayman, U of California P, pp. 243-75.

Hill, Jacqueline. "The Meaning and Significance of 'Protestant Ascendancy', 1787-1840." *Ireland After the Union: Proceedings of the Second Joint Meeting of the Royal Irish Academy and the British Academy*, edited by Lord Blake. Oxford UP, 1989.

Joyce, James. *Dubliners*. Penguin, 2000.

——. *Ulysses*. Random House, 1986.

Keogh, Dáire. "Christian Citizens: The Catholic Church and Radical Politics 1790-1800." *Protestant, Catholic, and Dissenter:*

The Clergy and 1798, edited by Liam Swords. Columba Press, 1997, pp. 9-19.

——. *"The French Disease": The Catholic Church and Irish Radicalism, 1790-1800*. Four Courts Press, 1993.

Lai, Yi-Peng. "The Tree Wedding and the (Eco)Politics of Irish Forestry in 'Cyclops': History, Language and the Viconian Politics of the Forest." *Eco-Joyce: The Environmental Imagination of James Joyce*, edited by Robert Joseph Brazeau and Derek Gladwin. Cork UP, 2014, pp. 91-110.

Milller, David W. "Presbyterianism and 'Modernization' in Ulster." *Past & Present*, no. 80, August 1978, pp. 66-90.

Nagai, Kaori. "'Tis optophone which ontophanes': Race, the Modern, and Irish Revivalism." *Race and Modernism*, edited by Len Platt, Cambridge UP, 2011, pp. 58-76.

"New English Vocabulary." *The Press*, October 10, 1797, p.1.

O'Donnell, Ruán. *Robert Emmet and the Rising of 1803*. Irish Academic Press, 2003.

O'Keefe, Timothy J. "The 1898 Efforts to Celebrate the United Irishmen: The '98 Centennial." *Éire-Ireland*, vol. 23, Summer 1998, pp. 51-73.

Onose, Soichiro. "A Portrait of the Artist as a Young Toneite." *James Joyce Quarterly*, vol. 56, nos. 1-2, Fall 2018-Winter 2019, pp. 63-80.

Platt, Len. *Joyce and the Anglo-Irish: A Study of Joyce and the Literary Revival*. Rodopi, 1998.

Porter, James. *Billy Bluff and Squire Firebrand, or a Sample of the Times*, 1812.

Reizbaum, Marilyn. "When the Saints Come Marching In: Re-deeming 'Cyclops'." Ulysses *En-Gendered Perspectives*, edited by Kimberly J. Devlin and Marilyn Reizbaum. U of South Carolina P, 1999, pp. 167-84.

Sandquist, Brigit L. "The Tree Wedding in 'Cyclops' and the Ramifications of Cata-logic." *James Joyce Quarterly*, vol. 33, no. 2, Winter 1996, pp. 195-209.

Sicker, Philip. "Leopold's Travels: Swiftian Optics in Joyce's 'Cyclops'." *Joyce Studies Annual*, vol. 6, Summer 1995, pp. 59-78.

Thuente, Mary Helen. *The Harp Re-Strung: The United Irishmen and the Rise of Irish Literary Nationalism*. Syracuse UP, 1994.

Tone, Theobald Wolfe. *The Autobiography of Theobald Wolfe Tone: Vol. 1, 1763-1798*, edited by R. Barry O'Brien. Phoenix Publishing Company, n.d.

Whelan, Kevin. *Fellowship of Freedom: The United Irishmen and 1798*. Cork UP, 1998.

ジョイス、ジェイムズ『ユリシーズ』全四巻、丸谷才一・永川玲二・高松雄一訳、集英社文庫ヘリテージシリーズ、二〇〇三年。

ジェイムズ・ジョイス作品における排泄物
――古典的スカトロジーから身体の思考へ

宮原　駿

ジェイムズ・ジョイスの『ユリシーズ』は、臭い立つような排泄物のイメージに溢れている。しかし、排泄物イメージは決して『ユリシーズ』固有のモチーフとは言えない。ヨーロッパ文学におけるスカトロジー文学の伝統のためだけではなく、ジョイス自身がその文学的キャリアを通してしばしばこうした汚穢に満ちたイメージを用いてきたからである。本稿はジョイスの初期作品から『ユリシーズ』へと至るまで、排泄物イメージの用法の変遷を探求する。

ジョイスのスカトロジカルなモチーフの用法は彼の作家人生を通して様々な変化を経てきたのであり、最後の二つの長大な作品『ユリシーズ』と『フィネガンズ・ウェイク』において最終的な完成を見る。初期作品において、排泄物イメージは主として諷刺的な文彩として機能するが、彼は後に同様のイメージに新しい用法の可能性を探求し始める。排泄物のイメージにおける試行錯誤の時期、彼はこうしたイメージの様々な側面に光を当てる。その結果、こうした排泄物イメージは特に『ユリシーズ』において心理・文化的な役割を持つ表現として現れる。排泄物イメージは、『ユリシーズ』においてレオポルド・ブルームの心理を体現し、彼の創造的思索までも惹起するのである。

本稿では、初期の排泄物イメージの諷刺的用法を経て、ジョイスが文学作品におけるこうしたモチーフの新しい用法を発見したことを論じたい。彼の到達した技法は「身体の思考」とでも呼ぶべきものであり、身体的イメージが登場人物たちの精神活動と深く関係する。まず、ジョイスの初期作品における排泄物イメージの諷刺的用法を概観する。次に、彼の排泄物イメージの用法における実験的な時期を検討し、特に排泄物の両義性やその罪悪との関係性に焦点を当てる。最後に、排泄物イメージにおけるジョイスの技法がそうしたイメージを心理・文化的要素と結びつける点を提示する。

一、排泄物イメージの諷刺的な用法

西洋におけるスカトロジー文学の系譜がチョーサーやラブレーの作品から発程し、十八世紀のジョナサン・スウィフトの作品においてその極点に達したことは広く認められるところである。エリカ・キャッツ・クルーズは博士論文『肛門の美学』（"The Anal Aesthetic"）において西洋スカトロジーの初期の文学伝統について解説する。

これら初期のテクスト群において、排泄物は高尚文化的な価値という見せかけに隠蔽されたアブジェクトな肉体という不健全な現実を表象する。……要するに、身体からは逃れることができないのである。慣習とは欺瞞的であり、根本的な現実を隠してしまうのである。おそらく、ある意味でアブジェクトは崇高なものと対立することによってそれに触媒作用を及ぼしているとさえいえるだろう。これはスカトロジーが芸術の領域に見出した一つの方法である。つまり、いわば、下方から高尚文化を照らし出すことによってである。(Clowes 一八頁)(1)

クルーズの説明によれば、スカトロジー文学は下方から高尚文化を逆照射することによってそれを諷刺する。彼女はスカトロジー文学が有する諷刺的な力が読者に対する衝撃に起因するとして、「スカトロジー文学はしばしば諷刺的であり、排泄物の衝撃的価値を利用することで、規範的な物語的価値基準を脅かす」と述べている(Clowes 九頁)。言い換えれば、初期のスカトロジー文学の本質はその諷刺的機能にあり、この機能は驚愕の程度によって増幅されるのである。ミハイル・バフチンは初期のスカトロジー文学の諷刺的伝統を小分類して、ラブレーを「グロテスク・リアリスト」と見做し、スウィフトに典型的な現代の諷刺文学がそこから「退化した」ものだと指摘する(Anspaugh 七九頁)。とはいえ、全体としてこれら初期のスカトロジカルな物語は、「高尚文化的な価値」を「下方から」照らし出すという点において、元来諷刺的な文学なのである。故に、ラブレーは日常生活の背後に隠された醜悪な場面を描出し、スウィフトは高尚文化という表層に隠された倫理的頽廃を暴露する。

モダニズム文学にも時に排泄物イメージの注目すべき例が見られるものの、それは先行する時代における諷刺的伝統を辿ることはない。(2) 逆に、クルーズはモダニストによる排泄物イメージの用法をこのような諷刺的スカトロジーと区別する。

モダニズム的なスカトロジーが「当てこすりを越える」もので、「単純な対立行為ではない」という考え方は、その革新的な効果をチョーサーやスウィフト、ラブレーの風刺作品における効果と区別するものである。……それは低俗文化と高尚文化をただ並置する以上のことをする。つまり、さもなければ文化の外部に留まるであろうものを文化へ導入するのである。モダニズムのスカトロジカルな「策略」は独特であって、欺瞞的というより魔術的であり、悪ふざけでも暴露でもなく、文化表現への排泄物の真の変身なのである。（Clowes 一九～二〇頁）

彼女はモダニズム文学におけるスカトロジーが諷刺文学とは異なるのだと示唆する。初期のテクストにおけるスカトロジーとは違い、モダニズムの修辞法は排泄物イメージを文化的生産物へと変容させるのであり、それはモダニズム以前には諷刺的意図以外では認められなかったものである。

モダニストたちの用いるスカトロジーが先行者たちより巧妙に諷刺的性質を隠蔽していたというわけでもない。前時代には単なる真実の暴露という目的に用いられていた、排泄物的文学素材の革新的な可能性を追求したということなのである。

現代社会には排泄物的な腐敗の感覚が横溢している。しかし、一度それ自身の排泄物に目を向けるなら、現代社会は何がしかの希望か潜在力を見出すことができるかもしれない。……もし現代人が彼の運命を変え、この荒地において生産的な物語を生成しようとするのであれば、彼の美学を排泄物的語彙において再定義しなくてはならなくなるだろう。(Clowes 六八頁)

モダニズム作家たちは頻繁に実験を繰り返し、排泄物イメージにおける革新的な文学的発明の可能性を追求した。こうした見地から、クルーズは博士論文の第二章及び第三章においてダリやベケットの小説をそれぞれ自我と言語との関係において論じ、キャサリン・ホイットリーはジュナ・バーンズの『夜の森』の登場人物のアイデンティティを、「歴史を排泄物的生産物」と見做して考察する(Whitley 九三頁)。このように、モダニズムにおけるスカトロジーは初期のスカトロジーにおける諷刺的伝統と決別し、言語やアイデンティティ形成と関係するようになったのである。

恰もこうしたスカトロジー文学の系譜を辿り直すが如く、ジョイス作品はそのスカトロジカルなイメージの用法において変遷する。ちなみに、作家の実生活における愛糞症的性向が、妻に対する恋文に見られることは人口に膾炙している。例えば、一九〇九年十二月九日の手紙である。

汚いことをする君の体の二つの部位が僕には一番愛しいんだ。愛しい君、君のおっぱいよりもお尻が好きなんだ。だって、そういう汚いことをするから。……君の唇があの何とも言えず刺激的な汚い言葉をぺちゃくちゃするのを聞けたら、君の体が僕の下でくねくねっとするのを感じられたら、君の裸の少女のようなお尻からぽんっぽんっと出てくる汚くて太った少女みたいなおならを聞いて嗅ぐことがでたら、そして、僕の下品な可愛い熱っぽい小鳥ちゃんのおめこをずっとやってやってやってやりまくることができたらって、そう思うんだよ。（*Selected Letters* 一八六頁）

当然、この書簡は作家の性生活に対する伝記的関心を駆り立てるものではあるが、本稿の焦点は文学作品に限ることとしよう。

ウィリアム・ヨーク・ティンダルはジョイスの初期の抒情詩集『室内楽』（*Chamber Music*）の次の箇所に排尿するヒロインの登場を指摘する（Tindall 七三〜七五頁）。「我が愛しき女ゆるり行く、屈み込みつつ／草地の上の己の影へ／そして空のほんのり青い盃が／笑いさざめく土地にかかる場所／我が愛しき女そっと行く、たくし上げつつ／華奢な御手にて衣服をば」（一一二頁）。とはいえ、作家の初期スカトロジーの最も典型的な例は一九〇四年の風刺詩「ザ・ホーリー・オフィス」（"The Holy Office"）だろう。この詩において、語り手はジョイスが祖国に置いてきたアイルランドの文壇を批判する。

我、自らを命名す
カタルシス＝パーガティヴ、と
……
しかし、我の言うところの男たちは皆
我を、彼ら徒党の下水溝にしてしまう。
彼らが、夢のごとき夢を夢に見られるよう、我は彼らの汚水を流し去る。
……
こうして彼らの気弱な尻を解放す、
カタルシスという我が責務を果たすのだ。（一〜二、四七〜五〇、五五〜五六行）

語り手は自らを「カタルシス＝パーガティヴ」と呼ぶ。吉川信によれば、「カタルシス」は浄化を意味するだけでなく、「パーガティヴ」つまり「下剤」が促進する便通をも示しており（二五〇頁）、このことは腸の蠕動運動と排便を助けるという語り手の役割を示唆する。詩の半ば、語り手はアイルランド文芸復興運動を牽引していたW・B・イェイツやJ・M・シングなどの「男たち」を批判する。彼にとっては、彼らの文学運動は単なる虚飾にすぎず、実際は汚水を撒き散らしているにすぎない。故に、彼は自分が「彼らの汚水を流し去」り、彼らに代って「カタルシス（浄化／排泄）という我が責務」を果たそうと宣言するのである。

短篇集『ダブリンの市民』にも排泄物イメージの類似した用法が見られる。「土くれ」（"The Clay"）では、主人公マライアが擬似排泄物に遭遇する。諸聖人の祝日前夜、彼女はドネリー家のパーティに招待され、隣人の少女たちによって準備された——仕組まれた——ゲームに参加する。

（目隠しをされ）あちらこちらと空中に手を彷徨わせ、ソーサーの一つに下ろす。指に柔らかくて湿ったものを感じて、誰も話さず目隠しも外してもらえないことに驚いた。幾秒かの躊躇いがあって、そして、ずいぶんとばたばた、ひそひそ。誰かが庭のことで何か言うと、ついにドネリー夫人が隣家の娘の一人にかなり厳しいことを言い、すぐに外へ捨てるように、悪戯じゃ済まないわよ、と言った。

(Joyce, *Dubliners* 八八頁)

語りの視点が目隠しされたマライア自身と同化しているため、彼女が実際に何を摑んだのかは定かではない。タイトルの「土くれ」も「柔らかくて湿ったもの」の正体を突き止めるには至らない。ただドネリー夫人が少女たちを厳しく叱責したことから、それがこの場にそぐわないことが窺われるだけである。

マーゴ・ノリスはこの不可解な物体を、排泄物と見做されることが意図された「庭の泥」であると解釈する。「子供たちの悪戯の肝は、排泄物を触った感覚による衝撃と嫌悪感によって、取り澄まして『気取った』マライアをたじろがせることにある——目隠しを外したとき、ただ彼女に無害な庭の泥を示して見せるのである。恥辱は自傷的なものとなる。つまり、被害者は自身の『汚れた』心根によって本性を露呈させられるのである」(Norris 二一二頁)。庭の泥はゲームの中で周囲の人々の善意を信用しない主人公の疑心を暴露する諷刺的な手法として機能するはずだった。しかし、彼女は少女たちの思惑通りには反応せず、皮肉にもこの策略は彼女たち自身の「『汚れた』心根」を暴露してしまう。要するに、糞便だと見做されるべき土は登場人物たちの心に隠された道徳的頽廃を暴露する諷刺的道具として機能しているのである。

この短篇集の「恩寵」(“Grace”) は「土くれ」と同じ風刺的性質を帯びており、さらに宗教的風味が付加されている。興味深いことに、この作品が持つカトリシズムに対する批判的視線は、物語が始まる前に主人公トム・カーナンが酒場のトイレに転落することに予見されていたといえる。物語冒頭でカーナンは酒場のトイレの床に傷を負って倒れている。

そのときお手洗いに居合わせた二人の紳士は彼を助け起こそうとした。が、ぐったりしていてどうにもならない。彼は転げて落ちた階段の下にくの字になって倒れていた。……帽子が二、三ヤード離れたところに転がってしまっていて、服は彼が突っ伏して横たわる床の汚物と濁り水で汚れている。……口の端からは細い血の筋が流れ出ていた。（一一八頁）

彼は階段からトイレに転落し、傷を負い「床の汚物と濁り水で汚れ」トイレの床に倒れている。デイヴィッド・ロビンソンはカーナンの転落に「倒錯した洗礼（perverse baptism）」を見る。「カーナンの転落は、トイレに落ちたという点においても倒錯した洗礼であった。そこは、汚れ――通常は罪ではないのだが――を洗い流し、しばし『汚水』に洗われる場所である。彼はまた自身の血において洗礼される――これは見込みのない種類の儀式である」（Robinson 一三五頁）。最終的にカーナンが友人たちに説得されてカトリックの静修への参加を承諾することを鑑みれば、トイレにおける彼の「倒錯した洗礼」はカトリシズム参入の通過儀礼として捉えられ得る。しかし、この洗礼はトイレの糞便を伴うようなイメージによって、彼のカトリシズムへの参入だけでなく、カトリシズムそのものを諷刺しているようでもある。このように彼のカトリシズムへの参入に対する批判的視線はすでに小説冒頭から示唆されていたといえる。そもそも、宗教儀礼の形式を表面的に模倣することで、トイレの汚物はカトリシズムの腐敗を暗に示そうとしているようでさえある。言い換えれば、汚物にまみれた酒場のトイレに神聖な儀式を重ねることで、宗教的腐敗を即物的に表現しているのである。

二、排泄物イメージにおける新しい意味作用の探求

しかし、ジョイスは徐々にこのような諷刺的スカトロジー文学の系譜から逸脱していく。スーザン・ブリエンツァはランドルフ・スプリッターを引きつつ、『ダブリンの市民』収録の中篇「死者たち」(“The Dead”)に現れる水のイメージの両義性を指摘する。彼女は、この液体を諷刺的文彩としてではなく、「危険で汚いものでありながら、救いと創造性を孕んだ」両義的なものとして捉える(Brienza 一一八頁)。この液体のイメージは物語の結末でゲイブリエル・コンロイの曖昧な感情を表現するために暗示されるのみであるが、後の作品において汚穢の両義性はより明瞭に現れることになる。

ジョイスの排泄物イメージの用法におけるもう一つの重要な側面は『若い芸術家の肖像』に見受けられる。主人公スティーヴンの物語は幼少の時のおねしょに始まる。「おねしょをしたらはじめあったかくってそれでつめたくなるね。かあさんがあぶら布をしいてくれるんだ。変な臭いがするんだ。」(Joyce, *A Portrait* 五頁)。少年の繊細な感受性を示すこの描写は、身体をコントロールできない精神的な未熟さを指し示しつつ、カトリックの教義が禁止する行為に対する罪の意識にもつながっていく。南谷奉良はヴィクトリア朝において自慰行為と夜尿症の連想がキリスト教における汚れと罪の連想に結びついたこ

とを指摘し、おねしょの描写が関連する記述と結びつきながらスティーヴンの「罪の小川」を形成すると主張する（四〇～四三頁）。同様に、ヴィンセント・チェンも言葉と排泄物は身体から排泄される点において類似し、スティーヴンの罪の象徴であると考える（Cheng 八六～八七頁）。チェンはスティーヴンの口から出てくる言葉を排泄物と同一視することで、抽象的概念を物質的（副）産物に結びつける。そのため、排泄物は言葉によって提示される彼の罪を表象することになる。「彼の罪悪が唇から滴る、一滴一滴、傷口のようにじとりと爛れた魂から恥ずべき水滴となって滴りゆく――悪徳に穢れた流れ。」（一一二頁）。

排泄物における罪の連想は、学校での静修において神父が語る地獄の様子にも見られる。地獄における恐怖の描写の中でも、とりわけ際立つのは蔓延する悪臭である。「狭く暗い監獄の悍ましさはその酷い悪臭によっていや増すことになるのです。最後の日の怖ろしい大火が世界を浄化するとき、世界中のすべての汚穢が――世界中の塵芥と浮き滓が、と言われております――臭い立つ巨大な下水溝に流れ込むのです。」（*Joyce, A Portrait* 一〇一頁）。この説教を聞いたとき、性的な罪がスティーヴンの良心を苛んでいた。地獄の光景は彼にスカトロジカルなヴィジョンを後に見せることになる。

彼は見た。

硬い雑草と薊《あざみ》、房付きの刺草の茂みの広がる野原。繁茂する硬い茂みの中に、潰れた缶や、硬くなったうんちのぬらりとした塊ととぐろが散らばる。沼地の朧な光が、群れ茂る灰緑色の雑草の間を縫い、一面の汚物から立ち上っていく。不快な臭気が――沼地の光のように朧で汚く――缶や古びて硬くなったうんちからぬらぬらと螺旋となって立ち上る。
……これが僕の地獄か。（二一六頁）

彼は自らの罪を地獄の恐怖と結びつけて考え続ける。その結果、罪人の魂の行きつく先は「黒く冷たい空虚な残り滓（black cold void waste）」だと考えるようになる（二一八頁）。汚水に対するスティーヴンの不安は母に対する恐怖に起因しており（Brienza 一一九〜二〇頁）、母の臨終に際して祈ることを拒否した悔恨に端を発する。罪を排泄物イメージに重ね合わせるこのような連想は、『ユリシーズ』において排泄物イメージの心理・文化的表現へと発展していくことになる。

三、『ユリシーズ』の排泄物イメージにみる身体の思考

排泄物イメージの両義性や罪悪を仄めかす性質に加えて、ジョイスは『ユリシーズ』において排泄物イメージの身体的性質に焦点を当てる。この作品は、排泄物と排泄過程を登場人物たちの心理へと接続するのである。登場人物たちの精神活動は、しばしば排泄物や排泄行為によって刺激を受ける。とりわけ、『ユリシーズ』におけるブルームの思考のあり方は最も顕著な一例である。『フィネガンズ・ウェイク』の様々な挿話において、心理的な抑圧が排泄物イメージによって表出されていることも付言しておくべきだろう。『ユリシーズ』における排泄物イメージは登場人物たちの心理状態と緊密に結びついているのである。

『ユリシーズ』における排泄物イメージには攪乱的性質だけでなく、創造的性質が見られる。例えば、汚水への恐怖によって惹起されたスティーヴンの芸術的閉塞状態は、ブルームや妻モリーの汚穢への魅惑に対置される（Brienza 一二〇頁）。実際、本作品の焦点の一つは排泄物の創造性に置かれている。例えば、最も印象的な糞便的場面は、ブルームが厠で用を足しながら新聞の三文小説を読むというものである。

> 静かに読む、抑えながら、第一段、緩みはすれどもつっかえつつ、第二段。半ば、最後のつっかえが取れていき、静かに腸が緩んでいくに任せて読みながら、未だ辛抱づよく読み進むうち昨日からの軽い糞づまりもすっかり解消した。あんまり大きくないといいがまた痔になっちまうし。よし、ちょうどいい感じだ。そう。あぁ！　詰まり気味。緩下剤を一錠。人生ってのはこんなもんかもな。心も動かされないし、ほろりともしないけど、手っ取り早くさっぱりだ。今はなんでも活字になるよな。つまらない時節さ。立ち昇る己の臭いの上に静かに座り、読み進める。（Joyce, *Ulysses* 四挿話五〇六～一三行）

この一節において、彼の読書行為は排泄行為と重なり合う。というのも、「段（column）」という語が小説が載っている新聞の「縦の欄（column）」を示すのか、ブルームの硬い「円柱（column）」状の排泄物を指すのか、読者には判然としないからである。「緩みはすれどもつっかえつつ（yielding but resisting）」という言い回しが、遅々として進まない読書行為だけでなく、慢性の便秘による緩やかな排泄行為を描き出している点からは、どちらの解釈も妥当であると考えられる。

この場面について、マーティン・ポップスは読書行為を食事行為の比喩であるとすることで、逆にブルームの排泄物は読み物の消化の産物であり、彼は擬似的に芸術作品を生み出すと解釈する（Pops 三五〜三六頁）。また、ブルームが敢えて屋外便所を使用することに着目し、彼の排泄物が庭の肥やしになり家畜の餌へと還元されることを指摘する批評家もいる（O'Connor 三二〇頁、Freedman 八六二頁）。さらに、チェンはブルームが三文小説の作者ボーフォイと、妻が出産中であるピュアフォイを混同することに注目し、この排泄のエピソードが出産の肥沃さにまで波及するとする。つまり、有機的肥沃と芸術的肥沃を繋ぎ合わせるポップスの議論に、出産的肥沃を加えるのである（Cheng 八九頁）。ブルームの読書行為と排泄行為に関するこれらの議論は、『ユリシーズ』の排泄物イメージの様式が排泄物の創造性を提示・熟考していることを示唆している。

排泄物の創造性に関するこのような考察は、人間の排泄物の利便性に関するブルームの素人科学的内省にも把捉される。

産業的な経路を通じて莫大な富を得ることは可能か。

……屑紙や下水溝に巣食う齧歯類動物の獣皮、化学成分を含有する人糞の利用、その際次の諸事を鑑みるべき、つまり、第一項の膨大な生産量や、第二項の累々たる数量、そして、第三項の途方もない量――平均的活力と食欲を有する標準的人間は、液状副産物を除き、年間総量八十ポンド（動物性・植物性食物混合）を生産、さらに一九〇一年の国勢調査報告書に基づいた愛蘭の総人口四百三十八万六千三十五を掛けるべし。（十七挿話一六九八〜一七〇八行）

第十七挿話の教理問答形式において、正体不明の語り手によって提議される排泄物の再利用・再生に関する問いには、ブルームの意識が少なからず投影される。ブルームは紙屑や溝鼠の毛皮、人間の排泄物の膨大な量に思いを馳せ、その利用方法はないものかと思索するが、こうした彼の意識の源流にはスウィフトの『ガリヴァー旅行記』がある（Gifford 五九三頁）。空飛ぶ島ラピュタの支配下にある陸地バルニバービの首都ラガードの大研究所では、研究員の一人が排泄物を食物に還元するという研究をしているが（Swift 一六七〜六八頁）、この逸話をブルームは排泄物の再利用の物語として読み替えるのである。スウィフトの物語は排泄物イメージを諷刺的かつ喜劇的に扱う。「ブリストル樽ほどの大きさの容器に一杯に入った人糞の週間配給（a weekly Allowance . . . of a Vessel filled with human Ordure, about the Bigness of a Bristol Barrel）」という大仰な表現に見られるように（Swift 一六八頁）、排泄物の真面目過ぎる扱いはこの疑似科学への政府援助を皮肉っているようである。実際、原田範行らは排泄物を元の食料に還元する実験は価値転倒によるユーモアであると説明する（三二九〜三〇頁）。

対照的に、アイルランドの総人口による年間排泄量を推定して、ブルームは実際的に人糞の利用可能性を考える。加えて、これは理想の家「ブルーム・コテージ。聖レオポルド館。花咲町」（十七挿話一五八〇行）を獲得する費用を捻出する方法の一つでもあり、彼は寝る前に心の平安を得るために理想を夢見ているようである。こうしたスカトロジカルな古典の翻案は、諷刺的スカトロジーからモダニズムにおける排泄物イメージの新用法の探求への移行として捉えられる。

こうした探求の中で『ユリシーズ』は身体感覚と精神活動の接続の可能性にも目を向ける。第八挿話において、段落の長短が表現するブルームの蠕動運動は彼の精神活動に対応し、しばしば短い段落が妻の浮気によるストレスに苛まれる彼の精神状態を体現する（戸田 六七～七一頁）。実際、身体感覚と精神状態は緊密に結びつく。「腹の調子が。ビーバー町でのやつか。腹いたっ、ぅん。かなりやばい……何とも言えない苦しみを抱えてて。死んじまいそうな苦悩だね。」（十五挿話九三〇～三三行）。

前述の排泄物の利用可能性に関するブルームの思考の背後にも類似の含意がある。彼の思考の源泉は第四挿話に見出せる。厠の場面において「緩みはすれどもつっかえつつ」とあるように、彼は慢性的な便秘に苦しみ、このことは新しい便秘薬ワンダーワーカーの広告が抽斗に仕舞われている点にも見て取れる。便秘による痛みや苛立ちを耐えがたく感じているのか、彼は物語を通してこの便秘薬を切望する。「泡立つやつだったなあのサイダー。糞づまりも起こすのか。……出しちまわにゃ。……ぷぅ！ちっちゃく可愛いおならがぅぅぅぅーっと吹奏。ブルームのちっちゃなぅぅぅ。……ぶぅぅぅぅ。欲しいんだよな。……できることなら。待てよ。あのワンダーワーカーさえあれば」（十一挿話一一八〇～一二二五行）。蠕動運動や慢性的な便秘のために生じた身体感覚は、彼の様々な精神活動の契機となっている。言い換えれば、身体感覚への避けがたい注意のために排泄物の利用可能性を思考することになり、同時に身体の不調から目を背けている。このように、精神活動は身体感覚と不可分なのであり、こうした排泄行為に根ざした創造的な思索は期せずしてセザール・アビンによるジョイスの諷刺的肖像に体現され得るかもしれない。トイレで踏ん張るかのような姿勢、ポケットの中の紙束、そして、下方から立ち昇る臭気と思念——これらすべてが用を足しているブルームの姿と重なるように思えるのである（Abin 図1参照）。

最後に、『ユリシーズ』において身体感覚が精神活動へと通じていたように、『フィネガンズ・ウェイク』では身体的な事物が精神的な概念と不可分となる。芸術家シェムの物語は最も明瞭に身体と精神の相応関係を例証する。スカトロジカルな芸術活動において、彼は排泄物的なインクをもって自らの身体に描く。「知力の残りかす（wit's waste）」とも呼ばれるこのインクは彼の排泄物から作られ、同時に、それは彼の人生の暗い側面を表象する。彼はインク（排泄物／負の人生）を裸体に受け入れることで芸術作品として昇華しようと試みるのである（Joyce, *Finnegans Wake* 一八五頁七行〜八六頁一八行）。さらに、インクが異端な芸術と頽廃的な生活をも体現することを鑑みれば、彼の排泄物的な芸術活動は劣勢にある文化コードが表出する状況を表象しているともいえる。[3] 実のところ、『ユリシーズ』についてジョイスの述べていることは精神活動の基盤としての身体の重要性を示唆している。「もしも（登場人物たち）に身体がなければ、彼らには心もないことだろう……すべては一つなのである」（Budgen 二一頁）。

図1　セザール・アビン「ジェイムズ・ジョイスの戯画」（"Caricature of James Joyce" 一九三二年）。

これまで見てきたように、ジョ

イス作品における排泄物イメージの技法は初期作品における諷刺的な用法から発程した。それは様々な思考実験を通して、『ユリシーズ』において身体と精神が重なり合う身体の思考として結晶する。初期の排泄物イメージはただ文化や登場人物の心理における頽廃を暴露することに用いられた。この諷刺的手法は文化や精神の上品な表層を引き剥がしその欺瞞を明らかにする。しかし、伝統的なスカトロジーから逸脱することで、ジョイスは排泄物イメージの多様な用法を模索し始め、身体的なモチーフは罪のような心理的な概念と結びつけられるようになる。ついには、身体と精神は緊密に結合し、登場人物の心理と抑圧された文化コードの表現に貢献する。このように、排泄物イメージを巧みに用いることで『ユリシーズ』において大きく開拓された身体の思考というこの新しい修辞法は後の『フィネガンズ・ウェイク』においても応用されていくことになるのである。

註

本稿は、二〇一九年十二月に日本英文学会関西支部大会で口頭発表した原稿を大幅に加筆・修正した文章である。

（1）引用の翻訳はすべて筆者によるが、適宜既訳を参照した。

（2）しかし、イアン・スコット・トッドはモダニズム文学におけるトイレのモチーフの使用に着目し、これを諷刺文学に位置づけている（Todd 一九四頁）。

（3）Miyahara を見よ。

参考文献

Abin, Cézar. "Caricature of James Joyce." 1932. *Transition*, vol. 8, Rinsen Book, 1995, p. 256.

Anspaugh, Kelly. "Powers of Ordure: James Joyce and the Excremental Vision(s)." *Mosaic: A Journal for the Interdisciplinary Study of Literature*, vol. 27, no. 1, Mar. 1994, pp. 73-100.

Brienza, Susan. "Krapping Out: Images of Flow and Elimination as Creation in Joyce and Beckett." *Re: Joyce'n Beckett*, edited by Phyllis Carey and Ed Jewinski, Fordham UP, 1992, pp. 117-46.

Budgen, Frank. *James Joyce and the Making of* "Ulysses" *and Other Writings*. Oxford UP, 1972.

Cheng, Vincent. "'Goddinpotty': James Joyce and the Language of Excrement." *The Languages of Joyce: Selected Papers from the 11th International James Joyce Symposium, Venice, 12-18 June 1988*, edited by Rosa Maria Bollettieri Bosinelli, et al., John Benjamins, 1992, pp. 85-99.

Clowes, Erika Katz. "The Anal Aesthetic: Regressive Narrative Strategies in Modernism." Diss. U of California, 2008.

Freedman, Ariela. "Did it Flow? Bridging Aesthetics and History in Joyce's *Ulysses*." *Modernism/Modernity*, vol. 13, no. 1, Jan. 2006, pp. 853-68. *Project Muse*, doi:10.1353/mod.2006.0024.

Gifford, Don, with Robert J. Seidman. Ulysses *Annotated: Notes for James Joyce's* Ulysses. 2nd ed., U of California P, 2008.

Joyce, James. *Chamber Music*. Edited by William York Tindall, Columbia UP, 1954.

——. *Dubliners*. Edited by Margot Norris, Norton, 2006.

——. *Finnegans Wake*. Edited by Robbert-Jan Henkes et al., Oxford UP, 2012.

——. "The Holy Office." *Pomes Penyeach and Other Verses*, Faber and Faber, 1982, pp. 33-38.

——. *A Portrait of the Artist as a Young Man*. Edited by Jeri Johnson, Oxford UP, 2008.

——. *Selected Letters of James Joyce*. Edited by Richard Ellmann, Faber and Faber, 1992.

——. *Ulysses*. Edited by Hans Walter Gabler and et al., Random House, 1993.

Miyahara, Shun. "Waste in the 'Shem the Penman' Chapter in *Finnegans Wake*." *Chugoku-Shikoku Studies in English Literature*, vol. 16, 2020, pp. 1-13.

Norris, Margot. "Narration under a Blindfold: Reading Joyce's 'Clay.'" *PMLA*, vol. 102, no. 2, Mar. 1987, pp. 206-15. *JSTOR*, doi:10.2307/462549.

O'Connor, Frank. *The Mirror in the Roadway: A Study of the Modern Novel*. Hamish Hamilton, 1957.

Pops, Martin. "The Metamorphosis of Shit." *Salmagundi: Quarterly of the Humanities and Social Sciences*, vol. 56, Spring 1982, pp. 26-61.

Robinson, David W. "Joyce's Nonce-Symbolic Calculus: A *Finnegans Wake* Trajectory." *James Joyce's* Finnegans Wake*: A Casebook*, edited by John Harty III, Garland, 1991, pp. 131-40.

Swift, Jonathan. *Gulliver's Travels*. Edited by Claude Rawson, Oxford UP, 2008.

Tindall, William York. Introduction. *Chamber Music*, by James Joyce, Columbia UP, 1954, pp. 3-98.

Todd, Ian Scott. "Dirty Books: Modernism and the Toilet." *Modern Fiction Studies*, vol. 58, no. 2, Summer 2012, pp. 191-213.

Whitley, Catherine. "Nations and the Night: Excremental History in James Joyce's *Finnegans Wake* and Djuna Barnes' *Nightwood*." *Journal of Modern Literature*, vol. 24, no. 1, Fall 2000, pp. 81-98.

吉川信、訳注「ザ・ホーリー・オフィス」『ジェイムズ・ジョイス全評論』筑摩書房、二〇一二年、二五〇～五一頁。

戸田勉「ブルームの胃のねじれ：『ユリシーズ』第八挿話論」『山梨英和短期大学紀要』、二八号、一九九四年、六七～七六頁。『J-Stage』、doi:10.24628/yeiwatandai.28.0_67。

原田範行・服部典之・武田将明『「ガリヴァー旅行記」徹底注釈（注釈編）』岩波書店、二〇一三年。

南谷奉良「おねしょと住所――流動し、往復する生の地図」『ジョイスの迷宮：「若き日の芸術家の肖像」に嵌る方法』、金井嘉彦・道木一弘編著、二〇一六年、三五～五五頁。

II.『ユリシーズ』を開く——舞踏・演劇・映画・笑い

ニンフの布
――ニジンスキー『牧神の午後』と「キルケ」挿話の比較考察

桐山　恵子

一、ルチアとニジンスキー

ジェイムズ・ジョイスの娘であるルチア（一九〇七～一九八二）を撮影した写真のなかに、一度見たら忘れることのできない印象を与える一枚がある。それは鱗を模したダイア柄のスパンコールがあしらわれた奇抜な衣装を身に着けたルチアの写真だ。ダンサーだったルチアは、一九二九年パリで開催されたダンス・コンテストで、この衣装を身につけて踊った。片脚は鱗の衣装で太ももから足首までを覆い、もう一方の脚は肌を露出して行われた彼女のパフォーマンスは、性的なフラストレーションを象徴する人魚のイメージを醸しだし好評だった（Shloss 一七五頁）。審査結果で二位であると発表された際には、なぜ一位ではないのかと観客からブーイングが出たほどだった（Bowker 三八四頁、Ellmann 六一二頁、

Joyce, *Letters* 二八〇頁）。観客の一人だったサミュエル・ベケットはルチアのダンスに感激し、この衣装を着た彼女の写真を生涯、保持していた（Bowker 三八四頁、Shloss 一七六頁）。

しかしルチアがダンサーとして活躍した時期は短く、次第に精神に異常をきたしていく。その原因として、度重なる引っ越しに起因する不安定なアイデンティティ（宮田、『ルチア』一五頁）、ベケットをはじめとする男性との恋愛問題（Bowker 四〇〇頁、Ellmann 六四八頁）、父親が有名作家というプレッシャー（Shloss 一一三頁）、ダンサーとしての身体的なスタミナの欠如に対する不安（Ellmann 六一二頁）などが考えられる。[1] ジョイスは娘の悪化していく病状を心配し、様々な治療方法を渉猟していたが、なかでもヴァーツラフ・ニジンスキー（一八八八[2]〜一九五〇）が受けたインシュリン療法に大きな関心を示した（Bowker 四九二頁、Shloss 三八一頁）。多くの患者の症例があるなかで、ジョイスがとくにニジンスキーのそれに関心をもったのは、二人にはダンサーという共通点があったからだろう。事実、ジョイスだけでなく、彼の友人たちも「常軌を逸した熱意ゆえに、ステージから精神療養所へと追い込まれた二人のダンサーに悲しむべき類似を見ていた」（Shloss 三〇一〜〇二頁）。[3]

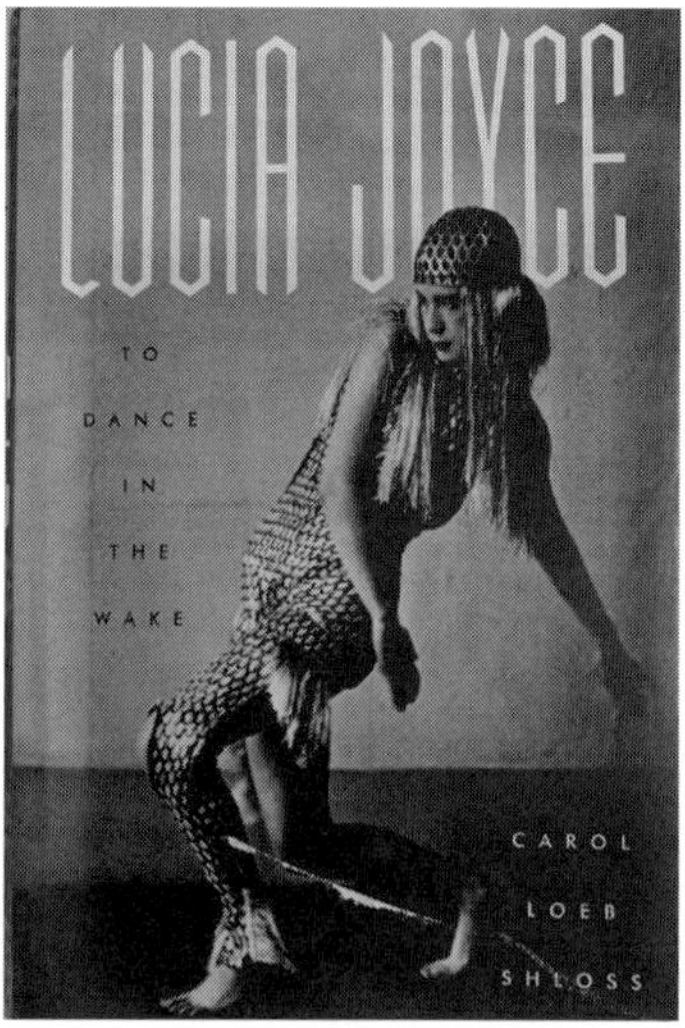

図１　魚の衣装を身に着けて踊るルチア
（Shloss 著書の書影）

ポーランド人の両親のもとキエフで生まれたニジンスキーは、サンクトペテルブルクの舞踊学校を卒業後、マリインスキー・バレエ団に入団、主要な役を踊るようになる。その後、セルゲイ・ディアギレフ率いるバレエ・リュスの看板ダンサーとなるが、同性愛関係にあったディアギレフの許可なく女性と結婚したことにより、リュスから離脱せざるを得なくなる。その頃から精神を病んでいき、スイスなど各地の療養所を転々とするが、最後はイギリスで亡くなった。

クラシック・バレエの牙城だったマリインスキー・バレエ団出身のニジンスキーには、正統的なバレエ・ダンサーのイメージがつきまとう。しかしニジンスキーが伝説的なダンサーとして今日までその名を残した最大の理由は、彼がクラシック作品で踊った王子役や貴公子役ゆえではない。彼が本領を発揮したのはバレエ・リュス時代であり、ダンサーとしてのみならず振付家としても大活躍だった。ニジンスキーが初めて振付けを手掛け、さらに自身が主役も務めた作品『牧神の午後』では、ステファヌ・マラルメの詩に基づきクロード・ドビュッシーが作曲した管弦楽曲が用いられた。登場人物として牧神と七人のニンフ、小道具としてスカーフが用いられる『牧神の午後』では、水浴びするニンフを見た牧神がその姿に欲情するが逃げられてしまい、最終的にニンフが落としたスカーフで自身の欲望を満足させる。一九一二年パリのシャトレ座で初演されたこのバレエ作品は、上演されるや否や大騒動を引き起こした。リュスのプリマ・バレリーナだったタマラ・カルサーヴィナは、その時の様子を次のように述べている。

ニジンスキーが初めて手がけた『牧神の午後』はまずパリで上演され、賛否両論の嵐を巻き起こしました。拍手する者、怒鳴る者、野次を飛ばす者、ボックス席では柵ごしに喧嘩が始まるありさまで、ディアギレフが客席の過熱状態をなんとか収め、やっと最後まで舞台を行うことができました。(カルサーヴィナ 二六九頁、引用は東野雅子訳)

初日の劇場に詰め掛けた観客たちは、「既存のバレエ・コンヴェンションに対する宣戦布告」(Garafola 五七頁)を目の当たりにし、大混乱をきたしたのである。次節以降でその詳細を検討していくが、「ニジンスキーは、バレエにおけるモダニズムの本質を八分間の『牧神の午後』に詰め込んだのだ」(Garafola 五七頁)。

興味深いことにモダニズム小説『ユリシーズ』には、『牧神の午後』でニジンスキーが演じた、水浴びするニンフへの欲望を持て余す牧神の残像が見えるような箇所がある。それは人間を動物に変える魔女「キルケ」がタイトルとして用いられ、「魔法」と「幻覚」から構成された十五挿話であり、「一連の変身シーンが続く、『ユリシーズ』のなかで最も『劇場型(theatrical)』のエピソード」(Gilbert 三一八頁)だ。幻覚を見たブルームは、アート・カラー《ニンフの浴《ゆあ》み》から抜け出てきたニンフの姿に欲情するが、牧神と同様にニンフから拒絶されてしまう。そして最終的に彼が獲得するのはニンフの肉体ではなく、逃げ去るニンフから奪い取ったヴェールなのだ。性的欲望をめぐる男性主人公とニンフの関係に焦点を合わせ、小道具としてニンフの布を用いた『牧神の午後』と「キルケ」挿話の当該箇所には似通った部分があると考えられないだろうか。本稿では『牧神の午後』で為されたバレエの革新的な変化を考察したあと、ニンフに性的欲望を抱く牧神とブルームに見られる類似点を詳らかにしていきたい。

二、古代とモダン世界

『牧神の午後』の初演は一九一二年であるが、西ヨーロッパの人々がロシアからやって来たバレエに魅了されたのは、それより遡ること三年前の一九〇九年、やはりパリのシャトレ座でのことだった。[4] 当時の西ヨーロッパにおけるバレエとは、王室の保護によりダンサーの社会的な地位が認められていたロシアとは異なり、紳士が美しい女性を眺めるための気晴らしのような位置づけに甘んじており、男性ダンサーに至っては、女性ダンサーをサポートする添え物程度の役割しか与えられないことが多かった。それゆえ西ヨーロッパの人々は、バレエ・リュスの到来によって初めて総合芸術としてのバレエに触れたと同時に、女性ダンサーと同等に、あるいはそれ以上に活躍する男性ダンサーに度肝を抜かれたのである。パリ公演を成功裏におさめたバレエ・リュスは、その後もヨーロッパ各地を巡業し、一九一一年にはロンドンのコヴェント・ガーデンでジョージ五世戴冠記念という冠つきで公演を行い、華々しい成果をおさめた。

レナード・ウルフは「一九一一年のロンドンでの生活は非常に刺激的だった……あらゆる分野で大きな変化が起こっていた」(Woolf 三七頁) と述べ、以下のように当時を振りかえっている。

文学の分野では、数年後に誕生する嵐のような作品――『失われた時を求めて』、『ユリシーズ』、『プルーフロック［の恋歌］』と『荒地』、『ジェイコブの部屋』と『ダロウェイ夫人』――を待ちわびる揺籃期の気配に満ちていた……そして何よりも、我々は夜ごと群れを成してコヴェント・ガーデンに集った。新しい芸術に魅入られたのだ。無知蒙昧だった英国人にとっては天啓のようだった。ディアギレフとニジンスキーによるロシア・バレエの最も偉大な時代だった。（Woolf 三七頁）

ジョイスに代表されるモダニズム作家が、文学で成し遂げたことを先取りするような形で、ニジンスキーは古典バレエの規範を乗り越えた新しい芸術の創成に夢中になっていたのである。批評家ガラフォラは、ニジンスキー以前にリュスの主要な振付家だったミハイル・フォーキンとニジンスキーを比較して、次のように主張する。「フォーキンはモダニズムの扉を開いたが、彼自身はその敷居を越えることは出来なかった。革新的な一歩を踏み出したのはヴァーツラフ・ニジンスキーだ」（Garafola 五〇頁）。『牧神の午後』の上演は、バレエにおけるモダニズムの嚆矢だったのである。

ところでバレエ・リュスの目玉のひとつに、ニジンスキーの高い跳躍があった。それゆえニジンスキーが初めて振付けたバレエ作品ともなれば、観客は、彼の高い身体的能力が存分に活かされた舞台が見られることを期待していたに違いない。ところがニジンスキーは『牧神の午後』で派手な動きは何ひとつ行わず、「たった一度の小さなジャンプ」（Buckle, *Diaghilev* 二二五頁）を披露しただけだった。『ル・マタン』紙に舞台評を掲載した彫刻家のオーギュスト・ロダンは、ニジンスキーの動きを次のように記している。

もはやそこに跳躍はなかった。半ば人間の意識に目覚めた獣の身振りとポーズがあるだけだった。彼は地面に寝そべり、肩ひじをつき、ひざを曲げたまま歩き、身をかがめた。時にゆっくりと、時に痙

攣したかのような角張った動きを伴って、前進と後退を繰り返した。(Buckle, *Diaghilev* 二二七頁)

『牧神の午後』の振付けは、ニジンスキーという「クラシックの舞踊技術を習得したダンサーによって口火が切られた、形式的なバレエ言語との最も革新的な断絶」(Scheijen 二五〇頁) だったのである。

さらに注目すべきは、牧神を演じたニジンスキーおよびニンフを演じた女性ダンサーらは、観客に対して胴体部分だけを正面に向け、ひじやひざを曲げたままの手足と頭部は横向きの姿勢を維持した。そのため観客は、奇妙なポーズを繰り返すダンサーの横顔しか見ることが出来なかった(Buckle, *Nijinsky* 一八八頁、Ostwald 五九頁)。ニジンスキーはダンサーに不自然な姿勢を強いることにより、舞台上であえて平面的な、言い換えるなら二次元的な世界を創り出そうとしたのである。彼が二次元的な世界に惹かれることになったきっかけとして、注目すべき逸話がある。ニジンスキーは、ディアギレフと舞台美術家のレオン・バクストと共にルーヴル美術館を訪れた際、古代ギリシアの壺の絵柄――連なった人間による帯状の装飾的なポーズ、幾何学的な身振りや横向きの顔――に魅了され、それらを自身の創作に活かしたのだ

図２ 『牧神の午後』で踊るニジンスキー
(From Wikimedia Commons)

(Buckle, *Diaghilev* 一八五頁、Buckle, *Nijinsky* 一八七頁、Ostwald 五七頁)。すなわち彼は、マリインスキー・バレエ団が継承してきたような伝統的なバレエの動きよりも、さらに時間を遡った古代の人間の身振りを振付けに取り入れたのである。

「『牧神の午後』は原点に立ち返ったのである。ダンサーたちは、歩き、旋回し、傾き、跪いた……これらの動きは、バレエの系統学上、最も原始的なステップのしるしを顕わにした」(Garafola 五七頁)。そしてこれら原始的なステップこそが『牧神の午後』の革新性だった。なぜなら「三角、弧、線といったユークリッド幾何学の様式が……キュビズム絵画を生み出した」ように、「ニジンスキーの振付けで用いられた幾何学的な動きが、『牧神の午後』のモダニティを宣言したのである」(Garafola 五八頁)[5]。つまりニジンスキーは、後にジョイスがギリシア神話『オデュッセイア』の枠組みを用いて文学のモダニズムを果たすように、「『牧神の午後』で古代世界とモダン世界とを劇的に結びつける」(Davis 一六三頁)ことにより、バレエのモダニズムに先鞭をつけたのである。

本論冒頭のルチアの写真のポーズには、『牧神の午後』の振付けの特徴との類似が確認できる。彼女の胴体部分は正面を向いているが、顔は横向き、両ひざとも直角に近い角度まで曲げられ、ひじも角張っている。ルチアが師事したダンサーの一人にモダン・ダンスの祖イザドラ・ダンカンの弟レイモンドがいる。ダンカン姉弟は日常的にギリシア風の衣服を着用するほど古代世界への憧憬が強く、彼らのダンスにもギリシアの壺の絵柄からの影響が見られる。しかしダンカンとニジンスキーには決定的な違いがあった。ダンカンは、身体の動きでは蛇を模倣したような優美に曲がった線こそ美しいとする「曲線の美」への執着を捨て去ることは出来なかった。この点で「ダンカンは自身が望んだほどには、革新者たり得なかったのだ」（Eksteins 三七頁）。対して「ニジンスキーは、これまで観客の目を楽しませてきた『曲線の美』をあえて否定し、反逆的に表現の可能性を追求した。彼の振付けでは、角張ったひじを隠さないどころか、わざとそれを強調したのだ」（Eksteins 三七頁）。ルチアの曲がったひじとひざは、彼女のダンスもニジンスキーが口火を切ったモダニズムの流れにくみしていたことを示している。ルチアがダンサーとして活躍した時期は長くはなかったが、ダンサーだった時の彼女は、自身もモダニストであることを自覚していたのではないだろうか。

三、変身

すでに述べたように、ニジンスキーが人気を得た役柄は王子や貴公子ではなく、たとえばアラビアのハーレムを舞台にした『シェヘラザード』の奴隷役や『薔薇の精』の妖精役、『ペトルーシュカ』の人形役だった。つまりニジンスキーは、獣と同様に扱われるような奴隷役や人間以外の役、そして彼自身が「『牧神』は私」（『ニジンスキーの手記』三一四頁、引用は鈴木晶訳）[6]とまで言い切った、半人半獣の役で人気を博したことになる。彼は高い跳躍を誇るような男性的な魅力も有していたが、同時に性差あるいは人間と超自然的存在の差異をも超えていくような、両性具有的な魅力をそなえたダンサーだった。言い換えるのなら、ニジンスキーは舞台上では何ものにでも変身可能だったのである。

「人間と動物が結合したようなグロテスクな姿形の人物たちのタブロー」（McKenna 七四頁）から始まる『ユリシーズ』の第十五挿話では、歓楽街を彷徨うブルームの幻覚が描かれており、娼館の女主人べラにキルケの役割が付与されている。[7] そして、オデュッセウスの仲間がキルケの魔法で豚に変えられてしまうように、ベラの娼館に足を踏み入れたブルームはそこで変身を遂げることになる。ブルームがベラの履いていた靴紐を結んだ瞬間に魔法が発動したかのように、ベラはベローという男性に変身、ブルームが女性へと変身する。その後、ベローが、ブルームの過去の性的な罪を暴きだして死刑を宣告、ブルームの葬儀が執り行われようとする。そして薫香の煙で辺りがぼやけていくうちに、ブルームの眼前に「イチイの木々」(三二三七行)[8] が出現し、「きらきら光りながら流れ落ちる滝の音」(三二九七行) が聞こえてくる。「アルカイック期ギリシアへの熱情」(Garafola 五二頁) をもってバクストが描いた「岩、木、滝」(Buckle, *Diaghilev* 二二四頁) の背景幕が用いられた『牧神の午後』の舞台さながらに、ブルームは「牧歌的な背景」(Gilbert 三三五頁) へと誘われ、ニンフの登場を待つこととなる。

樫の木の額縁から一人のニンフが現れる。髪をといたままの姿、紅茶いろのアート・カラーを軽やかにまとい、岩屋から降り立ち、枝をからみ合せるイチイの木々の下を通り、ブルームのそばに来て見おろす。(三二三三〜三二六行)

立ち現れたニンフに向かい、ブルームは「前に会いましたね」(三二五四行) と声をかけるのだが、十五挿話で登場するニンフは、四挿話「カリュプソ」ですでに言及されている。

《ニンフの浴《ゆあ》み》がベッドの上にかかっている。《フォト・ビッツ》の復活祭特別号の付録で、アート・カラーの最高傑作。ミルクを入れる前の紅茶の色。髪を垂らしたモリーに似ていなくもない。もっとすらりとしてる。額縁に三シリング六ペンス払わされた。ベッドの上にかけたらすてきね、と彼女が言ったから。裸体のニンフたち。ギリシア。（三六九～七三行）

十五挿話に登場するニンフは、ブルームの幻覚による雑誌のニンフの具現化なのだ。《ニンフの浴《ゆあ》み》を見てギリシアに思いを馳せていた四挿話のブルームは、「輪廻転生」について考える。「輪廻転生、と彼は言った。昔のギリシア人が使ってた言葉でね。人間がたとえば動物とか樹とかに変ることがあると彼らは信じていた。たとえばニンフなんてものに」（三七五～七七行）。ブルームは、ニジンスキーが舞台上で牧神に変身するように、のちに起こる自身の変身の可能性を予兆していたのかもしれない。

『牧神の午後』の牧神は滝で水浴びをしているニンフに惹かれるが、同様にブルームも「美しい不死の人よ、ぼくは歓びをもってその体を眺め、あなたを賛美し、美しいものよ、祈りを捧げようとさえしたのだ」（三二六七～六八行）とニンフに賛辞を送る。ところが「イチイの木々」に、「高校の遠足でプーラフーカに来たのは誰だった？　木の実をさがすクラスメートから離れて、あたしたちの木蔭に来たのは誰だった？」（三三〇八～〇九行）と若かりし頃の性的いたずらを指摘されてしまう。

イチイの木々「あたしたちの静かな木蔭をけがしたのは誰？」

ニンフ（恥ずかしげに、指の隙間から。）「あそこで？　青空の下で？」

イチイの木々　（下へうねりながら。）「そうよ、お姉様。あたしたち処女の清らかな草地の上で。」

（三三四二～四六行）

ブルームは「（おびえて。）プーラの高校だって？　記憶の？　頭が元に戻り切っていないんでね。ぶつかって。電車に轢かれてぼけて」（三三一一～一二行）と昔の過ちを誤魔化そうとするが、その直後、少年に変身してしまう。

ブルーム（鳩胸、撫肩に詰物、ごくありふれた、グレーと黒の縞柄の小さすぎる少年服、白いテニス靴、縁取りをして上を折り返した靴下、バッジつきの赤い制帽。）ぼくは十代の伸びざかりの少年だった。あの頃はちょっとしたきっかけでも興奮したよ。（三三一五～一九行）

ここでのブルームは、性的に敏感だった自身の思春期に立ち返り、若かりし頃の性的な目覚めを追体験しているのである。

ギルバートは、人間よりはむしろ獣が抱くようなブルームの欲望が具現化する「キルケ」挿話で、「彼の精神と思想は野性的な変身を経験する」（Gilbert 三一九頁）と解説する。事実ブルームは、「ぼくはませていたから。若者だもの。動物相ってやつ。森の神に献物をしたのさ」（三三五三行）と動物への変身を意図するような発言をする。さらに彼は、性的関心を抱いた女性を動物にたとえて次のように述べる。

……亜麻いろの髪のロッティ・クラークが夜の化粧をしているところをさ、閉めかけたカーテンの隙間から、かわいそうなパパのオペラグラスでのぞいたりしたもんだ。あのおてんばめ、むしゃむしゃ草を食うんだよ。リアルトー橋のそばでは、流れ出る動物の精気で誘惑しようってんで、ごろごろ転げ落ちてみせたり。彼女があのねじれた木に登るもんだから、ぼくは。聖人だって耐えられやしない。悪魔がぼくにとりついたんだ。それに、誰が見ていた？（三三五五〜五九行）

「動物の精気」に誘惑されたブルームは、人目を気にかけつつも、「むしゃむしゃ草」を食べる女性と「悪魔」にとりつかれたような行為に及ぶのである。この発言の直後、ブルームと肉体関係をもったことを示唆するように、「ぎょろ目から大粒の涙を流し、鼻声」（三三六三行）の「よちよち子牛」（三三六〇行）と「たっぷりした乳房にずんぐり尻尾の牝山羊」（三三六七〜六八行）がそばを通り過ぎていく。さらなるブルームの発言――「ぼくはただ生理的要求を満たしただけさ……（あわれっぽく。）娘たちを口説いても誰もうんと言ってくれなかったし。醜くすぎたから。遊んでくれないんだもの……」（三三六五行〜六六行）――からは、ブルームが人間ではなく動物との性的行為、すなわち獣姦に及んだ可能性が読み取れるのである。

身体の半分は山羊である牧神に変身したニジンスキーが、ニンフに欲情する『牧神の午後』の主要テーマの一つも「思春期の性的な目覚め」（Garafola 五六頁）である。それに関して鈴木は、モダニズムと原始的世界との結びつきが性の問題を表出させることになったと指摘する。

『牧神の午後』は、神話の世界を描いているから、一見すると、アラビアのハーレムよりも遠い世界のように見える。だが、違うのだ……ニジンスキーが描こうとした世界は、遠いところにあるのではなく、じつはわれわれの内部にある原始的な世界であった。この点において、モダニズムは原始主義と結びつくのである……ニジンスキーは、われわれ自身の内部にある原始的世界を描くことによって、われわれ自身が抱える問題としての性を表現しえたのである。「牧神」は半人半獣である。したがってその性は、文明によって装飾をほどこされていない、むき出しの性である。(一九八〜九九頁)

牧神へと変身したニジンスキーがニンフへの性的な欲望とその顚末を八分間のバレエ作品に集約したのに対して、獣に変身したようなブルームがニンフに欲望を抱く描写は「キルケ」挿話の一部に過ぎない。しかし古代世界を舞台上に現出させたニジンスキーが、普遍的な性の問題を表現し得たことを考えるとき、小説の主人公を神話の人物になぞらえることによって、人間の根源的な欲望のありようを描こうとしたジョイスの試みとニジンスキーのそれは共振しているように思えるのである。

四、ヴェールとスカーフ

ブルームと牧神の性的な欲望が、ニンフとの直接的な肉体関係によって成就することはない。ブルームに対してニンフは「(高慢に。)そなたも今日見たように、わたしたち不死の者にはあのような箇所もなく、そこに毛が生えることもない。石のように冷たくて純潔なの」(三三九二〜九三行)と自身の神性を強調し、肉欲を否定する。また「ニジンスキー演じる牧神はニンフに何度も近づこうとするが、彼らの身体は決して触れ合わない」(Garafola 五八頁)。そもそもダンサーたちは横向きの不自然な姿勢を維持しているため、牧神とニンフは互いに向き合うことも難しい。ニンフへの欲望は、ブルームと牧神の両者にとって、成就する可能性が極めて低いことが前提となっているのである。

ところがブルームに対して神性を主張していたニンフにも、実は性的欲望が潜んでいたことが以下の箇所から露呈する。

ニンフ(顔をこわばらせ、衣服の襞をさぐりながら。)罰当りな! わたしの操を犯そうなどと。(衣の上に大きな濡れた染みが現れる。)清いわたしをけがすとは! おまえには純潔な女の衣にふれる資格はありません。(また衣をたくし寄せて)。(三四五五〜五九行)

衣を汚したニンフに向かって、ブルームは「自分らのほうが二倍も楽しんだくせに。ぴくりとも動かないのに、体じゅうが何層もの粘液でべとべとだよ。」(三四七二〜七三行)と述べて、「ニンフの偽善を糾弾する」(McKenna 七八頁)。「ニンフは、欲望とは無縁という振りをするが……その純潔は虚偽である」(Cotter 八二頁)ことにブルームは気がついているのである。

逃げ去ろうとするニンフに対するブルームの行動が記された「ト書き」は重要である。ブルームは「ぱっと立ちあがって彼女の手をつかむ」(三四六三行)。そして「彼女のヴェールを引っつかむ」(三四六五行)。ニンフは「ヴェールをはぎ取られ悲鳴をあげて逃げる」(三四六九行)。最後にブルームは、ヴェールの「匂いを嗅ぐ」(三四七七行)。ニンフと肉体関係を結ぶことのなかったブルームは、彼女の匂いが残ったヴェールを嗅ぐことにより、性的欲望を果たそうとしているのである。

ニンフが身に着けていた布への執着を見せたブルームであるが、『牧神の午後』の舞台でも、ニンフが着用していた布が重要な小道具として機能する。『牧神の午後』のクライマックスは、ニンフが落としたスカーフを牧神が拾いあげ、それを用いて彼が己の性的欲望を果たす瞬間なのだ。

体にぴったりの衣装さえ不謹慎とされた時代に、ニジンスキーはレオタード姿で登場した。波打つ下半身をニンフのスカーフの上に横たえた彼が、舞台上で性的絶頂に震えた時、観客は茫然と息を呑んだ。その瞬間、伝統的バレエの慎みの規範は完全に破壊されたのだ。(Eksteins 二七頁)(9)

ブルームがニンフのヴェールで自身を満足させたように、牧神もニンフのスカーフで性的欲求を満たすのである。両者にとって自身の欲望を癒すものは、ニンフの肉体そのものではなく、ニンフの布だったのである。

ガラフォラによれば、ニジンスキーは、ディアギレフへの同性愛と妻ロモラに代表される女性への異性愛との間で引き裂かれ逡巡していた。そして彼が直面した性的問題における一つの解決策は、自慰だったと解説している(Garafola 五七頁)。そして、それを裏付けるように、ニジンスキーは『手記』で以下のように告白する。

芸術家としての生活について書きたい。私は神経質だった。たくさん自慰をしたからだ。自慰に耽ったのは、色目を使ってくるきれいな女をたくさん見たからだ。[10] 私は彼女たちを欲望し、自慰に耽った。（三一二頁）

舞台上で「牧神と完全に同一化していたニジンスキー」（Ostwald 五九頁）は、「ニンフの身体を所有することによる直接的な快楽の経験よりも、むしろその身体を追憶する方に一層の満足をみたのである」（Garafola 五七頁）。

『牧神の午後』の初演を観た観客は、クライマックスでニジンスキーがみせた露骨な性の表現に驚愕した。『ル・フィガロ』紙の批評家ガストン・カルメットは、「我々が見せられたのは猥褻な牧神に過ぎず、そのエロティシズムに満ちた動きは卑しい野獣のものだ」（Scheijen 二四八頁）と述べて、ニジンスキーの振付けを非難した。しかしここで注意すべき点がある。『牧神の午後』を観劇した人々が憤った理由は、そこにニジンスキーの性的葛藤の発散を見たからではなく、むしろ現代世界に生きる各人が、その内部に抱えていた原始的な性の存在を認識させられたからではないだろうか。ニジンスキーは舞台上に古代ギリシアを現出し、自身を神話の登場人物である牧神に変身させることにより、『牧神の午後』が彼個人の性的はけ口を表出しただけの作品に堕することなく、現代人が抱える普遍的な性のテーマを有した作品へと昇華させたのである。

『牧神の午後』と「キルケ」挿話に見られる類似点——神話的な背景、変身する男性主人公、水浴びするニンフへの性的欲望、ニンフの布への執着、自慰行為——を考えるとき、ニンフに欲情するブルームを描写するジョイスの脳裏に、ニジンスキー演じる牧神が残像としてよぎっていた可能性を完全に否定することは難しいように思われる。少なくともジョイスが意識的であれ無意識的であれ、半人半獣の牧神を彷彿させる主人公を描いたことは、「原始的世界」を創出し「『牧神』は私」と言い切ったモダニストとしてのニジンスキーが抱いた欲望と等しいそれが、ジョイスにも存在していたことを示しているのではないだろうか。牧神とブルームが自身の欲望をニンフの布を用いて果たそうとする時、先駆的なモダニストの芸術的な欲望もバレエと文学という領域の違いを越えて響き合っていると考えられるのである。

註

（1）ルチアはベケットと食事をする際、少量しか食べないうえ、お手洗いで吐いていた（Bowker 三八四〜八五頁）というエピソードからは、ダンサーとしての高い自己意識ゆえに、体型維持にも相当なストレスを抱えていたと思われる。

（2）ニジンスキーの生年に関しては諸説あるが、本稿ではバックルの説に依拠した（Buckle, *Nijinsky* 四頁）

（3）断りがない限り、引用は筆者による訳である。

（4）一九〇九年の公演は正式にはバレエ・リュスとしてではなく、シーズンオフ中のマリインスキー・バレエ団員による公演という形で行われた。ただしニジンスキーやカルサーヴィナといった花形ダンサーはすでに勢ぞろいしていた。

（5）バックルも、ニジンスキーが『牧神の午後』で実践したことは、「ピカソが最初のキュビズム絵画で為したこと等しい」(Buckle, *Nijinsky* 一八八頁)と述べている。

(6)『手記』は、一九一九年一月十九日(サンモリッツのホテルで二百人ほどの観客を集めて「狂気と戦争」をテーマにした作品を踊った日)から同年三月四日にチューリッヒに旅立つまでの約二か月間に、ニジンスキーが「頭に浮かんだことを、意識=自我による『検閲』を加えることなく、できるだけそのまま書き付けた」(鈴木三三一頁)文書である。当時の主治医が治療の一環として勧めたとされる。「狂気と戦争」の舞踊内容や『手記』の執筆や出版をめぐる事情の詳細は、鈴木(三二七〜三三三頁)を参照のこと。

(7)十五挿話では、ブルームが抱いている「意識下の声」(Brivic 一三二頁)、「潜在意識の恐怖や空想」(Mullin 一〇九頁)、「自慰によるマゾヒズム的ファンタジー」(Cotter 一頁)が顕在化する。また宮田は十五挿話を「〝分裂病〟的色合いの最も濃い章」と指摘し、ブルームは「この病気の患者たちが体験する幻覚・妄想のおよそ典型的と言えるもののすべてを体験する」と解説している(『ジョイス』二二一頁)。

(8)『ユリシーズ』からの日本語訳は、『ユリシーズ Ⅰ』および『ユリシーズ Ⅲ』(丸谷才一・永川玲二・高松雄一訳、集英社文庫ヘリテージシリーズ、二〇〇三年)に基づく。

(9)初演時の振付けでは、ニジンスキーは手でスカーフを股の下にこすりつけた。しかし自慰行為があまりに露骨だったため、二回目の上演では警察まで待機する騒ぎとなった。そのため二回目の上演以降、ニジンスキーは、手は両脇に置いたままの状態で身体をスカーフの上に横たえる振付けに変更せざるを得なかった(Buckle, *Diaghilev* 二二八頁、Scheijen 二五〇頁)。

(10)歓楽街を彷徨うブルームと同様に、ニジンスキーにもパリで娼婦を求めた経験があり、そこで出会った女性を思い浮かべて性的行為に耽っていたと考えられる。彼は『手記』で以下のように記している。「娼婦たちとの遊びについて書きたい。私はとても若かった。だから愚かなことをした。若者は誰でも愚かなことをするものだ。私は冷静さを失って、娼婦を探しにパリの街へ出ていった。長時間探し回った……毎日、何人もの娼婦を抱いた。自分が恐ろしいことをしているということはわかっていた。自分のしていることが嫌だったが、すっかり習癖になってしまい、来る日も来る日も娼婦の後を追いかけるようになった」(三二一頁)。

参考文献

Bowker, Gordon. *James Joyce: A New Biography*. Farrar, Straus and Giroux, 2012.

Brivic, Sheldon. *Joyce the Creator*. U of Wisconsin P, 1985.

Buckle, Richard. *Diaghilev*. Atheneum, 1979.

——. *Nijinsky: A Life of Genius and Madness*. Pegasus, 2012.

Cotter, David. *James Joyce & the Perverse Ideal*. Routledge, 2003.

Davis, Mary E. *Ballets Russes Style: Diaghilev's Dancers and Paris Fashion*. Reaktion Books, 2010.

Eksteins, Modris. *Rites of Spring: The Great War and the Birth of the Modern Age*. Mariner Books, 2000.

Ellmann, Richard. *James Joyce*. Oxford UP, 1983.

Garafola, Lynn. *Diaghilev's Ballets Russes*. Da Capo Press, 1998.

Gilbert, Stuart. *James Joyce's* Ulysses*: A Study*. Vintage Books, 1955.

Joyce, James. *Letters of James Joyce*. Vol. 1, edited by Stuart Gilbert, Faber and Faber, 1957.

——. *Ulysses*. Random House, 1986.

McKenna, Bernard. *James Joyce's* Ulysses*: A Reference Guide*. Greenwood Press, 2002.

Mullin, Katherine. "James Joyce and the Languages of Modernism." *The Cambridge Companion To The Modernist Novel*, edited by Morag Shiach, Cambridge UP, 2007, pp. 99-111.

Ostwald, Peter. *Vaslav Nijinsky: A Leap into Madness*. Robson, 1999.

Scheijen, Sjeng. *Diaghilev: A Life*. Profile Books, 2010.

Shloss, Carol Loeb, *Lucia Joyce: To Dance in the Wake*. Farrar, Straus and Giroux, 2003.

Woolf, Leonard. *Beginning Again: An Autobiography of the Years 1911 to 1918*. Harcourt Brace Jovanovich Publishers, 1975.

カルサーヴィナ、タマラ『劇場通り』東野雅子訳、新書館、一九九三年。

鈴木晶『ニジンスキー――神の道化』新書館、一九九八年。

ニジンスキー、ヴァーツラフ『ニジンスキーの手記――完全版』鈴木晶訳、新書館、一九九八年。

宮田恭子『ジョイスのパリ時代――「フィネガンズ・ウェイク」と女性たち』みすず書房、二〇〇六年。

――『ルチア・ジョイスを求めて――ジョイス文学の背景』みすず書房、二〇一一年。

ハムレットを演じる若者たちのダブリン
——「スキュレとカリュブディス」挿話におけるスティーヴンの即興演技

岩田　美喜

『ユリシーズ』の読者は、そのタイトルに込められた急進性を今や忘れがちだ。『ユリシーズ』が持つ豊穣な間テクスト性を論じたジェニファー・レヴィーンは、こう指摘して問いかける——「少し想像して欲しい、もしこの七百ページに及ぶ小説が『ハムレット』だったらと」(Levine 一二二頁)[1]。これは、誰もが知る古典の主役の名を新作の題に見た初期読者の驚きを蘇らせる心憎い問いかけであるとともに、知名度のみならず作中で果たす重要度からいっても、『ハムレット』を例に挙げるのはふさわしいと我々を納得させてしまう点で興味深い。ヒュー・ケナーはかつて、ブルームがユリシーズであると同時に『ハムレット』の亡霊にも重なる一方、スティーヴンはテレマコスにしてハムレットでもあるという、相応関係の二重性に肯定的な意味を見出し、「『ハムレット』的状況が、いかに『オデュッセイア』的な状況を強めるかを理解することは容易い」（Kenner 一〇一頁）と述べた。確かに、古今の西洋文学を縦横無尽に渉猟するこの作品にあって、『オデュッセイア』に次ぐ重要性を持つ材源をひとつ挙げるなら、それはやはりウィリアム・シェイクスピア（一五六四〜一六一六）の『ハムレット』（一六〇〇頃）だといって良いだろう。

本章は、スティーヴンが国立図書館で『ハムレット』にまつわる自説を披露する第九挿話「スキュレとカリュブディス」を扱い、その間テクスト性について考察する。スティーヴンの理論がややナイーヴで時代遅れなものとして提示されており、作者自身のシェイクスピア観と距離があることは、早くから指摘されてきた。本稿では、そのような彼の議論の拙さそのものを一種の即興演技——『ハムレット』を通じた自己成型のパフォーマンス——と捉え、さらにはその背後にある、即興演技にまつわる間テクスト性を探りたい。『ハムレット』という大英帝国の文化資本に対する身振りにおいて、第九挿話は、アイルランド性を重視した文芸復興運動の牽引者であるW・B・イェイツ

図1　1907年ごろの国立図書館。(Nordisk familjebok (1907), vol.6)

(一八六五～一九三九)をコスモポリタンなジョイスと対置させる二項対立的な批評地図を超えた、両者の複雑な関係を炙り出す可能性を秘めているのである。

一、スティーヴンの『ハムレット』論を巡る批評史

第九挿話でスティーヴンが開陳する『ハムレット』論は、十九世紀に流行した伝記的なシェイクスピア作品解釈に多くを依拠しており、要約すれば以下のようになる。スティーヴンによれば、作者シェイクスピアが自身を投影したのは主人公ハムレットではなく、先王ハムレットの亡霊である。亡霊が王妃ガートルードと弟の再婚に苦しみ、ハムレット王子に語りかけるがごとく、シェイクスピアも年上の妻アン・ハサウェイの不倫に苦しみ、失われた彼の息子ハムネットに呼びかけている。シェイクスピアは十代の頃にこの女性に誘惑され屈服したことを、自身の男性性を揺るがすトラウマと感じているが、彼の家父長性をさらに脅かすことに、妻の不倫相手は自身の弟である。これがクローディアスのほか、『リチャード三世』や『リア王』など、シェイクスピア作品に繰り返し登場する「裏切り者の弟」のイメージの源泉である。だが晩年のロマンス劇からは、彼が最後に〈赦し〉の境地に至った可能性も示唆される。こうした解釈は、母の亡霊に悩まされるスティーヴン自身の親子関係を部分的に反映するとともに、息子を失い妻の不倫に苦しむブルームの人生とも重なりを見せており、二人の主人公をつなぐ蝶番の役割も果たしている。

ただし、スティーヴンの意見は必ずしも理路整然と語られるわけではなく、ジョン・エグリントンや

リチャード・ベストらの質問や反論に答える中で即興的に生み出されるような面もあり、詳しくは後述するが、本稿はむしろそのような即興性を重視している。だが大前提としては、第一挿話「テレマコス」でマリガンがヘインズに「奴は代数を使って証明するのさ、ハムレットの孫がシェイクスピアの祖父さんで、ご当人は父親の亡霊なんだってことを」（五五五〜五六行）と茶化して伝えていることや、図書館でスティーヴンがまだろくに口火を切らないうちに、ジョージ・ラッセル（AE）が「ああいう問題提起は皆、議論のための議論に過ぎない……ハムレットがシェイクスピアなのかジェイムズ一世なのかエセックス伯なのかといった問題はね」（九挿話四六〜四七行）と、釘を刺すようなことを呟くことから、スティーヴンが伝記的に『ハムレット』を読むネタを持っていることは、すでに周囲に知られているようだ。

スティーヴンの『ハムレット』論が作中の聞き手に与えた印象とそのはたらきを可視化するには、ウィリアム・M・シュッテの『ジョイスとシェイクスピア』（一九五七）が今でも良い出発点になる。(2) 第九挿話で言及されるシェイクスピア研究者や文人は総勢十七名だが、シュッテによれば、このうちスティーヴンが自分の議論の根拠として重点的に引用しているのは、ゲーオア・モリス・コーエン・ブランデス、フランク・ハリスおよびシドニー・リーの三名であり、シュッテは『ユリシーズ』中の自由引用箇所と三冊の材源との丁寧な対応表を作成している。(3) だが、この三名の間には、大きなアプローチの違いがある。一八九〇年代に『英国人名辞典』の編集主幹を務めたリーは伝記研究と作品研究を弁別しており、主著『ウィリアム・シェイクスピアの一生』（一八九八）においてもその態度は変わらない。例えば、シェイクスピア晩年の作品を扱った第十五章では、これらの作品に悲劇時代とは明らかな違いが見られることを指摘しつつも、「このような調子の変化のうちに作者の情緒の進展を探る広く知られた理論は、シェイクスピアの戯曲が持つ客観性を無視するものだ」(Lee 二四九頁) と苦言を呈している。他方、ブランデスとハリスは作家の姿は作品に投影されるという伝記批評の立場を奉じるものの、学術性は前者の方がはるかに高い。ハリスの筆致は好戦的で、リーのような学者を体現した「無味乾燥氏」(Dryasdust) という人物を創造し、「当然、無味乾燥氏はこの二つの出来事の間には何の関係もないと論じる」(Harris 三五七頁) といった風刺文学のクリシェを議論に挟んでくる。こうした、全く毛色の異なる書き手たちによるシェイクスピア伝をスティーヴンが無造作に併用している点からも、彼と作者ジョイスの間に距離があることは自明だろう。

これに加え、ジョイス自身が一九一二年にトリエステで行った『ハムレット』についての連続講義では、伝記的作品論ではなく作品テクストの本文批評が主眼だったという事実も忘れてはならない。ジョイス自身が講義や創作の資料として作成した「シェイクスピア年表」の記載とスティーヴンが第九挿話で披瀝する情報の間には「調整と変更の愉快な迷宮」(Kain 三四九頁) が広がっていることは、つとに指摘されている。また、作中のスティーヴン自身、自分が恣意的な情報操作をしていることに自覚的なようである。第九挿話の終盤で、エグリントンが「話も佳境に入ってきたね」(八八六行) と呟くと、テクストは突然リブレット (歌劇台本) を模した体裁に変わる。以後五十行ほどに渡って彼らの対話は、オペラ歌手によるレチタティーヴォの掛け合いの様相を呈するのだが、この時スティーヴンは「だんだん速く《ストリンジェンド》」(九二一行) なる口調で、「一つの星が、昼なお明るい星が、火を吐く竜が、彼の生誕の瞬間に現れた」(九二八〜二九行) と語る。だが、偉人シェイクスピアの生誕を彗星が彩ったというこの伝説について彼が語り終えると、テクストは元の形式に戻り、彼は心の中で「双方満足。ぼくも満足。／この星が消えた時に彼が九歳だったことは言うなよ」（九三五〜三六行）と自戒する。実際にイングランドでは一五七二年から七三年にかけて超新星が現れた記録があるため、「星が消えた」時には一五六四年生まれのシェイクスピアは八〜九歳であった。つまりスティーヴンは、レチタティーヴォの掛け合いが生む昂りの中、相手を圧倒するレトリックとして、超新星出現の年号を意図的に操作したのだ。

この場面がもっとも特徴的だが、全般的に彼の『ハムレット』論は学術的に厳密な知的生産物というよりは、演劇的なパフォーマンスに近いという印象を与える。その目的については、一義的にはエグリントンが編集する雑誌『ダナ』に、スティーヴンがこの論考を売りたがっていることが考えられる。実際にエグリントンは、『ダナ』への寄稿者の中で、銀貨を要求してくるのは君だけだよ。それに次号はどうか分からないな」（九挿話一〇八一〜八二行）と述べている。だが、こうした即物的な動機を別にしても、第九挿話でスティーヴンがもっとも意識している聞き手はエグリントンだ、と解釈する批評家は多い。例えばボニー・K・スコットは、第九挿話のエグリントンはラッセルらと同じ文芸復興運動者として描かれているように見えるが、実際の彼はアイルランドの国民演劇のあり方について、地域性にこだわったイェイツら主要な文芸復興運動家たちとは距離を置いたコスモポリタニズムの立場を表明していたと主張する。スコットによれば、「世界市民的傾向とその個人主義、また密やかな激励において、ジョン・エグリントンはジョイスが将来文学の道を歩むための手助けとなった」（Scott 三五五頁）ことを、『ユリシーズ』は密やかに伝えているのだ。

確かに、第九挿話のスティーヴンはエグリントンの著作を読んでいることを窺わせる言葉遣いをしており、自身のモデルを部分的に彼のうちに見出しているという解釈には一定の説得力がある。だがスコットの議論が、「国民演劇や文学に対するエグリントンのアプローチは……イェイツのサークルとは大きく異なっていた」（Scott 三四八頁）し、「ジョイスはイェイツが民話や歴史的な設定にこだわることを批判していた」（Scott 三四八頁）という、イェイツを仮想敵とした三段論法になっている点には、再考の余地がないだろうか。もちろん、イェイツが（特に初期作品では）ベネディクト・アンダーソン言うところの〈想像の共同体〉としてのアイルランド性を重視した一方で、ジョイスがより世界市民的な文学を指向していたことは否定しがたい。しかし、この点を強調し過ぎてしまうと、第九挿話のスティーヴンが見せる即興性を等閑視することになるうえ、それが示唆し得るイェイツとの意外な間テクスト性を見逃してしまうのではなかろうか。イェイツについては最終節で取り上げるが、次節ではまず、スティーヴンの『ハムレット』論が持つ演劇性の意味について考えたい。

二、スティーヴンの即興演技と「海の声」

第九挿話の終盤で、エグリントンに「君は自分の理論を信じているのか」（一〇六五〜六六行）と尋ねられたスティーヴンは、「いいえ」と「即座に」（一〇六七行）答える。もしこの言を信じて良いのならば、彼はここで自分自身の議論を含む全てをひっくり返そうとしているのであり、結城英雄はこれを「『編成者』として物語の世界を揶揄して遊戯的に伝達」しようとする「メニッポス的風刺」（二一九頁）

だとミハイル・バフチンにならって分析しているように、また、結城自身も別言しているように、これは即ち、彼の『ハムレット』論が〈芝居〉であることを意味する。

スティーヴンの『ハムレット』論と役者というイメージの結びつきは、『ユリシーズ』の冒頭からすでに垣間見られる。たとえば、第一挿話でヘインズがスティーヴンの名言集を出したいと言うと、マリガンが彼の『ハムレット』論について初めて言及するが（四八七行）、その直後に身支度をするマリガンを見ながらスティーヴンは「人は役柄に合う衣装を着なけりゃ」（五一五～一六行）と考える。この時彼は、母の喪に服していながら褐色の手袋と緑のブーツを欲しがる自分に矛盾を感じるが、スティーヴンが喪服を着ていることは、図らずも『ハムレット』第一幕のハムレットがガートルードの再婚の日にも父の喪服を脱ごうとしない姿と重なっている。

また、第二挿話でデイジー校長にスティーヴンが感じる微かな苛立ちも、彼の演劇観を考察する上で見逃せない。デイジーが給料を渡しながら「シェイクスピアは何と言ってるっけな？『財布に金を入れておけ』だ」（二三八～三九行）と言うと、スティーヴンは「イアーゴー」と呟く（二四〇行）。もちろん、彼の指摘は完全に適切だ。デイジーが引用した台詞は『オセロー』第一幕で、イアーゴーがロダリーゴーという若者を搾取しようと呪文のように繰り返し囁くフレーズ（一幕三場三二六～二七行他多数）である。イアーゴーがいかに利己的で狡猾かを観客に印象付けるこの言葉に、シェイクスピアの処世訓としての意味などないことは明らかだろう。スティーヴンは、作者と作品を恣意的に混同する危険性を十分に承知しているのである。であれば、第九挿話のスティーヴンが程度の差こそあれデイジーと似た過ちを押し通そうとする姿からは、彼が一種の〈愚かさ〉を意図的に演じている可能性が見えてくるのであり、そうであればこそ、無自覚に作者と作品を混同するデイジーには一言物申さずにいられなかったのではなかろうか。スティーヴンが自らを演技者と感じているらしいことは、第九挿話の冒頭で図書館長が中座すると「二人残ってる」（一五行）と聴衆の数を確認し、「微笑め。クランリーの微笑を微笑め」（二一行）と己を鼓舞している点にも窺える。また、ラッセルが伝記的解釈に対する疑義を口にすると、スティーヴンは心中で「そこにいたのか、正直者め」（一八三行）と返すが、これは『ハムレット』一幕五場で、ホレイショーらに誓いを迫る亡霊の声に対するハムレットの叫び（一幕五場一五〇行）である。つまり、スティーヴンは『ハムレット』を論じる論客であるとともに、ハムレットを演じる役者でもあるのだ。

リチャード・ブラウンは、第九挿話におけるスティーヴンの演劇性を、フィリッポ・トンマーゾ・マリネッティ（一八七六〜一九四四）が提唱した未来派演劇の文脈で解釈するとともに、その現代性《モダニティ》を、マリガンが用いた「奴は代数を使って証明するのさ」（一挿話五五五行）という表現をキーワードに読み解いている。彼は、この語がマリガンによる揶揄とも考えられることは認めつつも、スティーヴンの理屈の「〈代数的〉な要素は、シェイクスピアの伝記とルネサンスと現代の結びつきを実体化させる理論に対して、我々が感じる現代性《モダニティ》をさらに強化するだろう」（Brown 一二一〜一二三頁）と述べ、ジョイスによる「シェイクスピア年表」を参照しながら、疑似科学的なアプローチと文学が重なり合うスティーヴンの理論のモダニズム性を説く。

ブラウンの視点の独自性は注目に値するが、代数がスティーヴンの演劇性の根幹を成すものとはやはり考えにくい。第二挿話「ネストル」でスティーヴンは授業を終えた後に、シリル・サージャントという生徒から代数の課題を見てくれと言われる。このとき彼の心には「無意味（Futility）」（一三三行）という単語がよぎるが、これは自分の仕事のみならず代数を意味しているとも考えられるだろう。また、彼はサージャントの問題を解きながら「奴は代数を使って証明するのさ、ハムレットの幽霊がシェイクスピアの祖父さんだと」（二五一～五二行）と、マリガンの言葉をやや不正確に反芻するが、こうしたスティーヴンの意識の流れに着目すれば、「代数」が適切な表現として用いられている可能性は低く、むしろスティーヴンは自分の議論を「代数的」と言われることに苛立ちを感じているように思われる。

加えてジョイス自身も、文学と代数の結婚を喜ばしきものと考えていたようには思えない。ブラウンが自論の根拠とする精緻な「シェイクスピア年表」を作成していたのと同時期の一九一二年、ジョイスはパデュア大学に「ルネサンスが文学に与えた普遍的な影響」という論文を提出したが、そこではルネサンスが駆逐した中世文学の停滞の象徴として「代数的」な要素に言及している。

> ルネサンスは芸術が様式的完成のために瀕死に陥り、その虚しき精妙さのうちに滅びつつあると考えられた時期に起こった。詩は代数の問題へと矮小化され、規則に従って提起されては人間を記号化した解へと導かれるものだった……。
>
> ルネサンスがこうした停滞の只中にハリケーンのように到来すると、ヨーロッパ全土で嵐のような声が上がった。吟遊詩人はもはや存在しないが、彼らの作品は今なお聴くことができる――貝殻を耳に当てれば、海の声が響くのを聴けるように。（Joyce, *Occasional* 一八九～九〇頁）

貝殻を耳に当てて海の声の響きを聞き取るという、ジャン・コクトー（一八八九〜一九六三）の名詩「カンヌ」（一九二〇）を予見するような表現からは、ジョイスの音に対する並々ならぬこだわりが感じ取れるとともに、それと対比される「代数」が硬直した形式主義の比喩であることが窺える。問題を提起して解き明かす論述的な美を中世的な属性とし、ルネサンス文学の特性をより可変的な美——寄せては返す波の音が奏でる無限の多様性——として表現するジョイスの筆にかかれば、イングランドのルネサンス文学を代表する『ハムレット』をスティーヴンが語ることは、それを代数的に証明することとは異なる作業になるはずだ。それはどこか、『ハムレット』二幕二場のハムレットが、自分の真意を探ろうとする大臣ポローニアスに「君にも魚屋と同じくらい正直でいて欲しい」（二幕二場一七五行）と本心の一端を告げた後、「言葉、言葉、言葉」（二幕二場一八九行）を巧みに用いてはぐらかしてしまう場面を思い起こさせる。[4] 第九挿話で作者がスティーヴンにさせているのは、ひとつの『ハムレット』解釈を導き出すことではなく、決して好意的ではない聴衆との即興演技的なやりとりの中から「海の声」を生み出し、その中で彼自身（とブルーム）の物語を響かせることであったのだ。

三、イェイツの回想録に見る『ハムレット』

即興演技的なやり取りを通じて自らの物語を紡ぐスティーヴンは、クローディアスやポローニアスと渡り合いながら自分がなすべきことを考えるハムレットに通じるものであり、スティーヴン・グリーンブラットの用語を用いてそれを「自己成型」と呼ぶこともできるだろう。キリストを規範とした生のモデルが大きく揺らいだルネサンス期のイングランドでは、〈自己〉を言語活動を通じて成型する意識が現れたが、自己成型の語りは当然、法・慣習・権威といった制度的な言説や他者の物語などからも干渉されるため、〈自己〉はそれと摩擦を起こす他の言説に臨機応変に対応しながら不断に語り直される必要がある。これがグリーンブラット的な意味での「即興演技」だが、本稿がこれまで用いてきた即興演技という語も、この文脈に沿ったものである。即興演技とはいわば、自分の物語を成型するために他者の物語を一時的に借りながらそれを転覆することなのだが、このとき他者の物語は「同時に自分自身の価値体系とある程度の構造的類似性をもって把握される必要」がある（Greenblatt 二二八頁）。自己にとって完全に異質な物語は、借り受けることは愚か、搾取することすらできないのである。

この視点から見れば、そもそも『ユリシーズ』自体が西洋文学全域に対し即興演技を行っているかのような作品ではあるのだが、第九挿話のスティーヴンが借り受けて転覆しようとしている物語が『ハムレット』であることは間違いないだろう。だが、この戯曲を即興演技的に取り入れて自己を成型するのはスティーヴンの専売特許ではなく、同じ試みをした人物が当時のダブリンにはもう一人いた。W・B・イェイツである。イェイツが記した回想録と「スキュレとカリュブディス」が持つ間テクスト性に目を向けてみれば、「島国根性のイェイツと世界市民的なジョイス」という二項対立的な図式を超えた、両者の多面的な関係が見えてくるだろう。

とはいえ、このような二項対立が半ば常識となっていることは否めない。イェイツとジョイスの作品がともに弁証法的な歴史観ではなく循環的な構造を持っていることを論じたアリステア・コーマックは自分の研究が、「ジョイス作品の多くが、イェイツに体現されるアングロ＝アイリッシュ系ケルト文化復興運動という堕落した文化政治運動を論破する試みだという、今や広く支持される考えに対する挑戦」(Cormack 一頁)と受け取られたことを困惑気味に述べている。[5] 一方、トリエステ時代のジョイスのシェイクスピア観を論じたジョン・マッコートは、エドワード・ダウデンとイェイツの論争を引いて、「公然とダウデンのシェイクスピア解釈に反論したイェイツとは異なり……ジョイスは常に、帝国主義者ダウデンが設定し……アイルランド作家たちが単純な反駁によってむしろ強化した二項対立、それ自体を崩すことに熱心だった」(McCourt 七九頁)と、ジョイスのコスモポリタニズムを称揚している。ジョイスの脱構築性を強調するマッコート自身がジョイスとイェイツを二項対立的に捉えているのは皮肉だが、それに加えてイェイツの反論が必ずしもイングランド/アイルランドという二項対立を強化するわけでもないことにも注意が必要だ。ダウデンは、シェイクスピア文学の「断固とした正義感」(Dowden 一六五頁)に目を向けるべきだとし、歴史劇は為政者の資質の善悪を論じるジャンルという立場から『ヘンリー五世』と『リチャード二世』を分析した。これに対しイェイツが評論集『善悪の概念』(一九〇三)で提示した反論は、ダウデンが強き王ヘンリー五世にサクソン的気質を、弱き王リチャード二世にケルト的気質を見出していると指摘する点においては、マッコートの主張するような政治的意図を否定しがたい。だが、究極的にはイェイツの解釈は、「シェイクスピアが、自らの描くリチャード二世を同情的な眼差しで見ていなかったとは私には信じられない」(Yeats, *Essays* 一〇五頁)という情動的なものであると同時に、「思うに彼はリチャード二世のうちに、万人を待ち受ける破滅を見出していたのだ」(同一〇六頁)という政治的な二項対立の図式を崩すものであったのだ。[6]

さらに、エグリントンが世界市民性の体現者としてスティーヴン(スコットに従えば、ひいてはジョイス）と潜在的に連携し得るという解釈については前節で紹介したが、この点も完全にそうとは言い切れない。第九挿話が始まるやいなや、「我々アイルランドの若い詩人は……世界がサクソン人シェイクスピアのハムレットと並べるような人物を創造するに至ってないね」（四三〜四四行）と呟くエグリントンは、作中ではむしろダウデン的な立場の代弁者であって、一人の人物が異なる立場や意見を表象し得るのが『ユリシーズ』という作品なのだ。そのような作品の重層性を考える時、「浮浪者シング」（九挿話五六九行）や「タラ婆さんのグレゴリー」（九挿話一一五九行）とともに揶揄されるイェイツが同時に、ハムレットを即興的に演じる若者としてスティーヴンに通底する「海の声」を響かせることも十分あり得るのではないだろうか。

イェイツは、生涯に何度か刊行した回想録のうちの最初のものである『幼少期と青年期を巡る思い出』（一九一五）において、自身のパーソナリティ形成に『ハムレット』が果たした役割を生き生きと描いている。彼は十八歳でダブリンのメトロポリタン美術学校へと進学したが、当時は「まだまだ相当な子供で……素描の際には当時インスピレーションだと信じていたものを擬態して狂気を装ったし、通りを歩けば記憶の中のハムレットを参考にわざとらしい歩き方をして」いた（Yeats, *Autobiographies* 八三頁）。興味深いことに、彼のこうした思春期特有の衒いのある身振りは、佯狂などハムレットの持つ演技性を真似たものである。また、記憶を頼りにハムレットらしい歩き方を研究していることから、彼が実際の演技を念頭に置いていたことも分かる。同書の別の箇所に、十歳か十二歳のころに名優ヘンリー・アーヴィング（一八三八〜一九〇五）が演じる『ハムレット』を見て衝撃を受けたとあるので（四七頁）、彼を意識していたのかも知れない。アーヴィングは重厚な演技スタイルで知られていたが、その演技は少年期の彼にとって「これはまさに自分だ」（四七頁）というべきものであり、「その後長年に渡ってハムレットは、自己の内なる戦いに臨む戦士として、少年期と青年期特有の態度が真似るべき英雄的な沈着さ（heroic self-possession）の理想像」（四七頁）となったのだ。

つまり十代のイェイツは、大英帝国が誇る文化資本『ハムレット』を自らの人格形成の教科書として選んだわけだが、逆説的に、それが後にアイルランド国民演劇の創成を論争的に語るイェイツを涵養したと思われるふしがある。二十歳頃から、イェイツは父とともに、自治法案運動家として知られていたC・H・オールダムの政治クラブ（一八八五設立）の会合に定期的に参加するようになるが、本人によればそのクラブが好ましかったからではない。むしろ逆であればこそ、彼はそこに通ったのだった。

私は冷静な（self-possessed）人物になりたかった。ハムレットがそうだったように、敵対的な考えを持つ人々と遊戯《プレイ》／演技できるようになりたかった。まつ毛一本動かさずにライオンの顔を覗き込むようなことをしたかったのだ。（Yeats, *Autobiographies* 九三頁）

この回想録でイェイツがハムレットの属性として繰り返すキーワード「冷静さ（self-possession）」には、字義通りの「自己の保持」という意味合いが重なっているのかも知れない。いずれにせよ、敵との即興演技を繰り広げるハムレットを内面化しながら、政敵と議論を交わして自己を成型せんとするイェイツの姿は、あたかも第九挿話のスティーヴンを先取りするかのようである。

もちろん、本稿がここで論じたいのは、ジョイスがイェイツの回想録を読んだ可能性といったような表面的な間テクスト性ではない。ジョイスがトリエステからチューリッヒに移るのと同時期に出版されたこの回想録をジョイスが目にする機会があったかは定かではないし、むしろその可能性は皆無に近いだろう。一九一六年九月十四日付のジョイスからイェイツ宛の書簡には、イギリス王室費助成金の百ポンドについてイェイツが書いた推薦状への感謝と、今『ユリシーズ』という小説を書いているが出版までにはまだ数年かかりそうだという報告に加え、「もう何年も離れているので、私はイングランドで何が出版されているかほとんど、というか何も分かりません」(Joyce, *Letters* 九五頁)という言葉があるからだ。

ここで真に重要なのは、イェイツの回想録もやがて『ユリシーズ』となる原稿も、互いに読まれていなかったにもかかわらず、回想録の中でイェイツが再構築した若き日の自分と第九挿話のスティーヴンの行動がこれほど似ているということである。両者を並べて見ることで、当時のダブリンの文化的ネットワークにおける二人の意外な共通項が見えてくるとともに、世紀転換期のダブリンの若者たちに『ハムレット』というテクストが与えた影響の大きさが明らかになる。スティーヴンは、自らの『ハムレット』論を本格的に語り出す直前に「愚行。やり抜け (Folly. Persist)」(九挿話四二行) と心で呟き、おのれを鼓舞する。イェイツにとってもジョイスにとっても『ハムレット』とは、アイルランド文学が「即興演技」を通じて遊戯的に借り受け、乗り越えていくべきテクストであったのだ。

註

（1）引用の翻訳は断りがない限り、筆者による。

（2）Schutte を見よ。一方、日本で最初に第九挿話と『ハムレット』について論じたのはおそらく名原廣三郎（一九三二年）である。名原はスティーヴンをジョイスの代弁者と捉え、シェイクスピアの「凡ての作中の一語一句の末に至るまで詩人の私的生活（歴史が明かにすることが出來たら）によつて解釋し得られようといふのが Stephen の意見」（一三八頁）だとして、それを肯定的に評価している。

（3）Schutte 一五三〜七七頁を見よ。なお、ハリスによる『シェイクスピアとその悲劇的人生』は一九〇九年の刊行だが、彼はその骨子となる連載を一八九九年より発表していたので、スティーヴンがそれを引くことに矛盾はなく、図書館長リスターもその点に言及している（九挿話四四〇〜四一行）。

（4）第九挿話に、直接『ハムレット』の「魚屋の場」に言及した部分はないが、スティーヴンがパリでシングと会った時のことを、審美主義のスローガンをもじって「言葉のための言葉の言葉でおしゃべり」（九挿話五七七行）と表現するくだりは、ややハムレットの「言葉、言葉、言葉」を想起させる。

（5）ただし、トリエステ時代にジョイスが行ったウィリアム・ブレイクに関する講義がイェイツに依拠していたなど、ジョイスは時にイェイツを参照することもあった。エリック・ブルソンの『ジェイムズ・ジョイス入門』（二〇〇六）のような手引書でも、「機会があればいつも、ジョイスはそうとは認めずに、イェイツの文学的な意見を翻案して自分のものとした」（Bulson 二九頁）と記されている。

（6）トリエステ時代のジョイスの蔵書には、『善悪の概念』（一九〇五年版）が含まれていたので、ジョイスはイェイツのシェイクスピア論やダウデンへの反論を確認することが可能だった。

参考文献

Brown, Richard. "Joyce's 'Single Act' Shakespeare." *Joyce/Shakespeare*, edited by Laura Plaschiar, Syracuse UP, 2015, pp. 107-27.

Bulson, Eric. *The Cambridge Introduction to James Joyce*. Cambridge UP, 2006.

Cormack, Alistair. *Yeats and Joyce: Cyclical History and the Reprobate Tradition*. Routledge, 2008.

Dowden, Edward. *Shakespeare: A Critical Study of His Mind and Art*. Henry S. King & Co., 1875.

Greenblatt, Stephen. *Renaissance Self-Fashioning: From More to Shakespeare*. New ed., U of Chicago P, 2005.

Harris, Frank. *The Man Shakespeare and His Tragic Life-Story*. Mitchell Kennerley, 1909.

Joyce, James. *Letters of James Joyce*. Edited by Stuart Gilbert. Faber and Faber, 1957.

——. *Occasional, Critical and Political Writings*. Edited by Kevin Barry, Oxford World's Classics, Oxford UP, 2000.

——. *Ulysses*. Random House, 1986.

Kain, Richard M. "James Joyce's Shakespeare Chronology." *The Massachusetts Review*, vol. 5, no. 2, 1964, pp. 342-55.

Kenner, Hugh. "Joyce's *Ulysses*: Homer and Hamlet." *Essays in Criticism*, vol. 2, no. 1, 1952, pp. 85-104.

Lee, Sidney. *A Life of William Shakespeare*. Smith, Elder, & Co., 1899.

Levine, Jennifer. "*Ulysses*." *The Cambridge Companion to James Joyce*, 2nd ed., edited by Derek Attridge, Cambridge UP, 2004, pp. 122-48.

McCourt, John. "Joyce's Shakespeare: A View from Trieste." *Joyce/Shakespeare*, edited by Laura Plaschiar, Syracuse UP, 2015, pp. 72-88.

Schutte, William M. *Joyce and Shakespeare: A Study in the Meaning of* Ulysses. Reprint, Archon Books, 1971.

Scott, Bonnie K. "John Eglinton: A Model for Joyce's Individualism." *James Joyce Quarterly*, vol. 12, no. 4, 1975, pp. 347-57.

Shakespeare, William. *The New Oxford Shakespeare: The Complete Works—Modern Critical Edition*. Edited by Gary Taylor,

John Jowett, Terri Bourus, and Gabriel Egan, Oxford UP, 2016.
Yeats, W. B. *Autobiographies*. Macmillan, 1961.
——. *Essays and Introductions*. Macmillan, 1961.
名原廣三郎「"Ulysses" 第九挿話に現はれた James Joyce の Shakespeare 論」『英文学研究』第十二号、一九三二年、一二四〜三九頁。
結城英雄『「ユリシーズ」の謎を歩く』集英社、一九九九年。

『ユリシーズ』とヴォルタ座の映画

須川いずみ

はじめに

ジェイムズ・ジョイスという二十世紀最大の難解で知的な作家を「映画」という大衆メディアと結びつけるのは、普通は難しいことだったかもしれない。しかし、リュミエール兄弟がパリのグラン・カフェで初めて映画上映したのが一八九五年である。一八八二年生まれで一九四一年に亡くなっているジョイスは、時期的にいわゆるシネマ、初期映画世代の作家である。

ところが、「ジョイスと映画」というテーマではなかなか研究は進まなかった。なぜならジョイスが映画をどれだけ見ていたかということを調べるのは、容易ではなかったからである。伝記作家のリチャード・エルマンは、ジョイスの妹エヴァがトリエステで映画に行くのが好きだったということは書いていても（Ellmann 三〇〇頁）、ジョイス自身が映画を観たということをほとんど書いていない。当時オックスフォード大学教授であったエルマンは、ジョイスのようなペダンティックな文学と大衆メディアの映画とを関係づける必然性を感じなかったのであろう。しかし、ジョイスの書簡を読んでいくと、ローマ時代の夕方には映画館によく行っていたと書いている。それにジョイスの弟であるスタニスロース・ジョイスへの手紙からも、ジョイスがローマ時代には映画に夢中であったことがわかる。また、具体的にはチャップリンの『ザ・キッド』を観に行ったという記述もあり、実際、ジョイスは日頃から映画と接触していたのである（*Joyce, Letters*, vol. II 五三頁）[1]。

さらに、ジョイスは一九〇九年末にダブリン初めての映画館ヴォルタ座を設立しようという事業に関わったという事実がある。ジョイスがたった一ヶ月で映画事業から手を引いたせいで、これは単なる経済的な理由からであり、映画への興味はなかったかのように扱われた。ところが、二〇〇四年に映画史研究家のルーク・マッカーナンによって、ジョイスがその間上演した映画と、それらの映画の所蔵先が明らかになったお陰で、俄然ジョイスと映画というテーマが身近なものになった。二〇〇七年にケンブリッジ大学の教授であるデイヴィッド・トロッターが『モダニズムとシネマ』という本を出し、ジョイス、T・S・エリオット、ヴァージニア・ウルフと同様に初期映画監督であるD・W・グリフィスとチャップリンに章を割いたことで、モダニズム作家と映画が大変重要な研究テーマであると少しずつ認識され始めた。トロッターも言及しているが、先行研究では、エイゼンシュタインやアベル・ガンスのモンタージュやクロスカット手法をジョイスがすでに『ユリシーズ』で試していると指摘されている。トロッターは、ベンジャミン・フランクやクリスチャン・メッツの視点で『ユリシーズ』を読んだ。

二〇一〇年にはジョン・マッコート編集の『映画の世界を始めよう。ジョイスとシネマ』という本が出され、挿話単位で映画との関係性が論じられている。(2)

筆者はマッカーナンの研究をきっかけに、ヴォルタ座（図1）で上映した映画百三十九本のうちで現存している二十二本の映画を観るために、ロンドン、パリ、ワシントン、ニューヨーク、ローマのアーカイブセンターを廻った。

一、アーカイブ検証結果

以下の表は残存している映画をアーカイブごとに整理したものである。海外のアーカイブ調査は私にとって中々ハードルが高かった。日程を組むこと自体が難しく、予約を取らないと行く準備を具体化できないが返事が中々もらえないことも多かった。アーカイブ側も毎日毎日無数の依頼や質問が来ていて、対応が難しかったのだろう。メールで対応してもらえない場合は電話による直談判が必要だが、フランスとイタリアのアーカイブは英語が通じ難く、日本の領事館に相談しなければならないこともあっ

The Volta Theatre in Mary Street. Courtesy of Liam O'Leary, Film Archives

図1　ヴォルタ座（The National Archives of Ireland）

内容
当時の近代的子育てのドキュメンタリー。 乳児院で医師や看護師が赤ん坊を診察したり、 体重を量ったりお風呂に入れている風景。
飛行機に関するニュースシリーズ。 命がけの飛行耐久時間競争。
ダンテもの。フランチェスカと結婚予定のせむし男は戦争で結婚を延期するが、弟に婚約者を盗まれてしまう。
ビアンカはピエトロと恋に落ち駆け落ちしたフィレンツェでメディチ家のフランチェスコに出会うと彼との結婚のために、 今度はピエトロを暗殺しようとする希代の悪女。
女心を捕える決め手がハンカチを持っているかどうかということになり、 ハンカチの奪い合いになる物語。
ロズマンドを手に入れようとアルビーノは彼女の父クニモンドを虐殺し、 その骸骨を杯にしてロズマンドに酒を飲ませようとする。 彼女の身の上話を聞いた軍人はアルビーノを退治してくれる。
主人公は真直ぐ歩くことに拘り、 それを絶対譲らないので、 水にぬれたり穴に落ちたり様々な困難を招く。
ユグノー教徒のラウールは聖母像に祈らなかったことで、カトリック教徒に刺される。彼を助けたのはカトリックの娘であったが、 やがてカトリック兵がユグノー教徒を虐殺し始める殺傷事件。
山羊髭を蓄えた男性が山羊の乳を飲むと山羊に変身して暴れまわってロープに干していた洗濯物までぐちゃぐちゃにしてしまうコメディ。
マルセラはアフリカの元女王で奴隷女に娘を誘拐されてしまう。 結局、 洞窟で娘との再会を果たすが、 面倒をみてくれていたのは人魚だった。
リアはキリスト教徒であるローマ人のヴァレリウスに見初められるが、 彼の愛人の嫉妬から捕らえられる。やがて十字架にかけられることになるが、 ヴァレリウスも運命を共にする。
ひまし油を飲まされるはずの子供が、 自分のカップを父親のものと入れ替えたので、 父親が色々なところで用をたすことになるウルトラハチャメチャコメディ。
ギリシャの高貴な詩人サッフォは芸術に身を捧げて求婚者を退けていた。 ところが漁師に一目ぼれしてしまった彼女は恋に破れて崖に身を投じる。
ボートに乗った男性のワニ釣り。 エサを食べたワニはそのエサに仕掛けがあるのを知らずに捕まってしまう。
マックス・ランデーの一本。 道で見た女性の気を引こうと、 彼女が見たお花、 マリア像、 犬等何でも買って家までついていくが、 着いた家には恐い夫がいた。
籠に隠れて泥棒を捕まえる優秀な小人の探偵物語。
アンドレ・ディードの一本。 クレティネッティはお買い物に出て、 物を買っては支払いせずに逃げるので、お店の火たちが大勢長い列になって追いかけてくる。 最後はクレティネッティが家に入って鞄の中に隠れて消えてしまい逃げ切ってしまう物語。
ジュール・ヴェルヌの本をベッドで読んだ少年が、 眠りの中で本の冒険を体験する物語。 最後に大蛸に襲われて、 反撃しているうちに枕が破けて羽だらけになって目が覚める。
アンドレ・ディードの 18 番であるクレティネッティ・シリーズの一本で女性の取り合いから決闘になるドタバタコメディ。
古代ローマ時代の暴君ネロが妻オクタヴィア以外の女性に恋をして、 兵士を使って妻を虐殺する。 それを知って怒った市民で暴動になったローマの鎮圧のためネロは何と軍を使って火を放ち街自体を焼き払おうとするが、 やがて人民に殺されてしまうのを恐れてこそこそ逃げ出して悲嘆にくれる人生を送るのだった。
シスターアンジェリカには聖職者なのに昔子供を産んでいたという秘密があった。 その子の死を知ったシスターは自殺してしまう。 キリスト教では自殺をすれば天国には行けないという教えがあるが、 映画では突然現れた聖母がシスターを天国に導いてくれる。
おしゃれな服を着ると突然女性にもてるようになったクレティネッティ。 多くの女性に追い回され、 最後は取り合い中、 体が引きちぎられてバラバラにされるが、 いつのまにか体が元に戻るコメディ。

表　アーカイブ調査結果

No.	ヴォルタでのタイトル／タイトル邦訳	種類	製造国	製造年
ロンドンアーカイブ NFTVA				
1	*La Pouponniere a Paris*　パリの乳児院	ドキュメンタリー	フランス	1909
2	*Flying Week at Rheims*　レイムでの飛行週間	ドキュメンタリー	イギリス	1909
3	*Francesca da Rimini*　リミニのフランチェスカ	史劇	アメリカ	1907
4	*Bianca Capello*　ビアンカ・カッペーロ	史劇	イタリア	1909
5	*The Handkerchief Race*　ハンカチレース	コメディ	フランス	1909
6	*Alboino* [sic] *the King of Ancient Lombardy* 古代ロンバルディの王アルビーノ	史劇	イタリア	1909
7	*Mr Testardi!*　テスタルディ氏	コメディ	イタリア	1909
8	*The Feast of St. Bartholomew* 聖バルテルミでの祝祭	史劇	フランス	1909
9	*Beware of Goat's Milk!*　山羊の乳に御用心	コメディ	イギリス	1908
10	*The Princess and the Slave*　女王と奴隷女	史劇	イタリア	1909
11	*Quo Vadis, or The Way of the Cross* クオ・ヴァディス、あるいは十字架への道	トリック／史劇	アメリカ	1909
12	*Beware of Castor Oil*　ひまし油に御用心	コメディ	フランス	1908
13	*Sapho! an Ancient Greek Drama* サッフォ！　古代ギリシャ劇	史劇	イタリア	1909
14	*Crocodile Hunting*　鰐退治	ドキュメンタリー（彩色）	フランス	1909
15	*A Conquest, a Very Comic Picture* 大勝利、面白コメディ	コメディ	フランス	1909
16	*The Dwarf Detective*　小人探偵	コメディ	フランス	1909
17	*Cretinetti paga i debiti, An Easy Way to Pay Bills* クレティネッティの簡単借金返済法	トリック／コメディ	イタリア	1909
パリのアーカイブ CNC				
18	*Little Jules Verne*　小さなジュール・ヴェルヌ	トリック／コメディ	フランス	1907
ニューヨーク MOMA				
19	*Cretinetti Tries to Engage a Duel!* 決闘のクレティネッティ	トリック／コメディ	イタリア	1909
20	*Nero, a Sensational Dramatic Story of Ancient Rome* ネロ、古代ローマの衝撃物語	史劇	イタリア	1909
ワシントン議会図書館				
21	*Sister Angelica, a Legend of Lourdes* シスターアンジェリカ、ロンバルディの伝説	トリック／史劇	フランス	1909
ローマ・チネテッカ・ナチョナーレ				
22	*Too Beautiful!*　美しすぎる！	トリック／コメディ	イタリア	1909

た。でも一旦訪問してしまうと大抵はとても親切な対応だった。しかし、約束の当日に見るはずのフィルムを保管先から取り寄せるのを忘れられていたことが判明したケースもあり、こうしたアーカイヴへの訪問に際してはかなり余裕のある日程をお勧めする。

調査した映画を大きく分けるとドキュメンタリー、史劇、コメディの三種類であった。デジタル化してディスクに落としたものから八ミリか十六ミリフィルムまでバラバラである。一番目の『パリの乳児院』は、ジョイスがヴォルタ座のオープニングに選んだ五本の映画の一本でその中で唯一残っているものである。(3)

「ヴォルタ座」での映画百三十九本のうち残存している映画は二十二本しかない。何故これほどまでに残存率が低かったかというと、当時は映画館が勝手に上映するようなことがないように配給側との約束でフィルムの焼却を義務づけていたところが多かったからである。映画は一九〇七年から一九〇九年にかけてのサイレント映画であり、制作国別で見ると、フランス映画九本、イタリア映画九本、アメリカ映画二本、英国映画二本であった。ジャンル別で見ると、史劇九本、ドキュメンタリー三本、コメディ十本であった。コメディと史劇が多いと言える。その中の殉教ものは、『クオ・ヴァディス』、『シスターアンジェリカ』、宗教虐殺を扱った『聖バルテルミでの祝祭』(4)である。『レミニのフランチェスカ』と『ビアンカ・カッペーロ』、そして『サッフォ！ 古代ギリシャ劇』は、男女の裏切りの物語で特に夫を平気で裏切る世紀の悪女ものである。古代ローマ時代の暴君ネロの物語『ネロ、古代ローマの衝撃物語』は逆バージョンで嫁以外の女性を好きになったので、自分の部下に嫁を殺させてしまう。それを知った市民が怒って暴動になるので、ローマの街を燃やしてしまおうとする恐ろしい物語であった。この映画は一九〇九年に開催された第一回ミラノ世界コンクールで一等賞をとった作品で、ヨーロッパ、アメリカさらに日本でも人気を博した（Brunetta 三三～三五頁）。

二、動画

一九〇四年六月十六日に設定されている『ユリシーズ』には、映画そのものは登場し得ない。唯一登場する映画装置らしきものとしては、十三挿話「ナウシカア」におけるミュートスコープのみである。それはコインを入れるとコマ撮りした写真の束が一枚一枚めくれ、レバーを廻すことによって動画のように見えるという装置である。大抵女性がスカートを少し持ち上げて柵を越えるというようなもので、今思えばおとなしいものではあるが、ロングスカート時代なので女性の足をチラッとでも見たいという男性向き娯楽装置であった。(5) 実物を持っているのはパリとニューヨークの映画博物館で、ニューヨークの映像博物館（Museum of the Moving Image）では実際にミュートスコープを使って映像を見ることができた。

図2 『ネロ』の一場面

映画の初期の歴史においては、「列車の到着」のように「動画」であるというだけで価値があった。残存した三本のドキュメンタリー映画のうち、『レイムでの飛行週間』は飛行機乗りたちのドキュメンタリーであり、英国総督の登場がある。『ダブリンの市民』の中に「レースの後」があるが、その場合は自動車レースの物語であり、こちらは飛行距離を競う映画であった。飛び立つ場面はいいが、たいてい墜落現場で終わるのでそう楽しい映画ではなかった。

一九〇一年のエジソンによる最初の映画のタイトルは『ニューヨーク二十三番街で起こったこと』であったが、皮肉にも人が歩いている姿を撮影しただけの何も起こらない映画であった。アイルランドの初めての映画も、サクヴィル通り（別名オコンネル通り）を行きかう車や人々の風景を固定カメラで撮影しただけのものだった。つまり当時の映画とは、動く写真すなわち動画だったのである。

では、動画という視点で『ユリシーズ』を考察してみると、主人公はもとより人々が動き回っている作品であることが分かる。さらに言えば、主人公のレオポルド・ブルームが妻の浮気現場に遭遇することを回避するために家に帰れずに逃げ回る物語であり、もう一人の主人公のスティーヴン・デダラスも帰るべき家を無くして一日中彷徨する。しかし、筆者はそれ以上に、ジョイスがとにかく動くこと（動画）を文学で表現することにとても拘ったと思えてならない。

『ユリシーズ』では、動いているのは主要人物たちだけではない。頭が少し変になっているブリーン氏、夫のことを心配してその後を追いかけるブリーン夫人、コンミー神父、盲目の青年、アルミダーノ・アルティフォネ、片足のセーラー、帆船、馬車、電車、警官隊、広告のサンドイッチマンの列、リフィ川に落とされたビラまである。具体的に見てみよう。たとえば、八挿話「ライストリュゴネス族」

でブルームは宗教の宣伝ビラを丸めてオコンネル橋から川に投げ落とす。川下にその紙が少し流れて行く場面がそこで描かれ、十挿話で再びそれが小舟（skiff）という名になって橋一本川下のカスタム・ハウスの前を流れ、北岸壁でも登場する。これはまさに、映画による編集を使った表現である。これは、映画の父グリフィスが始めた表現方法で、動く人を少し撮って、しばらくしてまた違う場面でその動く人を撮ると、ずっと歩いている映像を見せずとも、観客は当然その人物がその場所から次の描写場所へ歩いたというふうに解釈するのである。こうしたグリフィス的編集技法は、『ユリシーズ』では至る所で見られる。

ジョイスが動画的に描写した歩く人々の中で、一番おかしな歩き手は長い名前のキャシェル・ボイル・オコーナー・フィッツモリス・ティスダル・ファレルという人物である。彼の名前は、極めてアイルランド人らしい苗字を羅列しただけのものである。おかしいのは、名前だけでなくその歩き方である。おつむかぶりのような帽子をかぶり、片眼鏡をつけ、ダストコートとステッキだけでなく雨傘まで持って歩きまわっている。ものを沢山持って歩く、人を笑わせるコミックな人物として見える。彼は、街灯をよけて外側にはみ出るという規則性を持って歩いている。その変速的動きは、ブルームはじめ多くの人が認識している。この挿話では、この男の滑稽さを際だたせる持ち物「ステッキ雨傘ダスターコート（stickumbrelladustcoat）」（八挿話三二六行）が、エピセットとして登場する。このようにただ歩くことの再現だけでなく、そこにはコメディ要素が含まれている。

ヴォルタ座にかけられた映画に、はみ出る歩行とは真逆でひたすら真っ直ぐ歩くという『テスタルディ氏』（「アーカイブ調査結果」の表中№７）がある。主人公の男はただ真っ直ぐ歩くことに拘り、ありとあらゆる自分の前の障害物を壊してまで歩き続けて、水をかけられてびしゃびしゃになったりして、最後に下水管の穴に落ちてしまうコメディである。

他にも九挿話「スキュレとカリュブディス」でこのような例がある。ここはシェイクスピアの『ハムレット』がテーマになっていて、劇のようなデフォルメがかかっている。図書館長でクェイカー教徒であるリスターの歩き方は、以下のように書かれている。

彼は牛革靴をきしらせ、五拍子踊りで一歩前に出ると、しかつめらしい床の上を五拍子踊りで一歩さがった。（九挿話五〜六行）(6)

彼は「タンツンタンツンツンタンツンタンツンツン」と、まるでダンサーのような歩き方で出入りする。そして最後に爪先立ちで、バレエダンサーのように出ていく。ここでジョイスは、クェイカー教徒の彼の律儀な性格とおかしな歩き方を組み合わせて、読者を楽しませている。ダンス・ステップ歩きで笑わせるリスターのことを思えば、歩くことの描写自体が動画であり、ミュージックホールで道化が見せた笑いに繋がるのである。

三、コメディ映画

ジョイスが関わった現存するヴォルタ座映画においては、コメディが最多の十一本である。これらの映画の中に昔のミュージックホールにおけるマジックやフリークショーのネタが見られるが、それに似た趣向が『ユリシーズ』の十四挿話では見られる。マリガンが恐ろしいチャイルズ殺人鬼の話をしていると暖炉を囲む家具にある秘密の羽目板がスルッと開いて、マリガンの友人のヘインズが姿を見せた。手にはアヘンチンキの瓶を持ち、「自分がチャイルズを殺した」と語り、また「黒豹」と叫ぶと、突然パッと姿を消し、羽目板が閉まった。これはまさにマジックショーである。もちろんジョイスはホレス・ウォルポールのゴシック小説をここでは捻っているのだが、ヴォルタ座の映画『小人探偵』は小人症の探偵が小さな籠にすっと隠れて、また犯人を捕まえる時にはパッと現れるので、映画での一瞬で現れたり消えたりするトリックフィルムを私は印象付けられた。

ただヴォルタ座の映画で最も衝撃的なコメディは、『ひまし油に御用心』である。昔は子供が便秘をすることが多かったのか、母親が子供に下剤である薬を薬屋で調剤してもらい、それを朝の飲み物に混ぜて飲むように指示した。ところがその子供が自分のカップと父親のカップとをすり替えてしまい、出勤した父親が一日中下剤のせいで大変なことになるコメディである。この父親が公園の芝生の上や、新聞売りのスタンドの奥、最後は薬屋のカウンター裏のバケツにまで用を足してしまうが、最後はみんなで大笑いするという明るさである。『ユリシーズ』でも主人公の排泄シーンは、ブルームの登場と共にある。「芝生の上」ともなると『フィネガンズ・ウェイク』にも使われるスカトロ・ネタなので、この映画はジョイスのミューズだったかもしれない。

現存するヴォルタ座のコメディ作品に関しては、アンドレ・ディード（一八七二～一九四〇）とマックス・ランデー（一八八三～一九二五）、二人の重要コメディアンの映画があったのは特筆すべきである。

フランスの有名喜劇俳優であるランデー出演作品が二本、同じくフランス出身イタリアの喜劇俳優兼映画監督のディードのものが三本あった。しかも、全てディードがフランスからイタリアに渡って自ら主演制作した「クレティネッティ・シリーズ」である。ランデーとディードの二人は日本ではあまり知られていないが、世界的に有名なチャールズ・チャップリンの先駆者たちである。

ランデーの映画の一本に『大勝利、面白コメディ』（表No.15）という映画がある。ランデーの本名はガブリエル・マクシミリアン・ルベーユで、パテ社の俳優だが、元々はフランスの劇場やミュージックホールで活躍した喜劇役者であり、日本の喜劇役者日活向島の関根達発に「日本のランデー」になりたいといわしめた。一九〇五年にパセ・フレール映画社が彼の才能に気づき、彼を雇い入れるが、彼は喜劇役者だけでなく、監督、シナリオ書き、プロデューサーまでこなしたので、まさにフランス版チャップリンのような人物だった。「金持ちで小粋で、女好き、裕福さのせいで常にお風呂に入っている男」を演じた。大戦勃発時、映画の仕事を中断してまで従軍した折に、「マックス・ランデー死去」という記事が出るほどの怪我を負う。そのため復帰が遅れ、映画界に戻った時には自分の芸風をまねたチャップリンの世界になっていた。チャップリンに逃げられたアメリカの映画会社、エッサネイ社が皮肉にもチャップリンの原型ともいえるマックス・ランデーを雇ってアメリカ版のマックス・シリーズを作るが失敗する。帰国後一九二三年にランデーが四十一歳の若さで自殺した時、チャップリンは「特別なマックス、偉大な師匠のために、彼の弟子であるチャールズ・チャップリン」と映画に刻んで敬意を示した。

ヴォルタ座でのランデーの映画の説明に戻る。『大勝利、面白コメディ』は、ランデーが外で一目ぼれした女性の気を引こうと彼女がお店で見たものを次々に購入しては彼女の後を追いかけるので、物だらけになってしまって滑稽に歩く物語である。これは『ユリシーズ』の八挿話、九挿話、十挿話、十一挿話、十二挿話、十五挿話に登場するキャシェル・ボイル・オコーナー・フィッツモリス・ティスダル・ファレルという名前の人物の笑いの取り方と同一である。『ユリシーズ』でキャシェルがおかしいのはその名前が異常に長いだけでなく持ち歩く荷物が多いことにある。おつむかぶりのような帽子をかぶり、方眼鏡をつけダストコートとステッキだけでなく雨傘まで持って歩きまわり、みんなに笑われている。つまりものを沢山持って歩く姿でここでも笑わせるのである。

もう一人のコメディアンのアンドレ・ディードは日本ではほとんど知られていないが、一八七九年生まれで、一九四〇年に六十一歳で亡くなっている。彼はイタリア映画のコメディアンであったが、実はフランス人であった。当時の映画はトーキーではなく無声なので、彼はフランス、イタリア、ドイツ、アメリカで一九〇一年から映画出演するようになり特にジョルジュ・メリエスの映画にもいくつか出演していた。一九〇八年に北イタリアのトリノに移住し、俳優だけでなく監督としても活躍し、クレティネッティ・シリーズを作り上げる（Brunetta 四〇頁）。

その一本が上の表の№22、『美しすぎる！』で、主人公のディードが大変おしゃれすることで急に女性にもてるようになり、やがて多くの女性に押しかけられて引っ張り合いにされ、体がバラバラにされてしまうが、しばらくするとまた元通りの体に戻るというマジック風トリック・コメディであった。その主人公のコスチュームがシルクハットに縦縞のチョッキに尖がり靴なので、十挿話に登場するイタリア人ダンス教師デニス・J・マジーニや音楽教師アルミダーノ・アルティフォニーに酷似している。上の表No.17の『クレティネッティの簡単借金返済法』でも、ディードは借金取りから逃げるのに魔法と大きな鞄を使って身を隠す。十四挿話「太陽神の牛」のマリガンのドタバタぶりはミュージックホールの出し物より映画的である。

初期映画のコメディでよく使われるのは、あべこべというクリシェである。男なのに女になるとか、小さいのに大きな男に勝つというようなものなど、いろいろなパターンが存在する。フランスの映画研究誌『一八九五年』第六十一号（二〇一〇年）の表紙には、『ボクシングのチャンピオンを見よ』（一九一二年パテ社フランス映画）の映画宣伝用ポスターが採用された。これは当時有名なエイドリアン・バレールというポスター画家の作品で、「パリ・エポック」のポスターは有名である。小さいボクサーが大柄なボクサーを打ち負かしているが、その小さいボクサーは、なんとアンドレ・ディードである。小さい男が大男をやっつけてこそ笑いが生まれる。ボクシングは初期の映画で早くも登場する題材であるが、コメディ的要素なあべこべのクリシェが早くも採用されていた。

『ユリシーズ』では、十二挿話「キュクロプス」において、チビのマイラー・キーオーがちょこまか動いて大きなパーシー・ベネットが空振りする場面が酒場で語られる。小さなマイラーがアイルランド人であり、大きなパーシーがイギリス人である点も重視すべきである。イギリス統治下のアイルランドで小さなアイルランド人が大きなイギリス人をノックアウトするのだから、政治的にも意味がある。色彩的にもマイラーの帯はアイルランドのカラーの緑である。ボクシングの話題は何回か登場するが、マイラーとパーシーの話は、十挿話でその試合のポスターの形で出てきていた。父親が亡くなったディグナムの息子二人が、お使いの時にそのポスターを見つけていたのである。

小さな男が大きな男をやっつけるというコメディ・クリシェは、やがてチャップリンが引き継いでいく。特にチャップリンは背が低かったので、彼と組むのは大抵大男である。拳闘場面では、チビのチャップリンがいつの間にか大男をやっつけるというかたちになり、『チャップリンの拳闘』(一九一五年)、『チャップリンの勇敢』(一九一七年)、『街の光』(一九三一年)でも、ボクシング試合で大男をチャップリンが面白おかしくやっつけて笑わせる。

ヴォルタ座の映画ではなかったが、マックス・ランデーの映画で妻と喧嘩して妻に実家に帰られてしまい、男のマックスがエプロンをして、家事しようとして失敗ばかりで笑いにしている映画がある。『嫁に逃げられた男』(一九〇八年フランス)である。映画タイトルの英訳は *Troubles of a Grass Widower* であるが、『ユリシーズ』の十六挿話「エウマイオス」に"grasswidow"(十六挿話四三三行)という単語そのものも見られる。チャップリンにも、最初期のキーストン社のころから、完全に女装して男の人に言い寄らせては、男みたいに男性を殴ったりして笑わせる映画がいくつもある。エッサネイ社の『チャップリン女装』は中でも有名である。

こうしたあべこべというコメディのクリシェは、主人公ブルームの姿に一番反映されている。ブルームが朝から朝食を作り、まだベッドで寝ている妻のモリーのところに持っていくという構図は現代ならともかく当時だと「あべこべ」という笑いのクリシェなのではないだろうか。妻が浮気をするのがわかっていながら、その相手と対決もせずくよくよ心を痛めるのも同様である。さらにエスカレートして十五挿話では、幻想の中、ブルームは女性に変身して子供まで生んでしまう。

チャップリンのトレードマークである、山高帽と黒い三つ揃いのスーツに口髭、ダブダブのズボンと大きい靴にステッキ姿は『ユリシーズ』では色々と当てはまる。まず、黒いスーツに山高帽、それに髭は時代的にエドワーディアンということでどことなくコミックなブルームのものと一致する。事実、『ユリシーズ』の主人公レオポルド・ブルームのミドルネームがチャーリーの可能性がある。十五挿話でベラ・コーエンの娼婦の館に入っていった時にゾーイー・ヒギンズが、"More limelight, Charley!"（二〇六三行）と叫ぶ。ここは夜警のことと普通は読むが、さらに幻想の中で、ブルームの父親ヴィラグ自身が"Chase me, Charley, . . . Buzz!"（二四二六〜二七行）とブルームに言う場面がある。チャップリンの映画の『ライムライト』（一九五二）に関してはアナクロニズムになるのでもちろん偶然の一致だが、『ユリシーズ』におけるスラップスティック的面白さは、映画の影響を否定できない。

チャップリンは浮浪者であり、自分の体のサイズに合わない借り物の洋服を着ていて、不格好である。小さすぎる上着と帽子にダブダブのズボンと靴、それに先ほどからのテーマである歩行でも笑わせる。ステッキを持ち自分のものでないズボンと靴をはくという点では、一挿話「テレマコス」で明らかにされるように、もう一人の主人公、スティーヴン・デダラスも同様である。十挿話では、スティーヴンの父であるサイモン・デダラスにズボンの履き方を見られて大笑いされるベン・ドラードという人物が登場する。

ダブダブでボロボロのズボンの上にたるんだ青いモーニング・コートを着て、角ばった帽子をかぶったベン・ドラードの姿が、どっしりした歩きぶりでメタル・ブリッジから河岸を横切ってきた。（十挿話九一二行）

「ナウシカア」挿話の中で、チャップリンを強く連想させる場面があるので見てみよう。シシー・キャフリーという少女が男装している描写である。

そうそういまだに忘れられないのは彼女がある晩お父さんの三つ揃いと帽子で変装し焦がしたコルクで口髭まで描いてトライトンヴィル道路を歩きながら、煙草をふかしていたあの姿。（十三挿話二七五行〜七七行）

ジャッキーとトミーという双子の姉のシシーはカーリーヘアをしていて、お父さんの三つ揃いを着て、焼いたコルクで髭を描いてタバコを吸ったという。チャップリンはカーリーヘアなので、まさにこれはチャップリン遊びである。これは、ジョイスの娘ルチアが家でよくやっていた遊びで家族を笑わせていたと言うことである。(7)『ユリシーズ』には、時期的に名前を出して登場させられないチャップリンが密かに登場しているのではないだろうか。

おわりに

ジョイスと映画という関係性の研究が遅れた理由は、映画への偏見が大いに関わっていると思うが、基本的には『ユリシーズ』の設定のためである。つまり設定日が一九〇四年六月十六日なので、ジョイスがダブリンに初めての映画館を設立した一九〇九年十二月にはまだ映画が観られない。しかしジョイスの『ユリシーズ』執筆時期は一九一四年から二二年であり、アイルランドには住まず、すでにヨーロッパに脱出しているので、実際には映画をしっかり観ていた。一九〇七年のイタリアでは、すでに三つの映画会社ができていて、ローマのチネス社、トリノのアレッサンドラ・アンブロシア社、イタラ・フィルム社が映画を量産していた。つまり、サイレント映画の初期時代はイタリアの史劇とフランスのコメディが中心である。ジョイスも自分のヴォルタ座のために『クオ・ヴァディス』、『ヴアトリーチェ・チェンチ』等の史劇を上映した。フランスはパテ社を中心にコメディ映画を作り、筆者がアーカイブで観た限り、ジョイスはイタリア歴史物映画を除くと、コメディに拘っていたことがわかる。

そして『ユリシーズ』との十年の時差が大変重要な意味を持つと思う。一九一四年はちょうどチャップリンがデビューし、その一年で三十本もの映画を作り映画界を席巻し始める年だからである。その前にはアンドレ・ディードとマックス・ランデーがいたわけだ。つまりジョイスは時代設定上映画自体を作品において言及できないけれど、映画的文化にはどっぷりつかっていた。

『ユリシーズ』はあまりにもアカデミックな本だと読者が構えすぎて、笑い損なっていないだろうか。筆者は何十年も『ユリシーズ』の読書会を開催してきたが、この本を読んでいて飽きないのは、やはり面白いからである。ジョイスは身体の動きの描写力とユーモアが秀逸な作家である。特に『ユリシーズ』とその前の作品を画する根本的な点はユーモアだと思う。それ以前の作品である『ダブリンの市民』や『若い芸術家の肖像』で声が出るほど笑えるところがあるだろうか？『ユリシーズ』の魅力はユーモアであり、それもスラップスティックなドタバタ喜劇に通じる過剰描写である。しかも時々起るコントのような笑い、動きによる笑いはこの作品から始まった。『ユリシーズ』における動く都市のダイナミズムやスラップスティック的ユーモアはすべて映画からだとは言わないが、初期映画のコメディ・クリシェを多数使っていると思う。

註

本研究はＪＳＰＳ科研費 15k02325,23520343 の助成を受けたものである。

（1）エルマンの伝記刊行に先んじて、パトリシア・ハッチンズは、ジョイスは二十世紀初頭のローマで新しい産業としての映画の可能性に気づいたのではないかと指摘している。Hutchins 七七頁を見よ。

（2）ここで挙げられた先行研究に関しては、McKernan、Trotter、McCourt を見よ。

（3）McKernan を見よ。以下のリストの欧州言語によるタイトルはヴォルタ座公開時のもの。日本語のタイトルは、ヴォルタ公開時のタイトルを翻訳した。

（4）フランス語の原題の日本語訳は『ユグノー教徒』。本書岩下いずみの論考を参照のこと。

（5）プラットを見よ。

（6）引用の翻訳は、断りがない限り筆者による。

（7）ルチアのチャプリン遊びは以下を参照。Gordon 二九五～九七頁、Ellmann 七四九頁、Shloss 八六～八八頁。

参考文献

Bowker, Gordon. *James Joyce, A Biography*, Weidenfeld & Nicolson, 2011.

Brunetta, Gian Piero, *The History of Italian Cinema: A Guide to Italian Film From Its Origins to the Twenty -First Century*, Princeton UP, 2003.

Burkdall, Thomas L. *Joycean Frames: Film and the Fiction of James Joyce*. Routledge, 2001.

Costello, Peter. *James Joyce: The Years of Growth 1882-1915*. Pentheon Books, 1992.

DiBattista, Maria. "Cinema." *James Joyce in Context*, edited by John McCourt, Cambridge UP, 2009, pp. 355-65.

Ellmann, Richard. *James Joyce*. Oxford UP, 1982.

Gili, Jean A. *Andore Deed*. Cineteca Bologna, 2005.

Gorman, Herbert. *James Joyce*. Rinehart and Company, 1939.

Hutchins, Patricia. *James Joyce's World*. Methuen, 1957.

Joyce, James. *Letters of James Joyce*. Vols II and III, edited by Richard Ellmann, The Viking Press, 1966.

——. *Ulysses*. The Bodley Head, 1986.

Joyce, Stanislaus. *My Brother's Keeper*. The Viking Press, 1958.

Kessler, Frank. "Drole de Boxe. Strategies du Rire dans le Film Comique Francais au Debut des Annees 1910." *Mille Huit Cent Quatre-Vingt-Quinze*, no.61, Septembre 2010, pp. 191-204.

Levin, Harry. *James Joyce*. New Directions, 1941.

McCourt, John, editor. *Roll Away the Reel World: James Joyce and Cinema*. Cork UP, 2012.

McKernan, Luke. "James Joyce and the Volta Cinematograph." *Film and Film Culture*, vol. 3, 2004, pp. 7-22.

McKnight, Jesse H. "Chaplin and Joyce: A Mutual Understanding of Gesture." *James Joyce Quarterly*, vol. 45, no. 3-4, Spring/Summer 2008, pp. 493-506.

Rockett, Kevin. *Cinema and Ireland*. Routledge, 1987.

Shloss, Carol Loeb. *Lucia Joyce: To Dance in the Wake*. Bloomsbury, 2003.

Sicker, Philip. "Evenings at the Volta: Cenematic Afterimages," *James Joyce Quarterly* vol. 42/43, no. 4/1, Fall 2004-Summer 2006, pp. 99-132

Trotter, David. *Cinema and Modernism*. Blackwell Publishing, 2007.

Zimmermann, Marc. *The History of Dublin Cinema*. Nonsuch, 2007.

須川いずみ「ジェイムズ・ジョイスとボルタ座の映画」『Joycean Japan』二二号、二〇一一年、五五～六七頁。

――「ジョイスと初期映画」『Insight』三六号、二〇一五年、一～二二頁。

プラット、リチャード『ビジュアル博物館――映画』リリーフ・システムズ訳、同朋舎出版、一九九二年。

『ユリシーズ』のユグノー表象に見る移民像と共同体

岩下いずみ

はじめに

ジェイムズ・ジョイスは『ユリシーズ』においてユグノー表象を様々な形で度々用いている。このことは、ユダヤ人の血統を持つ主人公レオポルド・ブルームのユダヤ性が縦糸として織り込まれた『ユリシーズ』で、ユダヤ人と同じくアイルランドへの移民であるユグノーの表象が用いられているという理解ができる。これまで『ユリシーズ』でのユグノーやそれにまつわる表象を主軸とした論考は見られなかったため、本論考の視点からアイルランドへの移民像を異なった角度から探ることができるだろう。こうした見解から、作品における移民の描かれ方、ひいてはそれらを受け入れたアイルランドのあり方、ヨーロッパ全体へと視野を広げるモチーフとして、本論考では、ブルームが歩くダブリン、彼の思考、会話にしばしば登場する『ユリシーズ』におけるユグノー表象に着眼したい。アイルランドの亡命ユグノーの歴史、ユグノー表象が含まれるオペラ作品『ユグノー教徒』(*Les Huguenots*) とそれに紐づけられる作曲家ジャコモ・マイアベーア (一七九一～一八六四) とサヴェリオ・メルカダンテ (一七九五～一八七〇)、ジョイスが関わったヴォルタ座で上映された短編映画『ユグノー教徒』(*Les Huguenot*)、ユグノーが従事した織物産業に関連する描写などをブルームの示すユダヤ人表象と合わせて考察し、アイルランドの移民受容、アイルランドという国、国民について再検討したい。

一、アイルランド移民としてのユグノーとユダヤ人の歴史

ユグノー (Huguenot) はフランスのカルヴァン派を指し、十六世紀にカトリック国フランスで迫害を受け、その結果多くが亡命者となった。ユグノーの性格は正直、清廉などと評され、絹織物などの手工業の技術に優れていた (Hylton 二〇一頁)。本節ではまず、ユグノーがアイルランドへ移民することになる経緯をたどり、ユグノーの歴史を確認し、ユグノーに遅れてアイルランドに亡命したユダヤ人の歴史を追いたい。

フランスのユグノーの亡命段階は、「第一次亡命」、「第二次亡命」に分かれる。第一次亡命はユグノー戦争 (一五六二～一五九八) に始まり、聖バルテルミの虐殺 (一五七二) で頂点に達し、数万人のユグノーが国外脱出した。この虐殺では、約一万から三万人のユグノーがカトリックによって虐殺され、生存するユグノーはジュネーヴ、スイス、ピエモンテ、イングランドなどに渡り、その中には商人や自由

業者が多く含まれた（深沢　一九一頁）。第二次亡命は一六八五年十月十八日のフォンテーヌブロー王令の結果起こり、王令前後の亡命者総数は推定二十万人で、フランス国内にいたユグノー八十五万人の二十四％に相当した。名誉革命（一六八八〜一六八九）後のイングランドへの入植者四万〜五万人のうち数千人の亡命者がカトリック軍敗北後のアイルランドに入植し、一七二〇年までにアイルランド全人口約二百万人のうち最大七千人をユグノーが占めていた（Ludington　二頁）。

この状況下でウィリアマイト戦争（一六八九〜一六九一）、ボイン川の戦い（一六九〇）が勃発し、アイルランドのユグノーはウィリアム三世側で戦い、その勝利によって、ウィリアム三世は戦時活躍したユグノー、ヘンリー・デ・マシューを初代ゴールウェイ子爵（一六九二）、のちに伯爵（一六九七）とした。このことからもユグノーのアイルランドへの「貢献」がユグノーのアイルランドでの地位を確かなものとし向上させたことがわかる。また、アイルランドではイングランド以上に寛大な外国人プロテスタントの権利を保障する法律が一六六二、一六六三年に制定されており「政府が亡命ユグノーの受け入れに一貫して積極的だった」（雪村　五八頁）と考察されている。

サミュエル・スマイルズ著『ユグノー教徒――イングランドとアイルランドへの移住、教会、産業』（一八六七）に記された勤勉・穏健・富裕というアイルランドの亡命ユグノー像は、ユグノーに対する当時のイメージに大きな影響を与えたと指摘される（Ludington　一〇頁）。こうした流れから、アイルランドにおけるユグノーの歴史研究は、十九世紀初頭のサクソン対ケルトの構図に影響を受け、次第にこの単純な二項対立構造のサクソン側にユグノーが包括されていき、十九世紀後半には、様々な言語の書物でディアスポラであるユグノーが注目を集めた（Ludington　七〜八頁）。一九三〇年代に亡命ユグノー研究が進んだその潮流の中で大きな転機となったのが、フォンテーヌブロー王令三百年後を記念した一九八五年ダブリン会議である。この会議ではユグノーの固定概念化した捉え方を排除し、ヨーロッパ全土を含んだ多角的・包括的な視点が必要であるとの亡命ユグノー研究への新たな知見がまとめられた。この革新的な方向転換によってもなお、移民集団間の関係、アイルランドへの「同化（assimilation）」などは研究が継続している状態であるが、十七世紀後半から十八世紀前半のユグノーのアイルランドへの定着はプロテスタント・アセンダンシー（Protestant Ascendancy）が確立していく時期と重なり、カトリックのアイルランド人からユグノーが複雑な心境を持って受け入れられた。ユグノーとユダヤ人の関係については、「東ヨーロッパからの移民大量流入は、二世紀前のフランスユグノー以来の最大の移民集団だった」（Gráda 一〇頁）との指摘もあり、両者が移民の中でもアイルランドとその歴史に大きな影響を与えたことが推察される。

ここから、ユダヤ人がアイルランドに入植した経緯を、ブルームの父ルドルフ・ヴィラーグのアイルランド移住を考えあわせつつ確認したい。オリヴァー・クロムウェルがアイルランド征服（一六四九～一六五三）を完了した直後にユダヤ人の国内居住を認め、一七八七年にアイルランド議会はユダヤ人の帰化法案を可決し、一八二八年、当時下院議員だったダニエル・オコンネル（一七七五～一八四七）はユダヤ人の権利改善法案を支持した。「アイルランド人もユダヤ人も、民族・宗派の違いから迫害を受けつづけてきたという歴史と脱差別による民族自決という政治理念を共有」（戸田 二六頁）したと指摘されるように、彼らには大きな共通点があったと言えるだろう。その後もユダヤ人のアイルランド移住は続いたが、ロシアにおけるユダヤ人大虐殺（一八八一）を契機に、一八八〇年代から九〇年代にかけてユダヤ人がアイルランドに大量に移住した。ブルームの父のルドルフはハンガリー（ソンバトヘイ）出身のユダヤ人で、ブタペスト、ウィーン、ミラノ、フィレンツェ、ロンドンとヨーロッパを放浪した後一八六五年にダブリンに移住し（十七挿話一九〇八行）、一八八五年にプロテスタントに改宗（八挿話一〇六九〜七四行）したと作中では示されている。ルドルフが移住したとされる時代はアイルランドでの反ユダヤ主義的感情はさほど強くなかったが、一八八一年以降の大規模移住と経済不況が重なり、次第に反ユダヤ感情が高まっていった。アイルランドにおけるユダヤ人人口の推移は、一八八一年にアイルランド全人口三百八十七万人に対してユダヤ人の人口三百九十四人、一八九一年には三百四十六万人に対してユダヤ人千五百六人に増加していた（Keogh 九頁）。また、同年「第二次土地法」の施行により、借金を抱えたアイルランド農民が土地を手放し、ユダヤ人が金貸し業を営み始めたことも反ユダヤ感情増大につながった。

一九〇二年にパリに渡ったジョイスがドレフュス事件に触れ、フランスでの反ユダヤ感情の高まりを直に感じたことは、『ユリシーズ』執筆、主人公ブルームの設定などに影響を強く与えているだろう。ドレフュス事件では、ユダヤ人大尉ドレフュスが一八九四年スパイ容疑で告発され無罪を主張し、再審の結果一九〇六年無罪となったが、フランスにおける反ユダヤ感情が明るみになり、こうした反ユダヤ感情は、フランスだけでなくヨーロッパ全土にくすぶっていた。アイルランド国内では、一九〇四年に「リムリック・ボイコット」が勃発し、反ユダヤ主義のカトリック神父ジョン・クレア神父のもと、ユダヤ商人に対するボイコット運動が始まった。この事件は盛んに報道され、アイルランド国内に反ユダヤ主義的感情が高まっていった。一九〇五年にはユダヤ移民を規制する「外国人法」が議会で承認され、翌年一月に施行された。

以上のユグノー、ユダヤ人のアイルランド入植以降の歴史を確認すると、ユグノーは戦争や織物業でアイルランドに寄与・貢献したと受け入れられたが、ユダヤ人は、ヨーロッパ全土での否定的感情、アイルランド全土での経済不況、彼らの多くの生業である金融業という職種も重なり、アイルランド国内でも迫害を受け続けることになった。もちろん、プロテスタント・アセンダンシーに関わったユグノーに対してのカトリックの感情が全く肯定的であったとは言えないが、そのアイルランドへの「貢献度」から、ユグノーに対しての感情はユダヤ人に対してのそれよりかなり穏やかで寛容だったことが、ユグノーへの大きな迫害がなかったことからもうかがい知れる。こうした状況を背景として、ユダヤ人ブルームの一日が『ユリシーズ』では描かれるが、彼の意識や言動に現れるユグノー表象を通して、同じ移民としてのユグノーへの彼の視点がどのようなものであるのかを次節で考察したい。

二、ユダヤ人ブルームのユグノーへの視点――ユグノーモチーフのオペラと映画

「ブルームはユダヤ人なのか」という議論は今までジョイス研究者の間で様々になされてきた。前述したようにユダヤ人の父ルドルフは棄教しており、ブルーム自身は割礼などのユダヤの儀式を経ていない。本節では、ユダヤ性を持っているが本人はそれを体現・意識していない「非ユダヤ的ユダヤ人」(Davison 七頁)という定義を用いて、ブルームのユグノーに対する視点を確認していきたい。

『ユリシーズ』で最初にユグノー表象が登場するのは、「ハミルトン・ロング薬局、洪水のあった年に

創業。その近くにユグノー墓地。いつか訪ねよう」(五挿話四六四〜六五行)という部分である。この日ディグナムの葬式に参列するブルームの意識に、死に関する連想が度々起こっている。また、彼はオペラ『ユグノー教徒』(一八六三年初演)の一節を何度か思い起こしている。この一節は、ブルームがモリーへの求愛時代から口ずさんでいたものであり、作品全体に通底する一節となっている。『ユグノー教徒』は聖バルテルミの虐殺を描いたグランドオペラで、ヨーロッパ全土で上演された作曲家ジャコモ・マイアベーアの代表作である。ジョイスのダブリン時代にも複数回上演されており、その後のヨーロッパ大陸生活時代も含め彼自身が鑑賞していた可能性も高く、意図的にこの虐殺によるユグノーの悲劇性や歴史を作品に用いているとも考えられる。

オペラ『ユグノー教徒』のジョイスへの影響は、ジョイスが関わったダブリンの映画館「ヴォルタ座」で映画『ユグノー教徒』を上映した事実にも表れている。トリエステ時代のジョイスは一九〇九年十月十九日から十二月二十五日までヴォルタ座開業のためダブリンに滞在した。『フリーマンズ・ジャーナル』一九一〇年一月二十四日の記事によると、一月二十四日から二十六日のヴォルタ座上映プログラムに『ユグノー教徒』("The Feast of St Bartholomew," 原題 *Le Huguenot*(フランス 一九〇九))が含まれている。ジョイスはダブリンを離れた後もヴォルタ座の上映作品を含め映画館の運営に関してトリエステから指示を出しており、映画『ユグノー教徒』を自分がトリエステで鑑賞しヴォルタ座での上映を指示した可能性がある。また、映画の筋立ては、オペラと同じく聖バルテルミの虐殺を描いたもので、観客もその内容を踏まえた上で映画を鑑賞していたと考えられる。ジョイスが映画『ユグノー教徒』上映選定に関わったとすれば、聖バルテルミの虐殺によって移民となったユグノーの苦難の歴史、オペラ

『ユグノー教徒』の両方がヨーロッパで知られていたことも、その選定理由にあるのではないだろうか。当時のヴォルタ座は短編数編が上映されており、そのプログラムにはコメディ、歴史ものなどジャンルの多彩さが見られたが、先述した背景を見越して、観客の受けが良いことが期待される歴史ものとして映画『ユグノー教徒』は選ばれたとも推測される。このようにユグノー教徒は当時のオペラ、映画などでしばしば描かれており、ユダヤ人に先駆けて移民として多く流入していたユグノーをジョイスがいかに描いているかは、『ユリシーズ』におけるダブリンの移民像を再考するために有益な材料となるだろう。

ブルームはオペラ『ユグノー教徒』第四幕におけるカトリック派のリーダー、サン・ブリ伯爵の独唱部分のイタリア語訳 "La cause e santa" を[1]、"Lacas esant . . . bom bom bom" (八挿話六二三〜二四行)、"Lacaus esant taratara" (十三挿話八六二行) のように度々思い起こす。この一節は、プロテスタント虐殺についてカトリック側の自己正当化を投影したものである。モリーが「ユグノーの中の長ったらしい歌をわたしに送ってフランス語で歌うとさらにいいなんておお美しい国トゥーレーヌわたし一度も歌わなかったそして宗教や迫害について説明をしておしゃべりして」(十八挿話一一八八〜九一行)、「いつも口笛を吹いてお得意のユグノーとか」(十八挿話一二一八行)[2] などと回想するなど、『ユグノー教徒』は長くブルームのお気に入りの作品であった。

しかし、ブルームは、『ユグノー教徒』の作者がユダヤ人であるマイアベーアではなく、非ユダヤ人メルカダンテで、さらに彼がユダヤ人であると度々考えている。「最後の七つの言葉。マイアベーア作」(十一挿話一二七五行) とメルカダンテ作『十字架上のキリストの最後の七つの言葉』(*Seven Last Words on the Cross*）をマイアベーア作と混同して考えた後、「メルカダンテの『ユグノー教徒』やマイアベーアの『十字架上のキリストの最後の七つの言葉』」（十六挿話一七三七〜三八行）とそれぞれの作品と作家をあべこべにしてしまっている。ユダヤ人であるマイアベーアと非ユダヤ人メルカダンテを混同していると読める部分であるが、複雑な取り違えがブルームの意識下で行われているゆえの混同とは考えられないだろうか。まず、迫害を受けた集団の悲劇を描いた『ユグノー教徒』の特質において、ユダヤ人とユグノーを重ね合わせていることは想像に難くない。ユグノーがユダヤ人と比べて好意的に受け入れられてきたとはいえ、同じ移民としてのエンパシーもあるだろう。この点について、国粋主義者の「市民」に対してブルームが啖呵を切る場面も考え合わせたい。

そしてあいつ［ブルーム］が言う。

――メンデルスゾーンはユダヤで、カール・マルクスとメルカダンテ、スピノザもそうだった。それに救世主もユダヤだったし、彼の父もユダヤだった。君らの神だ。

――神には父はいなかった、とマーティンが言う。これでいいだろう。さあ、やってくれよ。

――誰の神だ？と市民が言う。

――ええと、神の叔父はユダヤだった、とあいつが言う。君らの神は僕と同じくユダヤだったんだ。

（十二挿話一八〇三〜〇九行）


ここで、カール・マルクス、メルカダンテ、スピノザ、そしてキリストさえも「自分と同じく」ユダヤだったとブルームは語るが、ブルームが自分と同様にユダヤだと語っている人物が「改宗者、信仰の再評価者、ある意味での背教者」であり、メルカダンテとマイアベーアの取り違えは無意識の層を露呈する錯誤行為であると、マリリン・ライツバウムは指摘している（Reizbaum 七二頁）。また、十六挿話での同様の取り違えについては、キリストの受難を描いた『十字架上のキリストの最後の七つの言葉』の作者メルカダンテをユダヤ人とする意識には、ブルームのユダヤ人とキリストを結びつけたい願望があるとも論じている（Reizbaum 一一〇～一一二頁、一五九頁）。ブルームの取り違えに確証のある唯一の解答を出すことは非常に困難だが、彼のお気に入りの一節 "La cause e santa" に立ち戻ってみると、解答に至る一つの道筋が見出せそうである。カトリックの立場からのセリフ「大義は聖なり」を意図的に組み込むことによって、ジョイスは、ブルームが迫害の被害者、受難の対象としての視点のみではなく、加害者側の視点をも持ち得ていることを示しているのではないか。「非ユダヤ的ユダヤ人」であるブルームは、曖昧かつ柔軟なアイデンティティの持ち主である。その柔軟性を持つブルームは、ヨーロッパにおいてキリストの時代から連綿と続く迫害や差別の歴史を包括し、自らを傷つける者に対しても理解を示すような特異な視点を持つ存在として描かれている。

ブルームはまた、ユグノーがユダヤ人よりもアイルランドで厚遇されている一方、ユダヤ人が亡命先のアイルランドでも迫害を受けていることから、移民というある種の同胞意識に起因するユグノーへの興味とともに、移民同士の複雑な感情を抱いているようでもある。アイルランドでの差別で自分の存在が危機にさらされる環境にあって、ブルームが父ルドルフを回想する際ほぼ常にユダヤ性や血統について連想するが、十五挿話での幻覚めいた場面でルドルフが登場し「ユグノー！」（十五挿話二三七四行）

と言うこと、さらにその後ブルームではなくルドルフが "La causa e santa. Tara. Tara."（十五挿話二三八五行）とブルームが度々想起する『ユグノー教徒』の一節を口にする点も興味深い。ここではブルーム自身が抱くユグノーに対する関心や意識が父に転移していると考えられ、また、血統や継承に執着して語り続けるルドルフの姿からは、ユダヤ人として迫害され続けるブルームの中に、厚遇されるユグノーに対する屈折した意識が存在することが暗示されている。

図１　ダブリンのユグノー墓地

三、ユグノー表象に見る多元的アイルランド民族

ブルームのアイデンティティの曖昧さは、その名前にも表れている。彼の姓は、父ルドルフが元々の姓 Virag を「花」という意味を同じくした英語の Bloom に改姓したものである。ブルームはまた、Henry Flower という変名で女性と文通している。アイルランドで生活するため Bloom という名前で父の代から生活しているが、彼はユダヤ人であると周囲に認知され続けている。これらの名前の揺らぎと同時に、自分の出自への意識の強さも変名の Flower はほのめかす。こうした背景からか、ユグノー風の名前についての言及が見られ、移民の特徴を示すユグノー風の名

前、移民の表象にもブルームの意識が高くなっていることがうかがえる。第八挿話でオペラ『ユグノー教徒』について考えた後ほどなくして、「レモンガレイの切り身をもう少しいかが、ミス・デュービダット？　ええ、どうぞ。あれはユグノー系の名前だろうな」（八挿話八八九〜九〇行）と想像する。また、第十一挿話では、「プロスパー・ロレというのはユグノー系の名前だ」（十一挿話一五〇行）と考えている。当時ダブリンにはユグノーが多く在住し、グラフトン通りには裕福なユグノーが居住していた。ブルームが第八挿話で通りかかるグラフトン通りのブラウン・トマスは現存するデパートで当時は絹織物店で有名だった。

彼［ブルーム］は絹織物店ブラウン・トマスのウィンドウ前をぶらぶら歩いて行った。リボンの滝。薄いチャイナシルク。傾いた壺の口から血のような色合いのポプリンが流れ出てきている。艶やかな血。ユグノーがあれをアイルランドに持ち込んだ。「大義は聖なり！」タラタラ。あの合唱は素晴らしい。タラタラ。雨水で洗わなければ。マイアベーア。タラ、ボム、ボム、ボム。（八挿話六二一〜二三行）

「血のような色合いのポプリン」とブルームに想起されるポプリンの技術は、亡命ユグノーによってアイルランドにもたらされたとドン・ギフォードが注釈している（Gifford 一七六頁）。血の連想は聖バルテルミの虐殺によるものと考えられ、そこからブルームは『ユグノー教徒』の一節を思い出す。また、ポプリンについては第十二挿話で「市民」が次のように言及する。

今は四百万だが、本来ならいるはずのアイルランドの二千万の国民、失われた俺たちの民族はどこだ？　全世界で一番美しい陶器と織物は！　ユーウェナスの時代ローマで売られた俺たちの羊毛、アントリムで栽培される俺たちの亜麻、俺たちのダマスク織、俺たちのリメリック・レース、俺たちの製革所、バリバウ付近で生産する俺たちの白フリント・ガラス、リヨンのジャカール以来の俺たちのユグノー・ポプリン……全世界広しといっても、これだけのものはないんだぞ。（十二挿話一二四〇～四八行）

「俺たちの（our）」を連呼し「俺たちのポプリン（our poplin）」ではなく「俺たちのユグノー・ポプリン（our Huguenot poplin）」と「市民」が表現していることに注目すると、ユグノーは自分たちアイルランド民族の支配下にあるのだ、という独善的な自意識がまず見て取れる。そして「ユグノー・ポプリン」という名称によって、ユグノーがアイルランドの中で埋没せず自分たちの価値や存在を堅固にしていることが、図らずも同時に示されていることがわかる。「市民」は自国民を構成する民族にユグノーやユダヤ人といった亡命者たちもすでに含まれていることを無視し、自分たちの民族が彼が信じるところの純粋な「アイルランド人」のみであると盲信している。アイルランド人をアイルランド人たらしめる、いわゆる「アイリッシュネス」は実際多様な要素を含んでおり、そこにはユグノーもユダヤ人も含まれている。そのことが研究で明らかになり始めた契機が、「民族主義的な歴史観を相対化し、実証主義に基づくアプローチの普及という大きな変化を経験」（雪村　五六頁）した一九七〇年代のアイルランド史の修正主義論争であり、ユグノーに関しては一九八五年の国際コロキウム（The Dublin Colloquium on the Huguenot Refuge in Ireland）だった。ダブリン会議では、それまで一様に好意的にアイルランドに受け入れられてきたとするユグノーのいわゆる「神話」的な歴史が再検討され、アイルランドへの亡命ユグノーには、フランスと亡命先のアイルランドのみではなく、イングランドを始め他のヨーロッパ諸国も含んだ複合的な利害・因果関係があったことが明らかになった。アイルランド史におけるユグノーの見直しの一例として、第一節で取り上げたゴールウェイ卿の歴史的評価が挙げられる。ダブリン会議までは、亡命ユグノーだったゴールウェイ卿が外国人プロテスタント権利保障の法律制定に大きく関わったとされてきたが、実際にはその力は絶大ではなかったことも解明されている（Hylton 三八～四〇頁）。こうした歴史的事実の解明は、アイルランド政治社会と亡命ユグノー共同体で支配力をふるったとされるゴールウェイ卿の影響力を再検討することにつながり、アイルランド史、ユグノー史両方に大きな変革をもたらしたと言える。また、ダブリン会議を契機としてユグノーの中での礼拝形式に国教徒《コンフォーミスト》と非国教徒《ノン・コンフォーミスト》の宗教的不和が示されていたことも明らかになっており（雪村 六二頁）、ユグノーの単一的・画一的な捉え方にも揺らぎが生まれている。二〇〇〇年代以降の研究課題は、ユグノーとユダヤ人を含んだアイルランドにおけるそれぞれの集団の相互関係の実態、またアイルランドにどのように適応して行ったのかについての分析である。アイルランドへの「貢献」によってユグノーの歴史的価値観は決められてきたが、そこから脱却して、ユグノーが亡命した経緯、アイルランドでの行動と他国への移住との比較をアイルランドとフランスだけでなくヨーロッパ全体からの視野で捉えることが重要だとも指摘されている（Ludington 一五頁）。

「市民」が声高に語る「アイリッシュネス」にはユグノーやユダヤ人を含む多元的な要素が含まれることが、先に述べたユグノーに内在する多層的な歴史と多様性によっても示唆されている。このことは、「文化的混交」（高橋　一二五頁）と評され「ブルームの両義的、不安定なアイデンティティがアイルランドの文化的確実性を覆す手段としてジョイスが用いた手段である」（Cheyette 二〇六～七頁）と分析されるブルームの多様性や柔軟性と相通じている。「国とは、同じ場所に住む同じ人々のことだ」（十二挿話一四二二～二三行）というブルームの言葉には、周囲にはユダヤ人移民と思われているかもしれないが、アイルランドに生まれ生活している自分はアイルランド民族、アイルランド、共同体の一部であるという思いと抗議が込められている。このセリフに象徴されるように、『ユリシーズ』におけるユグノー表象は、ブルームが示す文化的混淆とともに、実際は様々な宗教的集団や民族をアイルランドが包括していることを暗示している。

おわりに

『ユリシーズ』で描かれる「よそ者」の要素として、ユダヤ性の陰で見過ごされがちだったユグノー表象に本論では注目し、ユダヤ人とユグノーというアイルランドで異分子とみなされる存在が、アイルランドを構成する共同体の要素として確かに存在してきたことを明確にした。ジョイスが意図的に『ユリシーズ』でユダヤ性の陰にしのばせたユグノー表象は、ブルームの思考で繰り返されるオペラの一節、ユグノー風の名前、周囲の発言などに気づきにくい形で象徴的に表されている。ブルームは「よそ者」に加えて「自分は死ぬまでただ酒を飲むくせに他人には泡も飲ませない」(十二挿話六八四〜八六行)と思われ、さらに、競馬で大勝ちしたと勘違いされ「ケチなクソ野郎だ。酒の一杯でも俺たちにおごれよ。……まったくあいつはユダヤ人だぜ!」(十二挿話一七六〇〜六一行)と、ユダヤ人は狡猾で強欲であるという通説にとらわれた人々によって、あらぬ誤解までされてしまう。同じく「よそ者」であるユグノーは一方、戦争、産業でアイルランドに貢献した移民としてある程度認められている。

ジョイスは『ユリシーズ』について、「非常に多くの謎や仕掛けを取り入れたので、私が意味することについて教授たちが何世紀にもわたって議論することに忙しくなるだろう。そしてそれが不滅を獲得する唯一の方法なのだ」(Ellmann 五二一頁)と語っている。先述したようにユグノー表象はジョイスが意図的に『ユリシーズ』に盛り込んだ「非常に多くの謎や仕掛け」の一つである。しかし近年明らかになってきたユグノー受容の実態、アイルランドという共同体への同化の歴史の詳細は、ジョイスの意図する「謎や仕掛け」を超えた要素だろう。『ユリシーズ』出版百年後、ジョイス学者のみならずアイルランド、ヨーロッパ史学者の研究の蓄積から、『ユリシーズ』にひそむユグノー表象の新たな側面を本論考での研究対象とした。このように研究者たちが議論を続けている状況はジョイスの思惑通りであると同時に、ジョイスも意図しえなかった側面も合わせ持っており、それゆえにこれからも議論は活発であり続け、『ユリシーズ』は不滅の存在であり続けるだろう。

また、ジョイスがヨーロッパのエグザイルとして執筆した『ユリシーズ』には移民像に民族・共同体の新たな捉え方が秘められており、そこにアイルランドという共同体再考の可能性がある。国、共同体への貢献によって個々の存在に価値が生まれ許容されるという従来的な捉え方や、イングランド対アイルランド、カトリック対プロテスタントという単純な二項対立的捉え方から、複合的要素を包括したヨーロッパ全体からの捉え方への脱却の道筋がユグノー表象には暗示されている。民族・集団が移民となる経緯や受容の有り様を、従来の固定概念を排除し整理することで、民族主義にとらわれた歴史観や共同体の捉え方から自由になり、『ユリシーズ』の次の新しい読解につながるのではないだろうか。

註

（1）英訳は The cause is sacred (Gifford 一七六頁)。
（2）引用の翻訳は、断りがない限り筆者による。

参考文献

Cheyette, Bryan. *Construction of "the Jew" in English Literature and Society: Racial Representations, 1875-1945*. Cambridge UP, 1993.
Davison, Neil. *James Joyce,* Ulysses, *and the Construction of Jewish Identity*. Cambridge UP, 1998
Ellmann, Richard. *James Joyce*. Oxford UP, 1982.
Gifford, Don, with Robert J. Seidman. Ulysses *Annotated: Notes for James Joyce's* Ulysses. U of California P, 1988.
Gráda, Cormac. *Jewish Ireland in the Age of Joyce*. Amsterdam UP, 2016.
Hylton, Raymond. *Ireland's Huguenots and Their Refuge, 1662-1745: An Unlikely Haven*. Sussex Academic Press, 2005.

Joyce, James. *Ulysses*. Edited by Hans Walter Gabler, Random House, 1986.

Keogh, Dermot. *Jews in Twentieth-Century Ireland: Refugees, Anti-Semitism and the Holocaust*. Cork UP, 1998.

Ludington, Charles C. "Between Myth and Margin: The Huguenots in Irish History." *Historical Research*, vol. 73, no. 180, 2000, pp. 1-19.

McCourt, John, editor. *Roll Away the Reel World: James Joyce and Cinema*. Cork UP, 2010.

——. *The Years of Bloom: James Joyce in Trieste 1904-1920*. The Lilliput Press, 2001.

McKernan, Luke. "Appendix: Volta Filmography." McCourt, pp. 187-204.

——. "James Joyce and the Volta Programme." McCourt, pp. 15-27.

Nadel, Ira. *Joyce and the Jews: Culture and Texts*. UP of Florida, 1995.

Nolan, Anne. "Miss Dubedat and Giacomo Meyerbeer's *Les Huguenots* in *Ulysses*." *James Joyce Quarterly*, vol. 38, No. 1/2. 2000, pp. 205-14.

Reizbaum, Marilyn. *James Joyce's Judaic Other*. Stanford UP, 1999.

Sicker, Philip. "Evenings at the Volta: Cinematic Afterimages in Joyce" *James Joyce Quarterly*, vols. 42/43, no. 1/4, 2004, pp. 99–132.

Smiles, Samuel. *The Huguenots: Their Settlements, Churches, & Industries in England and Ireland*. 1867. Routledge/ Thoemmes Press, 1997.

Vigne, Randolph, and Charles Littleton. *From Strangers to Citizens: The Integration of Immigrant Communities in Britain, Ireland and Colonial America, 1550-1750*. Sussex Academic Press, 2001.

高橋渡「『ユリシーズ』と反ユダヤ主義——何故ブルームはユダヤ人なのか?」『県立広島大学人間文化学部紀要』第二号、二〇〇七年、一一九〜二九頁。

戸田勉「ユダヤ人としてのレオポルド・ブルーム——アイルランド、民族主義、反ユダヤ主義——(一)」『山梨英和短期大学紀要』第三六号、二〇〇一年、一七〜三二頁。

深沢克己「ヨーロッパ商業空間とディアスポラ」『岩波講座世界歴史十五　商人と市場――ネットワークの中の国家』樺山紘一他編、一九九九年、岩波書店、一八一～二〇七頁。

雪村加世子「近世アイルランドにおける亡命ユグノー研究の発展と影響」『神戸大学史学年報』第二四号、二〇〇九年、五五～六八頁。

『ボヴァリー夫人』のパロディとしての『ユリシーズ』
——笑い・パロディ・輪廻転生

新名　桂子

序、パロディ文学としての『ユリシーズ』

『ユリシーズ』がホメロスの『オデュッセイア』のパロディであることは、ジョイス本人のお墨付きも得て広く知られている。そもそも、『ユリシーズ』が『オデュッセイア』のパロディであることに気付かなければ、読者はそのストーリー性のみでは『ユリシーズ』を読了することすら難しいほどである。しかしながら、注意深く丁寧に繰り返して読むと、『ユリシーズ』が『オデュッセイア』以外にも、聖書、ダンテ、シェイクスピアをはじめ、無数の原テクストを持つ究極のパロディ文学であることが分かってくる。(1)

本論は、『ユリシーズ』には『オデュッセイア』に勝るとも劣らない重要な原テクストとしてギュスターヴ・フローベールの『ボヴァリー夫人』（一八五七）があるとの立場から、『ユリシーズ』がどれほど精巧かつ豊饒に創られたパロディ文学であり、パロディからくる笑いと喜びに満ちたテクストであるかを論じる。

フローベールのジョイスへの影響は、エズラ・パウンドやヒュー・ケナーをはじめ少なからぬ研究者によって指摘されており、最近ではスカーレット・バロンが両者の間テクスト性に関する包括的で精緻な研究を上梓している。けれども不思議なことに、『ボヴァリー夫人』と『ユリシーズ』の関係については、リチャード・K・クロスが主として語りの技巧上の影響関係を、マイケル・メイソンがシャルル・ボヴァリーとレオポルド・ブルームの影響関係を、バロンが両小説の間テクスト性を部分的に示唆している以外に目立った考察は見当たらず、検討が徹底しているとは言い難い。[2]『ユリシーズ』の物語の深層に原テクストとして『ボヴァリー夫人』があると気付いたら、『ユリシーズ』をどのように読めるだろうか。また、どのように笑うことが出来るだろうか。

一、笑い・パロディ・輪廻転生——『ユリシーズ』とバフチン

『ユリシーズ』におけるパロディの笑いを説明するにあたり、ミハイル・バフチンを援用する。バフチンは、『ドストエフスキーの詩学』（一九六三）において、「カーニバルの笑い」という概念を提出した。「カーニバルの笑い」とは、神や地上の最高権力者に対する民衆の笑いであり、民衆が神や権力者をけなし嘲笑って否定することによってそれらの蘇りを促すもので、「死と再生」や「否定と肯定」の

図式を内包する両義的性格を持っている（二五五～五六頁）。彼は、また、パロディのカーニバル性をも指摘する。「パロディ化する」とは、奪冠者たる分身を作り出して《あべこべの世界》をこしらえることだ、と言うのである。これら「カーニバルの笑い」とパロディの定義は『ユリシーズ』を読む時、有用である。『ユリシーズ』はカーニバルの笑いに満ちており、その源泉が他ならぬパロディ性であるからだ。

ここで、バフチンの笑いとパロディの理論の先に輪廻転生の概念を接ぎ木することを提案したい。次は、第四挿話でモリーが「輪廻転生」という語の意味を問うのに対してブルームが答える場面である。


――これよ、と彼女は言った。どんな意味なの？

彼はかがみこんで、彼女の親指の磨いた爪のそばを読んだ。

――輪廻転生《メテンサイコーシス》？

――そう。その人いったいどこの誰なの？

――輪廻転生、と彼はつぶやいて顔をしかめた。ギリシア語だよ。ギリシア語から来た言葉だ。霊魂の転生という意味だよ。

――ちんぷんかんぷん！　と彼女は言った。やさしい言葉を使いましょうよ。（三三七～四三行）(3)

このエピソードは、知識に関するブルームのモリーに対する優位性を印象付けるが、おそらくそれ以上の意味を持つ。「輪廻転生」は、『ユリシーズ』をパロディ文学として読むときの読み方のヒントと考えられる。すなわち、『ユリシーズ』の原テクストの登場人物Aと『ユリシーズ』の登場人物Bがパロディ化において対応している時、「Aが輪廻転生してBとなっている」あるいは「BはAの生まれ変わりである」と読者に気付かせるためのジョイスからの目配せなのだ。(4) この対応関係を図に表すと図1のようになる。

二、『ボヴァリー夫人』のパロディとしての『ユリシーズ』を読む

『ユリシーズ』を『ボヴァリー夫人』のパロディとして読んでみよう。『ユリシーズ』に『ボヴァリー夫人』を突き合わせると、一読の印象とは裏腹にそれぞれの物語要素が驚くべき精巧さで対応していることが分かる。これを、登場人物の対応とテクストの共鳴から説明する。

(一) 登場人物の対応

まず、登場人物の対応を見よう。シャルルとブルームは寝取られ亭主、エマとモリーは不貞の妻、ロドルフ・ブーランジェとブレイゼズ・ボイランは妻の恋人、ルオーとブライアン・トウィーディは妻の

『ユリシーズ』← パロディ化 ← 原テクスト

原テクストの登場人物：A
『ユリシーズ』の登場人物：B

「Aが輪廻転生してBになっている」
あるいは
「BはAの生まれ変わりである」

図1 原テクストから『ユリシーズ』へのパロディ化

父親、ベルト・ボヴァリーとミリー・ブルームは夫婦の娘、ナスタジーとメアリ・ドリスコルは、それぞれ「妻に追い出される女中」と「（物語以前に）妻に追い出された女中」の役割であり、これらの対応は無理なく理解できる。しかし、レオン・デュピュィとスティーヴン・デダラスについては少し補足が必要かも知れない。レオンは、エマがロドルフに捨てられた後に恋人にする青年である。これに対し、スティーヴンは、ブルーム夫妻が夭折した息子ルーディを重ねて疑似わが子のように感じる文学青年というのが第一の役回りであるが、モリーが、第十八挿話で、「あたしくらいの年でわかくてハンサムな詩人とすることができたらすばらしいわ」（一三五八〜五九行）などと、彼と恋愛関係になることを妄想していることからモリーの想像上の恋人候補とも言えるため、レオンとスティーヴンの対応も十分可能である。これらの対応関係をまとめると表1のようになる。

『ボヴァリー夫人』と『ユリシーズ』における主要な登場人物が思いがけない精巧さで対応しているのも面白いが、脇役である両家の女中の対応関係も大変興味深い。ボヴァリー

『ユリシーズ』		『ボヴァリー夫人』
レオポルド・ブルーム（夫）	←	シャルル・ボヴァリー（夫）
モリー・ブルーム（妻）	←	エマ・ボヴァリー（妻）
ブレイゼズ・ボイラン（妻の恋人）	←	ロドルフ・ブーランジェ（妻の最初の恋人）
スティーヴン・デダラス （夫妻の疑似わが子／妻の想像上の恋人候補）	←	レオン・デュピュィ（妻の二人目の恋人）
ミリー・ブルーム（夫妻の娘）	←	ベルト・ボヴァリー（夫妻の娘）
ブライアン・トウィーディ（妻の父）	←	ルオー（妻の父）
メアリ・ドリスコル （物語以前に妻に追い出された女中）	←	ナスタジー（妻に追い出される女中）

表1　『ボヴァリー夫人』と『ユリシーズ』における登場人物の対応

家の女中もブルーム家の女中も、夫からは気に入られているのに妻から追い出されるという設定は特殊であって、とても偶然の一致とは思われない。

（二）テクストの共鳴

次に、『ボヴァリー夫人』と『ユリシーズ』のテクストが共鳴していると考えられるところ、つまり、『ユリシーズ』の深層に『ボヴァリー夫人』があることを、ジョイスが読者に目配せしていると考えられる場面を、数ある中から三点取り上げて説明する。

一つ目は、ブルームとシャルルの帽子である。まず、『ユリシーズ』の第四挿話で、ブルームが自分の山高帽の商標を読んで意識にのぼらせている部分を見よう。

> 彼の手はイニシャル入りの重い外套と遺失物保管所払いさげの中古レインコートの上の釘から帽子を取った。……帽子のてっぺんの汗のにじんだ商標が無言で彼に語りかけた。プラストー高級帽（Plasto's high grade ha）。（六六〜七〇行、強調は引用者）

"Plasto's high grade ha" は商標であり、最後の単語は本来ならば "hats" と記されるべきだが、"ts" の二字が擦り切れて消えたために "ha" となっているのである（川口　五一頁）。

これに対し、『ボヴァリー夫人』でも、小説の冒頭でシャルルが新入生として学校に入った初日の授業中、彼の帽子が話題となっている。教師から名前を名乗るように促されて、シャルルは名乗るが、帽子のことが気になって仕方ないらしく落ち着かない。次は、それを見咎めた教師が彼に問いかける場面である。

「なにをさがしているんだね」と先生はきいた。
「ぼくの帽……」(—Ma cas. . .) あたりを不安そうな目つきで見まわしながら『新入生』は臆病げにこたえた。(四九頁、強調は引用者)[5]

ここでは、シャルルが“casquette”を最後まで言い切れずに、“cas . . .”というふうに言いさしている。ブルームの意識を語る語り手が、“hats”ではなく“ha”と語るのと理屈は違うが、“hats”と“casquette”がそれぞれ不完全な形でしか記されていないという特異な事態は、『ユリシーズ』と『ボヴァリー夫人』に共通しているのである。

二つめは、ブルームとシャルルの爪である。第六挿話で、ブルームは、亡くなった友人パディ・ディグナムの葬式に参列するため、ディグナムの家から知人サイモン・デダラスたちと馬車に同乗して墓地に向かうが、その道中、モリーの浮気相手であるボイランの姿が見え、ブルーム以外の同乗者は全てボイランに挨拶する。この時、ブルームはボイランのことを考えながら自分の手の爪を眺めている。

ミスタ・ブルームは自分の左手の爪、つづいて右手の爪を眺めた。爪、そうだよ。(Mr Bloom reviewed the nails of his left hand, then those of his right hand. The nails, yes.) それ以外のどこに、あいつが

> 女たちを彼女を惹きつける理由がある？　魅力。ダブリンで最悪の男。あいつはそれで生きてるんだ。女はとかく感じで人を評価する。本能。しかし何もあんな男を。おれの爪。いまおれは自分の爪を眺めてる、きれいに切ってある。(My nails. I am just looking at them: well pared.)
>
> （二〇〇～〇四行、強調は引用者）

なぜ、ブルームは爪を眺めるのだろうか。これは、例えば「嫉妬の対象からの意識的無関心を装」っている、と説明されるが（川口　八六頁）、それだけでは注意を集中するものが爪である理由までは説明できない。実は、ブルームが爪を眺める理由は『ボヴァリー夫人』の中にその明確な答えがある。

エマの最初の恋人ロドルフは、ボヴァリー夫妻に初めて会った時、その夫婦関係を観察して、次のように考える。

> 亭主はかしこくないな。細君はきっとうんざりしているんだ。あの男はきたない爪（des ongles sales）をして髭もちゃんとあたっていないし。あの先生が患者のところへ往診にまわっているあいだ、細君は靴下のつくろいなんかしているんだ。そして、たいくつしているんだよ。
>
> （一九五頁、強調は引用者）

ロドルフは、シャルルが「きたない爪をして」いると思っているが、このことこそ、ブルームが自分の爪にこだわり、しかも「きれいに切ってある」と考えることの理由と考えられる。ただし、ブルーム自身にそのことが分かっているはずはない。しかし、ブルームがシャルルの生まれ変わりであるとするならば、彼自身も知るはずのない意識の深層に「きたない爪」という言葉があって、ブルームがこの言葉に無意識に反応している、と考えられるのである。

三つめは、モリーの腕と手とエマの手である。(6) 第十挿話は十九のセクションに分かれているが、第二、第三セクションで、ブルームの家があるエクルズ・ストリートのある窓から、一本の腕（または手）が硬貨を投げたことが語られる。まず、第二セクションを見よう。

コーニー・ケラハーが黙って乾草の汁をぴゅうっと吐くと、汁は口から弧をえがいて飛んだ。エクルズ通りの窓から気前のよい白い腕（a generous white arm）が現れて硬貨を投げてよこした。

（二二一～二二三行、強調は引用者）

このセクションでは腕についての情報は引用部だけしかなく、この腕が一体誰の腕なのか、またなぜ硬貨を投げたのか、については全く分からない。しかし、直後の第三セクションで状況が少し見えてくる。松葉杖をついた「一本足の水兵（A onelegged sailor）」（二二八行）が、「ネルソンの死」（"The Death of Nelson"）という歌を歌いながら通りを歩いており、硬貨はこの水兵に対する祝儀なのである。

家の中で、陽気で、甘い、さえずるような口笛が、一、二小節つづいてやんだ。窓のブラインドが引き寄せられた。《家具なし貸間あり》と書いた札が窓枠からすべり落ちた。白いペチコートつき胴着と

> ぴんと張ったシュミーズの吊紐から、むっちりした裸の気前のいい腕（A plump bare generous arm）が差し伸べられ、日ざしに光り、人目を引いた。女の手（A woman's hand）が半地下エリアの柵ごしに硬貨を投げてよこした。硬貨は道に落ちた。
> 腕白の一人が走って行って拾いあげ、吟遊詩人の帽子の中に落して言った。
> ——ほら、おじさん。（二四九～五六行、強調は引用者）

しかし、この腕は誰の腕か、という問いへの答えはこの後ながらくお預けとなり、やっと答えが示されるのは第十八挿話のモリーのモノローグにおいてである。

> あれはイギリスのため国のため家ていと美女をまもるための一本あしの水兵へ一ペニーなげてやったとき（when I threw the penny to that lame sailor）あたしはぼくの恋びとすてきな娘を口ぶえで吹きながら……（三四六～四八行、強調は引用者）

この“that lame sailor”が“A onelegged sailor”（十挿話二二八行）を指すと気付くなら、この腕はモリーの腕であったと分かる。遠く離れたこれらの情報を統合することができる読者には「ブルームズデイの午後、モリーは通りを行く一本足の水兵に自宅の窓から一ペニーを投げ与えた」ことが理解されるのである。

モリーのこの行動の理由を『ボヴァリー夫人』に探ってみよう。彼女のこの行動の深層にはエマの二つの行動があると考えられる。一つは、エマが、二人目の恋人となったレオンとの最初の逢引において、疾走する馬車の窓から手紙を引きちぎって投げることだ。

一度、真昼、馬車の古ぼけた銀の側灯に陽の光が照りつけていたころ、野原のまんなかで、小さな黄色の窓掛けの下から、手袋をはめない手（une main nue）が一つ出てひきちぎった紙切れを投げた。それは風に散って、その向こうに今を盛りと咲いている赤つめ草の畑へ、白い蝶のように舞いおりた。

（三二八頁、強調は引用者）

この手紙は、エマがレオンに逢引を断るために書いた手紙であるが、これを破り捨てたのである。興味深いことに、エマの名前はこの段落には出てこないで、「手袋をはめない手」という、主体が隠された表現になっている。これは、モリーの「気前のよい白い腕」、「むっちりした裸の気前のいい腕」、「女の手」にも共通することだ。また、先の引用では「手袋をはめない手」としたが、原文を直訳すると「裸の手」であり、モリーの「裸の気前のいい腕」と共鳴する。さらに、その手や腕が窓から何かを投げる点も共通している。

もう一つは、エマが、借金で破産しかけている時に、盲人の乞食に自分の全財産である五フラン金貨を投げてやることである。エマは、金策がうまくいかず意気消沈して乗り込んだ乗合馬車から歌をうたう盲人の乞食を見かけるが、乗客や御者がその乞食をからかって芸をさせる。これに対して彼女は次のように反応する。「エマは見ていられなくなって、肩ごしに五フラン金貨を投げてやった。それが彼女の全財産だった。それをこのように投げてやるのはいい行ないだと彼女には思えた」（三九〇頁、強調は引用者）。

エマは、馬車から、芸をする乞食に五フラン金貨の施しをする。これに対して、モリーは自宅の窓から、「ネルソンの死」を歌う水兵に一ペニー硬貨の施しをする。エマとモリーは、芸をしたり、歌をうたう者への祝儀として施しをするという点で共通している。これらのことを考え併せると、モリーがなぜ水兵に一ペニーを施すのかは、物語の深層に「エマの施し」を読み込めばよいということになる。

以上、『ユリシーズ』がいかに『ボヴァリー夫人』のパロディとなっているかを、登場人物の対応とテクストの共鳴から検討した。ジョイスは『ユリシーズ』の深層に『ボヴァリー夫人』があることを、超絶的とも言える繊細かつ巧みな技で――おそらく、すぐにではなくとも、いずれは読者に気付かれることを願って――隠しながらも、こっそり暴露しているのである。

三、『ボヴァリー夫人』のパロディとしての『ユリシーズ』で笑う

では、『ユリシーズ』を『ボヴァリー夫人』のパロディとして読む時、何がどう笑えるだろうか。以下に、シャルルとブルーム、エマとモリーの関係性を間テクスト的観点から説明する。

（一）シャルルからブルームへ

まず、シャルルとブルームを見よう。両者の共通点は、第一に相当な愛妻家であること、第二に妻に恋人を引き合わせる役回りであること、第三にその結果、寝取られ亭主になってしまうことである。シャルルのエマへのうちこみようは、例えば次のように語られる。

さていまは、心からうちこんだこの美しい女をもう一生自分のものとすることができたのだ。彼にとって、世界は妻の下着の手ざわりやわらかなあたりにもうかぎられたようなものだ。愛情が足りないかと気にやみ、何度でも妻の顔が見たかった。いそいでも一度家にひきかえし、胸をドキドキさせて、階段をあがった。エマは部屋でお化粧中だ。忍び足で近づき、背中にキスした。彼女は声をあげた。

（八四頁）

若くて美しいエマを妻にすることができて、シャルルは有頂天なのだ。

これに対して、ブルームの愛妻家ぶりは彼の朝食作りに見られる。次の場面は、彼が朝食のための買い物に出かけようとしている時に、まだ寝ているモリーに朝食に欲しいものがないか、聞くところである。

彼女は何かおいしいものを欲しがるかもしれないな。朝は薄いパンとバターが好き。しかし、ひょっとしたら。たまには変わったものが。……

——朝食になにか欲しいものはないかい？
眠そうな低い唸り声が答えた。
——むん。
そうか。何も欲しくないいんだ。（四挿話五〇～五八行）

ブルームの朝食づくりは毎朝のことのようであり、妻への心配りもなかなかのもので、妻への献身が明らかである。

また、妻に恋人を引き合わせる役回りという点について、シャルルがエマに恋人を急接近させるのは次のような次第である。つまり、エマの健康のためにロドルフが乗馬をすすめるのを彼女が断ったのをシャルルが咎めて、二人が馬で遠出するのをお膳立てする。

「どうしてブーランジェさんがああ言うのに、ことわってしまったのかね。せっかく親切に言ってくれたのに」

エマは少しふくれっ面をして、数々の言いわけを言って、はてには、《そんなことをするとおかしく思われそうだから》と言った。

「なんだ、そんな遠慮はいらんよ」シャルルは踵でキリッとまわって、言った。「健康第一さ。おまえの考えはいけないよ」

「だって！　乗馬服がないのにどうして馬なんか……」

「こさえればいいよ」

乗馬服でエマの決心がついた。

服ができ上がると、シャルルはブーランジェ氏に妻はいつでも都合がよろしい、どうぞよろしくお願いする、と手紙を出した。（二二六頁）

これでは、故意ではないにせよ、シャルルが妻の不倫のお膳立てをしているようなものである。

これに対して、ブルームはどうか。第十八挿話から、彼が今朝、モリーに「食じは外ですませゲイアティ座へ行って来るから」（八一〜八二行）と言って、彼女とボイランのデートの邪魔にならないよう配慮したらしいことが分かる。このように、ブルームは妻が別の男と関係を持つのを察知しながら、それを黙認するような行動をとる。妻の裏切りを夢想だにしないお人好しのシャルルとは違うけれども、ブルームもシャルルと同様、妻を不貞に導いているのである。

では、シャルルとブルームの相違点は何か。シャルルは、妻の不貞を彼女の生前は知らず、死後出てきたラブレターを読んで真相を知りショックのあまりほどなく死んでしまう。次の場面は、エマの死後しばらくして、シャルルが妻の机の引き出しを調べてラブレターを発見し、初めて真実を知って取り乱すところである。

……中にレオンの手紙がそっくりあった。今度こそ疑いの余地はもうなかった。シャルルは最後の一通までむさぼるように読み、すみというすみ、家具という家具、ひき出し、壁のうしろまで捜した。

すすり泣き、わめき、われを忘れ、狂人のようだった。箱を一つ見つけ、ふみつけて底をぬいた。恋文の山をひっくりかえすと、ロドルフの肖像がとび出して、シャルルの顔にぶつかった。(四四四頁)

愛妻の裏切りを知ったシャルルの取り乱し様は只事ではなく、彼の絶望が明らかである。

これに対して、ブルームは妻とボイランの関係をすでに察しており、ブルームズデイの朝、ボイランが本日モリーを訪ねてくることにショックを受けながらも、平静を装うばかりでなく、デートの邪魔にならないよう帰宅を遅らせさえし、帰宅後、何事もなかったかのように普段通り妻の隣に身を横たえる。ベッドに入る時のブルームの平静は、教義問答体で次のように語られる。

なぜ平静になれるのか?

不同にして相似な自然生物が男性か女性か両性かの天賦の本性に従って天賦の本性上遂行する能動的あるいは受動的なすべての自然的行為と同じように自然なことであるから。死滅した太陽との衝突の結果われわれの遊星が一挙に消滅するほどの悲惨事ではないから。窃盗、追剥ぎ、児童および動物虐待……殺人、故意あるいは計画的な殺害などのような重い罪ではないから。肉体組織、および食料、飲料、後天的習慣、習慣的逸楽、大きな疾患など、肉体組織に付随する環境のあいだに相互的均衡をもたらし、その結果として生活条件の変化に順応して行くという同種の手続き以上に異常なことではないから。不可避どころか、すでに還元不可能な事態であるから。(十七挿話二一七七~九四行)

このように、ブルームの平静は教義問答のふざけた誇張表現によって滑稽味を帯びて語られている。真剣で絶望的なシャルルの狂乱は、滑稽味を帯びたブルームの平静へと変容しているのである。

(二) エマからモリーへ

次に、エマとモリーを見よう。両者の共通点は、第一に夫にかしずかれる美人妻であること、第二に夫婦関係に不満を持っていること、第三に不貞に罪の意識を持っていないことである。

エマに対するシャルルの溺愛ぶりはすでに見た通りだが、彼女は目利きのロドルフからみてもかなりの美人のようで、彼が、「かわいい女だ。なかなかいいな、あの医者の細君は……きれいな歯、黒い目、きゃしゃな足、そしてパリ女のような姿。いったいどういう素性の女だろう? あのふとっちょ先生、どこであれを見つけてきたのか?」(一九四頁)と思うほどである。

これに対してモリーはどうか。モリーに対するブルームの愛妻家ぶりも朝食作り(四挿話五〇~五八行)に見られる通りである。また、彼女はダブリンの男たちに人気のソプラノ歌手であり、「ちょっときれいな女だった」(六挿話六九六行)とか、「いったいなんで、……彼女はあんな能なしと結婚したんだろう? とても活きのいい女だったのに、あのころ」(六挿話七〇四~〇五行)などと、彼らの噂にのぼるほどの魅力の持ち主である。彼女の容姿については、第十六挿話でブルームがスティーヴンに彼女の写真を見せてその魅力を見せびらかす箇所がある(一四二七~三一行)。このように、モリーは性的魅力のある美人歌手として描かれており、ブルームにとっては自慢の妻である。つまり、エマもモリーも夫から大切にされている魅力的な妻なのだ。

次に、夫に対するエマの不満を見てみよう。

シャルルの話は歩道のように平凡で、月並みな考えがふだん着のままそこを行列して行った。なんの感動もあたえず、笑いも夢もさそわなかった。彼の言うところでは、ルアンにいたときもパリの役者を見に劇場へ行きたいなどという気はまるで起こらなかったそうだ。泳ぎもできず、剣術も知らず、ピストルもうてない。ある日など、小説のなかに出てきた馬術用語を彼女に説明してやることができなかった。

男とはそんなものであってはならず、さまざまなことに秀でて、情熱のはげしさとか生活の洗練とか、あらゆる神秘なことへの手引きをしてくれるものではないのか。ところで、この男はなに一つおしえてくれず、なにも知らず、なにも望んでいないのだ。彼は妻を幸福だと信じていた。そして、妻のほうでは、夫のこの落ちつきかた、少しの不安もない愚鈍さ、彼女があたえている幸福をさえ、うらめしく思っていた。(九二頁)

ここからは、ロマンティックな夢想家のエマが感受性の乏しい夫に失望している様子が見て取れる。
これに対して、夫に対するモリーの不満はより即物的なことで、通常の夫婦生活がないことである。

不しぎな話よあんなにつめたい彼といっしょにくらしながらあたしがまだしわくちゃばあさんにならないなんてだきしめてくれるのはときどきねあたしとさしちがえのね方でねむっているときあたし

が誰なのかもきっとそうよよくわからず女のお尻にキスする男にはあたしけんかをふっかけたくなる……（十八挿話一三九九〜四〇二行）

不満の内容にはずれがあるが、エマもモリーも夫に対して少なからぬ不満を抱えていることが分かる。また、エマに罪の意識が無いことについては、ロドルフと恋愛関係になった直後の彼女の心情から明らかである。

《恋人がある！　あたしに恋人がある》と彼女はくりかえした。この考えは、二度目の青春がよみがえってきたうれしさのように、たのしかった。やっと、恋のよろこび、むなしくあこがれていた幸福の熱情をこれから自分のものにできる。すべてが情熱で、恍惚で、熱狂である不可思議な境地にこれからはいろうとしている。……

そのとき、彼女は前に読んだ書物の女主人公たちを思い出した。そういう不倫な恋をする女たちの叙情的な一群が記憶のなかで姉妹のような魅惑する声で歌いはじめた。エマ自身もこういう想像の一部となってしまい、あんなに羨望した恋する女の典型に自分がなったような気持ちで、若いときのいつもの夢想を実現しているのだった。それに、エマは復讐の満足を感じてもいた。いままでずいぶん苦しんだじゃないか。が、いま勝った。長いあいだおさえてきた恋が、たのしく沸騰してすっかり一度にわき出した。もうなんの自責も、不安も、心配もなく、この恋を味わっているのだ。

（二三二〜二三三頁）

恋愛初期のエマは舞いあがらんばかりの興奮状態にあり、罪の意識を持つにはほど遠い。そればかりか、後に彼女が絶望の果てに死を覚悟しても悔恨の情を持つには至らないのは特筆すべきであろう（三九五頁）。

モリーの罪の意識については、彼女がブルームについて「みんな彼がわるいのよあたしがあの天じょうさじきの男の言う不ぎの女なのは」（十八挿話一五一六〜一七行）と考えることからも明らかで、彼女にもエマと同様、自責の念はないらしい。

このように、エマとモリーには共通点も多いが、それでは二人の相違点はなにか。相違点は、第一に、エマが恋愛に盲目的に熱中するのに対して、モリーはボイランとの関係をそれほど美化せず、彼に対して不満も感じていること、第二に、エマのシャルルに対する評価が極めて辛辣であるのに対し、モリーはブルームに対してそれほど辛辣ではなく、彼の美点も認めていることである。

まず、エマの恋愛への熱中だが、これは先の引用から明らかで、理性を超えた盲目的なものである。これに対してモリーはどうか。彼女は、ボイランとのデートにある程度は満足しているものの、彼を厳しい目で観察しており、洗練されていないと不満を言う。「だ目ねえどうしようもない彼は行ぎわるいし洗れんされた所もないしなんにもない彼の人がらにはあたしのお尻をあんなふうにぴしゃりとぶつなんてあたしが彼をヒューーとよばないからと言って詩とキャベツの区べつもつかない無教いくな男だわ」（十八挿話一三六八〜七一行）。つまり、エマよりモリーの方が恋愛について冷静なのだ。

また、エマのシャルルに対する辛辣さは、借金で首がまわらなくなった彼女が、夫に全てを打ち明けて許しを乞うかどうかを考える次の場面に最もよく表れている。

《……あなたを破産させたのはこのあたしなんです》

夫は激しくすすり泣くだろう。それからうんと涙を流すだろう。しかしけっきょく、驚きがしずまると、あたしを許してくれるだろう。

《そうなんだ》エマは歯ぎしりしながらつぶやいた。《あのひと、あたしを許すだろう、あたしを知ったことの申しわけに、あたしに百万フランくれるといってもいやだと思うあの人が……いやいや。いやなこった》（三九五頁）

謝れば夫が自分を許してくれるだろうことを予測しながら夫への謝罪を拒否するところに、エマの絶望の深さが如実に示されている。

これに対して、モリーの夫への態度は、エマの辛辣な態度に比べるとずっと穏やかである。モリーはブルームに不満があるものの、ひどい夫を持つ友人のことを思い出して、「あたしはほかの男と結婚するくらいなら二十回も死ぬほうがまし」（十八挿話二三一〜三二行）と考える。また、モノローグの終盤ではブルームと仲直りしようと、「あたしの彼にもういちどチャンスをあたえてあげようあすは朝はやくおきましょう」（十八挿話一四九七〜九八行）とさえ考える。

このように、夫に対するエマの態度とモリーのそれは、共通しているところもありながら、同時に相当違ってもいるのである。

（三）『ボヴァリー夫人』から『ユリシーズ』へ

以上、シャルルとブルーム、エマとモリーそれぞれの人物の対応を見てきた。これらの人物の関係を、バフチンの笑いとパロディの理論、および輪廻転生の概念で説明するとどうなるだろうか。

まず、シャルルとブルームについて。ブルームの深層にシャルルを読み込んで、ブルームをシャルルのパロディとみてみよう。『ボヴァリー夫人』において愛妻に裏切られていたという絶望を味わったシャルルはいったん死んで、『ユリシーズ』において妻の不義にも平静で寛容なブルームとして再生する。これは、シャルルが輪廻転生の結果、ブルームに生まれ変わった、とみることができる。ここには「カーニバルの笑い」を生み出す原動力である「死と再生」が見られる。そして、シャルルがブルームとして生まれ変わった時、シャルルの絶望や悲惨さは乗り越えられており、ブルームには平静や寛容が見られるが、実はそれだけではない。ブルームの物語の深層には極めて悲惨なシャルルの物語があり、『ユリシーズ』には『ボヴァリー夫人』のパロディ化による「カーニバルの笑い」が仕掛けられていると気付くことさえできれば、一見、みじめで情けなく幸せどころではないブルームに、再生の喜びや生への歓喜をすら読み込むことができるのだ。

エマとモリーについても同様のことが言える。モリーの深層にエマを読み込んで、モリーをエマのパロディとみてみよう。夫をどうしても好きになれなかったエマは転生の結果、夫に対してもう少し寛容なモリーとして生まれ変わっている。また、恋愛への熱中と盲信も影をひそめ、より冷静な判断ができるようになっている。このように、エマがモリーとして生まれ変わった時、彼女の絶望は乗り越えられており、モリーにはエマよりもずっと陽気で幸せな人生への志向が見られる。そして、このことは、

『ユリシーズ』を締めくくる言葉が、他ならぬモリーの「イエス（Yes）」（十八挿話一六〇九行）であることに最も顕著に表れている。

このように、ブルームがシャルルの生まれ変わりであり、モリーがエマの生まれ変わりであることに読者が気付き、ブルームとモリーの一挙手一投足や意識の流れの深層にシャルルとエマの姿を二重うつしに見てその二重性に面白さを感じて笑う時、この笑いこそは、シャルルとエマの絶望的な悲劇をブルームとモリーの喜びに満ちた喜劇へと転換する力を持った「カーニバルの笑い」、すなわち「解放の笑い」(7)に他ならない。

結、『ユリシーズ』の喜び

『ユリシーズ』の深層に『ボヴァリー夫人』が隠されていることを意識して読むと、『ユリシーズ』には思いがけない笑いが仕掛けられていることが分かる。『ユリシーズ』には『ボヴァリー夫人』の他にも無数の原テクストがあるが、それぞれについてこのような笑いに気付くことこそが『ユリシーズ』を読むことなのではないか。すなわち、『ユリシーズ』を読むとは『ユリシーズ』の面白さに気付いて笑うことに限りなく同義である。そして、『ユリシーズ』を読むことが笑うことに無理なくつながって、笑いが読者に解放をもたらす時、『ユリシーズ』を読む最高の喜びが立ち現れてくるだろう。

『ユリシーズ』の笑いこそ『ユリシーズ』の喜びである。

註

本論は、『宮崎大学教育文化学部紀要　人文科学』(三三・三四号、二〇一六年三月)および『九州地区国立大学教育系・文系研究論文集』(四［一、二］二十二号、二〇一七年三月)に掲載された拙論「「ボヴァリー夫人」のパロディとしての「ユリシーズ」――笑い・パロディ・輪廻転生」に加筆修正を施したものである。

(1) Reynolds, Thornton, Brown, Gifford, Bowen, Booker, Fordham and Sakr, editors, Baron を参照。

(2) Pound, Kenner, Cross, Mason, Baron を参照。パウンドは、『ユリシーズ』が出版された一九二二年に『ユリシーズ』がフローベールの影響を受けていることを指摘している。ケナーは、フローベール、ジョイス、ベケットを「ストイックなコメディアン」の系譜に並べて見せた。この他にも、フランク・バジェンはジョイスが十九世紀作家の中でフローベールを最も高く評価していたことを記している(Budgen 一八四頁)。

(3) 引用は Gabler 版により、挿話数と行数で示す。翻訳は集英社版を使わせていただいたが、一部改変したところがある。

(4) 『ユリシーズ』の登場人物と原テクストの登場人物の関係を「輪廻転生」で説明している研究はこれまでに読んだことがない。しかし、リチャード・エルマンは、本論の主張とも共鳴する興味深い説明をしている。「ジョイスが創作した登場人物の背後には他の作家の創作した登場人物が控えており、彼の創作活動の背後には他の作家が集まっていて、可能な時には彼に手を貸そうとしている」(Ellmann 五頁、拙訳)。

(5) 引用は Gallimard 版により、頁数で示す。翻訳は生島遼一訳を使わせていただいたが、一部改変したところがある。

(6) この点におけるエマとモリーの間テクスト性をバロンも指摘している(Baron 一二九〜三〇頁)。

(7) バフチンの「カーニバルの笑い」を「解放の笑い」と説明したのは桑野隆である(一六七〜二五一頁)。

参考文献

Baron, Scarlett. *'Strandentwining Cable': Joyce, Flaubert, and Intertextuality*. Oxford UP, 2012.

Booker, M. Keith. *Joyce, Bakhtin, and the Literary Tradition: Toward a Comparative Cultural Poetics*. U of Michigan P, 1997.

Bowen, Zack. Ulysses *as a Comic Novel*. Syracuse UP, 1989.

Brown, Richard. *James Joyce and Sexuality*. Cambridge UP, 1988.

Budgen, Frank. *James Joyce and the Making of 'Ulysses' and Other Writings*. Oxford UP, 1989.

Cross, Richard K. *Flaubert and Joyce: The Rite of Fiction*. Princeton UP, 1971.

Ellmann, Richard. *Ulysses on the Liffey*. Oxford UP, 1972.

Flaubert, Gustave. *Madame Bovary*. Edited by Thierry Laget, Gallimard, 2001.

Fordham, Finn, and Rita Sakr, editors. *James Joyce and the Nineteenth-Century French Novel*. Rodopi, 2011.

Gifford, Don, with Robert J. Seidman. Ulysses *Annotated: Notes for James Joyce's* Ulysses. Revised and Expanded ed., U of California P, 1989.

Joyce, James. *Ulysses*. Edited by Hans Walter Gabler, Random House, 1986.

Kenner, Hugh. *The Stoic Comedians: Flaubert, Joyce and Beckett*. Beacon Press, 1962.

Mason, Michael. "Why Is Leopold Bloom a Cuckold?" *ELH*, vol. 44, 1977, pp. 171-88.

Pound, Ezra. "James Joyce et Pécuchet." *Mercure de France*, vol. 156, June 1922, pp. 307-20.

Reynolds, Mary T. *Joyce and Dante: The Shaping Imagination*. Princeton UP, 1981.

Thornton, Weldon. *Allusions in* Ulysses*: An Annotated List*. U of North Carolina P, 1982.

川口喬一『「ユリシーズ」演義』研究社出版、一九九四年。

桑野隆『バフチン　〈対話〉そして〈解放の笑い〉』岩波書店、一九八七年。

ジョイス、ジェイムズ『ユリシーズ』全三巻、丸谷才一・永川玲二・高松雄一訳、集英社、一九九六～九七年。

バフチン、ミハイル『ドストエフスキーの詩学』望月哲男・鈴木淳一訳、ちくま学芸文庫、一九九五年。

フローベール、ギュスターヴ『ボヴァリー夫人』生島遼一訳、新潮文庫、一九六五年。

III.『ユリシーズ』と日本

『ユリシーズ』和読の試み　『太陽を追いかけて』日出処へ
――ブッダ・マリガンと京都の芸妓はん

伊東栄志郎

はじめに

ジェイムズ・ジョイスの『ユリシーズ』は、二十世紀ヨーロッパ・モダニズム文学の最高峰と称せられる。表層的にはアイルランド、一九〇四年六月十六日のダブリンの一日を描いている小説であるが、一語一語丹念に精読すると、時間や場所を超えた、世界中の様々な事象の断片的情報が相互に複雑に絡まり合って描かれていることに気づく。ジョイスは、大学の教授たちが何百年もかけて解明するような多くの謎を『ユリシーズ』に仕掛け、自らの作品に不滅性を得ようとした（Ellmann 五二一頁）。

本論では日本人読者のための「和読」に挑戦したい。すなわち、小説の中に日本関連の言及を探して、そこに隠された意味を考察する。ジョイスは生涯ヨーロッパ文化圏の外へ出ることがなかったにもかかわらず、欧州のはるか東側にある日本は、実は彼にとって馴染みの国なのである。一九二二年華やかなりしパリで出版されたアイルランド小説故に先入観が生まれるせいなのか、日本やジャポニスムが描写されていても、日本人でさえあまり意識せずに飛ばし読みする傾向がある。それは、ジャポニスムで描かれた日本は、欧米人の想像上の日本で、現実の日本としばしばかけ離れていることも要因と推察される。本論では、日本での『ユリシーズ』翻訳騒動に対してのジョイスの複雑な思いを紹介しつつ、『ユリシーズ』に描かれた日本を読んでいく。

一、ジョイス・ブームと『ユリシーズ』翻訳騒動

ジェイムズ・ジョイスを日本に紹介したのは、『学鐙』一九一八年三月号に掲載された野口米次郎の「画家の肖像」という記事である。これは『若い芸術家の肖像』(以下『肖像』)を紹介し、その文体の特徴を解説したものである(鏡味 一〇頁)。artistという単語をあくまでも「画家」と訳した野口の文章は、ロンドンの文芸雑誌『エゴイスト』の紹介から始まる。野口は、出版元のパトロネスであるハリエット・ショー・ウィーヴァー女史から直接日本でのジョイスの宣伝を依頼されたと推察される(川口 二五頁)。一九一三年に野口はウィリアム・バトラー・イェイツの書斎でエズラ・パウンドに直接会い、その後、何度か書簡を交わしていた。野口は、英国人H・G・ウェルズ主宰の雑誌『ネイション』一九一七年三月号掲載の『肖像』批評を参照している。ウェルズの批評は一九一六年四月のダブリン復活祭蜂起の影響もあり、『肖像』を政治的で危険な小説とみなしていた。野口は、『肖像』の重要性は清

澄明瞭な文体にあり、アイルランド的情緒にあると述べた（川口 三七頁）。

日本における『ユリシーズ』の最初の紹介は、『英語青年』一九二二年十二月十五日号に掲載された杉田未来の短い紹介記事 'James Joyce: "Ulysses"' である。杉田は一九二二年夏に滞在していたシカゴで『リトル・レビュー』を手に取り、『ユリシーズ』を読んだという（川口 五三頁）。

日本は『ユリシーズ』の文学的価値をいち早く認めた国の一つであり、海賊版を除けば英米の一般読者よりも早く、日本人は『ユリシーズ』を自国語で読むことが出来た。二種の邦訳は、ドイツ語訳（一九二七）、ジョイス自ら校正したフランス語訳（一九二九）に次いで世界で三番目と四番目の訳であった。英米で『ユリシーズ』出版が合法的に許可される前に、当時まだ二十代だった三人、伊藤整・永松定・辻野久憲による第一書房版、森田草平を座長とする法政大学グループ、名原広三郎、龍口直太郎、小野健人、安藤一郎、村山英太郎の岩波文庫版と二種類の邦訳が刊行された。(1) 第一書房版は、一九三〇年九月から『詩・現実』（第二～五冊）に四回に渡り掲載された後、一九三一年末に第一挿話～第十三挿話まで前編（初版二千部）として出版された。一九三二年に伊藤整の『新心理学文學』、翌年春山行夫の『ジョイス中心の文学運動：JOYCEANA』が出版され、ジョイス・ブームに文学界が湧いた。伊藤整は、ジョイスやプルーストの「意識の流れ」を用いた小説を新心理主義文学と名付け、ジョイスを「我が芸道の師」と呼んで深く心酔した。第十四挿話以降の後編（初版千五百部）は一九三四年五月二十五日発売、そのわずか五日後五月三十日に「中年女淫欲想像描写」の罪で発禁処分になった（川口 二四一頁）。岩波文庫版は全五巻であるが、第一巻は一九三二年二月に発行され、第二巻は同年四月、第三巻は同年八月、第四巻は同年十二月に出版された。

一九二二年にパリで発行された『ユリシーズ』の翻訳権に関し、ジョイスは一九二六年七月十五日付のハリエット・ショー・ウィーヴァー宛書簡で、ハンガリー、ポーランド、チェコスロヴァキア、そして日本から照会があったと記している（Joyce, *Letters*, vol. I 二四二頁）。一八八六年に文学的及び美術的著作物保護を定めたベルヌ条約に日本も一八九九年に調印していたので、翻訳出版するには著者から認可されなければならないことを知っていた日本人がいたのである。ただ、この書簡の記載だけでは誰がジョイスに翻訳権交渉を試みたのかは分からない。この時はジョイスと日本の翻訳者たちとの間に交渉が成立しなかったようである。一九三二年六月二十日付のT・S・エリオット宛書簡でジョイスは述べている。

『ユリシーズ』の二種の日本語海賊版がこの春に現れ、今まで一万三千部売れた。日本はベルヌ条約に調印しているのか否か？『ユリシーズ』はフランスの法律に保護されている。日本では、ヨーロッパの書物は出版後十年で公的資産［翻訳自由］になると著作権侵害者たちは申し立てている。君の事務所の誰かが、僕が確かな著作権保護期間を求めるべきだと助言したのを覚えてるだろう。日本人たちは十年間という期間に気がついて、僕の著作権はあと六ヶ月だけしか保護されないとバカげた繰り上げ方をしたのだ。『ユリシーズ』は一九二二年二月二日に出版され、最初の日本語訳が一九三二年二月五日に東京で発売された。アメリカの出版社からは何の音沙汰もない。（*Letters*, vol. I 三二〇頁）(2)

それから一九三二年九月六日付のウィーヴァー女史宛書簡で「日本人が略奪行為の代償として二百円

（約十ポンド）を送ってきました。私はその金に中国の呪いをかけて彼らに送り返してやるつもりです」（同書 三三五頁）。同年十一月十一日付ウィーヴァー宛書簡では、愛娘ルチアが中国と日本美術に関する本を何冊か買ったことを伝えており（同書 三三七頁）、この頃ジョイスは日本に対して複雑な思いを持っていたのかもしれない。一九三三年十月十八日付実弟スタニスロース宛書簡には、「日本では日本語訳が六ヶ月で二万部売れた。でも何もやれることはない」（*Letters*, vol. III 二八七頁）とある。ただし、邦訳の好調な売行きは巷で評判になった猥褻な描写ゆえであった（川口 二二六頁）。

岩波文庫版最終第五巻が出たのは一九三五年十月である。第五巻の第十八挿話は伏せ字が多い。出版がこれほど遅れたのは、版権問題と第一書房版の発禁処分のためと思われるが、その用意周到さのおかげで岩波文庫版の発禁処分は免れた。一九三三年頃を境にジョイス・ブームは下火になり、まもなく日中戦争、そして太平洋戦争が始まり、「鬼畜米英」が叫ばれ、敵国語である英語で書かれた文学を読むことは憚られた。

二、ジョイスと日本、『源氏物語』

ジョイスの日本への関心は、クロンゴウズ・ウッド・コレッジ、ベルヴェディア・コレッジ、ユニバーシティ・コレッジ・ダブリンと、イエズス会教育を一貫して受けた賜物である。ジョイスはイエズス会で教育を受けたことを生涯誇りにしていた。そのイエズス会が設立当初から力を入れていたのが、大航海時代という時代の潮流に乗った海外布教活動である。作品中で初めて日本に言及したのは、『肖像』

の第三章で聖フランシスコ・ザビエルを記念する静修の三日間の描写の中であった。校長はザビエルの生涯について語り、アフリカからインド、日本へとキリスト教布教に努め、「ひと月に一万人もの異教徒に洗礼を施した」イエズス会聖人をたたえる（Joyce, *A Portrait* 一〇一頁）。実際には、日本での二年三カ月の滞在期間において彼が洗礼を施したのは、鹿児島約百名、平戸約百名、山口約五百名の合計約七百名ほどであったらしい（"Saint Francis Xavier and the Roots of Christianity in Japan"）。『肖像』で校長が語るように、ザビエルはより多くの信徒を日本で獲得するために中国で布教活動する必要があると考えて行動を起こしたが、志半ばで熱病のため上川島で死去した（Joyce, *A Portrait* 一〇二頁）。

トリエステでジョイスが日本を意識するようになったのは、日露戦争と特に音楽のジャポニスムのおかげであり、『ユリシーズ』ではこれらの視点から日本が描かれている。ジョイスは、イタリアの海軍予算の半額、年間予算三百万ポンドの日本海軍が効率性の上では世界一だと一九〇六年十一月六日付スタニスロース宛書簡で述べている（Joyce, *Letters*, vol.II 一八八頁）。一九〇七年に日本海軍はトリエステに来港し、全十章の記録映画として一九〇八年にトリエステの映画館で公開されている（McCourt 一四三頁）。ジョイスは直接または記録映画で間接的に日本海軍来訪を目撃したのである。

一九〇九年にジョイスはダブリンに二度帰省しているが、一度目の帰省で旧友ヴィンセント・コスグレイブ（小説ではリンチ）からノラとの密会の話を聞き、数回にわたり非難する手紙をトリエステのノラに送り、夫婦仲は冷え切った。幸い、スタニスロースと友人J・F・バーンらが仲裁に入り、夫婦関係は修復された。後にこの経験を元に、ギリシャ神話の英雄オデュッセウスと十年間の夫不在期間に数多の求婚者たちに動じなかった貞淑な妻ペネロペの物語を枠組みとして、『ユリシーズ』の寝取られ男ブルームと自由奔放で魅力的な妻モリーと伊達男ボイランの密会を描くことになる。バーンの住所（エクルズ通り七番地）がブルーム夫婦の住所として使用された。

長崎を舞台にしたプッチーニのオペラ『蝶々夫人』（一九〇四）は、一九〇九年十月十六日にトリエステ初演を迎え、ジョイスとノラは一緒にヴェルディ劇場に観に行った。ところが、その夜ジョイスが映画館を設立するために再度ダブリンに戻ると告げたことでノラが立腹し、口論になった（McCourt 一四二頁）。ジョイスはノラを怒らせたまま再度帰郷した。彼はダブリンでこのオペラを思い出し、蝶々夫人のようにノラも一途に自分だけを愛してほしいと祈りながら、第二幕「ある晴れた日に」（"Un bel di, vedremo"）の出だし「ある日、ある日、遠い海のかなたに螺旋状の煙が見える、それからあの船が現われる」と蝶々夫人が歌うとき、自分と同じようにノラにも感動してほしかった、彼女に少し失望したと述べている（*Letters*, vol. II 二五六頁）。そして一九〇九年十一月一日、ダブリンからノラへの手紙で「私の愛しいかわいい蝶々夫人（My dear little Butterfly）」と呼びかけた（*Letters*, vol. II 二五八頁）。日本は、『ユリシーズ』の最も重要なテーマである「（夫婦）愛」を描く素材をジョイスに提供したのである。『ユリシーズ』では、「ある晴れた日に」は「愛のなつかしいやさしい歌」にさし替えられた。さらに、ジョイスはW・S・ギルバート脚本、アーサー・サリヴァン作曲の『ミカド』（一八八五）やシドニー・ジョーンズの『ゲイシャ』（一八九六）などオペラを通じて日本に親しんだようである。

ジョイスが美術のジャポニスムやシノワズリに興味を持つのは、一九二〇年に家族でパリに転居して、ルチアが美術に興味を抱いてからである（*Letters*, vol. I 三二六〜二七頁等）。また、パリで埼玉出身の田中保（タナカ・ヤスシ　一八八六〜一九四一）とそのアメリカ人妻で詩人・美術評論家ルイーズ・カンと親交があり、ノラやルチアの肖像画（一九二二）が残っている。[3] 田中の風貌は喜劇王チャールズ・チャップリンによく似ており、チャーリーと呼ばれていた（井上 五五頁）。ルチアはチャップリンのファンだったので、パリで『ユリシーズ』最終校正にジョイスが勤しんでいたころ、田中にも心を許して肖像画を描いてもらった。チャップリンはレオポルド・ブルームと文学上の双子と称されることがある（Briggs 一七七頁）。

一九二一年四月パリで、ジョイスは、同郷の作家・批評家・画家アーサー・パワー（一八九一〜一九八四）と出会い、長く交友が続いた。ジョイスは彼にアーサー・ウェイリーの英訳『源氏物語』を読むように勧められたが、反応は芳しくない。「君がそうしたいのなら」とジョイスはこれ以上ない位ぶっきらぼうに答えたという。その様子を見てパワーはジョイスに『源氏物語』を読ませるのを諦めた（Power 九九〜一〇〇頁）。

三、『ユリシーズ』に描かれた日本

ジョイスの小説で描かれる東洋は、初期においてはエドワード・サイードが『オリエンタリズム』で論じた「ヨーロッパ人の捏造したもの」（Said 一頁）であった。すなわち、競争が激しい欧米の生活に疲れた欧米人が現実逃避する一時的な避難所であり、怠惰で平和、エロティックな妄想を膨らませるところである。典型的な例は『ダブリンの市民』の短編「アラビー」で描かれた、バザーでマンガンの姉にお土産を買おうとした少年の抱く宮廷風恋愛である（Henke 三〇八頁）。

『ユリシーズ』のオリエンタリズムの典型的な例は、第四挿話「カリュプソ」から第五挿話「食蓮人たち」にわたる、ブルームがダブリンを彷徨いながらトルコ式浴場に向かうまでの断続的な東洋妄想である。アヘンが蔓延する中国、そこでのキリスト教布教活動、そして国立博物館で「中国人の神ブッダ」の銅像が横向きに気楽に頬杖をついて寝そべっている様子をブルームは思い出す（五挿話三二八～二九行）。（中国人の宗教観は複雑に交差しており、各宗教に明確な境界線が存在しないので、ブルームの見解は間違いとも正解とも言えない。）現在も国立博物館で展示されている釈迦涅槃像は体長百四十センチ、横二十三センチ、高さ四十一センチの大きさで、横向きに右腕で頭を支えており、頬杖はついていない。ジョン・スマースウェイトによれば、一八九一年にサー・チャールズ・フィッツジェラルド大佐から「英国の最も新しい植民地からの戦利品を最も古い植民地の人々に披露するため」貸与された推定八体の同型ビルマ製仏像の一つである（Smurthwaite 三頁）。一緒に涅槃像を見たモリーは、自分の夫と似た姿勢で寝ている「全身黄色くてエプロンをかけた」「あのインドの神様」として覚えているが、仏教信徒数を過大に見積もっている（十八挿話一二〇一～六行）。実は「黄色」は、僧服にジョイスが抱いているイメージ色なのである。ジョイスはハロルド・フィールディング＝ホールの『ある民族の魂』の書評「快い哲学」（一九〇三）において、ビルマの仏教に関心を寄せ、「黄色いローブを羽織った僧侶」を中心とした精神の平安の上に築かれる幸福な生活に憧れている（Joyce, *Critical Writings* 九四頁）。ジョイスは神智学を通して仏教に関心を持っていたが、第九挿話「スキュレとカリュブディス」でその一端が垣間見える（六五～七〇行、二七九～八五行等）。

第四挿話「カリュプソ」で、ブルームはジョージ教会に朝日があたるのを見て、太陽を連想の基点にしてオリエンタリズムに耽り出すが、その中心にあるのは日本である（七七行～一一七行）。ブルームの書棚には、黄色い表紙布で、表題紙が紛失した状態でフレデリック・ディオダーティ・トンプソン（一八五〇～一九〇六）の地球一周の旅行記『太陽を追いかけて――地球駆けめぐりの記』（*In the Track of the Sun: Readings from the Diary of a Globe Trotter*、一八九三）がある（四挿話九九～一〇〇行、十七挿話一三九五～九六行）。数多の美しい写真とイラストに彩られたこの旅行記に「カリュプソ」で初めてブルームが言及するとき、「表題紙にはSunburst」（四挿話一〇〇行）とある。Sunburstとは「強烈な日光」のことだが、日本の軍旗、旭日旗を示唆している。彼は『フリーマンズ・ジャーナル』に実際に使用されていたアーサー・グリフィス発案のロゴを「北西から昇る自治の太陽」（一〇三～四行）と揶揄し、日本の勢いとアイルランド情勢を対比している。

R・ブランドン・カーシュナーは、この旅行記に言及して、ブルームの内的独白の叙述とはかけ離れているものの、ヨーロッパのオリエンタリズムの伝統に基づいて書かれていると一蹴している（Kershner 二七五頁）。ウイリアム・モトリーセに至っては、ジョイスの旅行（記）への関心の範疇で書名を挙げただけで内容を吟味しなかった（Mottlese 二五四頁）。トンプソンは現在のコロンビア大学法学部を卒業し、米最高裁判所で実務経験もある。シカゴ展示会のトルコ委員（名誉職）を務め、オスマン皇帝アブデュルハミト二世よりオスマンリー勲章とメディジディー勲章を受章した（Diodati-Thompson）。

『太陽を追いかけて』の献辞はアブデュルハミト二世に捧げられているが、全二二六頁の旅行記全体で日本滞在を記録した二章分（Thompson 一二～六四頁）はかなりの比重を占めている。一八九一年十月十四日ニューヨークを出発、北米大陸を横断してバンクーバーへ、そこから太平洋を渡って来日した。

離日後、彼は香港、セイロンを経てインドのアグラ、タージマハール廟、デリーやボンベイを回り、スエズ運河を通ってエジプトのカイロでピラミッド群や大スフィンクスを見物、アレクサンドリアを経由して、エルサレム、死海、ベツレヘムを物見し、ベイルートからダマスカスを経て、カリュブディスの淵やスキュレの岩を通過し（同書 二二五頁）、ナポリ湾からイタリアへ入り、ポンペイの遺跡やフィレンツェなどを観光し、パリ、ロンドンを通過して、リバプール港から船で一八九二年五月十八日ニューヨークに帰還した。日本には、一八九一年十一月八日に横浜港に到着して東海道を西進、神戸から船で長崎に渡り、十二月三日に香港へ向かうまでの二十六日間滞在した。

表題紙と向かい合わせにある口絵（題扉）は、重々しく、肉づきのいい鎌倉の大仏の写真である（図1）。ここで『ユリシーズ』を確認してみよう。冒頭は、『オデュッセイア』にオマージュするようなマリガンのギリシャ語の祈祷場面から始まるが、実はトンプソンの口絵を想起させる「ブッダ」・マリガンの姿が描かれている。

重々しく、肉づきのいいバック・マリガンが階段口から現れた。石鹸の泡立つ

図１　『太陽を追いかけて』題扉
鎌倉大仏（阿弥陀如来像）

ボウルに十字に重ねた鏡と剃刀が上に乗っかっている。はだけたままの黄色いガウンがおだやかな朝の風で、ふわりと後ろへなびいた。彼はボウルを高くあげて唱えた。

――《吾、神ノ祭壇ニ行カントス》。(一挿話一～五行)

トンプソンは横浜到着後、宿泊先のグランドホテルでオオハシという男を日本滞在中の添乗員として雇う。人力車に乗りながら東京・横浜見物をして、相撲を見たり、大石内蔵助はじめ赤穂浪士の話に興味を抱き、江ノ島や鎌倉、浅草、日光にも足を運んだ。鎌倉大仏のくだりは十一行記載がある。高さ五十フィート、親指が三フィートという大仏の巨大さを述べ、一三六九年に津波に呑まれた大仏寺院は再建されるも一四九四年にまた破壊されてしまい、それから二度と再建されなかったと記した(四六頁)。後日、トンプソンは奈良へも赴き、東大寺の大仏(盧舎那仏像)も拝観したが、「鎌倉の大仏より大きいが、それほど立派であるとは思われない」(六〇頁)と記し、奈良大仏の写真は掲載しなかった。トンプソンは富士山を眺め、静岡、名古屋などに泊まり、濃尾地震(一八九一年十月二十八日)後の岐阜県大崎の荒廃を目撃し、一八九一年十一月二十三日京都に到着した。

表題紙を隠したのはジョイスである。ブルームは、ダルシマーをかき鳴らす女の子の姿を思い出す。「弦の音。聴こう。女の子が弾いてる、ほら何と言ったかな、あのテの楽器は。ダルシマーだ」(四挿話九八～九九行)。だが、ブルームはすぐに、「本当はこんなもんじゃないだろう」(四挿話九九行)と考えている。実際に『太陽を追いかけて』に掲載されているのは、京都の芸妓が三味線を弾いている写真である(図2)。恐らくジョイスは三味線の音色を聞く機会がなかったので、音色を想像出来ず、表題紙を隠し、ブルームの記憶を曖昧にしたのである。

　実は、この表紙を飾る写真はトンプソンの本五五頁にもう一度登場しており、写真の下に"A guitar-player"と説明がある。ダルシマーと呼ばれる楽器はトルコはじめ中近東にもあるが、ギターとはかなり形状が異なる。同じ弦楽器ではあるが、三味線が弦を引っ掛けて離す楽器なのに対して、ダルシマーは弦をハンマーと呼ばれるばちで打って演奏し、音色から言えばハープシコードやピアノに近い。京都でトンプソンは、現在の河原町御池にあった京都ホテル（今の京都ホテルオークラの前身）に五泊六日滞在していた。十一月二十四日火曜日の夕食後、「ある日本の劇場を訪れ、奇妙な踊りを見た。踊り子たちはとても豪華で見事なドレスを着て、拍子をとって、ゆっくりと優雅な動きで、十二人の日本の女の子たちの笛やギター［三味線］や小太鼓に合わせて踊っていた」（五五頁）。この写真は、祇園甲部歌舞練場か島原歌舞練場で撮影されたものと推定される。トンプソンが（五二頁に掲載された三人の踊り子の写真など典型的なオリエンタリズムを避けて）[4]たった一人の三味線弾きの芸妓の写真を標題紙に用いたのは、この女性の演奏がよほど印象的だったからであろう。

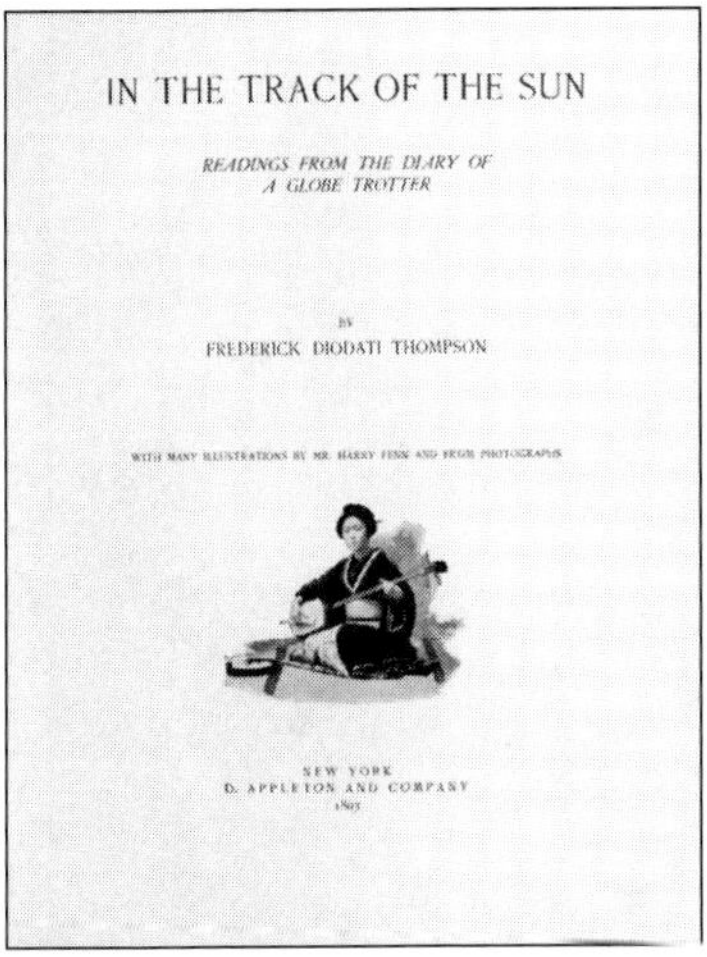
IN THE TRACK OF THE SUN

READINGS FROM THE DIARY OF
A GLOBE TROTTER

BY
FREDERICK DIODATI THOMPSON

WITH MANY ILLUSTRATIONS BY MR. HARRY FENN AND FROM PHOTOGRAPHS

NEW YORK
D. APPLETON AND COMPANY

図２『太陽を追いかけて』表題紙

　『ユリシーズ』のダブリンに戻ろう。午後四時、オーモンド・ホテルのバーで、ブルームは以下のように考える。

シーンとなった空気の中を、一人の声が彼らに歌いかけた。低く、雨音でなく、葉のカサカサいう音でもなく、弦の響きでもなく、葦笛でもなく、なんと言ったっけ、ダルシマーでもなく、彼らの静かな耳に言葉で触れて、彼らそれぞれの静かな心に、彼の思い出の生活の数々。(十一挿話六七四~七七行)

さらに「キルケ」の夜の街でも、ブルームはダルシマーを思い出す(十五挿話二四七八~八七行)。ジャポニスムの極め付けは、前述の英国喜劇オペレッタ『ゲイシャ』の一場面からの引喩である。夜の街の娼館で、カニンガム夫人が芸者の服装をして、日本風にお辞儀をして歌うところである。『ゲイシャ』は、日本の港(長崎がモデル)で中国人ウン・ヒ(Wun-Hi)が経営する、「一万の喜びの茶屋」でのドタバタ劇である。芸者を競売にかけるなど、現実の日本ではあり得ない設定になっているが、英国では『ミカド』同様、英国社会の風刺として受け入れられて大好評を博した。

(シェイクスピアの髭なし顔がマーティン・カニンガムの顔に変わる。大きなひさしが酔ったように揺れ動き、子供たちが脇を走る。ひさしの下に、カニンガム夫人がメリーウィドウ帽をかぶり、着物ガウンを身につけて現れる。彼女は日本人風のすり足で横歩きをし、お辞儀をして、くるりと向きを変える。)

カニンガム夫人

（歌う）
それでみんなは私をアジアの宝石と呼ぶわ！

マーティン・カニンガム

（平然と彼女を見つめて）素晴らしい！　このくそ忌々しい評判の悪い女め！

（十五挿話三八五四〜六一行）

マーティン・カニンガムは、第六挿話「ハデス」でもひどい酔っ払いの妻を抱えた思いやりのある男として登場し、酔っ払って旦那の傘を振り回しながらカニンガム夫人の歌うこの歌についても、ブルームはそこで思い出している（六挿話三四九〜五七行）。カニンガム夫人が登場するのはこの場面のみだが、昼の墓地よりは夜の街の方がこの歌の舞台にはふさわしい。実は『ゲイシャ』でも英国海軍将校ディック・カニンガム（テナー）が登場している。

この歌は、『ユリシーズ』第十二挿話「キュクロプス」のインターポレーションの一つで、ソプラノの芸者頭おミモザさん（"Miss O Mimosa San"、十二挿話一二七四行）が歌うものである。『ゲイシャ』の別の歌「チン・チン・チャイナマン」（"Chin Chin Chinaman"）はジョン・エグリントン（国立図書館司書ウイリアム・K・マギーの筆名）の名前をマリガンが「顎のない中国人」（Chinless Chinaman）と茶化すのに使用されている。『ゲイシャ』には、モリー・ブルームと同名のミス・モリー(・シーモア)(Miss Molly Seamore)もメゾソプラノで登場する。

三味線はさておき、『ユリシーズ』の主人公ブルームはジャポニスムに親しんでいる。彼はアパートに日本式三段割衝立(十七挿話一五三一行)を所有し、さらに左の門柱に異国情緒あふれる美しい音を響かせる日本製門鈴の導入を検討しているのである(十七挿話一五七〇~七一行)。

ところで、日本が文明開化を掲げた明治時代、日本政府が一八七二年以降庶民に刺青を入れることを野蛮な行為として禁じたにもかかわらず、英国王室を含む欧米上流階級の間で、日本で刺青を入れることが大流行した。トンプソンは、横浜滞在中、英国・ロシア王室御用達と欧米で名声の高かった彫千代(宮崎匡、一八五九~一九〇〇)の仕事場を訪ね、(夕食休憩一時間はとったものの)午後二時から午前一時までかかって片腕に龍の彫り物を入れてもらい、ひと彫りする度に出血してひどく痛かったが、仕上がりに最高に満足したという(Thompson 四六頁)。彫千代の、見事な全身刺青姿の貴重な写真も掲載している(同書 四五頁)。デヴィッド・M・アールは、第十六挿話「エウマイオス」でのブルームの内的独白におけるジョージ五世が一八八一年まだ皇太子の頃日本で彫千代に龍の刺青を入れてもらったことへの言及(十六挿話一一九行以降)を論じる際、トンプソンの写真を転載している(Earle 三頁)。

ここまで説明してきた日本関係の描写は、西洋人は東洋との関係でルネサンス期以来ずっと優位性を保つことが出来たからこそ成立していたというサイードのオリエンタリズムの説明(Said 七頁)と合致する。ところがこの時代に、西洋人のオリエンタリズムを打ち砕きつつあったのが、大日本帝国なのだった。

日清戦争で勝利した日本は、朝鮮半島と満州の権益をめぐり、ロシアと対立した。日露戦争が一九〇四年二月から翌年九月にかけて行われ、遼東半島と満州南部が主戦場となった。日露間だけでなく、列強の植民地支配の思惑が複雑に絡み、第零次世界大戦とも称される。(5)『ユリシーズ』の作品内の時間である一九〇四年六月十六日は、朝鮮半島沖での日露海戦の最中であった。実は『ユリシーズ』には、『イブニング・テレグラフ』の日露戦争関係の記事からの情報の切れ端が、数カ所に散りばめられている。ブルームは前述の太陽から旭日旗へと繋がるオリエンタリズム的連想の最後に、サイモン・デダラスがラリー・オロークの物真似で「俺が何を言おうとしているか分かるかい？　ロシア軍なんて、日本軍に取っては八時の朝食さ」と言うのを思い出す（四挿話一一五～一七行）。第十四挿話「太陽神の牛」における、産科病院訪問後のパブでも、「日本人？　高角射撃、それえ！　戦争特報によると、撃沈だあ。奴の話だと、あぶねえのはロシア野郎じゃなくて、そいつのほうだ」（十四挿話一五六〇～六一行）。これは一九〇四年二月八日から九日にかけての朝鮮半島仁川沖の海戦への言及であるが、『イブニング・テレグラフ』六月十六日誌面の二頁第四コラムに関連記事がある。そして第十六挿話「エウマイオス」で、語り手はドイツ人と日本人にだいぶ勝ち目が出てきた、と伝えている（十六挿話一〇〇一～〇二行）。ブルームは『イブニング・テレグラフ』の見出し「大激戦　東京」を見つける（十六挿話一二四〇行）が、実際の紙面では二頁第九コラムにあり、日本海軍の遼東半島での勝利を伝えている。一九〇四年のアイルランドでは、大英帝国からの独立はまだ遠い夢物語であった。日露戦争での日本優勢のニュースは、アイルランド人たちにとって明るい話題であったことを『ユリシーズ』は記録している。ジョイス作品におけるオリエンタリズムは『ユリシーズ』で劇的変化を起こし、『フィネガンズ・

ウェイク』第四巻での日中戦争を反映した描写へと続くことになる。

おわりに

神智学や東洋神秘学に親しんでいたジョイスは仏教にかなり好意的であったが、それは若い頃読んだH・フィールディング＝ホールの『民族の魂』の影響が強いと思われる（Joyce, *Critical Writings* 九三〜九五頁）。現地に長年住んだホールが伝えたビルマの人々は、信仰と思いやりに従って自らの人生を律する人々である。ジョイスは、ホールが当時ビルマを植民地化した英国出身と認識しつつ、ビルマ人は戦闘的な民族ではない故に彼らに政治上の大いなる未来を期待することは出来ないというホールの観察眼を信じ、一方で文学または別の芸術分野において、仏教という「快い哲学（A Suave Philosophy）」を信仰するビルマ人は成功を収めるかもしれないと期待した（同書 九四頁）。「食蓮人たち」でブルームが思いだす「横向きに寝そべっているブッダ［通称 reclining Buddha］」（五挿話三二八行）はビルマから運ばれて、一八九一年以来ずっとダブリンの国立博物館に保管されている。(6)

『ミカド』は日本への異国情緒が喜劇から悲劇へと続く分水嶺のような作品であった（長木 一三頁、泉 七七頁）。一方『蝶々夫人』は悲劇であり、敢えて未成熟国家としての日本を描いたがために欧米で受け入れられたのである（多和田 七四頁）。『ユリシーズ』でジョイスが大好きだった『蝶々夫人』の引喩が出てこない理由は、その悲劇性故に引喩として使用するのが難しかったからと思われる。そして、一九〇四年当時の日本は列強と比肩しうる強国になりつつあったとジョイスが意識したからである。

『ゲイシャ』の引喩を使い、日露戦争の実況中継をすることで、ジョイスは『ユリシーズ』において、日本が後進国から先進国へと発展を遂げる様子をささやかながら記録したのであった。

註

本研究は、ＪＳＰＳ科研費21K00345の助成を受けている。

（1）元々岩波茂雄社主は法政大学学長野上豊一郎に任せるつもりだったが、公務多忙の野上が断り、森田に譲ったという経緯があるという（川口　一七〇頁）。

（2）引用の訳は断りがない限り、筆者による。

（3）井上禎治『タナカ・ヤスシ万華鏡』に「黒いドレスの女」という題のモデルがノラ・ジョイスとある（一六〇頁）。ジョイス書簡集第一巻のジョイス家族写真（一九二四）でノラがそっくりなドレスを着ているが、ノラの服を着て少し大人びたルチアがモデルである可能性もある。

（4）同日同所で撮影と推定される、もう一枚の写真。須川いずみ氏が京都の現役の芸妓とお茶屋の女将等に確認したところ、「基本的に真ん中の方が舞妓さんで、後が芸妓さんと思えるが、戦前のことは断言できない」との回答であった（須川いずみ　私信　二〇二一年八月十四日付）。

（5）デイヴィッド・ウォルフ他編、『グローバルな視野から見た日露戦争』、特にデイヴィッド・ジョーンズの論考等を参照のこと。Wolff et al. 一三五～七八頁等を見よ。

（6）二〇〇二年六月二十七日、筆者はアイルランド国立博物館で、オードリー・ホイッティ学芸員に倉庫に案内していただき、同型仏像がいまだに館内に六体ほど保管されていることを確認した。博物館全体では約三十体仏像がある。

ジョイスがビルマ人の成功を期待した時代から時は流れ、短期間の日本占領時代を経て一九四八年にビルマは独立国家となった。一九六二年にクーデターが起こり、国名をミャンマーに改めて軍事独裁政権が続いたが、アウンサウン・スー・チー主導の民主化運動で文民政権が誕生した。ところが、本論執筆中の二〇二一年二月クーデターが起こり、スー・チー女史と大統領が拘束され、再び軍事独裁政権が誕生した。ミャンマーの情勢はジョイスの想像とは程遠いものとなった。

参考文献

Briggs, Austin. "Chaplin's Charlie and Joyce's Bloom." *Journal of Modern Literature*, vol. 20, 1996, pp. 177-86.

Diodati-Thompson, Frederick. "The Family of Thompson, of the Country of Suffolk, New York." *The New York, Genealogical and Biographical Record*, vol. 27, no. 1, January 1896. Scanned by Susan White Pireoth, *Geneology Home Page of Susan Carter White Pireoth*, Susan White Pireoth, 2004, pieroth.org/scwhite/Thompson/index.html.

Earle, David M. "Joyce and the Politics of the Tattoo." *The James Joyce Broadsheet*, no. 64, Feb. 2003, p. 3.

Ellmann, Richard. *James Joyce*. Rev. ed., Oxford UP, 1982.

Henke, Suzette. "James Joyce East and Middle East: Literary Resonances of Judaism, Egyptology, and Indian Myth." *Journal of Modern Literature*, 1986, pp. 307-19.

Ito, Eishiro. "United States of Asia: James Joyce and Japan." *A Companion to James Joyce* (Blackwell Companions to Literature and Culture). Edited by Richard Brown, Blackwell Publishing, 2008/pap. 2011, pp. 193-206.

——. "Orienting Orientalism in *Ulysses*." *James Joyce Journal*, vol. 14, no. 2, Winter 2008, pp. 51-70.

Kershner, R. Brandon. "*Ulysses* and the Orient." *James Joyce Quarterly*, vol. 35, no. 2/3, Winter/Spring 1998, pp. 273-96.

McCourt, John. *The Years of Bloom: James Joyce in Trieste 1904-1920*. The Lilliput Press, 2000.

Mottolese, William C. "'Wandering Rocks' as Ethnography? Or Ethnography on the Rocks." *James Joyce Quarterly*, vol. 39, no. 2, Winter 2002, pp. 251-74.

Joyce, James. *Critical Writings of James Joyce*. Edited by Ellsworth Mason and Richard Ellmann, Cornell UP, 1989.

——. *Letters of James Joyce*. Vol. I, edited by Stuart Gilbert, The Viking Press, 1957.

——. *Letters of James Joyce*. Vols. II and III, edited by Richard Ellmann, The Viking Press, 1966.

——. *A Portrait of the Artist as a Young Man*. Edited by Hans Walter Gabler with Walter Hettche, Vintage Books, 1993.

——. *Ulysses*. Edited by Hans Walter Gabler, The Bodley Head, 1986.

Power, Arthur. *Conversations with James Joyce*. Foreword by David Norris, The Lilliput Press, 1999.

Said, Edward. *Orientalism*. Vintage Books, 1979.

"Saint Francis Xavier and the Roots of Christianity in Japan." *Nippon.com*, Nippon Communications Association, Aug. 27, 2015, www.nippon.com/en/features/c02303/.

Smurthwaite, John. "That Indian God." *The James Joyce Broadsheet*, no. 61, Feb. 2002, p. 3.

Thompson, Frederick Diodati. *In the Track of the Sun: Readings from the Diary of a Globe Trotter*. D. Appleton and Company, 1893.

Wolff, David, et al., editors. *The Russo-Japanese War in Global Perspective: World War Zero – Volume II*. Brill, 2007.

泉健「藤代禎助「オペレッタ；ゲイシャ」（1901年）とベルリンの烏森芸者」『和歌山大学教育学部紀要 人文科学』第六四集、二〇一三年、六五〜八〇頁。

井上禎治『タナカ・ヤスシ万華鏡――謎の天才画家と一九二〇年代パリ』ギャラリー本郷、二〇〇〇年。

鏡味國彦『ジェイムズ・ジョイスと日本の文壇』文化書房、一九八三年。

川口喬一『昭和初年の「ユリシーズ」』みすず書房、二〇〇五年。

多和田真太良『19世紀西洋演劇におけるジャポニズム――日本の表象の変遷』二〇一六年、学習院大学博士論文。

長木誠司「シドニー・ジョーンズ／ミュージカル・プレイ《ザ・芸者》が教えること」東京室内歌劇場編『オペレッタ《ザ・芸者》THE GEISHA 東京室内歌劇場三九期第一一七回定期公演プログラム』二〇〇七年、一〇～一三頁。

和田桂子「ジョイスと野口米次郎」『ユリイカ 詩と批評』第三〇-九巻、第四〇六号、一九九八年七月、二二二～二三一頁。

海の記憶
——山本太郎の『ユリシィズ』からジョイスの『ユリシーズ』へ

横内　一雄

はじめに

『ユリシーズ』についてはすでに多くのことが言われてきたし、私自身もたびたび論じてきたので、ここでは少し変わった視点からアプローチすることも許されよう。過去百年の日本文学を見わたしてみて、技法面の影響は別として『ユリシーズ』という作品自体に触発された創作は意外に少ないように思われるが、そのなかで異彩を放っているのが山本太郎（一九二五〜一九八八）の叙事詩『ユリシィズ』（一九七五）である。

山本は日本の戦後詩壇を代表する詩人のひとりで、特に同時代では珍しく長編叙事詩を得意とした（彼はまた北原白秋の甥でもある）。『ユリシィズ』は『ゴリラ』（一九六〇）、『覇王紀』（一九六九）に続く長編叙事詩第三作で、それまでの原始性と現代性、神話性と自伝性の交錯する作風をさらに発展させたものである（山本の叙事詩創作はその後『スサノヲ』（一九八三）へと続く）。詩の内容としては、ジョイスの『ユリシーズ』というよりはおそらく池田与右衛門入道好運の『元和航海記』（一六一八）に依拠したものであるが、[1] 後記であえてホメロスとジョイス——のなぜか『フィネガンズ・ウェイク』——に言及して「むろん僕の仕事はスケールの巨きさにおいても、言語実験の切れ味においても、これらの巨篇には遠く及ぶものではない」（山本『山本太郎詩全集』第三巻　四〇八頁）と述べているのは、本編の発想の起源にジョイスの『ユリシーズ』があったことを窺わせる。

もちろん、山本の謙遜は字義通りに解するべきかもしれず、英文学者でもない彼がどの程度きちんとジョイスを読みこんだかは疑問であるが、同書刊行の一九七五年、もしくはそれを『現代詩手帖』に連載していた一九七四年の前後は、日本の作家がジョイスについて一定の理解を得るには好都合な時代ではあった。『ユリシーズ』の全訳は戦前に遡るので言うに及ばないにしても、一九六九年には研究社から20世紀英米文学案内シリーズの一巻として伊藤整編『ジョイス』が刊行、『ユリシーズ』や『ウェイク』の詳細な梗概と解説を掲載した。一九七一年には『ウェイク』の本格的抄訳である鈴木幸夫他訳

図１　山本太郎『長編叙事詩ユリシィズ』（思潮社、1975）単行本の外函

『フィネガン徹夜祭その一』が刊行、その訳文は散文もしくは小説というよりは現代詩に近い独特の文体であった。丸谷才一の言語感覚が冴えわたる河出書房新社の（いわゆるグリーン版の）『ユリシーズ』全訳はすでに一九六四年に刊行されている。もっとも、山本の『ユリシィズ』の表記は、戦前に成った伊藤整らによる本邦初の全訳『ユリシイズ』に親しんだことを示唆するのかもしれない。いずれにせよ、山本が一九七〇年代初頭に『ユリシィズ』を構想・執筆した段階では、もしかしたら現在以上に、ジョイス文学が日本の文芸創作に刺激を与える素地ができあがっていたと言えるかもしれない。

本稿はあくまでジョイス論であって山本論ではないから、山本のめくるめく言語世界に分析のメスを入れるのは最小限にとどめて、ここでは山木が『ユリシィズ』で行った壮大な企てを手がかりに、時を遡ってジョイスの『ユリシーズ』を逆照射するという一種の曲芸をやってみたい。そこで浮かび上がってくるのは、ジョイスのダブリンにうごめく都市住民たちの神話的古層、あるいはいささか唐突ではあるが、ジョイスの『ユリシーズ』と同年に刊行された文化人類学の記念碑的著作、ブロニスワフ・マリノフスキーの『西太平洋の遠洋航海者』（*Argonauts of the Western Pacific*、一九二二）に描かれたトロブリアンド諸島の島民たちとも奇妙に共鳴する側面である。ちなみに『ユリシーズ』と『遠洋航海者』は、それぞれが古代ギリシアの海洋文学――ホメロスの『オデュッセイア』（ユリシーズのギリシア語名、前八〇〇頃）とアポローニオスの叙事詩『アルゴナウティカ』（*Argonautika*、前二五〇〜四〇頃）――を題名に含み、現代生活の背後に古代神話を見いだす構想を共にしている。両作の関係に関心が払われることはこれまでほとんどなかったが、本稿を通じてその意外な共通性が浮かび上がってくるだろう。

一、山本太郎の『ユリシィズ』

山本の詩的業績を学術的に評価する作業はいまだ端緒にすら着いていないように思われる。これまでの二次文献で特筆に値するのは、思潮社の現代詩文庫で『山本太郎詩集』が編まれたときに寄稿された粟津則雄の「山本太郎――問いの構造」(一九六八)、雑誌『詩学』第二十八巻第十号(一九七三年十月)で山本太郎特集が組まれたときの諸寄稿文、とりわけ山路基の「本山《ママ》太郎の詩歩の内的構造――その一視点よりの」、そして思潮社から山本太郎詩全集全四巻(一九七八)が刊行されたときに各巻の巻末に掲載された座談会ぐらいである。ここに『ユリシィズ』を単独で論じた佃学の「山本太郎覚書――『ユリシイ《ママ》ズ』をめぐって」(一九七六)と、山本自身の「叙情と叙事の間――文体について」(一九八八)を各論として追加することもできる。

山本の詩作は初期のころより繰り返し原始性への志向を示していたが、それを実現する方法として次第に選びとられていったのが、山本自身の論じる歌謡の文体であった。彼は日本文学の公式の伝統をなす和歌の抒情を採らず、それ以前の記紀歌謡や万葉長歌群、あるいは催馬楽や梁塵秘抄や閑吟集に代表される中世歌謡への親近感を示した。「三十一文字で代表される日本的叙情の正史の裏面に、さらに野太いこれら[クグツ、門ヅケ、遊行の人々]庶民の呪詛や哄笑が数々の歌謡や語りもの、地下芸能の形で持続してきたことをもっともっと想いたい」(山本「叙情と叙事の間」四七頁)。山本の叙事詩は、そうした歌謡や問答の文体の集成として表れ、いきおい文字文化の以前もしくは背後にうごめく情念を現代の風景に蘇らせる作風を採る。すなわち、『ゴリラ』ではダーウィン＝ニーチェ的進化論を視野に進化途上のサル人間を登場させ、『覇王紀』では古今東西の覇王たちをモチーフに荒唐無稽な自虐劇を繰り広げる。その幻想劇風の様式、散文論理の制約を離れた奇抜なイメージ展開、それに自身の性的倒錯を素材にした自虐と哄笑のオンパレードは、詩人がすでにジョイスの『ユリシーズ』第十五挿話に親しんでいたことを窺わせる。一例として『ゴリラ』から夢幻劇のト書きの一つを引くと――「見よ、いましも、山本太郎に酷似した眉目秀麗の青年が、バナナのたたき売りにさらされる。喚声女猿のうちにあがり、高騰を呼んでかの美丈夫は、あわれ、人蔘五〇本で数匹の猩々女の共有するところ、その玩具となった。やがて広場は、売られた人間と猿との交歓の声にみち、カボチャの月が浮ぶ……」（山本『山本太郎詩全集』第三巻 八四頁）。これなどは、例えばブルームが『ユリシーズ』第十五挿話の幻想の中でダブリン市長に祭り上げられる場面や、売春宿で娼婦たちにもてあそばれる場面のト書きを彷彿させよう――「凱旋門の下に［……］ブルームが無帽で現れる。激しい熱狂。女性たちはバルコニーから薔薇の花びらを投げる。大気は香水の芳香で満たされる。男性たちが喝采する。ブルームの小姓たちはサンザシとミソサザイの付いた枝を持って見物人たちの間を駆け抜ける」（Joyce, *Ulysses* 十五挿話一四四一～四九行）。(2) 山本はこうした性的観念と誇大妄想が織りなすモダニズム的イメージ展開に学びながら、それを土俗的・歌謡的な言語表現に落としこんでいったのである。

『ユリシィズ』は叙事詩前二作に輪をかけて複雑怪奇・荒唐無稽な言葉とイメージの連続となる。同作は十二の断片からなり、全体としては、農村の男衆が伝説の異界への好奇心に駆られ、十五人で禁断の航海に出かける経緯を描いており、その結果一行は海上で苦難に遭い、漂着した島々で奇怪な住民や生物に出会い、ついには集団狂気に陥って死ぬ。ところが、それを語るテクストを異様にしているのは、第一には『元和航海記』を下敷きにしてポルトガル語とその漢字表記を多用するゆえであり〔第一断片の表題はイタリア語 petro blanco に由来する「へどろばらんこ」、その第一行はポルトガル語の漢字表記を交えた「太泥国は倶留砌呂《くるぜいろ》を按針し」という具合に、のっけから読者を煙に巻く［山本『山本太郎詩全集』第三巻 二三五頁］。それでいて、字面から暗示される「へどろ」や「泥」という詩的イメージも有機的に機能している〕、第二には歴史をさらに古層に遡って記紀神話の語彙を多用するゆえであり〔第二断片「無言交霊」の冒頭は「光れ 泥／地震《なゐ》ふるい／どよもす根の堅州国《かたすくに》」［山本『山本太郎詩全集』第三巻 二四九頁］〕、第三には漂着先で出会う住民や生物が意味不明な言語を使うゆえである〔第十断片「海辺聖地」の住民は「アイアイエー、エパラピア、クリムファーナム、ピコロ?」などと喋り、第十一断片「ハルマッタン島」のキノコたちは「リャリャリャリャ」「ムクムクムックリ／ポクポクポッコリ」などと歌う［山本『山本太郎詩全集』第三巻 三七〇、三八四頁］。ちなみにアイアイエーはギリシア神話でキルケの住む島なので、まったく無意味でもない〕。ユリシーズの航海譚はこうした奇想の連続に都合よくフォーマットを提供しているかに見えるが、山本の狙いはより野心的である。彼は後記でこう記している。

ともかく僕は日本語の質をせい一杯嚙みしめ、弥生期の焼畠農民が漂海人になるイメージを追おうとした。漂海民は一般には回帰的移動を続ける一種の生活圏保有者だったし、歴史的には焼畠農民として土着化する順序をとるが、僕のそれはやはり流離を運命としていなければならなかった。彼らが出発した土地が日本であろうと、若しくは漂着した陸が日本であろうと、それは問うところではない。

何れにせよ、海、ハルカだけがそこにあり、ハルカを拒む肉と霊の闘いが人に栖みつき、いくつかの物語りが生れる。（山本『山本太郎詩全集』第三巻　四〇八頁）

山本の『ユリシィズ』は、農業を生業として久しい古代後期の――あるいは現代・未来の――日本人が、以前の海洋生活に郷愁を覚え、無謀にも海洋回帰に乗り出す企てを描いているのだ。それは宮廷で洗練された三十一文字の抒情の伝統から発展してきた現代の詩人が、それ以前にあって文字文化により抹殺されてしまった古代前期の豊穣な歌謡文化に回帰しようという企てにも通じよう。いわば、山本の『ユリシィズ』は、ジョイスの『ユリシーズ』よりもむしろマリノフスキーの『遠洋航海者』に近い、人類学的郷愁に満ちた詩的企てなのである。

ここで山本が示した古代歌謡へのまなざしについて若干の付言をしておきたい。彼は文字文化以前の古代歌謡に現代詩の活路を見いだし、それを追求する過程でホメロスの叙事詩を介して海洋民族のイメージに行きついたが、これは古代歌謡研究の趨勢と奇妙に一致している。記紀や万葉集の古層にある非三十一文字の韻文は、古来、それらが編纂された八世紀以降の日本文学の方角から解釈されてきたが、むしろ記録に残らない古代口承文化の方角から解釈されるべきだという考えは、戦前から存在していた。曹咏梅のまとめによれば、すでに一九二〇年代に土田杏村や竹友藻風が東アジアの文脈および歌垣など宗教祭式との関連で古代歌謡を論じている。この方向をいっそう推し進めたのが一九六〇年代以降の土橋寛で、彼は神話や儀礼の観点から古代歌謡を見ることを提唱した。一九七〇年代には、藤井貞和や古橋信孝らにより南島歌謡の方面からもアプローチがなされるようになる。その後、文化人類学の影響や、とりわけ中国少数民族の間に残る歌会の現地調査などを経て、記紀や万葉に残る古代歌謡はいまや人類学的視点から広大な東アジア文化圏の一部として議論されるようになってきている（曹 一〇〜一三頁）。山本はもとより学者ではないし、何か学術的な根拠があって主題を選択したわけではなく、あくまで彼の詩的嗜好に導かれて『ユリシィズ』の主題に至ったのであろうが、それにしてもその詩的直観の先見性には驚かされる。ちなみに、これも類例がなかったわけではなかろうが、網野善彦が『続・日本の歴史をよみなおす』において、日本が農業社会であったという通説に異を唱え、「百姓」たちの盛んな海洋交易を描きだしたのは一九九〇年代に入ってからである。

二、アイルランド古代・西部・首都の漂海民たち

さて、山本の『ユリシィズ』が日本人を漂海民に回帰させる壮大な詩的企てであったとして、ジョイスの『ユリシーズ』にも同じような側面を見いだすことはできるだろうか。

『ユリシーズ』がホメロスの叙事詩を下敷きにしているかぎり、そこで展開されるダブリン市民たちが隠喩的に古代の海洋民族に読み替えられるというのは、これまでも常識であった。とりわけ、ジョイスが依拠したヴィクトール・ベラールの『フェニキア人とオデュッセイア』が、ホメロスの叙事詩に描かれた個性的な島民たちは実際の地中海の民族誌に依拠していると論じたため、例えば『ユリシーズ』第八挿話に描かれた食堂の下品な客たちは、ホメロスの食人種の描写を介して獰猛なマグロ漁を生業とする実際の島民に結びつけられる（Bérard 二〇九〜五七頁）。ベラールの議論が今日の民族学的見地から

見て妥当かどうかは別として、少なくともジョイスは『ユリシーズ』の創作にあたって各挿話に関連する古代海洋民族の風習とされるものを参照することができた。しかし、ここで言われる結びつきはあくまで隠喩的なものであって、ジョイスのダブリン市民たちが実際に古代海洋民族と関連しているわけではない——と一応は言うことができる。しかし、これではジョイスの企ての半分しか読みとったことにならない。

よく知られたことだが、ジョイスは実際にアイルランド人が古代フェニキア人と関連していると考えていた。彼は一九〇七年、滞在先トリエステの社会人教育センターで行った講演「アイルランド、聖人と賢者の島」において、アイルランド語が古代フェニキア人の言語と同系列に所属するという文献学者の説を引き、こう付け加えている。「……フェニキア人、それは歴史家によれば交易と航海の創始者であった。この冒険好きな民族は、海を独占し、アイルランドにひとつの文明を築いたが、それも最初のギリシアの歴史家がペンを執る前に衰退し、ほとんど消えてしまっていた」(Joyce, *Occasional, Critical, and Political Writing* 一一〇頁)。エリザベス・バトラー・カリングフォードはこの発言を手がかりに、また『ユリシーズ』をアイルランドの古代神話『侵略の書』に結びつけて解釈したマリア・ティモスコを引きながら、たびたび侵略者を受け入れてきたアイルランドの雑種文化を論じている。ブルーム夫妻がユダヤ人とムーア系スペイン人であるということも、その証左となる(3)。しかし本稿ではむしろ、古来の航海者=侵入者たちの末裔が現在のダブリン市民を構成し、その痕跡をとどめている可能性を強調しておきたい。考えてみれば、『ユリシーズ』に登場するダブリン市民たちはほとんどが何らかの交易(物資または娯楽・芸術サービスなどの)に携わる人たちであり、またなかには実際の航海者(第十挿話に登場する水兵や第十六挿話に登場する船員）もいる。これは、農民に国家のアイデンティティの基礎を据えた文芸復興運動に対するささやかな抵抗であろう。また、ジョイスが『ユリシーズ』の構想・執筆に先立つ一九一二年に、アイルランド西部の港町と孤島を訪れ、そこで見いだした交易と漁業についてのエッセイを二本——「諸部族の町——アイルランドの港におけるイタリアの記憶」と「アランの漁夫の蜃気楼——戦時のイギリスの安全弁」——発表したことも想起しておこう。『ユリシーズ』を書く際、ジョイスの脳裡にはアイルランド古代や西部の海洋民たちのイメージが去来していたのだ。

また、われわれはダブリンが海に面した都市であることも軽視すべきではない（ちなみにジョイスが移住したトリエステも海浜都市である）。内陸の河畔にあるロンドン・パリ・ローマなどとは異なり、ダブリンの場合、中心を流れるリフィ川は海に開かれ、河口には干潟が広がり、そこから町の周縁に運河が引かれ、外側には浜辺が伸びる。そしてそれらの水辺はしばしばジョイスの作品に登場する。言い換えれば、ダブリンを舞台としたジョイス作品では、つねに海風が吹き、海辺に足が赴き、海のかなたとの交信が意識される。[4] パトリック・パリンダーが『ユリシーズ』を「水の詩」と呼んだのはけだし卓見であろう。彼によれば、シェイクスピアにとっての嵐、ハーディにとってのヒースが、『ユリシーズ』にとっての水である（Parrinder 一九二頁）。ハーディの登場人物たちが先祖代々の土地に根ざし、一時的に近代や都市に誘われて離れることはあっても、いずれ「帰郷」するものだとすれば、ジョイスの登場人物たちはみな、さまざまな場所からやって来てやがてどこかへ去っていく根無し草である。海への親和性は、こうした生活基盤の流動性に通じるものであろうし、ひいては言語の流動性——ジョイス文学を特徴づける意識の流れや『ウェイク』の溶解言語——にも通じるだろう。『ユリシーズ』全編にみなぎる水のイメージを読み解くことで、われわれは、ジョイスの企てが海に由来することを悟るのではないか。すなわちそれが、文芸復興運動が国民のモデルとして提唱した土地に根ざした農民に代わり、海に開かれ、外部との交易に生き、確固たる地盤を持たずに流動的にさまよう漂海民＝近代人に回帰しようという企てであることを。(5)

三、海の記憶、もしくはヴァイキング・ダブリン

ここからは、前節で立てた仮説――『ユリシーズ』は農民に代わって漂海民を来たるべき国民モデルとして提唱したという――に関連して、その選択肢を前に逡巡するひとりの具体的な葛藤者の姿に焦点を当ててみたい。

私見では、『ユリシーズ』という小説は、前作『若い芸術家の肖像』以来、独善主義を突き詰めていわゆる青年期の危機を迎えたスティーヴン・デダラスが、破局の直前、中年の猥雑な現実主義者であるレオポルド・ブルームに出会って危機の解消へと導かれる、という筋書きを基本プロットにしている。第一挿話から第三挿話にかけて紹介されるスティーヴンは、まさに青臭い独善主義と自信喪失により鬱屈としており、友人のマリガンでなくとも業を煮やしたくなる有様である。そのスティーヴンが浜辺を歩きながら思索にふける様子を描いた第三挿話は、彼の精神的危機の極点を示すと見てよいだろう。

この鍵となる挿話でスティーヴンが陸と海のはざまである浜辺を歩いているという設定は、意味深長であると考えなければならない。従来、第三挿話はジョイス文学の代名詞である内的独白を全面開放し

た記念碑的挿話とみなされたほか、ホメロスとの照応において変幻自在の海神プロテウスを割り当てられたことから、溶解と変容のイメージを読みこまれてきた。例えば、リチャード・エルマンは万物が生成と死滅の過程において把握されているとし、J・ミッチェル・モースはスティーヴン自身が意識の中でさまざまなもの、とりわけ獣に変身することを通じて成長を図ると見る。マイケル・マーフィーは言語がこれもスティーヴンの意識の中で変容して複合語や造語を生成するとし、シェリル・ヘアはスティーヴンの男性的知覚が流動的な女性的経験を取り逃がすと見る。(6) 本挿話にこうしたさまざまな層があることは承知のうえで、本稿では彼が海によって掻き立てられる恐怖に焦点を当てる。

海辺の散策を描いた本挿話を通じて、スティーヴンは意外なことにほとんど海に目をやることがない。彼が注目するのはあくまで足元の砂であり、貝殻や海草などの波屑でしかない。第十七挿話ではっきり言われているように、彼は「恐水症」(第十七挿話二三七行) であり、特に第一挿話で溺死人の消息を耳にしてから、海の不吉な連想に取り憑かれている。彼はいわば怯懦のために陸上にとどまっているのだが、それでも波打ち際から離れずにそれに沿って歩く。歩きながら、靴底に当たる海の残滓に夢想を掻き立てられる。

粒状の砂は足元から消えていた。靴は再び湿って割れる帆柱、マテガイ、軋む小石、無数の小石で鳴り、フナクイムシにぼろぼろにされた木材の、散りし艦隊を踏んだ。不潔な砂地が彼の踏みこむ靴底に吸いつかんと待ち構え、下水の息、人間の遺灰の塚の下で生物発光体により燻された海草の束を吹きあげた。一本のビール瓶が、凝固した砂地に腰まで埋まり、立っていた。歩哨、恐ろしい渇きの島。

浜辺には壊れた樽の箍《たが》。陸に上がると黒い罠網の迷路。その先にはチョークで走り書きをした裏戸。もっと高い海沿いには二枚のシャツが磔にされた物干し竿。リングズエンド。日に焼けた舵手と商船長たちの小屋。人の殻。（第三挿話一四七～五七行）

The grainy **s**and had gone from under his feet. His boots trod again a damp **crackl**ing ma**st**, razor**sh**ells, **s**quea**k**ing pebbles, that on the unnumbered pebbles beats, wood **s**ieved by the **sh**ipworm, lo**st** Armada. Unwhole**s**ome **s**andflats waited to **suck** his treading **s**oles, breathing upward **s**ewage breath, a po**ck**et of **s**eaweed **s**mouldered in **s**eafire under a midden of man's a**sh**es. He **coast**ed them, walking warily. A porterbottle **st**ood up, **st**ogged to its wai**st**, in the **cak**ey **s**and dough. A **s**entinel: isle of dreadful thir**st**. Bro**k**en hoop**s** on the **sh**ore; at the land a maze of **dark** **c**unning nets; farther away chal**kscr**awled ba**ck**doors and on the higher beach a dryingline with two **cruc**ified **sh**irts. Ringsend: wigwams of brown **st**eersmen and ma**st**er mariners. Human **sh**ells.（強調は筆者）

原文ではｓ音やｋ音など硬質の子音の連続が、靴に踏みしだかれる海岸残留物の堅くも脆い質感を表している。ジョイスはこうした死骸の集積場としての浜辺を描きだすことで、そこにそれらの残留物を運んできた海の過去を喚起しようとしている。それはひとつひとつが死の想起であり、ことに母を亡くしたばかりでいまだその記憶から癒えていないスティーヴンには、潜在的に嫌悪感を催しかねない事物である。それがここでは艦隊、死骸、島の記憶、そして今に残る漁師たちの生活と、ある一定の方向を示していることは注目に値する。

スティーヴンの歩行と思索は続き、マンモスの頭蓋骨や犬の死骸などに遭遇する。犬の死骸の方へ別の犬が走り寄ってくるのを見て、スティーヴンはある夢想に囚われる。

湖水民たちのガレー船がここに乗り上げた、獲物を求め、血塗られた舳先を白目の溶けたような波の上に低く掲げ。デイン人ヴァイキング、マラキが金の襟飾りを着けていたころ、斧の首鎖を胸元にきらめかせ。一群のクジラが暑い正午に座礁、潮を吹き、浅瀬でのたうって。すると飢えた城壁の町から袖なし胴着を着た侏儒たち、われらが民が皮剥ぎナイフを持って走り寄り、よじ登り、緑のべっとりした鯨肉を叩き切る。飢え、疫病、殺戮。その血が俺の中にも。その欲情が俺を揺さぶる。俺も奴らと凍れるリフィ川の上を滑った、この俺、取り替え子が、パチパチとはじける樹脂の炎の中を。誰にも話しかけず、誰からも話しかけられず。（第三挿話三〇〇〜〇九行）

「湖水民」（the Lochlanns）とはスカンジナヴィア人、すなわち八世紀末以降アイルランドに再三侵攻してきたヴァイキングの呼称である（Gifford 五八頁）。このあたりの経緯はギフォード&サイドマンの註釈よりもスロート他の註釈の方が正確であり、それによればジョイスはおおむね『トムの住所録』に掲載された年代記に依拠したらしい（Slote et al. 五七二〜七三頁）。スティーヴンはこの年代記に記載された事項をいくつかごた混ぜにして夢想を紡いでいるが、そこで目の前の犬の死骸がヴァイキングの乗り捨てた船（実際にはガレー船ではなかった）や座礁したクジラの群れに重ねられる。スティーヴンは侵略者に襲われた住民や座礁した鯨肉をこぞって貪った住民にみずからを重ねて疑うところがない。それは彼が「血」を介して——いわば民族的に——当時の住民と連続していると考えるからでもあり、また彼らと侵略者への恐怖を共有しているからでもあろう（実際、彼は目下なにかと干渉してくる同居中の友人マリガンを内心で「簒奪者」［第一挿話七四四行］と呼んで恐れている）。裏を返せば、彼はいまだ侵略者に蹂躙される先住民への共感を隠せないほど、他者を恐れて独善主義に閉じこもる未熟な存在だということである。

『ユリシーズ』は、そうした精神的危機に陥ったスティーヴンが、文字通り外国に出自を持ち、交易（具体的には広告業）を生業とするブルームに出会い、独善主義の殻を破って流動的な生を謳歌するダブリン市民たちの世界へと開かれてゆく過程を描いている。それに先立ち、彼が海辺を歩きながら、海の方を見ようともせず、ただ足元に転がる海の残骸に古代の漂海民の痕跡を見いだして当惑するのは、彼の精神的未熟を示すと同時に、それがやがて海との接触によって打ち破られることを予感させもするだろう。実際、足元の残骸が暗示するのは、彼の住むダブリンが大海という巨大な交易圏に開かれてあること、そこでの活動を生業とした人たちがいて、彼らもまたまぎれもなくダブリン市民の構成要素であることである。マリノフスキーが西太平洋を舞台に描きだした壮大な海の交易圏は、ダブリンを含む海域にもかつて存在したし、今も形を変えて存在する。その生態をいきいきと再現したのが、海洋文学を思わせるタイトルの『ユリシーズ』という作品であったのではないか。

おわりに

『ユリシーズ』第三挿話に散りばめられている過去の残骸への言及は、その硬質の物質性の喚起や獰猛な事件の記憶を通じて、ダブリン市民の無意識としてのヴァイキング時代のダブリンを示唆している。それが奇しくもシェイマス・ヒーニーが「ヴァイキング・ダブリン」("Viking Dublin: Trial Pieces")と題する詩編で示した方法や思想と近似しているのも興味深い。そもそもアイルランドでは、ダブリンをはじめ、特に東海岸に並ぶ都市の多くがヴァイキングによって礎を敷かれ、建設されたのである。その意味において、ダブリンを多角的に描きだす『ユリシーズ』がヴァイキング時代の古層を掘り当てようとするのは当然の成り行きであったろう。いまや市民たちは英国の支配下に喘ぎながらもそれなりに高度な文明生活を享受している。しかしその古層には、海を越えて交易を求めた漂海民＝ヴァイキングたちの記憶が残っていて、それが彼らの旺盛な生命力を支えていると言っても過言ではない。山本太郎はユリシーズの物語を日本人の神話的古層を探るために読み替えたが、ジョイスもまた彼の題材に——単なる隠喩的関係を超えて——アイルランド人もしくはダブリン市民の神話的古層を見いだしたのではないだろうか。そう考えると、山本の叙事詩も有用な手引きを与えてくれたように思う。『ユリシーズ』第三挿話を締めくくる次の一節において、スティーヴンが後ろを振り返って目にする空中を動く帆船は、もしかしたら彼の独善主義を打ち砕きに襲来した新たなヴァイキングの一行ではないだろうか。

背後。誰かいるかもしれない。

彼は肩越しに顔を回した、後ろを眺めやりながら。空中を動く三本柱船の高い帆柱、横材の上に帆を張って、港へ、潮を遡り、静かに動く、静かな船。（五〇二～〇五行）

註

（1）『ユリシィズ』の下敷きとなるテクストは明示されているわけではないが、後述するようなポルトガル語の漢字表記交じりの文体など『元和航海記』に由来すると思われる要素が随所に見受けられる。『元和航海記』については京都大学貴重資料デジタルアーカイブで原本の写真を閲覧することができるほか、ウェブ上で公開されている山田義裕の論文「日本の航海術の書　池田好運著「元和航海記」（一六一八年）」および「元和航海記／南蛮流航海術は何処へ行ったのか？　オランダの航海術は導入されたのか？」が参考になる。特に前者には『元和航海記』序の書き下し分が収録されていて有用である。

（2）引用の訳は、断りがない限り筆者。

（3）Cullingford を参照。

（4）筆者は『ユリシーズ』のこの側面について、後で取り上げる第三挿話を中心に「『凪と海の対話』――ジョイスとドビュッシー」というシンポジウム報告で論じたことがある。

（5）本稿では立ち入らなかったが、ここでジグムント・バウマンの『液状化する近代』の議論を結びつけてみることも可能だろう。土地に根ざした農民をモデルとする国家像を内側から切り崩すかのように、交易と移動を繰り返すダブリン市民たちの生態は、土地への定住およびそこに基盤を持つナショナリズムに始まる近代に対し、土地からの離脱と自由な移動を希求する「近代の液状化段階」を体現しているとも言える。言うまでもなく、祖国アイルランドを脱出して「亡命」の一生を送ったジョイス自身がそうした流動的な近代性の体現者もしくは先駆者であった。Bauman を参照。

（6）Ellmann 二三～二六頁、Morse、Murphy、Herr を参照。

参考文献

Bauman, Zygmunt. *Liquid Modernity*. 2nd ed., Polity, 2012.

Bérard, Victor. *Les Phéniciens et l'Odyssée*. Vol. 2, Librairie Armand Colin, 1903.

Cullingford, Elizabeth Butler. "Phoenician Genealogies and Oriental Geographies: Joyce, Language, and Race." *Semicolonial Joyce*, edited by Derek Attridge and Marjorie Howes, Cambridge UP, 2000, pp. 219-39.

Ellmann, Richard. *Ulysses on the Liffey*. Oxford UP, 1972.

Gifford, Don, with Robert J. Seidman. Ulysses *Annotated: Notes for James Joyce's* Ulysses. 2nd ed., U of California P, 1988.

Herr, Cheryl. "Old Wives' Tales as Portals of Discovery in 'Proteus.'" *Ulysses—En-Gendered Perspectives: Eighteen New Essays on the Episodes*, edited by Kimberly J. Devlin and Marilyn Reizbaum, U of South Carolina P, 1999, pp. 30-41.

Joyce, James. *Occasional, Critical, and Political Writing*. Edited by Kevin Barry, Oxford UP, 2000.

——. *Ulysses*. Edited by Hans Walter Gabler et al., Vintage, 1986.

Morse, J. Mitchell. "Proteus." *James Joyce's* Ulysses*: Critical Essays*, edited by Clive Hart and David Hayman, U of California P, 1974, pp. 29-49.

Murphy, Michael. "'Proteus' and Prose: Paternity or Workmanship?" *James Joyce Quarterly*, vol. 31, no. 1, autumn 1997, pp. 71-81.

Parrinder, Patrick. *James Joyce*. Cambridge UP, 1984.

Slote, Sam, et al.. Notes. *Ulysses*, by James Joyce, 3rd ed, Alma Classics, 2017, pp. 553-809.

網野善彦『日本の歴史をよみなおす（全）』筑摩書房、二〇〇五年。

池田好運（与右衛門入道好運）編「元和航海記」『京都大学貴重資料デジタルアーカイブ』、京都大学、yamada-maritime.com/2ihnsgennajapanese.pdf. Accessed 4 Nov. 2020.

曹咏梅『歌垣と東アジアの古代歌謡』笠間書院、二〇一一年。

山田義裕「元和航海記／南蛮流航海術は何処へ行ったのか？　オランダの航海術は導入されたのか？」yamada-maritime.com/35nanbanolandanavart.pdf. Accessed 4 Nov. 2020.

――「日本の航海術の書　池田好運著「元和航海記」（1618年）」yamada-maritime.com/2ihnsgennajapanese.pdf. Accessed 4 Nov. 2020.

山本太郎「叙情と叙事の間――文体について」『詩学』、第四三巻十一月号、一九八八年十一月、四六～四八頁。

――『山本太郎詩全集』第三巻、思潮社、一九七八年。

――『長編叙事詩ユリシィズ』思潮社、一九七五年。

横内一雄「『風と海の対話』――ジョイスとドビュッシー」*Joycean Japan*, no. 24, 2013, pp. 7-14.

IV. さらに『ユリシーズ』を読む

恋歌に牙突き立てる吸血鬼
――スティーヴンの四行詩とゲーリック・リヴァイヴァルへの抵抗

田多良俊樹

はじめに

ジェイムズ・ジョイスの『ユリシーズ』は第三挿話「プロテウス」において、スティーヴン・デダラスは、犬を連れた男女が眼前を通り過ぎるとき、次のような詩想を得る――「彼が来る、青白い吸血鬼、その眼は嵐のなかを、その蝙蝠は海を血で染めながら帆走する、口は彼女の口の接吻に」（三挿話三九七～九八行）。[1] その直後、スティーヴンは、「口は彼女の口の接吻に（mouth to her mouth's kiss）」という表現を「口は彼女の接吻に（mouth to her kiss）」（三九九行）に変更すべきかどうかを考え、先行する第二挿話「ネストル」でデイジー校長から託されていた手紙を破り、そこに詩を書き留める（四〇四～〇七行）。この詩の内容は、第七挿話「アイオロス」になって初めて、スティーヴンの内的独白のかたちで読者に開示される。

燃えるように赤い帆をあげ

嵐のなかを南から

彼が来る、青白い吸血鬼、

わたしの口に接吻するため*On swift sail flaming*

From storm and south

*He comes, pale vampire,**Mouth to my mouth.*（七挿話五二二〜二五行）

スティーヴンの四行詩がブラム・ストーカー（一八四七〜一九一二）の怪奇小説『ドラキュラ』（一八九七）に多分に影響を受けていることは、ロバート・アダムズ・デイを嚆矢として、ヴィンセント・チェン、ウィリアム・オーレム、林なおみ、結城英雄といった国内外の研究者によって指摘されてきた（Cheng 一六四頁、Day 一八八頁、Orem 五九頁、林 三七頁、結城 二四六頁）。「青白い」顔、「蝙蝠」のイメージ、「接吻」にたとえられる吸血行為、そして「嵐」のなかを「帆船」で「南」から到来するという展開――これらは全て、ストーカーが造型したドラキュラ伯爵の物語に合致している。したがって、スティーヴンにそのような詩作をさせたジョイスは、ほぼ間違いなく『ドラキュラ』を読んでいたと考えられる。

一方、スティーヴンの四行詩が、ダグラス・ハイド（一八六〇〜一九四九）がアイルランド語詩を英訳した詩「海の上のわたしの悲しみ」（"My Greif on the Sea"）を元ネタにしているという点もまた、多くの先行研究で指摘されてきた。ただし、なぜスティーヴンがハイドの詩を自らの詩に取り込んだのかという点については、意見が分かれている。たとえば、マイケル・サイデルは、スティーヴンは「四行連句、本質的には『海の上のわたしの悲しみ』というダグラス・ハイドの訳詩から盗用した数行を繰り返して」おり、「青白い吸血鬼という形容語句を加えてはいるが、自分が正確には何を言おうとしているのか確信がないし、気づいてさえいない」(Seidel 四一九頁)と論じている。

一方、このサイデルの解釈に明確に反対するのがデイである。「スティーヴンは、決して受動的な『盗作者』ではない。ジョイスが実際に意図しているのは、紛れもない創作行為である」(Day 一八三頁)と主張して、デイはスティーヴンの創作行為に、『ドラキュラ』のみならず、W・B・イェイツ(一八六五〜一九三九)やウィリアム・ブレイク(一七五七〜一八二七)の文学作品、さらにはウィリアム・T・ホートン(一八六四〜一九一九)の挿絵『あなたの全ての波が押し寄せる』(*All Thy Waves Are Gone Over Me*)のイメージが反映している点を明らかにしていく。そして、スティーヴンがこのような創作をした理由について、デイは「ジョイスもスティーヴンも、ダグラス・ハイド博士を良く知っていた。そして、非常に穏健な言い方をすれば、彼らは、ハイドの作品にも、彼が代表するフォークロアとアイルランド語の運動にも、低い評価を与えていた」(Day 一八四頁)と説明している。

さらに、結城英雄は、スティーヴンがハイドの詩をパロディ化していると指摘する。イギリスはアイルランド大飢饉をきっかけに流入してくるアイルランド人移民を「吸血鬼」と見做し、アイルランドは「搾取するイギリス」を「吸血鬼」と見做すという歴史的文脈において、スティーヴン自身が「イギリスの侵入を吸血鬼と見做し」「支配者＝吸血鬼といった連想」のもとにパロディを作ったとされる(結城 二四六〜四七頁)。

かくも多くの先行研究がスティーヴンの四行詩の間テクスト性や歴史的背景をこれほど詳細に論じている事実に直面し、スティーヴンの描く吸血鬼よろしく青ざめるよりも、本稿では単純な疑問に立ち戻ることにしよう。すなわち、なぜスティーヴンの四行詩には「青白い吸血鬼」が登場するのか。デイが主張するように、スティーヴンの詩にハイドが主導したゲーリック・リヴァイヴァルに対するジョイスの低い評価が込められているなら、そのような一種の風刺詩に吸血鬼のモチーフが含まれるのはなぜなのか。あるいは、結城のように、スティーヴンの詩を「支配者＝吸血鬼」という連想に基づくパロディと解釈するとして、なぜそのようなパロディがハイドを標的としなければならなかったのか。つまり、スティーヴンの四行詩に、ハイド作品のパロディとストーカー的な吸血鬼のモチーフが併存しているのは、一体なぜなのか。

この疑問を解くヒントは、「イギリス人にその血を吸われたアイルランド人たち」が「吸血鬼に変貌して、同じく同胞を搾取することになる」（二四七頁）という結城の指摘に見出せる。換言すれば、それは、吸血鬼が吸血行為によって増殖するように、イギリス帝国主義による搾取が植民地アイルランドの内部で反復再生産されてしまうという政治的寓意を指している。この点を共有したうえで、本稿では、スティーヴンの四行詩が、ゲーリック・リヴァイヴァルという新たな「吸血鬼」に対するジョイスの抵抗を担っているという点を明らかにしたい。スティーヴンが非ハイド的要素として唯一用いた吸血鬼のモチーフは、彼がハイドの詩に対して、引用という文学的「吸血行為」に及んでいることを自己言及的に前景化しているということ。そして、このようなスティーヴンの詩学には、ゲーリック・リヴァイヴァルそれ自体がイギリスの文化帝国主義の反復再生産に陥っているとするジョイスの政治学が反映しているということ。以上の点を論証することが、本稿の目的である。

一、スティーヴンの「独創」としての「青白い吸血鬼」

従来、スティーヴンはハイドの「海の上のわたしの悲しみ」の最終スタンザを「盗作」していると見なされてきたが、それは果たして妥当なのだろうか。この点を検証するために、以下にハイドの詩の最終スタンザを引用し、スティーヴンの四行詩と並べて比較してみよう。

愛しき人はあとから来た――
　彼は南からやって来た
彼の胸はわたしの胸に
　彼の口はわたしの口に

And my love came behind me—
　He came from the South;
His breast to my bosom,
　His mouth to my mouth.　(Hyde, *Love Songs* 三一頁)

燃えるように赤い帆をあげ
嵐のなかを南から
彼が来る、青白い吸血鬼、
わたしの口に接吻するため

On swift sail flaming
From storm and south
He comes, pale vampire,
Mouth to my mouth.　(七挿話五二二～二五行)

デイも指摘しているように、スティーヴンとハイドの詩の共通点は、「何者か（＝彼）の到来」というイメージ、「南」（south）と「口」（mouth）の押韻、および最終行の語彙である（Day 一八六頁）。ただし、ハイドの詩では「何者かの到来」が「やって来た」（came）という過去形で表現されていたのに対し、スティーヴンは確定的な近未来の代用としての現在形「やって来る」（comes）を使用している。スティーヴンはまた、ハイドの詩の最終行にある「彼の口」（His mouth）という表現から、代名詞「彼の」（His）を削除している。

重要なことに、「アイオロス」挿話で、スティーヴンは、「口《マウス》、南《サウス》。なんとかして口《マウス》が南《サウス》になるかな。それとも、南《サウス》が口《マウス》になるのか。何かあるはず。南部《サウス》、突き出る《パウト》、外部《アウト》、叫ぶ《シャウト》、干ばつ《ドラウス》。押韻とは」（七挿話七一四〜一六行）という内的独白をしている。この内的独白に付された「押韻と理由」（七挿話七一三行）という見出しが示唆するとおり、ここでスティーヴンは、ハイドの詩における「南」と「口」の「押韻」には「何か（理由が）あるはず」と熟考している。

以上の比較から、スティーヴンは、ハイドの詩を「盗作」しているというよりも、むしろ意識的な引用によって積極的な「改作」を試みていると言える。そして、ここで確認しておくべきは、スティーヴンの四行詩において――ストーカー的なドラキュラのイメージに負うところが多いとはいえ、非ハイド的要素であるという意味で――スティーヴンの独創と呼べるものは、「青白い吸血鬼」のモチーフのみであるということだ。

二、文学的「吸血行為」としての引用

それでは、なぜスティーヴンは、ハイドの詩から多くを借用する一方で、ハイドの詩には存在しない「青白い吸血鬼」のモチーフでもって改作を試みるのか。この点を検討するためには、「海の上のわたしの悲しみ」を収録しているハイドの詩集『コナハトの恋歌』に目を向ける必要がある。

この詩集は対訳形式を取っており、見開き左頁に原典であるアイルランド語詩が、そして右頁にはその英訳詩が掲載されている。さらに、ハイドはアイルランド語詩の逐語訳を注釈として付けている。「海の上のわたしの悲しみ」の最終スタンザの逐語訳は次のようになっている――「わたしの愛しき人が隣に来た、肩を並べて、唇を重ねて (My love came To my side, Shoulder to shoulder And mouth on mouth)」(Hyde, *Love Songs* 二九頁)。この逐語訳と英訳詩を比べてみると、原典のアイルランド語詩に英語の「南」(south) にあたる言葉は使われていない。(2) つまり、翻訳者ハイドが英訳する際に、原典に忠実でない改変を加えたということだ。

この改変には、アイルランド語の韻律に学問的にアプローチするハイドならではの動機があった。『コナハトの恋歌』の序文で彼は、アイルランド語詩を英詩に翻訳するにあたって、前者の「正確な歩格だけでなく、母音韻 (vowel-rhymes) を再現するよう努め」た、と述べている。つまりハイドは、アイルランド語原文から忠実に英訳した "mouth" という単語と母音韻を踏む――ここでは二重母音 /aʊ/ で押韻する――ためだけに、アイルランド語詩では使用されていない "south" を挿入したのだ。(3) 興味深いことに、スティーヴンはおそらく、このようなハイドの試みを認識していたと考えられる。なぜな

らスティーヴンは、先に引用した「押韻と理由」に関する内的独白において、"south"、"pout"、"out"、"shout"、"drouth"という、二重母音/aʊ/で"mouth"と母音韻を踏める単語を列挙していたからだ。つまり、「押韻とは」というスティーヴンの内的独白は、「口(mouth)」と「南(south)」の脚韻ではなく、ハイドが再現を試みた母音韻を指していたことになる。スティーヴンは、「海の上のわたしの悲しみ」の詩句のみならず韻律をも十分に理解したうえで、その改作に取り組んでいるのだ。

しかし、アイルランド語詩の母音韻を英訳詩でも再現するという企図のために、原詩に存在しない語を採用するのは、原詩の意味内容の改竄であるとの誹りを免れまい。[4] そのような翻訳行為は、講演「アイルランドを脱イギリス化する必要性」("The Necessity for De-Anglicising Ireland")でハイド自身が提唱し、のちにゲール語連盟の基本方針となる言語ナショナリズムとは齟齬をきたす。なぜならハイドは、この講演において、アイルランドを「脱イギリス化」するためには「偉大なる国民言語」たるアイルランド語の保存が肝要であることを力説していたからだ。

わたしは全く躊躇せず次のように申し上げます。西ブリトン人であるという恥辱を嫌う、アイルランド人としての自覚を持つアイルランド人はみな、かつては偉大であったわたしたちの国民言語を保存するために現在なされている努力を促進するよう取り組むべきであります。国民言語を失うことは、わたしたちにとって最大の打撃であり、アイルランドの急速なイギリス化がわたしたちに加える最も痛烈な一撃であります。わたしたち自身を脱イギリス化するために、ただちにアイルランド語の衰退を阻止せねばなりません。(Hyde, "Necessity" 一三六頁)

このようなハイドの言語ナショナリズムは、『コナハトの恋歌』でも共有されている。というのも、彼は序文において、「わたしの目的はただ急速な絶滅の危機に瀕しているものを保存することだけなのです」と述べているからだ。それにもかかわらず、ハイドは「海の上のわたしの悲しみ」において、喫緊に保存すべき偉大なる国民言語で書かれた原詩の内容を改竄してしまうという矛盾を犯している。

スティーヴンがハイドの詩を「青白い吸血鬼」のモチーフで改作する理由の一端も、このような英訳行為の矛盾にあるように思われる。デクラン・カイバードは、「おそらくジョイスは、スティーヴンのささやかな抒情詩の模倣的な性質を茶化しているのだろう。しかし、もっとありそうなことは、ジョイスがアイルランド語からの翻訳とは吸血行為であると示唆しているということだ」(Kiberd 三二七頁)と指摘する。他人から自作に向けられるいかなる修正要求をも拒絶するタイプの作家であったことを考慮すると、たしかにジョイスが、アイルランド語詩の意味内容の改竄を伴うハイドの英訳作業を吸血行為と見立てたとしても不思議ではない(5)。してみると、スティーヴンの詩そのものが、ある種の吸血行為に及んでいると言ってよいだろう。つまり、吸血鬼が人間の血液というエッセンスを体内に取り入れるように、スティーヴンはハイドの詩句というエッセンスを自分の詩に取り込んだ。この意味で、スティーヴンが行う引用は文学的な吸血行為である。

このような観点からすれば、スティーヴンの詩に吸血鬼のモチーフが含まれていることは至極当然とも言える。なぜなら、吸血鬼のモチーフは、スティーヴンがハイドの詩から引用という文学的吸血行為を行っていることを自己言及的に前景化するからだ。換言すれば、それ自体が「吸血鬼もの」であるスティーヴンの四行詩は、翻訳という形でアイルランド語詩に吸血行為を行っているハイドの詩を、文学的吸血行為としての引用によって改作している。スティーヴンの「青白い吸血鬼」は、ハイドの恋歌に牙を突き立てているのである。

三、吸血鬼表象の応酬

前節における議論によって、スティーヴンの四行詩にハイドの詩のパロディと吸血鬼のモチーフが併存している理由は説明できたと思われる。そこで最後に、スティーヴンの四行詩が持ち得る政治性について検討しておきたい。そのためには、まず十九世紀末のイギリスとアイルランドの政治的関係を参照する必要がある。そこでは、イギリスはアイルランド・ナショナリズムという帝国への脅威を、そしてアイルランドはイギリス帝国主義による植民地支配を、それぞれ吸血鬼として表象していた。

前者の一例として、一八八五年十月二十四日付の英国の風刺漫画週刊誌『パンチ』に掲載された挿絵「アイルランドの『ヴァンパイア』」("The Irish 'Vampire'")を挙げることができる(図1)。吸血蝙蝠の両翼に刻印されている「国民同盟(NATIONAL LEAGUE)」とは、一八八〇年に創設されたアイルランドのナショナリスト政党である。同党は、アイルランドにおける民主政治と自治の実現を目指し、英国議会ではアイルランド議会党の主要な支持基盤であった。また、蝙蝠の顔は、国民同盟の創設者であり、議会党党首として自治権獲得運動を率いたチャールズ・スチュアート・パーネル(一八四六〜九一)のそれになっている。そして、この蝙蝠の眼下に官能的な肢体を横たえている女性は、アイルランドの

図１　アイルランドの「ヴァンパイア」

図2　イングランドのヴァンパイア

伝統的な象徴であるハープに「ヒベルニア(HIBERNIA)」とその名が刻まれていることから、アイルランドの擬人化である。したがって、ここには、アイルランド・ナショナリズムという吸血鬼がアイルランドとしての女性を独立という毒牙にかけようとしているという、イギリス側の視点がある。ルーク・ギボンズが指摘するように、「暴力そのものをアイルランドの国民気質の産物と解釈する民族的パラノイアの形式において、アイルランドの立憲政治は政治的暴動に吸収されている」(Gibbons 八一頁)。

一方、そのわずか二週間後の一八八五年十一月七日、ダブリンの定期刊行物『アイリッシュ・パイロット』に、「イングランドのヴァンパイア」("The English Vampire")と題された挿絵が掲載された(図2)。こちらの挿絵では、胴体に「英国支配(BRITISH

RULE)」と書かれた蝙蝠の攻撃を、勇ましく直立した女性が、「国民同盟（NATIONAL LEAGUE）」と刻まれた楯と鋭利な剣で迎え撃とうとしている。この女性は、盾のハープと衣服のシャムロックというアイルランドの象徴から考えて、やはり同国の擬人化である。「パンチの『アイルランドの』ヴァンパイアへの応答」というキャプションが示すように、この挿絵は「アイルランドにおける植民地支配の告発状」（Gibbons 八二頁）である。[6] ここには、アイルランドを襲う吸血鬼とは、その独立を志向するナショナリズムではなく、それを植民地支配するイギリス帝国主義であるという反論と、アイルランドは吸血鬼に甘んじて襲われるのではなく、勇敢に対峙するという意趣返しが込められている。加えて、「総選挙ガイド」という副題を持つ『アイリッシュ・パイロット』が、「議会選挙の候補者たちに関連したかなりユーモラスなプロパガンダ記事を含んで」おり、その「各号には選挙の各段階を扱う大きな漫画が付いていた」（Brown 九頁）という事実を鑑みれば、この挿絵には、『パンチ』が貶めたパーネルとナショナリズムを、一八八五年の総選挙において後方支援しようという意図もあっただろう。一八八〇年代後半、大英帝国と植民地アイルランドのあいだには、このような「吸血鬼表象の応酬」とでもいうべき言説空間が存在していた。

ここで重要なのは、一八九七年に出版された『ドラキュラ』もまた、この吸血鬼表象の延長線上にあるという点だ。丹治愛によれば、ドラキュラは「健康な肉体内部に『侵入』しては『増殖』し、それを『感染』した肉体へと変容させる細菌……として表象されている」（二〇四頁）。もしドラキュラが「擬人化されたコレラ菌」（一九六頁）であり「増殖する感染性の恐怖」（二〇七頁）を体現しているならば、要するに吸血鬼とは感染恐怖の形象化であり、吸血行為とは感染の喩えである。してみると、それは、先に見た英愛間の吸血鬼表象の応酬にも遡及的に見出されるはずだ。すなわち、イギリスは、ナショナリズムという細菌の感染が植民地アイルランドで拡大し、今後アイルランドが独立へと向かうことを恐怖した。他方、アイルランドは、イギリス帝国主義という細菌にこれまでと同様これからも感染しつづけ、植民地状況が永続することを恐怖した。そして両国は、それぞれの感染恐怖を吸血鬼として形象化していた、と再解釈できるだろう。

さらにここで注目すべきは、アイルランドのナショナリズムを一種の「除染」活動と見なすシェイマス・ディーンの洞察である。

> ナショナリズムは……除染（decontamination）のための聖戦であった。アイルランドの本質は、イギリス化という感染性ウィルス（the infecting Anglicizing virus）から解放されるべきであり、そうして原初の純粋性と活力を回復すべきであった。ゲール語連盟は、この回復へのひとつの道筋――アイルランド語の再生と、英語の部分的もしくは全体的排除――を示した。（Deane 九四頁）

ディーンの主張を踏まえると、「アイルランドの脱イギリス化」というハイドの方針自体が、アイルランド文化がイギリス文化に感染しているという認識に根差していることになる。ハイドの講演が行われたのは一八九二年十一月二十五日で、その出版が一八九四年であるから、『ドラキュラ』の出版とほぼ同時代である。それゆえ、ハイドの講演が『ドラキュラ』と同じ感染恐怖を有している点は驚くべきことではない。ストーカーの『ドラキュラ』とハイドのゲーリック・リヴァイヴァルは、十九世紀後半の感染恐怖の言説として同根であったのだ。そして、「青白い吸血鬼」というモチーフを含むスティーヴンの四行詩も、たとえその作者スティーヴンが明確には意識せずとも、テクストとして「吸血鬼もの」である限りは否応なくこの吸血鬼表象の応酬というコンテクストに接続されることになる。

たしかに、ゲーリック・リヴァイヴァルは「支配的なイングランド文化への精一杯の反抗」（Gibson 一八六頁）であっただろう。しかし、ここで急いで想起すべきは、帝国に対抗するはずの植民地ナショナリズムが往々にして帝国主義を反復再生産してしまうという、ポストコロニアル理論が定式化した逆説である。たとえば、『ユリシーズ』を「一八八〇年から一九二〇年までのイングランドの文化的ナショナリズムという特定の言説」（一四頁）と関連づけて考察する必要性を説くギブソンは、以下のように指摘する。

脱イギリス化の支持者のそれを含め、イングランドのナショナリズムに対するアイルランドの抵抗に、イングランドのナショナリズム自体がどれほど大きな影響を残していたかを、ジョイスは非常に良く分かっていた。イングランドの文化ナショナリズムと戦うというまさにその行為において、アイルランドの反対者たちはその良く似た異形（another version）を作り出す危険に陥っていた。（Gibson 一六頁）

アイルランドの文化ナショナリズムがイングランドのそれの「良く似た異形」に過ぎないのであれば、「脱イギリス化」を志向するハイドのゲーリック・リヴァイヴァルは、アイルランドからイギリス文化を除染するかに見えて、その実、イギリス文化の変異種への再感染という事態になりかねない。

そのようなゲーリック・リヴァイヴァルが帝国文化の反復再生産に陥ってしまう危険性は、アイルランド語詩の原文に存在しない「南」という単語を英訳詩に書き入れたハイドの行為によって裏書きされるだろう。さらに、この反転の危険性は、『ユリシーズ』におけるイングランド人へインズのふるまいによって一層前景化してくる。というのも、本作品の随所で——たとえば第一挿話「テレマコス」では、「海洋の支配者」(五七四行)という明らかに大英帝国を想起させる語句や、「よそ者」(六六一行)という「イングランド人(侵略者や領主)を意味するアイルランドの表現」(Gifford 二六頁)を内的独白で使うスティーヴンによって——大英帝国に密接に結び付けられているヘインズが、ゲール文化の熱狂的な愛好家であり、実際に『コナハトの恋歌』を購入しているのだから(九挿話五一三行、十四挿話一〇二二〜一四行)。

イギリスとアイルランドのあいだで繰り広げられた吸血鬼表象の応酬という歴史的文脈と、十九世紀末の感染恐怖の言説空間にあって、ジョイスは、ゲーリック・リヴァイヴァルが支持者を拡大していく様子を、帝国文化の除染でなく、その変異種へのアイルランド人の再感染として認識していたのではないか。してみると、ゲーリック・リヴァイヴァルの隆盛する一九〇四年に設定された『ユリシーズ』において、ジョイスがスティーヴンに書き加えさせた「青白い吸血鬼」というモチーフは、この新たな感染拡大に対する、スティーヴンのというよりはジョイスの顔面蒼白の恐怖を形象化していたと解釈できるだろう。

おわりに

本稿では、スティーヴンの「青白い吸血鬼」のモチーフが、自身の四行詩というテクスト内部と、その政治的コンテクストにおいて有する意義について検討してきた。第一に、このモチーフは、スティーヴンがその四行詩において、ハイドの詩「海の上のわたしの悲しみ」から意識的な引用という詩作上の吸血行為を行っていることに対する自己言及であった。第二に、このモチーフは、イギリスの帝国文化に対抗していながら、それを植民地アイルランドで反復再生産してしまうゲーリック・リヴァイバルの拡大に対するジョイスの恐怖を表象していた。スティーヴンの四行詩は、アイルランドをその毒牙にかける新たな吸血鬼となりかねないハイド的な文化ナショナリズムに対するジョイスの抵抗を担っていたのである。

註

本稿は、『Joycean Japan』第二十六号に掲載されたシンポジウム報告文「牙を剥く Joyce—Stephen の吸血鬼詩の counter-vampirism」を加筆修正したものである。

（1）引用の翻訳は、断りがない限り筆者による。他の著作も同様。

（2）原典のアイルランド語詩の最終スタンザは、“Tainig mo grad-sa / Le mo taéb / Guala air gualain / Agus beul air beul.”（Hyde, *Love Songs* 三〇頁）となっている。この四行に「南（の、へ）」を意味する語（deisceart, theas, ó dheas）は含まれていない（Foras na Gaeile, 前田・醍醐を参照）。また、ハイドの英訳詩中の South に原典中で位置的に対応する taéb は side を意味する（*eDIL*）。

（3）母音韻（vowel-rhyme, assonance）は、「2つまたはそれ以上の重要な語の強勢のある音節（およびそれに続く弱音節）の母音が一致し、子音の異なること」（石井 一二五頁）をいう。なお、mouth と south の押韻は、「強勢音節の母音以下の全音・弱音節を伴うときはその全音が一致し、強制母音の前の子音が異なる」（石井 一〇四頁）完全脚韻とも取れるが、ハイド自身の言にしたがい、再現された母音韻と取っておく。

（4）公平を期すなら、ハイドの翻訳を肯定的に評価し、south の使用を改変と認めながらも問題視しない先行研究もある。たとえば、Welch 二四六～四七頁を見よ。

（5）たとえば、『ダブリンの市民』の出版をめぐる経緯を見よ（Ellmann 二一九～二二頁）。

（6）これらの挿絵の存在はギボンズの著作に教えられた（Gibbons 八二～八三頁）。

参考文献

Brown, B. P. "Dublin Humorous Periodicals of the 19th Century." *Dublin Historical Record*, vol. 13, no. 1, 1952, pp. 2-11.

Cheng, Vincent J. "Stephen Dedalus and the Black Panther Vampire." *James Joyce Quarterly*, vol. 24, no. 2, 1987, pp. 161-76.

Day, Robert Adams. "How Stephen Wrote His Vampire Poem." *James Joyce Quarterly*, vol. 17, no. 2, 1980, pp. 183-97.

Deane, Seamus. *Celtic Revivals: Essays in Modern Irish Literature 1880-1980*. Faber and Faber, 1985.

eDIL 2019: An Electronic Dictionary of the Irish Language, based on the Contributions to a Dictionary of the Irish Language, Royal Irish Academy, 1913-1976, dil.ie. Accessed 15 March 2021.

Ellmann, Richard. *James Joyce*. New and Revised ed., Oxford UP, 1983.

Foras na Gaeilge. *New English-Irish Dictionary*. 2013-2021, www.focloir.ie/en. Accessed 15 March 2021.

Gibbons, Luke. *Gaelic Gothic: Race, Colonization, and Irish Culture*. Arlen House, 2004.

Gibson, Andrew. *Joyce's Revenge: History, Politics, and Aesthetics in* Ulysses. Oxford UP, 2002.

Gifford, Don, with Robert J. Seidman. Ulysses *Annotated: Notes for James Joyce's* Ulysses. Second ed., U of California P, 1988.

Hyde, Douglas. *Love Songs of Connacht*. 1893. T. Fisher Unwin, 1909. *Internet Archive*, archive.org/details/LoveSongsOfConnacht/mode/2up.

——. "The Necessity for De-Anglicising Ireland." *The Revival of Irish Literature*, edited by Charles Gavan Duffy, George Sigerson and Douglas Hyde, Fisher Unwin, n.d. [1894], pp. 115-61. *Project Gutenberg*, www.gutenberg.org/files/32746/32746-h/32746-h.htm.

Joyce, James. *Ulysses*. Edited by Hans Walter Gabler et al., Vintage Books, 1986.

Kiberd, Declan. *Irish Classics*. Granta, 2001.

Orem, William. "Corpse-Chewers: The Vampire in *Ulysses*." *James Joyce Quarterly*, vol. 49, no. 1, 2011, pp. 57-72.

Seidel, Michael. "*Ulysses*' Black Panther Vampire." *James Joyce Quarterly*, vol. 13, no. 4, 1976, pp. 415-27.

Welch, Robert. "Douglas Hyde and His Translations of Gaelic Verse." *Studies: An Irish Quarterly Review*, vol. 64, no. 255, 1975, pp. 243-57.

石井白村『英詩韻律法概説』篠崎書林、一九六四年。

丹治愛『ドラキュラの世紀末――ヴィクトリア朝外国恐怖症の文化研究』東京大学出版会、一九九七年。

林なおみ「Dublin の生ける死者たち――*Ulysses* における吸血鬼の motif」『園田学園女子大学論文集』第二四号、一九九〇年、三五～四七頁。

前田真利子・醍醐文子編著『アイルランド・ゲール語辞典』大学書林、二〇〇三年。

結城英雄「『ユリシーズ』における亡霊たち」、富士川義之・結城英雄編『亡霊のイギリス文学――豊穣なる空間』、国文社、二〇一二年、二四三～五五頁。

『ユリシーズ』で再現される夜の街
——夢幻劇として読まない「キルケ」挿話

小田井勝彦

はじめに

古典的研究書『伝説の航海者——ジェイムズ・ジョイスのユリシーズ』でリチャード・M・ケインは、第十五挿話「キルケ」を「おそらく文学作品において最も見事なフロイト心理学の演劇化」であると述べた（Kain 三一頁）[1]。たしかにこの挿話は、その場所にいるはずのない数多くの人物たちが登場し、ブルームやスティーヴンの欲望や無意識を曝け出している。それゆえ「キルケ」を夢幻劇として、主人公の深層心理を分析する論考が数多く書かれてきた[2]。

しかしながら、もしダブリンが破壊されても『ユリシーズ』を読めば再建できる、と作者自身が豪語したほどリアリティにこだわって書かれた小説が、この挿話だけすべてフィクションであるとすることはできない。本稿では「キルケ」で描かれている事実を整理することによって、この挿話でジョイスが描きたかったダブリンのありのままの姿が何であるかを検証していきたい。

一、「キルケ」の舞台モント

「キルケ」は、「夜の街」、一般的にモント（Monto）と呼ばれていた地区を舞台としている。この地区は一体どのような場所であったのかを検証していくことで議論を始めたい。売春とは都市の闇の部分であり、資料は当然のことながらあまり多くない。最初の研究はジョン・フィネガンの『モント物語――ダブリンの悪名高い赤線地区の話』で、わずか四八頁の本である。それから四半世紀の時が経ち、子どものころその地区に住んでいた人びとの証言集であるテリー・ファガンの『モント――マダムたち、殺人、黒いシチュー』、統計資料から売春産業の実態を暴いたマリア・ラディの力作『売春とアイルランド社会、一八〇〇～一九四〇年』が出版された。そしてそれらを踏まえて書かれた本で、刑罰法時代からのダブリンにおける売春業の変遷をたどったモーリス・カーティスの『ヘルあるいはモントへ――ダブリンの最も悪名高い地区の物語』が一番充実した資料であろう。(3) これらの参考文献を頼りに「キルケ」挿話の舞台となったモントについて考察する。

モントとはリフィ川北岸、現在のコノリー駅周辺の一平方マイルほどの地域である。その名前は、地区にある通りのひとつであるモンゴメリー通りに由来し、初代マウントジョイ子爵ルーク・ガーディナー（一七四五～九八）と結婚したエリザベスの旧姓にちなんでいる。現在もマウントジョイ・スクエアやガーディナー通りとしてその名を残しているが、十八世紀後半にリフィ川北岸の開発をしたのが子爵であり、ジョージ王朝風の壮観な建物が並び、裕福な商人や弁護士など有名人たちが住むファッショナブルな通りであった。

しかしながら、間もなくして状況は一変する。一八〇〇年のアイルランド議会の解散である。議員など裕福な人々はアイルランドの不動産を売却してイングランドへと帰国した。残された壮観な建物はその外観は変えないまま、かつては大きな部屋だったものが小さな部屋へと分割され、ひとつの家族がその小さな部屋を使用する、貧しい労働者向けの廉価な集合住宅（tenements）へと変貌を遂げた。カーティスは一九〇一年の人口調査を引き合いに出し、驚くべきことにひとつの住宅に四百九十九人もの人が住んでいたと述べている（Curtis 一五三頁）。

モントはヨーロッパでも最悪のスラム街で、労働者階級が生活を営む場所であり、孤児を含む子どもたち

図１　ジョージ王朝風の建物、今もダブリンの街に多く残る。筆者撮影

が多く存在した。挿話の冒頭では子供たちが登場し、ろうあの阿呆を取り囲み囃し立てるシーンで始まる。深夜〇時に子どもたちが走り回っている光景は非日常であるかのように思われ、夢幻の世界への導入となっているように思える（十五挿話一四～二四行）。しかし、夜間の外出は禁止されていたと述べる証言はあるものの、孤児たちが多くいるモントでは決して有り得ない光景ではなかったはずだ。六家族でひとつのトイレを使用していたという証言もある（Fagan 五〇頁）。したがって衛生状態は悪く、ブルームが訪れる売春宿では蛾が飛び交い、その蛾に声まで与えられている（十五挿話二四六八～七五行）。当然栄養状態も悪く、結核などの病気がはびこり、子どもの致死率も高かった。ト書きに登場する瘰癧《るいれき》病みの子どもの髪を梳かす娼婦の姿（十五挿話四〇～四一行）も日常生活の一コマであったのである。

また、ブルームはくず拾いと出会って立ち往生し、深夜のその姿に驚いているが、くず拾いは貧しい人々が日銭を稼ぐ手段だった（Fagan 五五～五六頁）。そのくず拾いとすれ違ったあと、ブルームはトミーとジャッキーの兄弟と衝突し、スリにあったのではないかと心配する（十五挿話二三七～四六行）。もちろん「ナウシカア」に登場した兄弟がここで登場することはフィクションであり、夢幻のひとつであると思われる。しかしながらモントは、極貧ゆえに盗みが横行し、殺人や強姦など凶悪事件が頻発する場所であり、一九〇一年のある判事の言葉によると、「ヨーロッパでもっともおぞましい不道徳の巣窟」となっていたのである（Curtis 一二頁）。挿話の冒頭で描かれるこれらの情景は、幻想的な「キルケ」挿話の世界観を形成するのに貢献しているばかりではなく、最悪のスラム街の表象でもあるのである。

このようなスラム街が赤線地帯となったのには、複合的な理由がある。十八世紀の終わりにはすでに売春宿が存在したとカーティスが明かしているが、それはパトロンによって買い与えられた邸宅を娼婦たちが使用した高級売春宿である(Curtis 八四~八五頁)。前述のように議会の解散により裕福な人々が去ったことで、すぐ近くに税関があったこともあり、港湾労働者たちが住むようになった。上陸したばかりの船乗りたちも集うようになり、酒場なども増加、彼らを相手にする低価格の売春宿も増加した。一八三七年ごろには堕落した男女が集う場所になった(Luddy 三四頁)。

さらに大きな要因は、駐在していたイングランド軍の存在であった。一八〇三年のロバート・エメットの反乱やナポレオンの侵攻に恐れを抱いたイングランドの政府は、多くの兵士をアイルランドに配置したのである。クリミア戦争の際にはアイルランド全土に十三万七千人の兵士がいた。一八五三年にモント近くのオードバラ・ハウスが兵舎として使用され始めたことにより、より多くの兵士がこの地域に訪れ、売春宿も激増していくのである(Fagan 一〇頁、Curtis 一二一頁)。「キルケ」挿話ではスティーヴンを殴り倒すカーとコンプトン上等兵がモントの街をうろつき、娼婦と化したシシー・キャフリーや客引き女が兵士たちの味方をするが、アイルランドの貧しい若者よりも兵士たちを得意先としていたことが窺えよう。

さらには後述の社会浄化運動を背景とした白十字自警協会などの活動により、ダブリンの各地に点在していた売春宿が次々に廃業に追い込まれ、一八九〇年ごろまでにはモントに集約されることとなった(Luddy 一五三~五四頁)。二十世紀初頭に刊行された『ブリタニカ百科事典』第十版の「売春(Prostitution)」の項目には以下のような記述がある。

ダブリンはイングランドでの慣例の例外となっている。その都市は警察が売春宿を公に認めており、

ひとつの通りに限定されているものの、ヨーロッパ南部やアルジェリアよりも公に営まれているのである。(Shadwell)

この記述でもわかるように、この地域に限っては警察も積極的な取り締まりをしようとはしなかった。作品においてもスティーヴンに対する暴行について、市当局と内通しているコーニー・ケラハーの執り成しがあったとはいえ、何もなかったかのようになってしまうのである(十五挿話四八四二〜五五行)。かくしてヨーロッパ最大であったともいわれる売春街が誕生した。そして「キルケ」の舞台となるのは、ボーア戦争が終わって多くの負傷兵や退役兵が地区に集まったモントの最盛期であった。

二、モントにおける売春宿

これまで見てきたようなスラム街でどのような商売が営まれ、どのような女性たちが働いていたのであろうか。ここからは、世紀転換期の売春宿の実態を振り返ることで、「キルケ」で何が起こっているのかを考察していきたい。売春宿は、高級・中級・低級の三つの分類に分けられていた。フラッシュ・ハウスと呼ばれた高級宿は地域の中心的な通りであるティロン通りに存在し、貴族や裕福な商人などを客層としていた。中級宿は事務員など下層中流階級向け、下級宿は労働者階級や軍人向けであり、ティロン通りに隣接したマボット通りや小路に存在した(Curtis 一六一〜六三頁、Finegan 九〜一〇頁)。

ブルームたちが訪れるベラ・コーエンの店は、高級宿である。ピアノなどの豪華な内装を備え、常連客用の個室があり、石炭を用いた暖炉で暖かく、娼婦たちも豪華な衣装を身につけていた。作品では娼婦のゾーイーが出迎えているが、高級宿では通常は玄関をノックして入る仕組みであり、著名人用の秘密の地下通路もあり、人目につかずに訪れることができた。そのような人物のなかにはエドワード七世もいた（Finegan 六頁）。挿話の終盤、スティーヴンと兵士たちが喧嘩を始めるときに彼が登場する（十五挿話四四五八行）。一九〇四年のアイルランド訪問では五月四日に帰国しているためフィクションであるが、決して奇想天外な登場というわけではなく、国王も訪れる地域であることが作品に示されているわけである。

「ここは汚らしい淫売宿じゃない。十シリングのお店なんですよ」（十五挿話四二八一〜八二行）とあるように、ベラはたびたび十シリングのお店であることを強調しているが、高級宿は入場料として少なくとも十シリングかかった。お酒や性行為を楽しむ場合はさらにお金が必要となった。性行為をするためというよりもパブが閉店した後に違法にお酒を楽しむために訪れる人が多かったが、パブでは二ペンスであったギネスのボトルが三シリング、三ペンスほどのウィスキー一杯が五シリングとお酒は法外な値段であった。スティーヴンは「ボトルがない。何だって、十一時。なぞだ」（十五挿話三五六二〜六三行）と驚いているが、この晩彼にはお酒は提供されていない。では、スティーヴンたちは何をしていたのであろうか。ジョン・フィネガンは次のように述べる。

多くの学生たち、主に医学生たちであるが、病院での勤務が終わったあと夜な夜なモントを訪れたが、たいていは裏の客間から密会を観察するためであった。より裕福な客に対して飲み物代として請求される、ぼったくりの値段を払うことを求められてはいなかった。モントは、退屈な日常業務を離れ、あるアイルランド人作家が述べたように「より勇敢で、より極悪な世界」への逃避を提供したのであった。(Finegan 六頁)

「キルケ」には、ブルームがボイランとモリーの性行為を覗いているかのように描かれる場面もある(十五挿話三八〇八〜一六行)が、お金のない学生たちが楽しんでいたものもこの窃視行為なのであった。性行為まで至るとすると、五ポンドという高額を請求された(Finegan 一四頁)。

高級宿は、マダムと呼ばれる中年女性たちが経営していた。「モントの名声および悪評はこれらのマダムたちの評判、慈悲のなさ、ビジネスの巧みさであった」とカーティスは述べる(Curtis 一六四頁)。政府の高官などをパトロンにし、賄賂や無料のサービスをして法権力が及ばないようにしていた。マダムが逮捕されることは稀であったし、逮捕されたときも手を回して短期間で釈放された。情報網を張り巡らし、船の入船情報はもちろんのこと、イングランド軍の新たな部隊の到着といった軍事機密も手に入れて商売に活かしていた。売春業だけではなく、不動産業、金融業も営んでいた。この地域で物件の空きが出ると即座に購入して部屋を貸し出し、金貸しもしていたのである。ブリー・ボーイと呼ばれる用心棒がおり、厳しい取り立てをしていた。ファガンの証言集には、マダムたちの無慈悲さを伝える証言があふれている。マダムたちは売春宿の経営者というだけではなく、モントという地域全体を支配する存在であったのである(Curtis 一六四〜六六頁、Fagan 一三一〜三三頁)。

代表的なマダムの名前を挙げると、一番有名な人物がアニー・マックという人物である。一時期は八軒の売春宿を経営し、モントは別名「マックの街」とも呼ばれており、ブルームが「こちらはマックさんのお店ですか」（十五挿話一二八五行）と尋ねるほど有名であった。ティロン通りの八十五番と九十番が彼女のお店であった。

もうひとりのマダム、メグ・アーノットは、最も優雅だったと言われている。彼女の結婚前の姓はヒギンズであり、作品に登場するゾーイー・ヒギンズの名前に貢献したのではないかとカーティスは推測をしている（Curtis 一七三頁）。娘をイングランドの修道会学校に通わせていたことが知られており、息子をオクスフォードへ通わせるベラ・コーエンの姿と重なるものがある。

そのベラも実在のマダムであった。体重が二百二十八ポンドであったとされ、作品でも大柄な様子が写し取られている。作品中で唯一実際の名前が使われている娼婦であり、かなりそのまま描かれた人物なのではないだろうか。作中ゾーイーは住所を八十一と言っている（十五挿話一二八七頁）が、実際には八十二番地が彼女の店であり、一九〇五年まで営業をしていた。

「キルケ」に登場する娼婦のひとり、キティ・リケッツのモデルとされているのが、モントが閉鎖されるまで経営していたいわば最後のマダムであるベッキー・クーパーである。作品ではたびたび鏡で自らの姿を見つめている様子（十五挿話二〇五三、二一三〇三行）が描かれ、「愛嬌のある巻き毛でこれほどかわいらしく優美な頭部が娼婦の肩に載っているのを見たことがない」（十五挿話二一五八七〜八八行）とト書きで描写されている。実在のベッキーも長い髪を垂らし、見た目に非常に心配りをした美しい容姿であったようだ。猫やオウムを飼っていて動物に優しく、夕食をごちそうしたり子どもたちにチョコレートを買ったりと、貧しい人々にも心優しい性格であったことが証言集で語られている（Curtis 一六九〜

七六頁、Fagan 二三一〜二三三頁、Finegan 三三一〜三四頁)。作品中でも仲間の娼婦の死んだ子供のために葬式を出してあげた(十五挿話二五七八〜八一行)エピソードを語っているが、そんな心優しい一面もモデルから受け継がれているのかもしれない。

しかしながら、そのようなマダムになった娼婦は、ほんの一握りである。女性たちが売春をする主な原因は、いつの世も変わらず貧困である。アイルランドでは大飢饉後、工場で働いていた女性たちは職を失った。女性たちに残された仕事は家政婦などの仕事であるが、それにもありつけないと、売春を生活の糧にする以外に道はなかった。仕事のないときだけ売春をする女性もいたため、何人の娼婦がいたのかははっきりしない。三千人と述べる者もいるが、おそらく千〜千五百人くらいであっただろうとラディは推測する(Luddy 二二一頁)。興味深いことは、娼婦たちの多くが職業を家政婦や清掃婦として登録していたことである。以下の引用は作品の裁判シーンの一節である。

第二の巡査

もうひとりを。あなたは不幸な階級の方ですか。

メアリー・ドリスコル

(憤って)私は悪い人間ではありません。私はちゃんとした品性をもち、最後の勤め先には四カ月いました。年に六ポンドもらい、金曜日には外出を許される境遇でしたが、彼のおふざけのせいで去らなければならなかったのです。(十五挿話八六四〜六九行)

ここでは、ブルーム家の元家政婦メアリー・ドリスコルは自分が娼婦ではないと主張しているが、家政婦と売春婦の間を行き来している人物は当時数多くいた。世紀転換期のアイルランドは女性の未婚率が高く、一九一〇年の『アイリッシュ・タイムズ』の記事によると、ダブリンには十二万人の仕事のない女性がいた。それらの女性たちは娼婦予備軍であり、第十三挿話「ナウシカア」のヒロイン、ガーティなど娼婦とは考えにくい人物も「キルケ」に登場しているが、彼女たちも娼婦予備軍なのである（Luddy 四四〜四六頁）。

仕事を求めて田舎からダブリンに出てきて、モントにたどり着いた者も多かった。なかには十二歳の者もいたようである。マダムたちはそのような女の子を借金まみれにして酷使した。人気があるうちは住み込みであったが、歳をとったり、妊娠したりすると店を追い出され、大通りで客引きをして、マダムから部屋を十シリングで借りて、売春をする女性たち（ストリート・ウォーカー）もいた。平均して五年で使い捨てにされ、性病病院で一生を終える者が多かった。必ず戻ってくると約束して出産した子どもを預け、そのまま戻ってこない母親もいた。先に孤児のことに触れたが、このスラム街にはそんな「モント・ベイビーズ」がたくさんいたのである（Curtis 一七七〜八三頁）。

三、社会浄化運動と「キルケ」挿話

モントが売春業で繁栄した理由はイングランドの駐屯軍があることだと先に述べたが、ダブリンに限らず世界中で、イングランドの駐屯軍があるところに売春街が形成された。その結果として当然のことながら、性病が蔓延した。梅毒の治療には水銀が使用されたが、水銀を注入され黒い顔をした娼婦が「キルケ」に登場する（十五挿話二一三、七四九～五〇行）。エリック・シュナイダーの『夜の街のゾイス――ジェイムズ・ジョイスとイタロ・ズヴェーヴォのトリエステにおける売春と梅毒』は、病状記録からジョイス自身も梅毒に感染していたことを分析、性病が作品の大きなテーマであり、ブルームは梅毒に感染してそれが息子ルーディの早逝の原因であると論じている。性病が広く蔓延していることの証左である。(4)

話を元に戻すと、軍隊にも性病が広まったことで危機感を強め、売春宿を取り締まろうという動きが十九世紀中頃に始まり、それが社会浄化運動と呼ばれるものとなった。一八六四年には、性病の蔓延を防止するために「感染病法」が施行され、逮捕された娼婦に強制的な性病検査を実施できることになった。その法律への対策として売春宿、特に高級宿では、医者や医学生を招いて独自に性病検査を行なうことにした。このように医学生との深い繫がりがあったことが、リンチやスティーヴンのような金のない若者が高級宿に出入りするもうひとつの理由であると言えよう。（Luddy 一二四～二五頁）。

社会浄化運動と作品の関わりについてはキャサリン・マリンの『ジェイムズ・ジョイス、性と社会浄化』が詳しいので、しばらくその論旨を辿っていきたい（Mullin 一七一～二〇〇頁）。その運動が本格化するのは一八八〇年代であり、一八八五年にウイリアム・T・ステッドが新聞『ペル・メル・ガゼット』に「現代バビロンの処女の貢物」という記事を発表したことが大きなきっかけである。その内容は、少女がクロロホルムなどの薬物を使用されて誘拐され、暴行や監禁を受けて売春をさせられるという売春産業に関する衝撃的な暴露記事であり、モラルパニックと呼ばれる社会現象を引き起こし、イングランドでは「国民自警協会」という団体が組織された。そのアイルランド版が、英国国教会系のチャーチ・オブ・アイルランドによって作られた「白十字自警協会」である。その主な活動は、売春宿を訪れる人にインタヴューすることで売春宿通いを自粛させようというものである。ブルームがミセス・ブリーンと出会う場面は、まさにこのインタヴューの再現である。

ミセス・ブリーン

ミスター・ブルーム。あなたがこんな罪の巣窟にいらっしゃるなんて。具合よくつかまえたわ。ならず者ね。

ブルーム

(急いで) 大声で名前を呼ばないで。僕のことを何だと思っているのですか。ばらさないでください。壁に耳ありです。ご機嫌いかがですか。久しぶりです。申し分なさそうですね。全く。一年のうちでもこの時期は心地よい天候です。黒は熱を屈折させますので。ここは家に帰るのに近道なんですよ。興味深い区域です。堕落した女性たちの救済を。マグダレン収容所。僕は書記なんですよ……

(十五挿話三九四~四〇二行)

マグダレン収容所とは、売春婦に洗濯の仕事を与えて更生させる施設のことである。つまりブルームは、パトロールのインタヴューに対して、自らが売春宿の利用者ではなく更生させるためにここにいるのだと主張しているのである。

この「白十字自警協会」の本部は、ティロン通りの八十一番にあった（Mullin 一七七頁）。実在したベラ・コーエンの売春宿は八十二番であり、作中で蓄音機から讃美歌が流れエリアが降臨する（十五挿話二二七〇行）のは、隣に本部があったのだから頷ける。一二八七行目ではゾーイーが番地を間違えて八十一番だと言っている。ジョイスは、友人たちからマダムたちの名前や番地をわざわざ教えてもらって創作している（Ellmann 三六七頁）ので、つまりは舞台となる売春宿を故意に「白十字自警協会」の住所にしているのだ。これには、以下に述べるようなアイロニーが隠されている。

先に紹介したモラルパニックを引き起こしたウイリアム・T・ステッドの記事は、実際には被害者の母親と共謀して自ら娘を売春宿に連れて行って救い出すという自作自演のもので、物語の発表後すぐにその事実が発覚して有罪判決を受けている。十九世紀後半にはステッド以外にも類似の暴露記事が多く、それらは悪質な覗き趣味と切り離すことができず、記事自体もポルノと内容が変わらないものとなっていた。上記のブリーン夫人との会話でブルームは調査やパトロール活動を装い、幻想のなかで改革者として称えられ戴冠するが、その後ブルームが裁判で問われるのは、まさに「白人奴隷貿易」の罪なのである。

市裁判官

私はこの白人奴隷貿易を終わらせて、ダブリンからこの忌まわしい疫病を取り除くつもりだ。けしからん。（彼は黒い帽子をかぶる）副執行官、今立っている被告席から彼を連行、不定期でマウントジョイ刑務所にて拘留、そこで絞首により死に至らしめよ。その点において自己の責任で抜かりのないよ

う、そなたの魂に神の慈悲があらんことを。連れていけ。(十五挿話一一六六〜七二行)

潜入取材と偽って売春宿を訪れるブルームの姿は、ステッドの姿と重なることになる。このようにジョイスが社会浄化運動の矛盾点をついているというのがキャサリン・マリンの論旨である。

この活動は英国国教会系のプロテスタントによるものだが、二十世紀に入るとカトリック主導で政治的プロパガンダとしてこの活動が利用され始めたとラディは述べる。モントのような売春街があり害悪が蔓延っているのはイングランド軍が駐留しているせいだとして独立を求めるナショナリストと、女性の地位向上を求める婦人参政権論者たちである。純潔なアイルランドがイングランドによって害されているとし、ポルノの撤去とともにイングランド製品の不買などを唱えたのである。ブルームが裁かれることになる「白人奴隷貿易」という概念も彼らによって利用され、女の子が誑《たぶら》かされてイングランドへ行くと娼婦にさせられるという物語で語られた(Luddy 一五六〜九三頁)。

これらはプロテスタントの論理を借用したものにすぎない。イングランドで行われた社会浄化運動は、大陸の文学が人々を汚染すると主張して、海外文学に対して厳しい検閲が行われた。『ユリシーズ』がイングランドで事実上の発禁となったのは、それがフランスで出版されたからである。イングランドは大陸が悪の起源として自国の純潔を説いたように、アイルランドはイングランドを悪の起源として自国の純潔を説いたのである。しかしながら「キルケ」においては、売春宿の経営者も訪れている客もアイルランド人であり、純潔なアイルランドなど存在しないことをジョイスは露呈させているのである。

また、「キルケ」に登場する娼婦のひとりゾーイーがヨークシャー出身である(十五挿話一九八三行)

ことにも注目されたい。アイルランド人女性が誑かされて娼婦になるのではなく、イングランド出身者が存在しているのである。そのことにより、この「キルケ」の場面では「白人奴隷貿易」というナショナリストたちの論理が切り崩されているのである。

そして何より、「キルケ」に登場する娼婦たちは、友人の亡くなった子どもの葬式を出してあげる心の優しさを持ち合わせるなど人間の温かみを持ち、ひとりひとりの人格を与えられて生き生きと描かれている。「堕落した」として悪のレッテルを貼り、蔑むことへのアンチテーゼであると言えるのではないだろうか。

結びに変えて

本稿において、前半はモントというスラム街、そして売春宿の実態を考察した。イングランドの搾取による貧困により売春以外に生活の手段がない女性たちが多く生み出され、ダブリン市当局と内通したマダムたちによって酷使される。この挿話で描かれるモントの街がイングランドによる搾取の構図となっていることが読み取れよう。アンドリュー・ギブソンは「キルケ」においては「植民地化された無意識の性質」（Gibson 一八二頁）が大きく関わっていると述べ、イングランド文化がこの挿話で浸透していることをひとつずつ例示し、兵士に殴り倒されるスティーヴンはイングランドに非暴力の抵抗をしたのだと述べた。イングランドの兵士が最初と最後に登場することで象徴されるように、搾取された植民地の姿がそこにはある。

しかしジョイスはイングランドに抗議するだけにとどまらない。本稿の後半で見てきたように、イングランドは悪、アイルランドは純潔であるという二項対立で優劣をつけようとするナショナリストたちの姿勢にもメスを入れている。「キルケ」は、ナショナリストたちが思い描く理想化された夢幻の世界ではない。そこには、ありのままのダブリンの世界が広がっているのである。

註

本稿は、二〇一五年に行われた日本ジェイムズ・ジョイス協会第二十七回研究大会シンポジウムにおける発表原稿および翌年の学会誌における発表報告「「キルケ」と売春産業」(*Joycean Japan*、第二十七号、二〇一六年、七六～八四頁)を基にして、その後の研究成果も踏まえ改稿したものである。

(1) 引用の翻訳は、全て筆者による。
(2) 例として、ジョイス自身の深層心理と結びつけて論じたマーク・シェクナーや、フロイトとユングの心理学からジョイス作品を読み解いたシェルドン・ブリビックがいる。Schechner、Brivic を見よ。
(3) Finegan、Fagan、Curtis を見よ。
(4) Schneider を見よ。

参考文献

Brivic, Sheldon R. *Joyce between Freud and Jung*. Kennicat, 1980.

Curtis, Maurice. *To Hell or Monto: The Story of Dublin's Most Notorious Districts*. The History Press Ireland, 2015.

Ellmann, Richard. *James Joyce*. Revised ed., Oxford UP, 1982.

Fagan, Terry and the North Inner City Folklore Project. *Monto: Madams, Murder and Black Coddle*. North Inner City Folklore Group, 2000.

Finegan, John. *The Story of Monto: An Account of Dublin's Notorious Red Light District*. The Mercier Press, 1978.

Gibson, Andrew. "Strangers in my House, Bad Manners to Them!: England in 'Circe.'" *Reading Joyce's "Circe,"* edited by Andrew Gibson, European Joyce Studies 3, Rodopi, 1994, pp. 179-221.

Joyce, James. *Ulysses*. Random House, 1986.

Kain, Richard M. *Fabulous Voyager: James Joyce's* Ulysses. U of Chicago P, 1947.

Luddy, Maria. *Prostitution and Irish Society 1840-1940*. Cambridge UP, 2004.

Mullin, Katherine. *James Joyce, Sexuality and Social Purity*. Cambridge UP, 2003.

Schechner, Mark. *Joyce in Nighttown: A Psychoanalytic Inquiry into "Ulysses."* U of California P, 1974.

Schneider, Erik Holmes. *Zois in Nighttown: Prostitution and Syphilis in the Trieste of James Joyce and Italo Svevo (1880-1920)*. Ashgrove, 2014.

Shadwell, A. "Prostitution." *The New Volumes of the Encyclopædia Britannica: Constituting in Combination with the Existing Volumes of the Ninth Edition*, 10th ed., vol.32, 1902-1903.

「エウマイオス」挿話をめぐる「ファクト」と「フィクション」

田村　章

はじめに

『ユリシーズ』第十六挿話、いわゆる「エウマイオス」のテクストは、ありとあらゆる種類の「虚偽」や「捏造」に満ち溢れている。『ユリシーズ』と並行関係にあるホメロスの『オデュッセイア』では、その第十四巻で、主人公オデュッセウスは年老いた乞食に変装して豚飼いのエウマイオスの小屋を訪ね、そこで長い作り話をするのであるが、ジョイスのテクストでもホメロスのものと同様に作り話、偽りや欺きが重要な意味を持っている。

ただし、ジョイスの「エウマイオス」において、変装して作り話を語るのは、主人公レオポルド・ブルームではない。その役割を担う中心人物は、マーフィーと自ら名のる船乗りで、おそらくは法螺話だとされる航海の冒険譚を自慢げに語る。挿話の舞台となるのは、ダブリンのリフィ川のほとりにある御者溜りという小屋のような喫茶店である。この店の経営者は、アイルランドのイギリスからの独立を主張する無敵革命党の党員として、一八八二年のフィーニックス公園殺人事件に関与したとされるジェイムズ・フィッツハリスであると噂されており、この挿話では、「山羊皮 (skin-the-goat)」という通称名で登場する。彼は、『オデュッセイア』の豚飼いエウマイオスに対応している。オデュッセウスの息子、テレマコスに対応するのが、スティーヴン・デダラスである。『オデュッセイア』では父と息子が再会したが、ジョイスのこの挿話では、ブルームとスティーヴンはお互いを理解するようになるのであろうか。

この挿話では、船乗りの法螺話を中心に、多様な作り話や虚言が次から次へと現れる。ブルームは、傍らで彼の法螺話を聞きながら、「シャーロック・ホームズのような活動」(Joyce, *Ulysses* 十六挿話八三一行)[1]を続け、事実を探り出そうとするのであるが、この態度は、この挿話におけるさまざまな事柄に及ぶ。その結果、この挿話では、歴史や社会の中に潜んでいる「虚偽」、「偽装」、「捏造」、「虚構」が前景化されることになる。さらにブルームの活動を通して、読者は、「事実とは何か」、「事実と認定される条件とは何なのか」、という問題をも考えさせられることになる。

「エウマイオス」の言語表現に見られる「虚偽」の問題の重要性はすでにマリリン・フレンチが指摘しており (French 二一四頁)、海老根宏による秀逸な論文も存在している。これらの研究とは別に、本稿ではこの挿話における「ファクト (fact)」と「フィクション (fiction)」に注目しながら、テクストにおける「事実」と「虚偽・虚構」の対比と不可分性について検討したい。

一、登場人物をめぐる「虚偽」と「捏造」

「エウマイオス」における「虚偽」のうち、まず登場人物の描写や彼らの台詞に見られるものについて考えてみることにしたい。「キルケ」の舞台となる娼館をあとにして、夜のダブリンの街をうろつくスティーヴンとブルームに、最初に声をかけるのがジョン・コーリーという男である。語り手は、この男の血筋について詳しい説明を付け、彼が名門の血を引いていることについて、「噂」（十六挿話一三五行）という語を出して説明する。「根も葉もない噂」という言い回しがあるいっぽうで、「火のないところに煙は立たぬ」と言うこともある。噂とは、「事実なのか虚偽なのか不明のまま世間に流布している話」のことなのである。コーリーは、自分が失業中で今夜泊まるところがないことをスティーヴンに訴えるが、これについて語り手は、完全な「作り話」（十六挿話一五三行）であるかもしれないこと、そして彼の愚痴話は、「あまり信用できるものではない」（十六挿話一七四〜七五行）ものであり、それをスティーヴンは了解済みであると説明している。スティーヴンは、ポケットにあった銀貨をコーリーに貸し与え、これに気づいたブルームは、探偵のように冷静にコーリーの人柄を推理する。ここでブルームは、耳に入ってくる話について、「虚偽」あるいは「作り話」ではないかと疑念を抱き、「事実」を解明しようとする。以後彼はこの挿話で同様の「探偵的活動」を繰り返していく。

ブルームは、飲料をしきりに要求するスティーヴンを近くの御者溜りに連れて行く。彼は、この喫茶店の主人であるフィッツハリス（「山羊皮」）の素性について、ほんとうのところ事実かどうかはわからないとスティーヴンに囁いている（十六挿話三二四行）。さらにあとで、語り手が“rumoured”（十六挿話一〇四四行）という語を用いて説明しているように、この店の主人が無敵革命党員の「山羊皮」であるということも「噂」にすぎない。このため、「山羊皮」には“Skin-the-Goat, *alias* the keeper”（十六挿話五九六行）のように「別名」や「偽名」を意味する“alias”が付けられて、正体の怪しさが暗示されることもある。

御者溜りには、怪しげな「自称船乗り」（十六挿話六二〇行）もいる。W・B・マーフィーと名乗るこの船乗りは、ここで「種々雑多な人々の集まり」（十六挿話三二七行）を前に、世界中を航海してきた冒険譚を得意げに語る。

ブルームは、まずその話の真偽を探ろうとする。この船乗りは、中国や南北アメリカなど世界中への航海や、道中で見た人食い人種の話をして聴衆を驚かせる。当初ブルームは真偽判定に専念するものの、結局、彼の話に矛盾はなかったと述べている（十六挿話八六四〜六五行）。いっぽうこの挿話の語り手は、船乗りは「明らかに贋者」（十六挿話一〇四五行）であると評しており、航海譚の真偽は謎のままになってしまう。

この挿話では、さまざまな船乗りの物語、あるいは旅と帰還の物語に言及されている。テクストでは「アリス・ベン・ボルト」、「イノック・アーデン」、「リップ・ヴァン・ウィンクル」がまとめて現れている（十六挿話四二五〜二六行）。さらに、S・T・コールリッジの『老水夫の歌』(2)や、リヒャルト・ワーグナーの『さまよえるオランダ人』（十六挿話八六一行）との関わりも読み取れる。もっとも緊密に関わるのは、ダニエル・デフォーの『ロビンソン・クルーソー』である。この挿話では、『ロビンソン・クルーソー』について直接の言及は見当たらないものの、船乗りマーフィーの話を介して、次のような関連を見出すことができる。

（一）マーフィーが聴衆に見せた野蛮人が写る絵葉書には、「チリ、サンティアゴ」（十六挿話四八九行）の消印が押されていた。この地は、クルーソーのモデルとなった船乗りアレクサンダー・セルカークが一七〇四年から四年四ヶ月の間、一人で暮らしたファン・フェルナンデス諸島[3]の最寄りの大都市である。マーフィーが口にする人食い人種を見たというセリフ（十六挿話四七〇行）も『ロビンソン・クルーソー』の物語を思わせる。

（二）この挿話全体を見てみよう。御者溜り（cabman's shelter）という名称は、クルーソーの家である洞穴のすみか（caveman's shelter）を連想させる。店主の山羊皮（Skin-the-Goat）という名は、クルーソーお気に入りの山羊皮のジャケット（"Jacket of Goat-Skin"）に結びつく。

（三）この挿話で交わされるブルームとスティーヴンの会話で、この日がすでに金曜日になっていることが明らかになる。「フライデー」（十六挿話一五七六行）は、言うまでもなく『ロビンソン・クルーソー』の

図1　1719年刊行の『ロビンソン・クルーソー』初版に掲載された山羊皮のジャケットをまとったクルーソーの挿絵

登場人物フライデーを連想させ、『ユリシーズ』全体におけるブルーム—クルーソー、スティーヴン—フライデーの対応関係の糸口となる。

『ロビンソン・クルーソー』との関係において、とりわけ重要なのは、その序文にある「編者は、この話が事実《ファクト》の正確な記録であると信じる。この中に虚構《フィクション》のようなものはまったくない（The Editor believes the thing to be a just History of Fact; neither is there any Appearance of Fiction in it）」(Defoe 三頁）という箇所である。ここでは重要なことが二つある。一つは、「事実（Fact）」を「虚構（Fiction）」に対置させていること、そしてもう一つが、編者は『ロビンソン・クルーソー』の話が「事実」だと信じていると書かれているが、実際には「虚構」であるということである。このことは自称船乗りのマーフィーが語る物語の真偽の問題と重なってくる。ブルームがこの挿話でマーフィーの物語の真偽を探り出そうとする問題意識は、『ロビンソン・クルーソー』が実話だったのかどうかという問題につながる。同時にわれわれは、作者デフォー自身、この物語を実話であると偽っていたことにも心を留めておくべきであろう。（なお、「フィクション」という語は、マーフィーの物語については、「虚偽」という意味になるが、『ロビンソン・クルーソー』を取り上げると「虚構」という意味になっている。）また、実話であるセルカークのファン・フェルナンデス諸島での滞在記録とフィクションである『ロビンソン・クルーソー』における「事実」と「虚構」の境界の曖昧さは、まさしく歴史記述とフィクションの境界の曖昧さを象徴しているとも言える。この曖昧さは「事実をありのままに記録した」とされる歴史記述自体の真偽の問題にもつながっていく。

二、歴史をめぐる「事実」と「虚偽」

「エウマイオス」で取り上げられる歴史的事件の一つが、フィーニックス公園殺人事件である。山羊皮と呼ばれている御者溜りの店主は、無敵革命党の党員として、この殺人事件に関与したジェイムズ・フィッツハリスであると噂される人物である。歴史上の人物が『ユリシーズ』に創作上の人物として登場しており、ここで実際の歴史的事件と「虚構」が絡み合っている。ここでは歴史記述の不確かさも強調されている。店主が本当に山羊皮であるかが不確かであることは、彼の "Skin-the-Goat" というニックネーム自体がテクスト中で "Fitz, nicknamed Skin-the" (十六挿話一〇六六行)、"the pseudo Skin-the-etcetera" (十六挿話一〇七〇行) に変形されていることによって暗示されている。ブルームによるこの事件の説明も不確かである。彼は山羊皮がこの事件の犯人を逃がすための馬車を走らせたと考えている (十六挿話一〇六六〜六七行) が、ほんとうは警察の目を眩ます囮の馬車を走らせたにすぎない。

この挿話で取り上げられるもう一つの歴史上のトピックが政治家チャールズ・スチュワート・パーネル (一八四六〜一八九一) である。「エウマイオス」では、とりわけパーネルにまつわる「捏造」や「虚構」に関するエピソードに言及されている。ブルームは、パーネルが南アフリカに行ってボーア人の将軍クリスチャン・デ・ヴェットになったという伝説を思い出す (十六挿話一三〇四〜〇五行)。アイルランド人のパーネルへの思いが作り出す伝説は、歴史からフィクションが生まれる例になり、またこれによって偽のパーネルが南アフリカに登場する可能性があったことも示されている。さらにブルームは、彼自身がパーネルに出会ったエピソードを物語る。彼は誰かの手によって叩き落とされたパーネルのシルクハットを拾って手渡したのである。この場面はテクストで二回繰り返され、「事実は（in point of fact）」、「正確な歴史的事実として（as a matter of strict history）」等がつけられて、実話であることが強調される。フリッツ・センは、ブルームはここで、「ちょっとした口述の歴史家（a minor and oral historian）」としての役割を果たしているものの、この場面の反復に不正確さが潜んでいることを指摘する（Senn 四八頁）。パーネルがブルームにかけた言葉は、最初は「サンキュー（*Thank you*）」（十六挿話、一三三六行）と記述されているのに対し、二回目では「サンキュウー、サー（"*Thank you, sir*"）」（十六挿話、一五二三行）となっている。センによればこの不正確さは『ユリシーズ』のテクストにおける真正性に対する疑念を抱かせるのに十分なものなのである（Senn 四八頁）。

フィーニックス公園殺人事件とパーネルは、「エウマイオス」のテクストで明確には示されてはいないものの、実は「偽り」と「捏造」によって結びついている。ドン・ギフォードが『ユリシーズ』の注釈書で言及している（Gifford 五五三頁）ピゴット捏造事件（Piggott forgeries）によってである。マーサ・フォダスキー・ブラックの解説（Black 三五六〜五七頁）によると、アイルランドの破産したジャーナリスト、リチャード・ピゴット（一八三五〜一八八九）は、偽の手紙を書いて、それによってパーネルをフィーニックス公園殺人事件に結びつけようとした。この事件の詳細は次のとおりである。ピゴットは、パーネルがフィーニックス公園殺人事件を支援したことを示す偽の手紙をつくって、それを『タイムズ』紙に売った。『タイムズ』紙は、一八八七年四月十八日号にそれを掲載し、それに対してパーネルは直ちに「偽物」だと非難した。そこで国会の特別調査委員会による調査が行われ、一八八九年にピゴット自らの私信で見つけられた"hesitancy"（躊躇）という語のスペリングミスと同じミスが偽のパーネルの手紙で発見され、この手紙を偽造したことが明らかにされる。ピゴットはスペインに逃亡し自害する。ピゴットの二人の息子は、ジョイスとともにクロンゴウズ・ウッド・コレッジで学んでいた。このためこの事件はジョイスに大きな衝撃を与えていたという。リチャード・エルマンは、この事件をパーネルの悲劇の終章第一幕としている（Ellmann 三二頁）。その後、パーネルの人生には、オシー大尉夫人との不倫騒動、カトリック司教や彼の副官ティム・ヒーリーらによる裏切りが続き、彼は失脚する。パーネルは、「虚偽」に翻弄されるいっぽうで、自らも偽名を用いて不倫を継続し、さらに亡くなってからも復活の伝説というフィクションが残るという政治家であった。

三、言語における「虚偽」

「虚偽」について、「エウマイオス」で最初に問題となるのは言語についてである。御者溜りに入る直前、ブルームとスティーヴンはイタリア語が話されている現場を通りかかる。ブルームは聞きなれない外国語を耳にして、「美しい言葉だね」（十六挿話三四五行）と感想を述べる。これに対しイタリア語が理解できるスティーヴンは、「奴らは金のことで言い争ってるんですよ」（十六挿話三五〇行）と言い、店で座ってから次のように述べる。

——音の響きは人を欺くものなのです、しばらく黙っていたスティーヴンは言った。名前と同じです。キケロはポッドモアのように。ナポレオンはグッドボディ氏のように、イエスはドイル氏のように、シェイクスピアはマーフィーのようにありふれた名前だったのです。名前に何の意味がありますか?
(十六挿話三六二～六四行)

ジェラルド・L・ブランズによると、「音の響きは人を欺くもの」ではじまるスティーヴンのこの発言は、言葉とそれが指し示すものとの乖離を表しており、さらに名前と人との乖離も含意しているという。その結果、御者溜りの店主は、ほんとうにフィーニックス公園殺人事件に関与したフィッツハリスなのかとか、マーフィーはほんとうにロマンティックな船乗りなのかという疑念が生じてくる。名前とそれが指すものとの間に実質的な関係がないことから、人物とその人物の役割との間の関係も私たちは疑うようになるのだ(Bruns 三六九～七〇頁)。

ブランズの解説に付け加えると、コーリーや船乗りの発言が「虚偽」であるとすれば、彼らは現実には存在していないことを話していることになる。こうしたことが可能になるのは、言語の本質が記号表現(signifiant)と記号内容(signifié)の恣意的関係という特性に基づく以上、人間は、話す内容が現実に存在しているか否かということとは無関係に、自由に言語を用いることができるためなのである。その結果、人間は、言語を用いて必ずしも現実に存在しないことを自由につくり出せるようになった。この挿話で問題になる「噓」や「虚偽」、「虚構」は、それが指し示す事実の存在なしに、言葉だけで組み立てられているものである。さらに言うと「フィクション」と呼ばれる「小説」も同様に言葉によって組み立てられた「虚構」なのである。

人物名とそれが指す人物の関係に話を戻すと、スティーヴンの発言のあとで、船乗りがスティーヴンの父親サイモン・デダラスと同姓同名の別人の銃の名人の話をする（十六挿話三七八～七九行）。これはまさに名前が同じでも指す人物が異なっているという好例であり、「音の響きが詐欺師」になりうる実例である。

この挿話では、新聞も嘘を述べるものとして取り上げられている。その実例が「あからさまな嘘を伝える『テレグラフ』の桃色紙のスポーツ版号外」（十六挿話一二三二行）というくだりに出てくる『テレグラフ』誌である。ブルームは、ここで自分の名前が誤植によって「L・ブーム」（十六挿話一二六〇行）とされていることに気づいている。「サイモン・デダラス」という同じ名前が異なった人物を指していたのに対し、今度は同一の人物が異なった名前で現れている。このことからまさに「名前に何の意味がありますか？」という問いを考えずにはいられない。

ホメロスの『オデュッセイア』において、父と子は豚飼いエウマイオスの家で再会し、親子関係を取り戻してペネロペイアのもとへ向かう。ジョイスの『ユリシーズ』でブルームは人生における注意を与えるなどスティーヴンに対してあたかも父親であるかのように振る舞おうとしていた。御者溜りを出た二人は馬車に乗ってモリーがいるブルームの家へと向かう。この挿話ではスティーヴンのブルームに対するこの時の気持ちは描かれてはいない。そのため推測の域を出ないが、スティーヴンがブルームを父親のように思うかと言えば、それは難しいと言わざるをえない。スティーヴンは、もともと父性というものに懐疑的であり、第九挿話で「父であることは、一種の法的擬制《リーガルフィクション》なのかもしれません。息子の父親であって、息子に愛され、息子を愛する者がいるのでしょうか？」（九挿話八四四～四五行）と述べ、父性とは「フィクション」であり、父の息子に対する思いを信じてはいない考えを表明していたからでである。スティーヴンの実父サイモン・デダラスと同姓同名の別人が話題にされたことや、象徴上の父親であるブルームの名前が新聞記事で誤植されていたことは、父親の存在が「フィクション」であるというスティーヴンの主張と呼応しているかのようである。

四、事実とは何か

これまで見てきたように、「エウマイオス」では、実に多様な「虚偽」と「捏造」が現れていた。故意に作られた「虚偽」もあれば、新聞の誤植のようにミスによるものもあった。また個人がつくり出すものもあるいっぽうで集団的に作られるものもあった。これらを表すためにテクストでは名詞の“bogus”、“fabrication”、“invention”、“lie”、“rumor”、“spoof”、“yarns”や形容詞の“fictitious”など「虚偽」と「捏造」に関わる語が繰り返し用いられていた。さらに登場人物を示す語句にも“alias”、“pseudo”、“soi-disant”など「偽名」や「自称」を示す語が添えられていた。これとは逆に「事実」を示す“fact”と“facts”もこの挿話では三十四回（“fact”は三十一回、“facts”は三回）も現れている。この回数は『ユリシーズ』の中でも際立って多く、この挿話が「事実」と「虚偽」の対比をめぐる挿話であることを如実に示している。

この挿話における“fact(s)”の用法には次の三つの特徴が見られる。第一にこの語が現れるのは、語り手自身の語りまたはブルームの台詞や心の中の描写に限られていることで、船乗りなど他の登場人物の台詞に現れることはない。第二に、“in fact”、“in point of fact”、“as a matter of fact”のように「実のところ」を表す熟語が大多数を占めているということである。この理由の一つは、語り手やブルームが、「虚偽」がはびこるこの挿話の中で「少なくとも自分は事実を語っている」ことを主張するためであると思われる。第三に、"fact(s)"という語を用いて、「事実とは何か」を読者に考えさせるような箇所がいくつか見受けられることである。

「事実とは何か」という問いについて、「エウマイオス」のテクスト中に、次の四つの答えを見つけることができる。第一に、事実とは海のように存在が「誰の目から見ても明らかなこと」である。これはブルームの海への思いの中の「海があらゆる栄光とともにそこに存在するという雄弁な事実」(十六挿話六三八～三九行)に示されている。第二に、事実とは「全員が一致してそのように認めること」によって形成される。御者溜りの店主が、アイルランドは地球上でこの上なく豊かな国であり、石炭や豚肉、バター、鶏卵を大量に輸出しているにもかかわらず、その富はイングランドに吸い取られていると主張したとき、「みんなが、それが事実であることに同意した」(十六挿話九九四～九五行)と示されている。第三に、事実は裁判等における宣誓によってつくられることがある。このことは、パーネルとオシー夫人の不倫関係について目撃者が証言台で宣誓の上、暴露したという箇所(十六挿話一三七二～七六行)に示されている。第四に、歴史的に見て長い間、人々がそうだと考えていることも事実とされている。ブルームは第十二挿話でアイルランド愛国者と酒場で口論になり、ユダヤ系であることを中傷される。そこで彼は「キリストは俺みたいにユダヤ人だったんだぞ」(十二挿話一八〇八～〇九行)と言って対抗した。ブルームはこの場面を思い出し、御者溜りでスティーヴンに「事実」という語を口にしつつ、「そこでぼくは明らかな事実をそのまま隠すことなく奴に言ってやったんです。奴の神、つまりキリストもユダヤ人で、キリストの家族もみんなそうだったんだ、ぼくと同じように、もっともぼくは実はそうではないけれど、ってね」（十六挿話一〇八三～八五行）と述べている。

以上の四つは、「事実とは何か」という問いの答えではあるが、同時に「事実」の定義の不確実さも示している。宣誓は人間の意思に委ねられた人為的なものである。またブルームは「キリストがユダヤ人であることは事実」と述べるいっぽうで、神の存在については「捏造」（十六挿話七八一行）だと主張している。神の子とされるキリストの存在は、彼にとって「事実」なのか「捏造」なのかは不明瞭なままである。

五、事実は小説よりも奇なり

西洋社会において、「事実（fact）」とは、『広辞苑』第七版に簡潔にまとめられているように、「本来、神によってなされたこと、またそれが世界として与えられていること。転じて、時間・空間内に見出される実在的な出来事または存在」の意味であった。「事実」が「神によってなされたこと」という意味であるならば、「事実」の集積によって形成される歴史も、神によって創られていくものになる。スティーヴンが勤務する学校の校長ギャレット・デイジーが口にする「創造主の道はわれわれの道とは違う。……人間の総ての歴史は一つの大いなるゴールに向って動いている。神の顕示に向かってだ」（二挿話三八〇～八一行）は、こうした歴史観の反映である。デイジーとは反対に、ブルームは神の存在自体が「捏造」であると主張する。神の存在が「捏造」となると、何が「事実」であるかという根拠がなくなってしまい、「事実」とは海の存在のように「誰の目から見ても明らかなこと」に限られてしまうことになる。「事実」の定義が不明瞭になると、その対極にある「虚偽・虚構《フィクション》」も不明瞭になってしまう。「エウマイオス」では、船乗りの話のような「虚偽」の可能性があることについて、「虚偽」であること自体が「事実」として確定されることはなかった。これは、「事実」とは何かの定義自体がきわめて難しいからである。

「事実《ファクト》」と「虚偽・虚構《フィクション》」を区分することが困難であることは、語源を調べてみると明らかになる。これについて、ロバート・スコールズは次のように説明している。

「ファクト（fact）」と「フィクション（fiction）」は昔なじみである。これらの語はどちらもラテン語から派生したもので、「ファクト」は「作る（make）」や「する（do）」を意味する「ファケレ（*facere*）」に由来し、「フィクション」は「作る（make）」や「形作る（shape）」を意味する「フィンゲレ（*fingere*）」に由来する。（Scholes 一〜二頁）

スコールズによると、もともと同じような意味であったこれらの語は異なった運命を辿ることになる。日常会話で「ファクト」が「現実（reality）」や「真実（truth）」と関連づけられたのに対し、「フィクション」は「非現実（unreality）」や「偽り（falsehood）」に結びつけられたのであった（Scholes 二頁）。

以上見てきたように、「エウマイオス」では「ファクト」と「フィクション」が対比されながら、「事実」か「虚偽」の判定の困難さが示されてきた。ジョイスがこの挿話で描こうとしたのは、「ファクト」

と「フィクション」の間に境界を定めることが困難な中で、社会や歴史が形成され続けていることなのではないだろうか。

『フィネガンズ・ウェイク』においては、「ファクション（faction）」[4]や「フィクト（fict）」という語が登場し、その中で「ファクト」と「フィクション」が融合する。「ファクション」が現れる一例が "Drouth is stronger than faction."（Joyce, *Finnegans* 三三六頁二〇行）[5]という箇所である。これは "Truth is stranger than fiction"、すなわち、「事実は小説よりも奇なり」のもじりである。「フィクト」のうちの一つは "as a matter of fict"（五三二頁一四〜一五行）として現れている。ここで「事実は」という意味の "as a matter of fact" が "as a matter of fict" にされているのである。これら「ファクション」や「フィクト」の理解には、「エウマイオス」挿話における「事実《ファクト》」と「虚偽《フィクション》・虚構」の不可分性の考察が役立つように思われる。

註

本稿は、二〇一九年六月八日に開催された日本ジェイムズ・ジョイス協会　第三十一回研究大会　「シンポジウム1：*Ulysses* 第16挿話を読む」における口頭発表の原稿に、加筆・修正を施したものである。

（1）『ユリシーズ』以外も含め、引用の翻訳はすべて筆者によるものである。

（2）十六挿話八四四行に "ancient mariner" というフレーズがある。

（3）セルカークについては、オンライン版の *Encyclopaedia Britannica* を参照した。
（4）"faction"は「党派」、「内紛」の意味であるが、ここでは融合した語として読みたい。
（5）このテクストからの引用箇所は、括弧内にページ番号、行番号の順に示した。

参考文献

"Alexander Selkirk." *Encyclopaedia Britannica*, Encyclopaedia Britannica, Inc. www.britannica.com/biography/Alexander-Selkirk. Accessed 28 February 2021.
Black, Martha Fodaski, *Shaw and Joyce: "The Last Word in Stolentelling*." U of Florida P, 1995.
Bruns, Gerald L. "Eumaeus." *James Joyce's* Ulysses: *Critical Essays*, edited by Clive Hart and David Hayman, U of California P, 1974, pp. 363-83.
Defoe, Daniel. *Robinson Crusoe*. Edited by Michael Shinagel, Norton, 1975.
Ellmann, Richard. *James Joyce*. Rev. ed., Oxford UP, 1983.
French, Marilyn. *The Book as World: James Joyce's* Ulysses. Harvard UP, 1976.
Gifford, Don, with Robert J. Seidman. Ulysses *Annotated*. 2nd ed., U of California P, 1988.
Joyce, James. *Finnegans Wake*. Faber and Faber, 1975.
——. *Ulysses*. Random House, 1986.
Scholes, Robert. *Elements of Fiction*. Oxford UP, 1968.
Senn, Fritz. "History as Text in Reverse." *Joyce and the Subject of History*, edited by Mark A. Wollaeger, Victor Luftig, and Robert Spoo, U of Michigan P, 1996, pp. 47-58.
海老根宏「『ユリシーズ』第十六挿話」高松雄一編『想像力の変容——イギリス文学の諸相』研究社出版、

一九九一、四四三〜五九頁。

「事実」『広辞苑』（第七版）岩波書店、二〇一八。

限りなく極小の数を求めて
――「イタケ」挿話における数字に関わる疑似崇高性について

下楠　昌哉

はじめに

……しかしながら詩的感覚の才能――偉大で素晴らしい――が視覚と発話と感覚において、注視と注目のもとにおかれ、極端に走ることを押さえられるとき、その真なる高位の精神は、崇高で高貴な場所に、より油断なく侵入してゆくのです。より偉大なる恐怖とより大なる驚異とより偉大なる恭順をともなって、それらの場所に踏み入ってゆくのです……（Joyce, *The Critical Writing* 二一頁）[1]

ユニヴァーシティ・コレッジ・ダブリンの予科に在籍していた当時十六歳のジェイムズ・ジョイス

は、人間によってなされるあらゆる種類の暴力を糾弾する論考の中で、「崇高（sublime）」という美学概念を完全に自家薬籠中のものとして使っている。「崇高で高貴な場所」に踏み入るためにより偉大なる恐怖とより大なる驚異（greater fear and greater wonder）」をともなうのは、十八世紀にカントによって独特の語彙と冗長な文体を用いてではあるものの比較的明確に論じられ、英国の思想家や芸術家たちによって練りあげられた崇高の概念に鑑みれば、至極当然のことである。上に引用した論考において、ジョイスはシェリーを「曖昧で不明瞭な」詩を書く詩人のひとりとしているが、ロマン派の詩人の代表格、ワーズワースの詩は「自然的崇高の到達点」（大河内 二二八頁）とされている。他にもよく知られる例をいくつか挙げるなら、エドマンド・バークは、「美（beauty）」から得られる「快楽（pleasure）」に留らず、畏怖や恐怖を覚えるような眺め、存在、状況に相対した苦痛から解放される心情の「悦び（delight）」について説き、その悦びを生み出す情景を崇高とした。そしてメアリー・シェリーは、『フランケンシュタイン』においてアルプスの峻厳なる風景の崇高さを言祝いだ。

本稿では、十九世紀末から二十世紀初頭に文筆家を志す者たちが知悉していたであろう「崇高」の概念を、ジョイスが『ユリシーズ』第十七挿話「イタケ」においてどのように、特に数字を使って活用しているかを検証する。数学と崇高。この二つの概念が「イタケ」執筆中のジョイスの念頭にあったのは、自身の手紙に残る有名な文言からも明らかだ。「イタケ」は「数学的教理問答の形式」（*Letters* 一五九頁）で書かれている、最終挿話「ペネロペイア」の準備のための「ブルームとスティーヴンの数学的・天文学的・物理学的・機械的・幾何学的崇高化（sublimation）」（一六四頁）の挿話なのである。加えてこの挿話においては、拡大と縮小のイメージが、テクストの肌理が脈動して見えるかと錯覚するぐらい、繰り返し提示される。時にその運動性は無限を目指すかのようにエスカレートし、ある種の崇高さを漂わせるものの、多くの場合、すぐに足元を掬われるような言葉が紡がれて、崇高さは消滅する。とりわけ数字を活用してそのようなイメージが表現されている場合には、明確な誤りを混入することによって、崇高さを幻滅させるのは容易い。しかしながら「イタケ」においてジョイスは、自らつくり出した崇高感を時に自虐的に脱臼させながらも、数字の極端な増加、場合によっては減少によって醸し出される崇高感が読者に強い印象を残す効果を積極的に利用している。そして最終的には極大よりも極小への志向性が強まり、その結果、ジョイス自身の言葉にあるように、「イタケ」と「ペネロペイア」、すなわち『ユリシーズ』という巨大な物語の最後に置かれた二つの挿話の間に強い結びつきが生み出される。本稿では、「イタケ」で数字にまつわる崇高性が活用されて「ペネロペイア」に続く道筋がつけられる、その過程を追ってみたい。

ジョイスの作品と崇高の関係を扱った先行研究には、ドイツ哲学を経由して両者の複雑な関係性を提示するものが目立つ。[2] ジネット・ヴェルストラーテは『フリードリヒ・シュレーゲルとジェイムズ・ジョイスにおける女性的崇高の断片』(一九九八)において、ジョイスの作品の若書きから戯曲『追放者たち』を経て『ユリシーズ』、『フィネガンズ・ウェイク』に見られる崇高性について論じているが、断片の思想家として名高いシュレーゲルとジョイスを併置するこの書籍の主な目的は、カントによって提示された崇高論に見られる理性と感覚、人間と自然、主体と客体を峻別したヘーゲル的な二分法に対し、それに対抗するような崇高性の理解をフェミニズム的立場から示すことであるように見える。結果、『ユリシーズ』において取りあげられる挿話は第十四挿話「太陽神の牛」と第十五挿話「キルケ」に留まり、論の焦点はカント的ではない「女性的な」崇高性の追求に当てられる。ヴェルストラーテから二十年を経て出版されたクリストファー・キトスン著『崇高の遺産――カントからジョイスへの文学、美学、自由』（二〇一九）では、カントの哲学に対抗する崇高性ではなく、カントの示した崇高性のその後の発展が論じられている。カントが批判三部作の『判断力批判』で展開した崇高論の後世への影響を美学と文学両面で考察し、マルクス、H・G・ウェルズ、コンラッド、ジョイスが生み出したテクストを通時的に繋いでゆく試みは刺激的である。ただし、こちらで取りあげられるジョイスのテクストも『ユリシーズ』の「キルケ」のみで、しかも『ユリシーズ』を扱った論考のほとんどは、影響力甚大の論考「不気味なもの」でフロイトが記した赤線地帯と「キルケ」の「夜の街」の共通点の分析に費やされる。そしてその議論の結果として導かれるのは、フロイトの「不気味なもの」とカントの「崇高」とのつながりである。

一、『タイム・マシーン』

前述のキトスンの著作で展開される論考の中で、本稿にとっては「キルケ」を扱った章より重要と思われるのは、十九世紀の科学の諸分野、特に地質学の発展に影響を受けて醸成された「時間」に対して崇高を覚える感覚と、そのような崇高感の変化を反映した作品としてウェルズの『タイム・マシーン』（*The Time Machine* 一八九五）を論じた章である。前振りとしては少し長くなるが、本稿では「キルケ」で表現された時間に関わる崇高さも数字に関わるそれとして注目するので、キトスンの論を援用しつつ、十九世紀末の空想科学小説において読者に感銘を与えるために活用されていた崇高な場面を見ておくことにしよう。キトスンは『タイム・マシーン』における「深淵なる時間（deep time）」の表現にカントの美学の遺産を見るのだが、両者の間に直接的な影響関係がどこまであるかはともかく、『タイム・マシーン』が圧倒的な時間の推移を、進歩したテクノロジーというガジェットを使って十九世紀末の読者が（空想的にせよ）イメージしうるようにしているという指摘は首肯できる。

十九世紀に起こった地質学を始めとする科学の発展は、人々の時間感覚を劇的に変化させた。それまで人間の想像力が遡れるのは聖書に書かれた天地創造のころまでで、十七世紀に行われたアーマー大主教で全アイルランド主席主教のジェイムズ・アッシャーによる有名な計算によると、その年は紀元前四〇〇四年であった。ウェルズは、自分の息子とハックスリーの孫と一九二九年から三〇年にかけて出版した『生活の科学』（*The Science of Life*）で、アッシャーの計算を揶揄する言葉を残している（Kitson 七五頁）。地質学が明らかにした時間の流れは、六千年をはるかに超える長さだった。堆積した地層が示す悠久の時間の流れ、おそらくは人間の想像力を遙かに超えて遡れる時間を目の前にして、人々は巨大な物体や荒れ狂う天候とは別種の新しい崇高の念に打たれたのである。そして『タイム・マシーン』の時間旅行者は、過去ではなく遙か未来へと赴く。彼が移動する圧倒的な時の流れを可視化するのが、タイム・マシーンに付された

H・G・ウェルズ（1866-1946）

「計器（indicator）」である。時間旅行者が最初にたどり着く、モーロックがエロイを支配する世界は「八十万二〇〇〇年余り（the year Eight Hundred and Two Thousand odd）」（Wells 三二頁）である。この数字は、後に「紀元八十万二七〇一年（the year Eight Hundred and Two Thousand Seven Hundred and One, A. D.）」（三六頁）と正確に示される。時間旅行者に正確な年号を一度口にし損なわせ、移動した時間の長さが彼の想像の範囲内に収まっていないことがほのめかされる。

しかし、八十万ごときでは、読者に崇高さを感じさせるには充分ではない。モーロックの襲撃から逃れた時間旅行者はさらに未来へと向かうが、目にも止まらぬ速さで年を刻む計器の針は、もはやまともな数字を示しはしない。

……計器のある文字盤は日にちを、もう一つは何千もの日にちを、もう一つは、何百万もの日にちを、もう一つは何十億もの日にちを示していた。……私が文字盤に目をやると、千日を示す文字盤の針が、時計の秒針と同じくらいの速さで動いているのがわかった――未来へと（into futurity）。（一〇三～四頁）

キトスンは“futurity”という単語が十九世紀末の流行りの単語であり、“into the future”というよりはるかに不可触感が醸し出されていると指摘している（Kitson 七六頁）。周知のように、時間旅行者が目にするのは、もはや人間がこの世の支配者ではない荒涼とした世界である。人間が世界から消え去っても、時の流れは永遠に留まることなく茫洋と進んでゆく事実が、時間旅行者が感慨深げに黄昏や海や日没に付す“perpetual”や“eternal”といった形容詞（Wells 一〇五、一〇八頁）によって際立たせられる。無限に続く時の流れと星の運行に時間旅行者が感じた崇高なる感慨は、彼が姿を消した後の語り手の感慨に引き取られる。姿を消した時間旅行者がさまよっているのは、はるかなる過去、旧石器、白亜紀、ジュラ紀、三畳紀かもしれない。無限の時の流れは、はるか過去にも遡ることができるのだ。

二、「イタケ」

『ユリシーズ』第十七挿話「イタケ」は、ついに邂逅を果たした現代のオデュッセウス親子、レオポルド・ブルームとスティーヴン・デダラスが、エクルズ通り七番地のブルームの自宅にたどり着く挿話である。時刻はすでに日付が変わった深夜で、二人は疲れ切っている。この挿話の文体は教理問答を模しており、二人の些細な行動、ブルームの居宅の様子、物語で起こったことなどが仰々しい、あるいはそっけない物言いで、多くの場合、針小棒大に語られる。取りたてていしたことのない事実や、ありふれた行動を描き出す言説の分量を引き延ばし、その口調に客観的な雰囲気と真実味を与え、語られる内容のスケール感を一瞬にして拡大（あるいは縮小）するために活用されるのが「数」である。「イタケ」で使われる数に関しては、その真偽や数学との関係性について精緻な議論をした先行研究があるが、本稿では数字の崇高さを醸し出すためのガジェットとしての役割に主に注目する。

前節では『タイム・マシーン』で表現された、想像を越えた時間の長さから生じる崇高さを見た。「イタケ」の序盤でも、時間は長く遠く引き延ばされて、さもたいしたものであるかのように示される。ただその試みは、たいてい無様に失敗させられてしまう。あたかも、数を使って崇高さを感じさせようとする文学表現は、見慣れぬ巨大な数字を前にすると思わず生じる直感を利用した手管にすぎないことを、あらかじめ示しているかのようである。

スティーヴンを家に連れてきたブルームだが、中に入ろうにも家の鍵を忘れてしまっている。裏口から入るべく、彼は柵を乗り越え、半地下に向かって飛び降りる。そして落下するブルームの体重が問答の俎上にのせられるにあたり、いつその体重が測られたかについて、くどいまでの描写がなされる。「先だっての昇天日、すなわち、グレゴリオ暦一九〇四年、閏年の五月十二日（ユダヤ歴五六六四年、マホメット暦一三二二年）、黄金数は五、太陽暦と太陰暦の日差十三、ユリウス暦の二十八年周期で九年目、主の日文字はBで閏年ゆえにCも、ローマ皇帝布告の十五年期の二年目、ユリウス暦六六一七年、MCMIV」（九四〜九九行）。年月、時の流れの記録というものが、支配者や特定の宗派や民族などにとって都合の良い恣意的なシステムによるものでしかないことが、ここで露見させられる。人間は、時の流れを把握するには暦という尺度を用いなくてはならないが、特定の暦によって表された数字が崇高さを感じさせるのは、その暦を利用する特定の人的集団にとってでしかなく、暦によって表された数字は、別に時間の絶対的な長さを表しているわけではないのだ。

さらには、客観的な尺度となるはずの数字も、計算を間違えれば何の根拠にもならないことが示される。ブルームとスティーヴンの歳の差という単純な数差に対して、ただ数を大きくして見せるためだけの、無意味で非論理的な数字遊びが展開される。物語のこの時点でブルームは三十八歳でスティーヴンは二十二。二人の年の差は十六である。「一九三六年、ブルームが七十でスティーヴンが五十四になるであろうとき、はじめは十六対〇の割合であった彼らの年齢は、十七と二分の一対十三と二分の一になるであろう。恣意的に未来の年が加えられたので割合は増え、差は少なくなる。というのは、一八八三年にあった割合が不変のまま続いていたなら、それがありうると仮定すれば、スティーヴンが二十二歳の一九〇四年のその時までに、ブルームは三百七十四歳であろう……」（四四九〜五四行）。この後、ブルームは「八万三千三百」歳（四六〇行）まで生きかねないとされるのだが、この計算方法にまるで根拠がないのは明らかである。この部分の問答ではメトセラやノアの洪水期への言及がなされ、旧約聖書の創世記にあるアダムの子孫たちの年齢リストのパロディにもなっているが、それと同時に、悠久なる時間の流れによって読者に崇高を感じさせようという試みそのものを茶化しているようでもある。

ここで、『判断力批判』においてカントが数と崇高さの関係についてどのようなことを言っているか、確認しておきたい。カントが喝破したところでは、「崇高と私たちが名づけるのは、端的に大であるものである」（一八四頁、強調は原文のまま）。ここでの「端的に大」とは「絶対的に大」の意である（一八五頁）。その大なるものは、相対的に理解されるものではなく、直感でとらえられなくてはならない。というのは、「数学的評価が呈示するものは、つねにひとえの他の同種のものとの比較を介した相対的な大きさであるにすぎないが、直感的評価はたほう、大きさを端的に、こころがその大きさを直感において把握しうるかぎりで呈示するからである」（一九〇頁）。ただし、自然の無限性を直感的に構想するための尺度としてなら、数字は有効になる場合もあるようである。少し長いが、カントの論のその部分を引用してみる。

私たちが人間の背丈にしたがって評価する樹木〔の高さ〕は、ともあれ、とある山〔の高さ〕に対する尺度を与える。さらに、この山がかりに一マイルほどの高さであるとすれば、その山は、地球の直径をあらわす数に対してその単位として役だって、地球の直径を直感的なものとする。地球の直径は、私たちの知っている太陽系のための、後者は銀河系のための単位となる。くわえて、星雲と呼ばれる、こうした銀河系の測りしれない集合――星雲は、おそらくふたたび、たがいのあいだでこういった体系をかたちづくって全体を直感的に判定するにさいして、崇高なものは数の大きさのうちに存するというよりも、かえって私たちが前進すればするほど、それだけより大きな単位に到達することのうちにある。（一九八頁、〔 〕は引用テクスト中の訳者による補足）

カントのこの一節が「イタケ」に直接的な影響を及ぼしたと断言する豪胆さは筆者にはないが、次の引用で示される人や地球や太陽を尺度に無限のスケールをイメージさせようとする試みは、先のカントの一節を読者に想起させてやまないだろう。

ブルームは、自分の家から辞去するスティーヴンを裏口から外に送り出す。庭に出た二人の頭上には、星空が無限に広がっている。それを見ながらブルームは自らの崇高なる瞑想を開陳してみせ、その「進化についての瞑想は、ますます広大無辺になって」（一〇四二行）いく。新月について、地中深く埋められた筒の底から見る天の川について、さらには

……距離にして十光年（五十七兆マイル）先にあり、我々の惑星の九百倍の体積を持つシリウス（おおいぬ座のアルファ星）について、アルクトゥールスについて、春分点の歳差運動について、星の

帯と太陽の六倍のシータ星と我々の太陽系が百個含まれるような星雲を伴ったオリオン座について、一九〇一年に発見されたノヴァのような死にかけと生まれかわりの新星について、ヘラクレス座に向かって落下しつつある我々の太陽系について、恒星の視差すなわち天体までの距離を測る方位の差について、実のところその恒星たちは、人に割当てられた七十年ほどの人生が形成するごくごく短い挿話を形成するほどの年月と比べると、計り知れないほど遠くの悠久の過去（eons）から無限に遠い未来へと、ずっと移動し続ける漂流者なのである。（一〇四六〜五六行）

マイケル・リヴィングストンが指摘するように、上の引用ではシリウスへの距離が間違っていたりするのだが（Livingston 四四三頁）、そうした専門家か博識家しかわからない点はともかく、ここでブルームは、人がイメージしやすい大きさの星などを尺度としつつ、宇宙の広大さ、そこに流れる悠久の時間を懸命に論じているようである。疲れ切った若者を夜中に送り出そうとしている際の台詞としてはいかにも冗長で場違いだが、それでもこのテクストは読者に、圧倒的な宇宙の無限のあり様、すなわち崇高さを感じさせずにはいない。たとえそれが、誤りを含む疑似的な崇高さであったとしても。

カントの崇高論が空間的サイズにこだわる一方、「イタケ」からの一節は空間と時間の双方を包含して崇高さを醸し出そうとしているのだが、この点は相異というよりむしろ、カントの議論が無理なく拡張されて活用されているように見える。よく知られているように、カントは『純粋理性批判』において、人間が外部の事象を受け取るために、人の精神に先験的に存在する形式条件として空間と時間を挙げている。『判断力批判』からの引用では論じられる対象が空間に絞られているが、時間もまた、カントが考えるところの、外界を直感的に把握するために心に生来備わっている心理的枠組みなのだ。実際『判断力批判』においてカントは「無限なもの（空間ならびに流れさった時間）」（一九五頁）とさらりと述べており、その議論の射程から時間の「大きさ」が除かれているわけではない。

崇高とは、あらゆる感覚によって把握できないほど極大に向かって無限に進む力によって感じさせられる、「それと比較すれば他のすべてのものが小であるもの」（カント 一八八頁、強調は原文のまま）である。カントは、顕微鏡による小なるものに対する気づきが、崇高を構想する豊かな材料を与えるとする。だとすると、あらゆる感覚によって把握できないほど極小に進む場合にもまた、崇高に似た感覚は生まれるのではあるまいか。ブルームの瞑想が極大から極小にジェットコースター的に突き進む時、そのスケールと速度によって、ある種の崇高さに似た感覚が生み出される。そしてブルームの極小への瞑想の旅は、最終的にその物質性を失う。

> 地球の地層に記録された地質の悠久の期間（the eons of geological periods）について、大地の穴、動かせる石の下、巣と盛り土に隠された無数の小さな昆虫に属する有機的存在について、微生物、ばい菌、バクテリア、バチルス、精子について、親和性ある分子結合に含有された計算不能なほどの何百万、何兆、何京もの、針先にある分子について、赤と白の物体が散りばめられた人の血清分子の宇宙について。赤と白の物体は、それら自体が他の物体を真空に散りばめた諸宇宙であり、それらはそれぞれが、連続した分割可能な構成物質による宇宙なのであり、構成物質は、それぞれ再分割可能な物体の割り算によってまたしても分割しうるのであり、被除数と除数は、実際の分割なしにどんどん

減少し、もしその減少を十分に実行したとして、何にも、どこにも、たどり着くことはない。(一〇五八~六九行)

地層によって時間の悠久性を表現しようとする試みは、『タイム・マシーン』を経てきた我々にはわかりやすい。小さな構成物質を繰り返し分割して無限に極小を目指す「イタケ」における試みはこの後、極小に向けて永遠に分割を繰り返してゆく除法へと変貌してゆく。

カントは、数字は尺度として大なるものを構想させる時に限って崇高となる、と論じたが、純粋な計算もそれが果てしなく続けば、人の感得できる範囲を越えた無限性すなわち大なるものを体現し、ある種の崇高さを帯びることがあるのではあるまいか。ただしブルームは、残念ながらそこまでの領域にはたどり着けなかったようである。上の回答に対して質問者からは、なぜブルームはもっとちゃんと計算しないのかと糾弾する問いが発せられる。その問いには、ブルームが古代から伝わる円の正方形化の問題に凝っていた時に、正確を期したならば各頁が数字で埋め尽くされたインド紙で千頁の三十三巻本ぐらいに達してしまうほどの数の存在を知ってしまったからだ、と返答がなされる。それだけの書物が必要なのは、「以下の完全な物語を含むためである。いくつもの、何十、何百、何千、何万、何十万、何百万、何千万、何億、何十億もの印刷された整数についての、その数字の累乗のうちのどれのどの累乗が究極なまでに動的な精巧さで累乗されてゆく可能性を稠密に含んでいる、全ての級数の全ての数字からなる星雲の核についての物語を」(一〇七八~八二行)。ここで注目すべきは、ブルームがやりそこなった計算結果にしか過ぎない数字に、人を圧倒するような増殖のイメージが与えられていることだろう。

三、無から無限へ

挿話の終盤になっても無限に向かう拡大と縮小のイメージは繰り返し描かれ続け、それに伴って適宜数字が活用されているが、ブルームが大なる富を夢想する部分では、数字を伴った拡張のイメージは、無様に頓挫させられる。大金を得て田舎の地主になることをブルームは考え、蓄財の方法を様々に並べたてる。うちひとつは

……分別がない者と、三十二の所与の商品を配達する契約をすること。最初は四分の一ペンスであるが、配達ごとに代金は二の幾何級数に従って連続的に増えてゆく（四分の一ペンス、二分の一ペンス、一ペンス、二ペンス、四ペンス、一シリング四ペンス、二シリング八ペンスと三十二回にわたって倍増する）。（一六九〇〜九四行）

であり、その増え方は確かにそら恐ろしいが、提案されている内容はケチなペテンにすぎない。

ブルームが構想する大なる事業には、人間が生活するところに必ず生じる物質を利用したものもある。大河内昌はマルサスの『人口論』を取りあげて、「恐怖と不安の感情と結びついた無限の観念の表象を、十八世紀の理論家たちは『崇高』と呼んだ」（一五四頁）と当時の思潮を総括した。無限に増殖す

る人口の見通しに当時の知識人たちは畏れと不安を感じ、そこに崇高さを覚えた。人口が無限に増えるなら、富の拡大もそれに連動させれば有効なはずだ。ブルームは人の排泄物を「一九〇一年の国勢調査報告書に従って、アイルランド全人口の四百三十八万六千三十五人分かけ合わせる」ことを考えるが、少なくともその思考には崇高さはおろか、高尚さは欠片も感じられない。

このように、莫大なる蓄財を目指すブルームのアイディアは崇高さを帯びない。続いて彼の思考は物語の終局に向けて、縮小へのベクトルを取ってゆく。偉大なるギリシア神話の英雄であったはずが、モダンだが卑小なダブリナーとして転生したブルームは、夜中の自宅で自らの冴えない未来に思いを馳せる。彼の社会的な転落を防いでくれているわずかな蓄えの証書や通帳を前にして、彼のマイナス思考はいったん行きつくところまで行きつく。教理問答の質問者は命じる。「運命の逆転をそれぞれの分母に乗じることによって、彼を守っているこれらの蓄えの支えからブルームを落ちぶれさせ、あらゆる前向きな価値を除去して、数学的に微量で否定的で不合理で非現実的な等式へと収斂させよ」(一九三三〜三五行)。それに対する答えでブルームは、隷属状態の階梯を「貧困」(一九三六行)、「物乞い」(一九三八行)、「極貧」(一九四四行)へと落ちてゆき、行きつくのは「悲惨のどん底、年老いた、不能の、選挙権なく、救貧院に収容された、死にかけの狂った生活保護者」(一九六六〜六七行)である。

社会のどん底に落ちるのを逃れるには死んでしまうか今の妻と別れるかだと思考を切り替えて、妻が眠る寝室へと向かったブルームに、二つの無限 (infinity) のイメージが訪れる。彼が思い浮かべたモリーの父親の顔の印象は平行な線路が無限の先で交わる点で（meeting at infinity）、もし生み出されるのなら、エイミアンズ通りのグレート・ノーザン鉄道の終着駅へ、単調に一定の加速をしつつ、後退してゆく。すなわち、並行した線路に沿って、無限から再生されて（reproduced from infinity）、単調に一定の遅延をしつつ、エイミアンズ通りのグレート・ノーザン鉄道の終着駅に、戻ってくる。（二〇八四〜八九行）

ここで思い描いた無限移動のイメージは、妻の浮気相手の無限連鎖というとんでもない形ですぐに再現される。ベッドに残る自分ではない男の身体がつくった痕跡を見るブルームは、妻と同衾する男の「無限（infinity）に発生して繰り返される連なりにおいて、最初でも最後でも唯一でも単一でもない」（二一三〇〜三一行）。嘘か真かわからぬモリーの浮気相手の名前のリストは延々と直近のボイランまで続き、「各々、等々、最後の順番には行きつかない」（二一四〇〜四一行）。

無限のイメージにさいなまれるブルームは床に就き、物語を駆動する主体を妻のモリーへと明け渡す準備が整う。ベッドでまどろむブルームの心中で、彼の昼間の彷徨は現実離れしたシンドバッドの航海に置き換えられ、その旅でどこを彷徨ったかが尋ねられて、「イタケ」は終焉を迎える。

どこを？

● （二三二一〜三二行）

「イタケ」執筆中のジョイスは、「イタケ」の「最後の言葉」は「ペネロペイアのために残され」、「永遠（eternity）へのブルームのパスポートの対極にある必須の印」であると述べている（Joyce, *Letters* 一六〇頁）。「イタケ」の次にある『ユリシーズ』最終挿話「ペネロペイア」は、眠りの中にあるモリーの意識の流れで、全編が構成されている。一九二〇年九月二十一日にジョイスがカルロ・リナティに送った『ユリシーズ』の計画表においては、各挿話に与えられていた正確な時刻が、最終第十八挿話の「ペネロペイア」においては「∞」となっていた。[3] 巨大なこの小説は、無限大に拡散してどこまでも続いてゆくかのようなモリーの言葉の奔流から匂いたつ、崇高さと共に幕を閉じるのである。

批評家たちは、「イタケ」の最後にある黒点（black dot）が何を意味するのかについて、様々に論じてきた。[4] この点に関する解釈が唯一つに収束することは永遠にありえないであろうが、「イタケ」の崇高さを追い求めてきた読者にとっては至極当然の帰結となる結論で、この論考を終わろう。「イタケ」の最後に置かれたこの黒点は、あるがまま、点である。体積も面積も長さもない、ゼロ次元である。大なるものへの畏怖と賛美を脱臼させ続けた果てに、「イタケ」は無に限りなく近く、数学的純度の高い極小の表象へとたどり着く。こうして無限に抽象的に収縮したブルームの思考を目にしてこそ、無限の時間へと続くペネロペイアの言葉に驚嘆し、それを讃える準備が整うのである。

カントは、顕微鏡によって小さいものの存在がわかるほどに、大なるものの崇高さは増すと論じた。比較するもの同士の差が大きければ大きいほど、その差が与える心的インパクトは増す。ならば、無限大に向かって膨張してゆく言葉の奔流の起点には、限りなく無に近い、極小の点こそがふさわしい。

註

（1）引用の翻訳は断りがない限り、カントのものを除き引用者による。

（2）本稿は特定の思想家の崇高論とジョイスの作品との関係性について論じることを志向していないが、カントのテクストは、先達の訳業の学恩に頼りつつ適宜引証している。カント『判断力批判』からの引用は、熊野純彦訳による。

（3）Ellmann に付された Appendix の解説を参照。

（4）シェルドン・ブリヴィックが精神分析を援用しつつ、モリーの生殖器、特に肛門であると論じたのは有名（Brivic 二〇六頁）。オースティン・ブリッグズが紹介する様々な解釈の中では、リチャード・ケインの一九四七年出版の研究の結論が、本稿の結論に一番近そうである（Briggs 一三六頁）。

参考文献

Briggs, Austin. "The Full Stop at the End of "Ithaca": Thirteen Ways—and Then Some—of Looking at a Black Dot." *Joyce Studies Annual*, vol.7, 1996, pp. 125-44.

Brivic, Sheldon. "The Other of *Ulysses*." *Joyce's* Ulysses*: The Larger Perspective*, edited by Robert D. Newman and Weldon Thornton, U of Delaware P and Associated UP, 1987, pp. 187-212.

Ellmann, Richard. *Ulysses on the Liffey* with "Appendix: The Linati and Gorman-Gilbert Schemas Compared." Oxford UP, 1972.

Gifford, Don, with Robert J. Seidman. Ulysses *Annotated: Notes for James Joyce's* Ulysses. Revised and expanded ed., U of California P, 1988.

Joyce, James. *The Critical Writings of James Joyce*. Edited by Ellsworth Mason and Richard Ellmann, Cornell UP, 1989.

——. *Letters of James Joyce*. Vol I, edited by Stuart Gilbert, The Viking Press, 1957.

——. *Ulysses*. Random House, 1986.
Kim, Jessica. “‘“A series originating in and repeated to infinity”: Identity, Relations, and the Fractal Imagination of “Ithaca”.’” *James Joyce Quarterly*, vol. 56, no. 3-4, pp. 289-309.
Kitson, Christopher. *Legacies of the Sublime: Literature, Aesthetics, and Freedom from Kant to Joyce*. SUNY Press, 2019.
Laman, Barbara. *James Joyce and German Theory: “The Romantic School and All That.”* Fairleigh Dickinson UP, 2004.
Livingston, Michael. “‘“Dividends and divisors ever diminishing”: Joyce’s Use of Mathematics in “Ithaca”.’” *James Joyce Quarterly*, vol. 41, 2004, pp. 441-54.
Verstraete, Ginette. *Fragments of the Feminine Sublime: In Friedrich Schlegel and James Joyce*. State U of New York P, 1998.
Wells, H.G. *The Time Machine*. 1895. *The Works of H. G. Wells*, Atlantic edition, vol. 1, T. Fisher Unwin, 1924, pp. 1-118.
大河内昌『美学イデオロギー――商業社会における想像力』名古屋大学出版会、二〇一九年。
カント、イマヌエル『判断力批判』熊野純彦訳、作品社、二〇一五年。

デダラス夫人からモリーへ
——スティーヴンの鎮魂

中尾　真理

はじめに

『ユリシーズ』はスティーヴン・デダラスを中心にした第一部と、ブルームが中心となる第二部、二人の対面と別れを描いた第三部から成り立っている。第一部の冒頭、第一挿話で登場するスティーヴンは喪服を着て、ハムレットのように悲しみに沈んでいる。マリガンとの会話から、スティーヴンが少し前に母を失くし、喪に服していることがわかる。スティーヴンはジョイスの前作『若い芸術家の肖像』の主人公である。したがって、『ユリシーズ』はその続編にあたるのだが、この小説の意義はもちろん、そこだけにあるのではない。第二部において、この小説は通常の予想を超えた発展をするからだ。作者はこの発展を予め慎重に計画したと思われる。

本稿では第一挿話「テレマコス」において、スティーヴンの意識に現われる母親メアリ・デダラス、すなわちデダラス夫人の存在の重みに注目し、それが第二部以降でどのように継承され、発展していくのかを見ていく。『ユリシーズ』が始まった時点で、すでにこの世にいないデダラス夫人は、第二部では、モリー、ブリーン夫人、ガーティ、ピュアフォイ夫人に姿を変え、最終的には第十八挿話のモリーの独白となる。デダラス夫人とは対極的なモリーの生き方を、スティーヴンを基点にして、ブルーム氏との関係で考える。

一、母を悼むスティーヴン

『若い芸術家の肖像』は、スティーヴンが故国もダブリンも家族も捨てて、国外に出ようと決意するところで終わっていた。続く『ユリシーズ』では、同じスティーヴンが第一挿話から第三挿話（第一部）までの案内役をつとめ、同時に、中心人物でもあるが、その時代設定は『若い芸術家の肖像』の最後から一年余が経過した一九〇四年六月十六日になっている。その間、スティーヴンは宣言通りパリへ出奔していた。しかし、何も成果をあげないまま、再びダブリンに舞い戻っている。母の死を看取った後、スティーヴンは父の家を離れ、サンディコーヴ海岸のマーテロ塔に、医学生の友人マリガンと一緒に暮らしている。

第一部の冒頭は、マーテロ塔の朝の場面である。ダブリン湾を見渡す塔の上で、マリガンがミサを執り行う司祭の真似をしながら陽気に朝の洗面をし、喪服のスティーヴンが陰鬱な顔で下から上がってくる。母の死から相当の月日が経過しているにもかかわらず、スティーヴンはいまだに母の喪に服している。作品中、最後まで変わらぬスティーヴンの喪服姿は、母の死が彼に与えた内面の傷の深さを示している。スティーヴンは長男で、母に愛された息子であった。デダラス夫人は『若い芸術家の肖像』にも、その元になった『スティーヴン・ヒアロウ』にも登場するが、『ユリシーズ』では、直接の言及は少ない。スティーヴン自身も、母の苦労についてほとんど語っていないが、第八挿話で、ブルーム氏がスティーヴンの父サイモン・デダラスの家庭について、次のように考えている。

母親がいなくなると家庭は崩壊する。［サイモン・デダラスには］子供が十五人いた。ほとんど毎年の出産だ。それがカトリックの教義で、そうでなければ可哀そうに、神父は女たちに告解を、罪の許しを与えてくれないのだ。殖えよ、地に満てよ。（Joyce, *Ulysses* 八挿話三〇〜三三行）[1]

ブルームは子供が十五人いたと言っているが、その中には流産・早産・死産も、夭折した子供もあっただろう。『若い芸術家の肖像』では、デダラス夫人の子供の数について、スティーヴンが「九人か十人……何人かは死んだ」と言っている（Joyce, *A Portrait* 五章二六二頁）。スティーヴンは『若い芸術家の肖像』では度々母に言及し、母との不和について、クランリーに相談を持ちかけている。第五章、スティーヴンがアイルランドを出る決意をした後、日記が始まる直前である。

——クランリー、僕は今晩、不愉快な喧嘩をしたんだよ。

——家族と、か？　クランリーが尋ねた。
——母と、だ。
——宗教のことで？
——そうなんだ、スティーヴンは答えた。（*A Portrait* 二五九頁）

親友のクランリーは、スティーヴンの母親との不和の原因が宗教にあることを知っていた。スティーヴンは自分を縛る宗教を押し付けようとする母が疎ましかったのである。この後の長い対話でクランリーは「君はお母さんを愛しているのか」、「君のお母さんの人生は幸せだったのか」などの、核心をつく質問をした上で、「君のお母さんはずいぶん苦労したに違いない」と指摘している。そしてその労苦を少しでも軽減するために、形だけでよいのだから、お母さんの望み通りにしてはどうかとスティーヴンに助言している（二六二～六三頁）。親友との対話の形をとっているが、クランリーは、スティーヴンの良心を代弁していると言ってもよい。『若い芸術家の肖像』の終わりで、スティーヴンが母とのいさかいに悩んでいたことは、『ユリシーズ』を読む際にも考慮するべきだろう。

話を『ユリシーズ』に戻すと、デダラス夫人は、ブルームによれば、毎年のように妊娠出産を繰り返していた。他にも流産や死産があったかもしれない。いずれにしても、デダラス夫人の肉体的負担は重く、間近でそれを見ていたスティーヴンの心中は、特に描かれていないが、長男であるだけに、複雑であっただろうと想像される。第十四挿話「太陽神の牛」で繰り広げられる、多産をめぐる医学生たちとブルームとスティーヴンの議論も、母親の妊娠出産を十数回も見守らなければならなかった、息子の心情を考慮に入れる必要がある。

二、良心の呵責

前述のように、デダラス夫人はすでに故人であり、スティーヴンの記憶の中にしか登場しない。しかし、その母の記憶がスティーヴンを苦しめている。スティーヴンの脳裏には、苦しみながら死んでいった母の最期が、惨めな死として焼きついている。心ないマリガンの言葉がそれをさらに強調する。中でも、「私のために祈ってちょうだい」という母の願いを拒否したことが、スティーヴンの「良心の呵責(Agenbite of inwit)」となっている(一挿話四八一行)。最愛の母の願いを断ったのは、何ものにも束縛されたくないという大義のためであったが、大義では割り切れない弱みをスティーヴンは引きずっている。医学を修めるつもりで雄飛したパリでの挫折感もあり、憂い顔の喪服姿での登場となったと思われる。

スティーヴンの自責の念の激しさは、彼の脳裏につきまとう母の面影が、常に怖しい姿をしていることからもうかがえる。スティーヴンの夢に現れる母は、棺に横たわり、屍衣にくるまれ、蠟とローズウッドの匂いを放つ死者である。「死への恐怖」、あるいは「死者への恐怖」という方が適切かもしれない。「死者への恐怖」は『ダブリンの市民』の短編「姉妹」のテーマでもあった。スティーヴンは母の死の苦悶を見届けたショックから立ち直れない。「肝臓癌」だった母親は、緑色の胆汁を吐いて亡くなった。『ユリシーズ』第一挿話、マーテロ塔の屋上でスティーヴンは、ダブリン湾を見て、母の胆汁を受けた容器を思い出す。

湾と空のラインが作り出す輪の中に、沈んだ緑色の大量の液体があった。白い陶器のボールが母の死の床の傍らにあり、緑色のどろりとした胆汁が入っていた。母はそれを大声で呻きながら嘔吐の発作で、腐りかけた肝臓から絞り出したのだ。（一挿話一〇七～一一〇行）

スティーヴンはこの記憶から抜けられない。慚愧の念と恐怖は、肉体を蝕むほど強く激しく、スティーヴンは死んだ母を食屍鬼（Ghoul）と呼んでいる。

食屍鬼！　死体を食らう者！

母さん、嫌だ！　僕をこのまま生かしておいて！（一挿話二七八～七九行）

死者となった母に見つめられ、責められることにスティーヴンは怯えている。(2) 第十五、十七挿話で、喪服のスティーヴンが、あたかも母の霊を慰めるかのように、「臨終の人のための祈り（*Liliata rutilantium te concessorum.....*）」を唱えながら、ステッキを十字架のように高く掲げて、入退場するのは、そのためである。

生活苦と子沢山、それに宗教の束縛が加わって、惨めな死をとげるのは、スティーヴンの母ひとりにとどまらない。牛乳売りの老女（第一挿話）は貧しいアイルランドの象徴とも考えられるが、神を信じ、人に仕えるのみで報われぬ人生を送ったという意味で、この老女もデダラス夫人である。父からせびり取った二ペンスの半分で、フランス語の教本を古本屋で買った妹ディリーも、スティーヴンは母と同じ運命を辿るとみている（十挿話八七五～八〇行）。第十四挿話で九人目の子供を難産の末に分娩するピュアフォイ夫人も、多産から逃れられないという意味で、デダラス夫人の分身である。[3] 第十三挿話「ナウシカア」に登場するガーティも結婚すれば多産と労苦の人生を免れないだろう。モリーの場合は、少し事情を異にするので、改めて触れたい。

三、デイジー氏の助言

第二挿話では、スティーヴンが教師として勤務する学校での様子が描かれる。その間も、スティーヴンの意識の中には常に母親がいる。ひ弱な少年サージャントの計算を見てやりながら、「でも誰かがこの子を愛した」（二挿話一四〇行）と母の愛について考え、「僕もこんなだった」（同一六八行）と少年と自分を重ね合わせ、人生でたった一つの真実は、母の愛だろうかと考えている（同一四三行）。母親の亡霊に悩まされる一方で、ス

図１　2004年ブルームズデイのダブリンで当時の服装をする女性たち（筆者撮影）

ティーヴンには、わが子を守る唯一無二の母の愛の記憶もあるのだ。

母の愛について、クランリーは『若い芸術家の肖像』の第五章で、次のように言っていた。

君のお母さんは君をこの世に連れてきて、身のうちに君をかかえてきた。我々には君のお母さんの気持ちはわからない。しかし、お母さんがどう感じているにせよ、少なくともそれは真実なんだよ。真実であるに違いない。(*A Portrait* 二六三頁)

校長のデイジー氏は、『オデュッセイア』のネストルにあたる。ネストルはギリシア軍最年長の賢い王だった。デイジー氏もお節介だが、親切な老人である。スティーヴンが文学を志していることを理解し、評価もしている。新聞社に投稿する手紙の取り次ぎを依頼するのも彼である。そのデイジー氏が、人生の先輩として父親のように、スティーヴンに忠告するのが、金に関する処世訓だ。「金は力である」(二挿話二三七行)が彼の信条であり、「私は自分で稼いできた。生まれてから一シリングの借金もない」(二挿話二五三~五四行)と考えるのが英国人の誇りだと、スティーヴンに教える。そして、「君にできるかね」とつけ加えるが、借金まみれのスティーヴンには、できない相談だ。

借金はするなという、デイジー氏の助言に対する、スティーヴンの反応を見ておこう。「君にできるかね」という問いかけに、スティーヴンは「今のところは無理ですね」(二挿話二六〇行)と、表面上は穏やかに答えている。しかし、心中では「マリガンに九ポンド、靴下三足、靴一足、ネクタイ。カランに十ギニー、マッカンに一ギニー……」と、友人からの多額の借金を思い浮かべている(二挿話二五五

~五九行)。あからさまな反論はしないが、心の中では反発しているのだ。スティーヴンは、表面上は敬意をもって老人に接しているが、内心では反逆心が渦巻くのである。若者らしい悪戯心もある。スティーヴンの内に秘めた「父親」への反発心は、第二挿話末尾でもう一度繰り返される。授業を終え、給料を懐にしたスティーヴンが校長室を辞して、校門を出ようとした時だ。デイジー氏がぜいぜい喘ぎながら後を追ってくる。

「アイルランドは、ユダヤ人を迫害したことのない、唯一の栄誉ある国だそうです。知っていましたか。知らない。では、なぜだか知っていますか」

まぶしい空気に向かって彼は、厳しい顔で眉をひそめた。

「なぜでしょう」にっこりし始めたスティーヴンが尋ねた。

「奴らを入国させなかったからだよ」デイジー氏は厳かに言った……彼はくるりと素早く後ろを向くと、咳込み、笑いながら、両手を高く宙に振りながら、戻って行った。(二挿話四三七~四五行)

「アイルランドはこれまで一度もユダヤ人を入国させたことがない」というデイジー氏の認識は間違っている。しかし、スティーヴンは直ちに老人の発言を否定することはしない。彼は愛想よく微笑んでいる。けれども、デイジー氏の後ろ姿を見送るスティーヴンの心中では、皮肉が渦巻いている。内心では反発し、デイジー氏の狭量な考えを笑っているのだろう。そして、これがきっかけとなって第四挿話「カリュプソ」の善良なダブリン市民、ユダヤ人ブルーム氏の登場となった、と思われる。

四、海辺のプロテウス（変容）

第四挿話から『ユリシーズ』は第二部に入る。導入部から本編に入ったのである。その冒頭で、レオポルド・ブルーム氏という新しい人物が、前触れもなく登場して読者を驚かす。本編の主人公である。時刻も三時間ばかり前（午前八時）に戻っている。

この移行はいささか唐突である。(4)『ユリシーズ』の登場人物は、スティーヴンをはじめ、その大半が『ダブリンの市民』と『若い芸術家の肖像』から引き続いての登場である。しかし、ブルーム氏はそのどちらにも登場していない。まったく新しい登場人物だ。（他にマリガン、モリー、ボイランが新しく登場する）。しかもユダヤ人である。

ユダヤ人については、第一挿話でイギリス人ヘインズも「自分の国がドイツ系ユダヤ人の手中に落ちるのは見たくない。それが今僕たちの国家的な問題なんだ」（一挿話六六六〜六八行）と言っていた。

このような偏狭なユダヤ人排斥論は、これまでも歴史の中で繰り返されてきた。第十七挿話「イタケ」でスティーヴンが歌う「ハリー・ヒューズの歌」も、中世のイギリスでユダヤ人排斥論があったことを示している。(5)ブルーム氏がユダヤ人であることは、第八挿話までは明確でない。しかし、第十二挿話の「市民」との喧嘩が山場の一つとなっていることでわかるように、ブルーム氏がユダヤ人であることとは、作品の根幹にかかわる重要な設定である。

というのも、ブルーム氏は、善良なダブリン市民であるにもかかわらず、ユダヤ人であるために、異邦人扱いをされているからだ。第二部は周囲から明らかに浮いているブルーム氏の一日を描いている。

しかし、ブルーム氏がユダヤ人であるために孤立していると考えるのは、表層的な見方に過ぎないとも言える。ブルーム氏の孤立の原因は、もっと深いところにあるのかもしれないのだ。そして、それが第二部での「ブルーム氏」の唐突な登場の理由ではないだろうか。

では、ブルーム氏とその孤立について話を進める前に、スティーヴンの第一部における最後の行動を確認しておきたい。

第一部最後の第三挿話は『オデュッセイア』の「プロテウス」に対応する。プロテウスは変幻自在に姿を変える能力と、予言の力を持つ海神である。この挿話は、スティーヴン自身の語りによる挿話である。スティーヴンは浜辺にいて、海の変容の力を全身で感じながら、自らの創造の力を試している。「芸術家＝創造主」を目指すスティーヴンは、作品を生み出そうともがいている最中だ。その姿は「魔法使いの弟子」（Budgen 五〇頁）のようでもある。

スティーヴンは浜辺にやって来た二人の老女を見て、その鞄から「産婆」を想像し、二人の名前と住所を考える。また、犬が浜辺を走り回るのを見て、さまざまな動物に変幻するのを思い描く。すべてはスティーヴンの想像の産物で、何を見てもストーリーを考えずにはいられないのだ。スティーヴンは、助産師の仕事は「無からの創造」だと考えているが、彼が芸術家として作品を生み出そうとしているのも、「無からの創造」である（三挿話三五行）。彼はまた「天国への電話」（三挿話三九〜四〇行）や、「イヴには臍がない」（同四一〜四二行）などのアイディアを思いつき、ハルン・アル・ラシッドとメロンの夢を見たことを思い出す（同三六六〜六九行）。これらの断片はすべて第二部に入ってからブルームの意識の中に現れる。つまり、第一部でスティーヴンが脳裏に思い浮かべたことが、第二部では別の人物の、別の物語へと変容するわけである。このように考えると、第一部第三挿話はスティーヴンが創作の準備をしていることを示す挿話である。第二部で『ユリシーズ』は大きく発展するが、次に、母の苦しみを軽減できなかったことを良心の呵責として抱え込むスティーヴンの思いが、実際にブルームという人物の造形に深く関わっている様子を見ていくことにする。(6)

五、ブルーム氏、登場

改めて、第四挿話で前触れなく現れたブルーム氏に話を戻す。

「ブルーム氏」とはどのような人物だろうか。

ブルーム氏が現われるのはエクルズ通りの台所である。場所はダブリン市内、ブルーム氏の自宅、朝八時すぎ。冒頭でまず、彼が「獣や鳥の内臓」を好んで食べる人だと言う紹介がある（四挿話一〜二行）。(7) 彼は妻モリーの朝食の支度をし、湯が沸くまでの時間を利用して豚の腎臓を買いに行く。戻ると、バターつきトーストと紅茶の朝食を妻のベッドまで運ぶ。ベッドで朝食を食べる妻の相手をひとしきり務めた後、台所へ戻って、ひとりで食事をする。朝食は好物の豚の腎臓ソーセージだ。食べながら、地方都市マリンガーの写真スタジオで、見習いをしている娘ミリーの手紙を読む。朝食後は新聞を持って庭の屋外トイレに入り、読みながら用を済ませた後、仕事に出かける。ブルーム氏が新聞を読みながら排便する様子がユーモラスに描かれる。時に朝八時四十五分、聖ジョージ教会の鐘が鳴る。

ブルーム氏は、ギリシア神話の英雄、オデュッセウスに照応している。その英雄ぶりを見ておこう。

世に愛妻家は少なくないが、ブルーム氏の場合は、桁外れである。妻のために朝食を整え、ベッドに運んでやるだけではない。朝食の盆と一緒に、今朝配達されたばかりの手紙を届ける。妻の寝室に入ると、妻の脱ぎ散らかした服を片付けてやる。郵便物の中には妻の浮気相手からの手紙が混じっているが、気づかぬふりで、そのまま渡してやる。妻の質問に答えて、難しい言葉を説明し、妻の無聊を慰めるために図書館で次の本を借りて来ることも約束する。

それだけではない。妻のモリーは歌手だが、その日の四時に、コンサート旅行の打ち合わせと称して、興行師ボイランが自宅を訪ねてくる。(モリーへの手紙はその時刻を知らせて来たのである。)実は、ボイランと妻はこの日、情事に及ぶのだが、ブルームはそれを察知して、その時間は家を留守にしようと心に決める。わざと留守にして、寝取られ亭主になるわけである。男性にとって、寝取られ亭主となるのは最大の恥辱と思われるが、ブルームは自らその道を選ぶのだ。とんでもないお人よし、と言えばよいだろうか。女性に甘いという点では、まさに英雄的なブルーム氏である。(要するに、パロディである。)

しかし、妻の浮気に寛容だからと言って、ブルーム氏が妻を疎ましく思っているわけではない。とんでもない。ブルームにとって、妻モリーは生きる喜びである。妻がマダム・マリオン・トウィーディという名前のソプラノ歌手であり、自分がその夫であることはブルームの自慢なのだ。

妻の人目をひく美貌も、豊満な肉体もブルーム氏の誇りとするところで、妻がダブリンの男たちから、常に目をつけられていることさえ自慢である。

二人の間には子供が二人いて、娘ミリーは十五歳。すでに家を出て修業中である。もう一人の子供、跡継ぎとなるはずの息子ルーディは、生後十一日で早世してしまった。にもかかわらず、息子の死後、ブルームは妻との間で正常な性的接触を避けている。これも、跡取り息子への継承という一般的な通念からすると、尋常ではない。なぜブルームは新たな息子を持とうとしないのか。

ブルーム夫妻の子供の数は、ルーディが生きていたとしても、多いとは言えない。デダラス家の十五人を始め、パディ・ディグナムの遺児たち、ピュアフォイ夫人の九人目の出産を考えると、モリーの二回の出産歴は明らかに少ない。

多産と教会の教えについて、ブルームは「ほとんど毎年の出産だ」と苦言を呈していた。カトリック教徒は宗教上避妊をしないこともあって、アイルランドの女性は、一般に子沢山である。とはいえ、多産はアイルランドとカトリックに限られるわけではなく、また、貧乏人に限られるわけでもない。ヴィクトリア女王が九人の子持ちで、無痛分娩で出産したことを思い、ブルームは次のように考える。

何か発明してそんなことはやめにしなければ。辛い産みの苦しみと共にある人生。（八挿話三七七〜七八行）

ブルームは難産に同情し、毎年のように繰り返される出産を考え、妻のモリーの出産は軽くて幸いであったと考えている。ブルームは出産の苦しみから逃れられない女性に同情しており、しかも、なんとかしなくてはいけないと思っている。このブルームの、生む性である女性への、共感（empathy）の姿勢が重要である。[8] この「女性＝母親」への共感は、ダブリンの他の男たちにないものだからだ。

六、モリー、歌手マダム・マリオン・トウィーディ

「そうよ／だって彼は今まで一度だってそんなこと頼まなかったのに／朝食に卵を二つつけてベッドまで持って来いだなんて／シティ・アームズ・ホテル以来……」（十八挿話一～二行）

第十八挿話「ペネロペイア」のモリーの独白は、夫ブルームへの不満で始まる。一人語りするモリーは、本来忍耐強く夫の帰還を待っていた『オデュッセイア』のペネロペイアにあたる。それなのに、モリーは泣き暮らす貞女どころか、意気軒昂な悪妻で、口をつくのは夫ブルームへの痛烈なこき下ろしである。夫に朝食の用意を命じられた不満に始まり、それがいつの間にか、リオーダン夫人の回想になり、その夫やペットの犬のことまで思い出され、年をとった女性に対するブルームの態度の立派さを褒めるかと思えば、病気の時の男性がいかに厄介な存在であるか、また、そんな場合でも男がいかに油断のならないものかという非難に変わる。一方でまた、そういう夫に近づこうとした女性のあったことも思い出され、今度はその女性を非難するという有様で、三四行目でようやく「そうだ／彼はどこかで到達したのだ／そうよ／食欲からみて間違いない」と元の話に戻る。

この独白は文字通り、教育のない女性の「夜中の物思い」であって、内容もそれにふさわしく、取り留めがない。では『ユリシーズ』の最後に、モリーの言いたい放題の独白をもってきた作者の意図は何だろうか。

女性が語る挿話が最後に置かれた理由の一つは、これまで一貫して男性の視点から描かれたダブリンの生活が、女性の目で語り直される面白さにあるだろう。その女性が歯に衣を着せぬ、率直な物言いをするのであれば、これまでの挿話はすべてひっくり返され、すべてがパロディとなる。

それだけではない。モリーの独白には「私は彼の恋愛の仕方が好きだった」(十八挿話三二八行)とか、「私はいつも哀れな話をする人は嫌いだ」(同七二五行)のように、「好きだ(I like)」「嫌いだ(I hate)」で始まる感情的な主張が随所にみられる。誇張も多い。そのうえ生理現象を何のためらいもなく口にし、ボイランとの情事も細部に至るまで詳しく語っている。モリーという型破りなキャラクターの一人語りだから、これまでタブー視されていた女性の生理現象や、女性の側の性的欲望を描くことができたのだろう。これがもしデダラス夫人やブリーン夫人、あるいはガーティが語り手であれば、これほどドライなファース(笑劇)にはならなかっただろう。第十八挿話は句読点なし、統辞法を無視し、頻繁に文の途中で別の文が紛れ込む、という文章の常識を超えた文体で、読みにくい。しかし、そうした通常の解読を阻む障壁を置くことによって、大胆な女性の本音を明らかにすることができたとも言える。それによってモリーという女性の、自由な生き方を示すことができたのである。

毎日、夫に朝食を作らせる主婦。自分の欲望を素直に語り、その充足のためには夫を使い立てすることもためらわない。息子は失ったが、ミリーという娘があり、その一方でマダム・マリオン・トウィーディの名で今もコンサートに出演するソプラノ歌手。近年太ってはきたが、豊満な肉体で、ダブリンの男たちの注目を集める存在。夫は次々に職業を変えているが、元来が温厚な性格、酒を飲まず、借金もない。(9) 老人にも動物にも紳士的で親切である。経済的に困窮した時もあったが、現在はまずまず余裕のある生活。モリーはキャリアもあり、家庭もあり、恋人もある。現代女性から見ても、充分にうらやましい存在である。惨めに死んだスティーヴンの母、デダラス夫人とは何という違いだろう。

モリーは英国陸軍の軍楽隊隊長の娘としてジブラルタルで生まれ育った。モリーに自由と自信を与えているのは「アイルランド産の美女（Irish homemade beauties）」（十八挿話八八一行）でないことだ。ジブラルタルの生まれであるということ、英国陸軍軍人の娘であるという気概がモリーを支えている。

軍人の娘ですよ／私は／そうよ／で／あんたたち／誰さまの娘よ／長靴製造業者だのパブの亭主の娘じゃないの（十八挿話八八一〜八三行）

このモリーの自信、自己肯定ぶりはどうだろう。「神様／あの女たちの哀れな頭を守り給え／男と人生について／私は十五歳の時に／あの女たちが五十歳になってわかるようなことを／みんな知っていた」（十八挿話八八六〜八七行）という述懐、あるいは「そうよ／たぶん［スティーヴン］だって私ほどの女はそうはいないとわかるでしょう」（同一三三四行）という言葉の端々にそれは窺える。

モリーは、宗教と家庭、出産・育児に縛られたスティーヴンの母とは、対極的な生き方をしている女性である。ブリーン夫人、ピュアフォイ夫人、ヴィクトリア朝風ヒロインに憧れるガーティとも違う。中でも大きく違うのは、モリーが多産を強いられていないことだろう。モリーは出産を二度しか経験していない。一人息子が生後十一日目に死んだにもかかわらず、ブルーム夫妻はその後も正常な夫婦の交渉を避けて現在に至っている。それは二人の仲が冷え切っているからとも言えるが、（ブルームは半ばそれを認めている。）（八挿話六〇八行）より大きな理由としては、これ以上の妊娠出産を避けること、要するに、妻の健康とキャリアを尊重しての避妊にあると思われる。モリーが歌手であることへの配慮はまず間違いない。妊娠出産をコントロールしているからこそ、モリーは、人生をすり減らさずに済んでいる。

十五回の妊娠出産を繰り返したデダラス夫人は、第十五挿話の幻想場面で「私だって昔は美人のメイ・グールディングだったのよ」（四一七三〜七四行）と嘆いている。過重な妊娠を免れているお陰で、モリーはコンサート・ツアーに出かけるし、中年になっても女の魅力を失わず、恋愛をすることもできるのだ。デダラス夫人にできなかった人生を、モリーは謳歌できている。

モリーという女性の創出のためにはブルームという夫が必要であり、モリーという新しい女性とブルームの出現には、スティーヴンの母への鎮魂の思いが強く働いていたと思われる。[10]

註

（1）引用の翻訳はすべて筆者による。

（2）幽霊に見つめられる恐怖については、無声映画の影響も考えられる。DiBattista 五九頁参照。

（3）ジョイスの母メアリ・ジェインも十五回妊娠し、十人の子を出産し、四十四歳で亡くなっている。

（4）第四挿話への唐突な移行については、ヒュー・ケナーも指摘しているが、納得のいく説明はない（Kenner 五五頁）。マーガレット・マックブライドは、第四挿話から『ユリシーズ』は「物語の中の物語」に入るというメタフィクション説をとっている（McBride 一一八頁）。

(5) スティーヴン自身は、「ハリー・ヒューズの歌」を歌っていることからわかるように、必ずしも親ユダヤ的ではない。
(6) 母の死と共に、第一挿話からスティーヴンの脳裏につきまとう、もう一つの死、「溺死」のイメージにも注意したい(一挿話六七五～七七行)。海に落ちて溺れたイカルスはスティーヴン自身の比喩である。第三挿話の最後で、スティーヴンは膨れ上がって腐乱した溺死体を、鉤に引っかけ、引き揚げることに成功している(三挿話四七四～七五行)。
(7) ブルーム氏の好む「獣や鳥の内臓」は、第三挿話、スティーヴンの言葉、「僕は死んだ息を生きながら呼吸し、すべて死んだものの尿臭い臓物をむさぼり食らうのだ」に照応する(三挿話四七九～八〇行)。
(8) 第二部でブルームは盲人(八挿話一一〇六～一一三行)、マーティン・カニンガムのアルコール依存症の妻(六挿話三四九行)、馬車馬(五挿話二一九～二二〇行)など、さまざまな人生に思いを寄せ、共感能力の高いことを示す。
(9) 禁酒家で借金のないことが、サイモン・デダラスやスティーヴンと異なる。
(10) 第四挿話のブルーム氏の出現を、スティーヴンが「魔術」によって創り出したと考えることも可能である。その場合、第二部には、「スティーヴンとスティーヴンの世界」に並行して、スティーヴンが出現させた「ブルームとブルームの世界」が展開することになる。スティーヴン自身は第十四挿話に至るまで、ブルームの存在に気づいていない。従って、彼を第二部、または、作品全体の作者と考えるのは不可能である。スティーヴンは最後まで未熟な芸術家である。一方、架空の人物として第四挿話で出現した「ブルーム氏」は挿話を追うごとにリアリティを増し、第十挿話では完全にダブリン社会に溶け込んでいる。以後、作品の視点はスティーヴンを離れ、ブルームに移る。拙論、中尾参照。

参考文献

Budgen, Frank. *James Joyce and the Making of* Ulysses. Grayson and Grayson, 1934.

DiBattista, Maria. "The Ghost Walks: Joyce and the Spectres of Silent Cinema." *Roll Away the Reel World: James Joyce and Cinema*, Cork UP, 2010, pp. 57-68.

Joyce, James. *A Portrait of the Artist as a Young Man*. Penguin Books, 2003.

——. *Ulysses*. Bodley Head, 1986.

Kenner, Hugh. *Ulysses*. The Johns Hopkins UP, 1987.

McBride, Margaret. Ulysses *and the Metamorphosis of Stephen Dedalus*. Associated University Presses, 2001.

中尾真理「シュールな誕生――『ユリシーズ』第１４挿話をめぐって」『奈良大学紀要』第四十二号、二〇一四年、三九〜六八頁。

あとがき

須川　いずみ

『百年目の『ユリシーズ』』は関西『ユリシーズ』研究会のメンバーが中心に執筆された本なので、この研究会の話をしないわけにはいかない。元々京都大学名誉教授の若島正先生が院生時代に始められていた『ユリシーズ』読書会を、在職されていた神戸大学から京都大学に就任される時に移されたと伺っている。たまたま若島先生の奥様（当時はまだ婚約者）と私も二十代の時にイギリスでの研修で知り合いになり、その読書会のことを教えて頂いたことがはじまりである。

その読書会のメンバーは今考えれば身震いするような方たちであった。若島先生ご自身も数学から文学に移られた天才肌でウラジミール・ナボコフの研究においても将棋の世界でも有名な方だし、のちに日本映画学会を立ち上げられた加藤幹郎先生が京都大学に来られたところであった。私自身、加藤先生の英文学会新人賞を取られた『ユリシーズ』に関しての論文には感銘を受けていた。現在神戸大学教授の西谷拓哉先生もまだ独身であった。『フィネガンズ・ウェイク』で修論を書かれた井上千津子先生、イェイツ研究、アイルランド研究で活躍されている真鍋晶子先生も、まだ京都大学の院生だった。最近の読書会ではだいたい担当を決めるのが普通だが、「じゃあ、私からしましょうか？」と誰かれなく口火を切られ、文章を英語で少し読んではいつも見事な訳が続くのであった。若島先生が読んでいる人の訳を聞いて、ＯＥＤに触られることがあると、「訳をミスったか」と当事者はどぎまぎすることになった。その上、ため息でもされようものなら声のトーンが落ちていったのを今でも覚えている。

その後しばらく京都大学で研究会は続いたが、若島先生がご自身のご専門であるナボコフ研究会を立ち上げられることになった。その時先生は、「ラテン語とイタリア語が出来て、『ユリシーズ』を三回読んだという京大の学部生がいるのだけれど、子犬のペット代わりにおいておいてもらいたい」と言われて、連れてこられたのが何と若き学生時代の横内一雄先生であった。本当に読んだはずがないと私たちは高を括って「ちょっと読んでみて？」と彼に担当させてみた。実際彼は本物で、ペットどころか、そのうちどしどし彼に仕事を振ることになり、彼は学部の卒業論文を書く前に日本ジェイムズ・ジョイス協会に自分の原稿を掲載されていた。村上春樹論もものにされている小島基洋先生だが、本会に参加された際に頭痛がすると大騒動されて私の夫のクリニックまでお連れすることになったのは、今ではいい思い出である。最初院生だった浅井学先生はその後主力メンバーになられ、読書会の場所は私のホーム校の京都ノートルダム女子大学の英語英文学科の研究室が中心になっていったが、浅井先生の所属の立命館大学や京都府立大学で開くこともあった。浅井先生は読書会の準備に手を抜くことは絶対なく、完璧に読んでおられた。その後も沢山のお仲間が増えた。中尾真理先生、今井安美先生、田村章先生、下楠昌哉先生、佐久間志帆先生と月一回、多いと二回は読んだと思う。田村先生は精神的安定が抜群で、いつもにこやかな方である。下楠先生が来られるとパッと周りが明るくなるほどエネルギーに溢れた柔道家でもあるので、今度の編集でもお二人のバランスのとれた抜群の推進力のお陰でここまで来られたと思う。その後、桐山恵子先生、宮原駿先生、わざわざ東京から小田井勝彦先生、福岡から河原真也先生、広島から田多良俊樹先生、岩手から伊東栄志郎先生の参加はそれぞれ有難かった。その他沢山の方々が参加して下さった。無理をすると長続きしないと思って細く楽しくをモットーに私自身が三十年以上もこの読書会を続けてこられたのは、大学の近くの東華菜館のお昼のおいしいお弁当のお陰も少しはあると思うが、やはり『ユリシーズ』という本の魅力にあると思う。こんなに笑える本が他にあるだろうか。今回の『百年目の『ユリシーズ』』はそれぞれのジョイス愛の証しだと思えるし、このような素敵な沢山のお仲間に『ユリシーズ』を通して出会えたことに心から感謝したい。

盛夏の京都にて、比叡山を眺めながら

二〇二一年八月

『百年目の『ユリシーズ』』執筆者紹介

【編著者紹介】（五十音順）

下楠昌哉（しもくす・まさや）

同志社大学文学部教授。博士（文学）。主な業績に『妖精のアイルランド――「取り替え子《チェンジリング》」の文学史』（平凡社新書）、『イギリス文化入門』（責任編集、三修社）、*Vampiric: Tales of Blood and Roses from Japan*（共著、Kurodahan Press）など。

須川いずみ（すがわ・いずみ）

京都ノートルダム女子大学国際人間文化学部教授。主な業績に『楽しく読めるイギリス文学』（共著、ミネルヴァ書房）、『週刊朝日百科：世界の文学44――ハリウッドの時代』（共著、朝日新聞社）、「Shooting the Russian General in *Finnegans Wake*――ジョイス、映画からテレビへ」*Joycean Japan* 12 (2001), 81-93 など。

田村　章（たむら・あきら）

金城学院大学文学部教授。主な業績に『ジョイスの拡がり――インターテクスト・絵画・歴史』（春風社）、『ジョイスの迷宮――「若き日の芸術家の肖像」に嵌る方法』（共著、言叢社）、『表象と生のはざまで――葛藤する米英文学』（共著、南雲堂）など。

【執筆者紹介】（五十音順）

伊東栄志郎（いとう・えいしろう）
岩手県立大学教授。主な業績に『ジョイスへの扉――『若き日の芸術家の肖像』を開く十二の鍵』（共著、英宝社）、*A Companion to James Joyce*（共著、Blackwell Publishing）、*A Companion to World Literature*, vol. 5b（共著、Wiley-Blackwell）など。

岩下いずみ（いわした・いずみ）
熊本高等専門学校准教授。主な業績に『ジョイスへの扉――『若き日の芸術家の肖像』を開く十二の鍵』（共著、英宝社）、"On 'Magic Lantern' in 'Grace' by James Joyce"『九大英文学』61 (2019), 1-20、「*Ulysses* における視覚芸術――演劇と写真を中心に」『英語英文學研究』（広島大学英文学会）63 (2019), 9-20 など。

岩田美喜（いわた・みき）
立教大学文学部教授。博士（文学）。主な業績に『兄弟喧嘩のイギリス・アイルランド演劇』（松柏社）、『イギリス文学と映画』（共編著、三修社）、"Brothers Lost, Sisters Found: The Verbal Construction of Sisterhood in *Twelfth Night*," *Shakespeare Studies* 57 (2019), 19-33 など。

小田井勝彦（おだい・かつひこ）
専修大学非常勤講師。主な業績に『ジョイスへの扉――『若き日の芸術家の肖像』を開く十二の鍵』（共著、英宝社）、訳書にリチャード・エルマン『イェイツをめぐる作家たち――ワイルド、ジョイス、パウンド、エリオット、オーデン』（共訳、彩流社）、リチャード・M・ケイン『イェイツとジョイスの時代のダブリン』（小鳥遊書房）など。

小野瀬宗一郎（おのせ・そういちろう）
東京大学教養学部附属グローバルコミュニケーション研究センター助教。主な業績に "A Portrait of the Artist as a Young Toneite," *James Joyce Quarterly* 56.1-2 (Fall 2018-Winter 2019), 63-80, "The Crozier and the Pen: 'Aeolus' and the University Question," *Joyce Studies Annual* (2017), 115-34, "'A Great Future behind Him': John F. Taylor's Speech in 'Aeolus' Revisited," *European Joyce Studies* 24 (2016), 46-62 など。

桐山恵子（きりやま・けいこ）
同志社大学文学部准教授。博士（文学）。主な業績に『境界への欲望あるいは変身――ヴィクトリア朝ファンタジー小説』（世界思想社）、"A Tender Light on the Stage: An Analysis of Dancing in *Bleak House* and *Little Dorrit*," *The Dickensian* 116 (Winter 2020), 295-306、編訳書に『英国詩でダンス――ページのなかのバレリーナ』（小学館スクウェア）など。

小島基洋（こじま・もとひろ）
京都大学人間・環境学研究科准教授。博士（文学）。主な業績に『ジョイス探検』（ミネルヴァ書房）、『村上春樹と鎮魂の詩学――午前8時２５分、多くの祭りのために、ユミヨシさんの耳』（青土社）、『ジョイスの罠――「ダブリナーズ」に嵌る方法』（共著、言叢社）など。

新名桂子（しんみょう・けいこ）
宮崎大学教育学部准教授。主な業績に「「新しい母性」の方へ――母親としてのモリー・ブルームを読む」*Joycean Japan* 9 (1998), 16-28、「19世紀小説から『ユリシーズ』へ――フローベール、トルストイ、ジョイス」『宮崎大学教育文化学部紀要　人文科学』21 (2009), 17-24、"Reading Subversion in 'The Dead': On Julia Morkan, Freddy Malins, and

Michael Furey"『宮崎大学教育学部紀要』92 (2019), 114-20 など。

田多良俊樹（たたら・としき）

安田女子大学文学部准教授。博士（文学）。主な業績に『幻想と怪奇の英文学Ⅳ——変幻自在編』（共著、春風社）、『ジョイスへの扉——『若き日の芸術家の肖像』を開く十二の鍵』（共編著、英宝社）、『ジョイスの罠——『ダブリナーズ』に嵌る方法』（共著、言叢社）など。

中尾真理（なかお・まり）

奈良大学名誉教授。主な業績に『ジョイスを訪ねて——ダブリン・ロンドン英文学紀行』（彩流社）、『ジェイン・オースティン研究の今』（共著、彩流社）、『ジェイン・オースティン——象牙の細工』（英宝社）など。

深谷公宣（ふかや・きみのり）

法政大学国際文化学部教授。主な業績に『イギリス文化入門』（共著、三修社）、"The Early Beckett's Approach to Reality through a Textual Struggle with Rimbaud," *Journal of Beckett Studies* 26.2 (2017), 188-205、『幻想と怪奇の英文学Ⅳ——変幻自在編』（共著、春風社）、など。

南谷奉良（みなみたに・よしみ）

京都大学文学研究科准教授。博士（学術）。主な業績に"The Metamorphosis of Stephen Da(e)dalus: The Plesiosaurus and the Slimy Sea," *James Joyce Quarterly* 58 (Fall 2020-Winter 2021), 101-14, "Joyce's 'Force' and His Tuskers as Modern Animals," *Humanities* 6.3 (2017), 1-15、『幻想と怪奇の英文学Ⅳ——変幻自在編』（共著、春風社）など。

宮原駿（みやはら・しゅん）

関西外国語大学助教。博士（文学）。主な業績に“Waste in the ‘Shem the Penman’ Chapter in *Finnegans Wake*”『中国四国英文学研究』16 (2020), 1-10、“How Buckley Shot the Russian General: Historical Surface and Personal Depth in the Layers of Realities in *Finnegans Wake*”『待兼山論叢』51 (2017), 83-100 など。

横内一雄（よこうち・かずお）

関西学院大学教授。博士（文学）。主な業績に『ジョイスの罠――「ダブリナーズ」に嵌る方法』（共著、言叢社）、『ジョイスの迷宮――「若き日の芸術家の肖像」に嵌る方法』（共著、言叢社）、*Irish Literature in the British Context and Beyond*（共編著、Peter Lang）など。

【事項】

【地名／建造物／各種施設】

◉『百年目の『ユリシーズ』』索引 ◉

・本文および注で言及した人名・作品名、地名・建造物等や文化的・歴史的事項等を配列した。
・作品名は原則として、作者名の下位に配列している。

【人名・作品】

百年目の『ユリシーズ』

2022年 2月 2日　初版第1刷発行　定価はカバーに表示しています
2022年 4月30日　第2刷

編著者　下楠昌哉、須川いずみ、田村章
著　者　伊東栄志郎、岩下いずみ、岩田美喜、小田井勝彦、
小野瀬宗一郎、桐山恵子、小島基洋、新名桂子、
田多良俊樹、中尾真理、深谷公宣、南谷奉良、
宮原駿、横内一雄

発行者　相坂　一

発行所　松籟社（しょうらいしゃ）
〒612-0801　京都市伏見区深草正覚町 1-34
電話　075-531-2878　振替　01040-3-13030
url　http://www.shoraisha.com/

印刷・製本　モリモト印刷株式会社
装幀　安藤紫野（こゆるぎデザイン）

Printed in Japan

ISBN978-4-87984-414-9　C0098

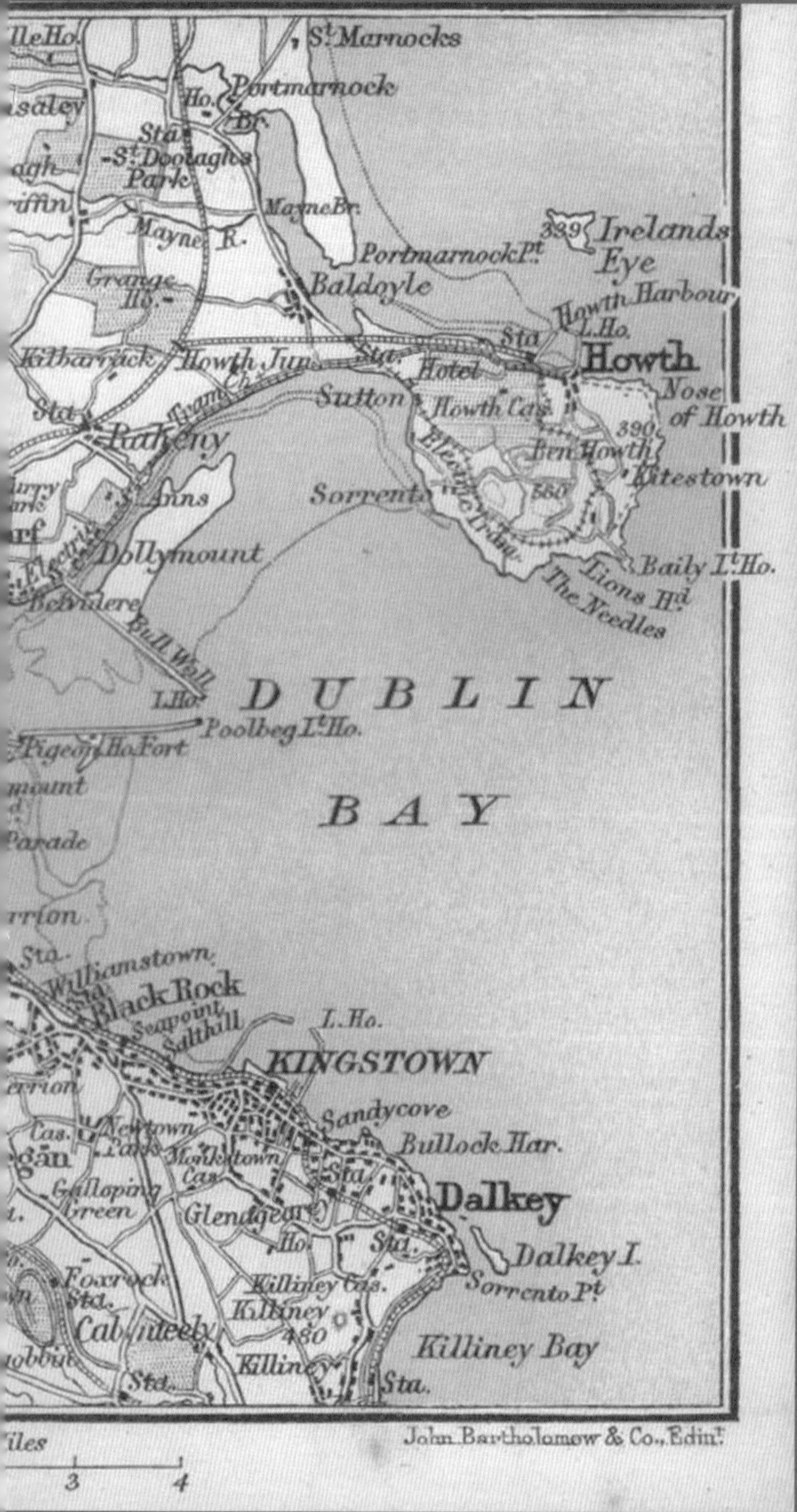

ダブリン市および近郊図（一九〇四年）